台城话旧

赵望晓短作品选

赵望晓 著

南京出版传媒集团
南京出版社

图书在版编目（CIP）数据

台城话旧：赵望晓短作品选 / 赵望晓著. -- 南京：南京出版社, 2025. 1. -- ISBN 978-7-5533-5009-7

Ⅰ. I217.2

中国国家版本馆CIP数据核字第2024BW0446号

书　　名：台城话旧——赵望晓短作品选
著　　者：赵望晓
出版发行：南京出版传媒集团
南 京 出 版 社

社址：南京市太平门街53号　　　　邮编：210016
网址：http://www.njcbs.cn　　　　电子信箱：njcbs1988@163.com
联系电话：025-83283893、83283864（营销）　025-83112257（编务）

出 版 人：项晓宁
出 品 人：卢海鸣
责任编辑：管伟伟
装帧设计：张　淼
责任印制：杨福彬

排　　版：南京新华丰制版有限公司
印　　刷：南京玉河印刷厂
开　　本：787 毫米 × 1092 毫米　1/16
印　　张：25
字　　数：300千
版　　次：2025年1月第 1 版
印　　次：2025年1月第 1 次印刷
书　　号：ISBN 978-7-5533-5009-7
定　　价：88.00 元

用微信或京东APP扫码购书

用淘宝APP扫码购书

序　言

卢海鸣

南京历史悠久，文化积淀丰厚，历代文人辈出，佳作不断。好友望晓兄生于斯，长于斯，浸润于六朝烟雨中，富有才情，雅好文墨，十余年前即以“闲聊历代帝王系列”丛书一举成名。多年来，他笔耕不辍，积年累月，蔚为大观。本书就是从他多年来撰写的众多“短作品”中遴选出来的作品。

本书选取的作品绝大多数曾在报刊上发表，故以发表时间为序。本书题材比较广泛，包含随笔、散文、诗歌（格律诗词）和新闻稿等。内容涉及南京历史文化、经济和社会发展、民风民俗各个方面，既留存了时代发展的印记，也是他个人生活经历的真实写照，读起来既有历史遗韵，又有现代风味，每每给人赏心悦目的感受。

望晓兄供职于政府部门，无论对本职工作还是对业余写作都很勤奋，他自谦为普通读书人，其实他读了不少书。他在文史随笔中，写了南京历史上的许多人物故事，既有帝王、皇后、贵妃、公主，也有名臣、诗人、僧人、隐士，还有史学家、医学家和美食家。虽然有些故事南京人都略知一二，但经过他的归纳和提炼，使其更加完整可读，其中不乏发人深省、令人捧腹和令人唏嘘的篇章。如在《六朝金陵饮酒达人的三种执着》中，他总结道：第一种执着，嗜酒如命拼命喝；第二种执着，不醉不休照死喝；第三种执着，生前不离酒，死后当酒壶。在《闲聊六朝宋齐两代“不可有二”的达人张长史》中，有一个情节，一次张融要去看望吏部尚书何戢，却错通报成了尚书刘澄。车夫将张融送刘澄家门口，张融下车进门，这时才说：“不对。”到了房间里见到刘澄，又说：“不对。”等到他坐到酒席前眼睛看着刘澄又说：“完全不对。”于是起身走了。张融就是这样搞笑。在《耿直急躁又宽容的东晋尚书令王述》中有一段记载：有一次王述吃鸡蛋，用筷子去戳，未戳中，便大怒，将鸡蛋抛掷于地上。鸡蛋在地上滚个不停，他就跳下床穿着木拖鞋去踩，又未踏住，更加恼怒，于是他把鸡蛋抓起来放进口里，咬破后再吐掉。与张融相比，王述只是拿自己开涮，并不影响别人，但搞笑级别绝不亚于张融。在《六朝达人的智辩与幽默》中，望晓兄归纳了一些能言善辩的六朝达人，这些故事读来也颇有趣味。在《自诩才高任性挥洒的谢灵运的悲剧人生》中，谢灵运曾经说：“天下才共一石，曹子建独得八斗，我得一斗，自古及今共享一斗。”但皇帝刘义符并不待见他，只是以文士的身份对待他。于是谢灵运放浪形骸，四处游山逛水，还发明了“谢公屐”。一次谢灵运从始宁南面山峰砍树开路，一直通到临海郡，跟从他的有几百人。临海太守王琇大为恐惧，以为是山贼来了。后来，谢灵运被有关部门检举，最后惨遭弃市。才华横溢的史学巨匠范晔、一代英才沈约的死，都与他们自恃才高、口无遮拦有密切关系。此外，还有《萧梁“山中宰相”陶弘景的隐居人生》《明太祖朱元璋建都金陵后的八项首创》《刘宋会稽长公主刘兴弟始创梅花妆》《李渔和袁枚：南京历史上出了名的两位美食家》《南宋爱国诗人陆游累谏迁都建康》《西天取经航海归国第一人东晋高僧法显》等，当然还有望晓兄曾经居住的至今还保留的民国建筑，这些故事完全按照史实来写，保持原汁原味以飨读者。

本书的老南京话说老南京习俗也很有意思。虽然大部分是望晓兄少儿时的往事回忆，但在一定程度折射出那个年代社会状况的一角。如《八月节，想起吃“月饼屑子”的往事》《烤火炉上熬糖稀，作糟半罐子糖》《儿时放风筝，棉线风筝常断线》《想起老早，煤炉底下烘山芋》，都很容易让人联想起儿时的自己，或许也曾做过一些糗事、蠢事、馋事，轻松一笑之后回到当下，感念生活的美好。有些题材表现出他对父母和长辈的由衷孝敬，感激他们的养育之恩，同时也寄托晚辈深切的缅怀之情。他对南京方言有一定了解，说起来十分流利，据他说李煜的《一斛珠·晚妆初过》，如果用南京方言读起来远比普通话读得顺口、合辙。从书中可见，赵望晓曾游历过好几个国家，并都作了纪行，主要写他自己的感受。另外，他的商经随笔和新闻通稿都是计划经济向市场经济转型时期的作品，如“米袋子”“菜篮子”“农贸市场”等，都是当时政府和市民十分关心的事情，也是那个时期使用频率最高的词语。

望晓兄最早发表的作品，是1984年在《雨花》杂志发表的两首新诗，最晚发表的作品是2024年在《江苏经济报》发表的几首格律诗词，时间跨度40年。他能坚持不懈地将一项爱好进行到底，着实不简单。南京能够成为世界文学之都，与这座城市有一批像望晓兄这样的文化人的执着追求密不可分。

我相信，本书的出版，不仅完成了赵望晓的一个心愿，而且带给广大读者一个分享，这是一件两全其美的好事。希望读者朋友们喜欢。

目录

序　言……………………………………………… **001**

第一篇　文史随笔…………………………………… **001**

读《南京通史・明代卷》的遐想……………………003

郑和与南京的寺庙……………………………………009

走近“老南京”郑和…………………………………012

北洋（代）大总统冯国璋在南京的遗闻轶事………018

六朝金陵饮酒达人的三种执着………………………032

闲聊六朝宋齐两代“不可有二”的达人张长史……036

话说南朝的“两面”宰相何敬容……………………040

孙吴大皇后潘谨淑在位时竟被宫女勒死……………044

耿直急躁又宽容的东晋尚书令王述…………………049

自诩才高任性挥洒的谢灵运的悲剧人生……………053

才华横溢的史学巨匠《后汉书》的作者范晔之死…058

一代英才萧齐尚书令沈约祸从口出忧惧而死………062

东晋中军将军殷浩擅长清谈拙于实践………………067

南京历史上昙花一现的桓楚政权……………………072

敢怒敢骂的萧齐绥建太守卞彬………………………076

萧梁“山中宰相”陶弘景的隐居人生 …………………………080
明太祖朱元璋建都金陵后的八项首创 …………………………084
刘宋会稽长公主刘兴弟始创梅花妆 …………………………088
揭秘明朝名将顾兴祖的跌宕人生 …………………………092
明成祖朱棣在金陵留下的五处遗迹 …………………………095
史上第一位有贵妃称号和享用“通替棺”的人 ……………099
李渔和袁枚：南京历史上出了名的两位美食家 ……………103
金陵大学教授裴义理建议创建植树节 ………………………107
陶渊明的曾祖父东晋名将陶侃深受世人敬重 ………………111
明南京刑部尚书张瑄出生于汤泉镇 …………………………115
南宋爱国诗人陆游累谏迁都建康 ……………………………119
南朝萧齐昏君萧宝卷无道如桀纣 ……………………………123
明代溧水县端木家族出了一个尚书两个翰林 ………………127
六朝有关扇子的那些趣事 ……………………………………131
汤显祖留给我们的除了《牡丹亭》还有“桃花源” …………134
南唐开国皇帝李昪的传奇人生 ………………………………138
加拿大传教士马林与金陵的不解之缘 ………………………142
萧梁昭明太子与燕雀湖的传说 ………………………………146
西天取经航海归国第一人东晋高僧法显 ……………………150
太平南路 382 号原是南京浙江庆和昌记支店旧址……………154
东晋奇人葛洪对诸多疾病症状记载世界最早 ………………158
南京五老村是我国爱国卫生运动的发源地之一 ……………162
六朝达人的智辩与幽默 ………………………………………166
东吴末帝孙皓亡国前后的穷奢极侈与小黠大痴 ……………170

南京江南江北两个“桃叶渡”的来龙去脉……174
从秦淮河畔万竹园走出来的力拒割让香港第一人邓廷桢……179
从南京老门东走出来的爱国将领抗倭英雄张可大……183

第二篇　气象老南京……187

我歹怪招蚊子，夏天被叮得像赤豆粽……189
八月节，想起吃“月饼屑子”的往事……191
一年补到头，霜降鸭最补……193
重阳节，我带爸妈到饭店顶层观景……194
儿时跟着去看菊展，摘花挨妈妈打……195
立冬，我家喜欢吃鲜肉饺子搭生葱蘸酱……196
和老伴同去赏枫，摘红叶来家做书签……198
天一冷，我妈就忙着给我们打毛衣……200
烤火炉上熬糖稀，作糟半罐子糖……201
春节前，我帮炒货店剥花生米和蚕豆……202
儿时放风筝，棉线风筝常断线……204
谷雨到，布谷声声催耕插秧种水稻……205
听到喜鹊叫，想起我儿时养的蚕宝宝……207
菜地偷拔韭菜的蠢事一直记到今……209
老早，有双懒汉鞋谈对象都加分……211
插队时，用新榨的菜籽油泡饭吃……212
五月节，想起把咸鸭蛋煮开花的事……213
小时候，把杨梅汁滋到女生衬衫上……214
大暑之际，怀念我妈烧的冬瓜老鸭汤……215

难忘我妈夏天做的陈氏凉面……217
听叫油子的叫声，想起不简单的老妈……219
蜻蜓捉到蚊帐里头逮蚊子不靠谱……221
立秋那天，我家啃秋用地瓜代替……222
那年八月节，我们边吃米饼边赏月……224
摔折了胳膊，独享外婆烧的猪肝汤……226
外婆做的桂花酒酿元宵有种秋天的味道……228
秋高气爽，我和老伴带老爸自驾游……230
第一次买长寿菜，闹出笑话来……232
秋天，我娘带我改两用衫穿……233
毛栗子烧鸡是我家秋天的招牌菜……234
冬至大如年，全家吃汤圆……236
萝卜鲞炒青蒜叶子，我家的老味道……238
外婆煮的腊八粥与邻居共享……240
想起老早我妈给我打的毛线帽……242
荆条叶子洗发，60 开外的女同学少有白发……243
我妈家院子里的香椿头与邻居共享……244
小时候，看大舅罱河泥做肥料……246
春天，洋槐花炒鸡蛋也是一道美味……248
我拿女娃儿扎辫子的玻璃丝编鸭蛋网……250
三伏天，我妈通宵给我们扇扇子捉臭虫……251
我妈做的苦瓜有种苦尽甘来的味道……252
新苞芦上市，想起童年的馋相……253
秋天，乡下的灯笼柿子比蜜甜……255

老菱上市了，想起小时候摘野老菱的往事……257
寒露，芝麻拌白砂糖才是老南京味道……259
想起老早，煤炉底下烘山芋……260
我喜欢用大盐炒带壳的白果……261
立冬节气，南京人爱吃烤鸭裹大葱……263
冬至鸡汤炖豆芽，吉祥如意进万家……265
小时候贪吃腊八粥，吃到食伤……267
外婆炖羊头汤，教我做人的道理……269
三伏天，你阿想吃炒南瓜藤子啊……270

第三篇 散文诗歌……273

（一）散文

细雨中的拉萨印象……275
访日札记……278
美国见闻……287
西欧散记……299
孝为人之本……314

（二）古体诗词

七律・河西新城（外四首）……316
沁园春・河西……316
水龙吟・初登赏心亭……316
定风波・绿博园……317
七绝・南京眼……317
诗联上的赤山湖（组诗八首）……317

卜算子・葡镇暨萄庄……318
仙林采风（组诗四首）……319
沁园春・一帜锤镰……320
江城子・致抗疫天使……320
暗香・金陵大美……320
暗香・岠山远眺……320
七律・龙年感怀（外一首）……321
暗香・建康大美……321
七律・鸡鸣寺赏樱花……321
江城子・恢宏金陵勇前行……321
浪淘沙令・国庆七十五周年感怀……322

（三）新诗

江南村（外一首）……323
新芽……324
一句话形容春天……326
迎接天命之年的曙光……326
花甲之年的追溯和向往……330
古稀时光……333

第四篇　商经随笔……337

消费也要讲究科学……339
从一幅漫画想到的……342
自给性生产是为买而卖吗？……344
随着商品经济的发展，计划调节的作用将会减弱……346

简析市场经济与计划经济之差异……349
加快市场建设，推动流通改革……351
对日本蔬菜批发市场的考察……356

第五篇　新闻通稿……359
让市民“菜篮子”更加丰富……361
我市鲜蛋经营今起全部开放……362
南京组建首家农副业集团公司……363
昨天是执行旧粮价的最后一天……364
雷厉风行，打假治劣……365
我市粮油市场平稳如常……366
全市三资企业进入收获期……367
我市各方全力支援抗旱灾区……368
市政府将整顿生猪定点屠宰场……369
加强卫生检疫，杜绝病猪上市，南京让市民吃“放心肉”……370
南京今年将建成28个室内、顶棚农贸市场……371
市政府为农民开出“定心丸”，秋粮收购继续执行保护价……372

附　录　介绍赵望晓作品的有关报道……373
和赵望晓闲聊六朝皇帝……375
赵望晓再聊“南唐三帝”……381
在江南佳丽地，聊一聊六朝粉黛……382

后　记……383

第一篇 文史随笔

台城话旧

读《南京通史·明代卷》的遐想

甫得《南京通史·明代卷》（以下简称《明代卷》），如获至宝。不是夸张，的确如此。因为我的《闲聊大明三帝》一书即将完稿，所以对明朝在南京执政的三位皇帝作过一些研究和考证。一口气读完50余万字的《明代卷》，印象深刻，备受启迪，更有一种“与君同住一个城”的感觉。认真品味《明代卷》，便会发现它不愧为明初南京的一部大百科全书。《明代卷》作为一部南京历史的史籍，其立足点之高、涉及面之广、剖析度之深，令我在阅读之余，进一步感悟到了大明三帝的励精图治和南京城的博大精深。

开国皇帝：朱元璋业绩辉煌

朱元璋与前面7位定都南京的开国皇帝截然不同，如果说，前面的王朝基本上都是“半壁江山”，那么，朱元璋创建的大明王朝，则是南京建都历史上唯一一个大一统的王朝。在定都南京的历代开国皇帝之中，朱元璋的传奇堪称空前绝后。朱元璋也是南京建都历史上最后一位开国皇帝。从洪武元年（1368）到崇祯十七年（1644），明朝国祚276年，共历16位皇帝、17朝。加上南明政权，国祚应该是277年。朱氏祖孙三代在南京当皇帝约53年，其中洪武约31年、建文约4年、永乐约18年。之后，明都迁徙北京。

崇祯十七年（1644），李自成攻入北京，明思宗朱由检在煤山自缢身亡。之后，明朝宗室先后在南方建立了一些政权，史称南明。其中朱由崧（朱由检堂兄弟）于崇祯十七年五月十五日，在南京建立了弘光政权，并坚持了一年，直到1645年五月出逃被清军所俘。由此可见，明朝在南京算是有始有终的了。

洪武一朝，号称“洪武之治”或称“治隆唐宋”。朱元璋以其独有的雄才大略，驱除胡虏，建立了大明王朝。新中国成立后，朱元璋推行发展生产、与民休息的政策，巩固了新王朝的统治。同时，整饬官吏、注重经济，致力国学，“纬武经文，为汉、唐、宋诸君所未及。”（《明史·太祖三》）然而，“分封太侈，用刑太繁，求治太急”（《明史·叶伯巨传》），也造成了巨大的负面影响。其执政期间最杰出的贡献和主要事件可归纳为九个数字，即：一部法律——《大明律》；二座皇城——南京皇城、中都皇城；三座陵墓——盱眙明祖陵、凤阳明皇陵、南京明孝陵；四大案件——“空印案”“胡惟庸案”“郭桓案”“蓝玉党案”；五军——中、左、前、后、右军；六部——吏、户、礼、兵、刑、工部；七项创新——廷杖、春联、户籍、锦衣卫、奸党罪、金额大写、四菜一汤；八征——八次征伐北元；九字方针——高筑墙、广积粮、缓称王。

继位皇帝：朱允炆轨迹失踪

由于皇太子朱标不幸早薨，洪武二十五年（1392）四月，就在朱标去世后的第三天，朱元璋召集廷臣商议继承人的问题。朱元璋说：“太子不幸，遂至于此，命也。古云‘国有长君，社稷之福’，朕第四子（朱棣）贤明仁厚，英武似朕，朕欲立为太子，何如？”翰林学士刘三吾进曰：“陛下言是，但是置秦、晋二王于何地。”上不及对，因大哭而罢。（《明太祖实录·卷二百十七》）最后，朱元璋按照传继承统法则，不得已将皇位传给孙子朱允炆。

建文一朝，史称“书生王朝”或称“右文之主”。建文帝推行新政，重德省刑，锐意文治，崇尚礼教。虽然出现了“四年宽政解严霜”的局面，但是他盲目削藩，引发靖难，生死未卜。其重要事件可归纳为“四个一”，即：一策，削藩之策；一难，引发靖难；一宝，凝命神宝；一谜，生死之谜。

建文四年六月十三日，燕军在谷王朱橞和李景隆等人的配合下，顺利进入京师（今南京）。当燕王朱棣来到皇宫时，“宫中火起，帝（建文帝）不知所终”（《明史·卷四》）。几天后，朱棣登上皇帝位，于是派人四处寻找建文帝的下落，甚至出海寻找。

有人说皇上（建文帝）从地道出逃了。正统五年（1440），有位僧人从云南来到广西，诡称自己是建文皇帝，思恩（今广西武鸣北）知府岑瑛将这件事报告了朝廷。审查讯问，原来是钧州（今河南禹州）人杨行祥，年龄已经有 90 多岁了（这年，如果建文帝活着应该是 64 岁），将他关进监狱，过了 4 个月就死了……从此以后，滇、黔、巴、蜀之间，相传有皇上做和尚时往来的踪迹。（《明史·卷四》）

关于建文帝的生死之谜，民间传闻很多。600 多年来，众说纷纭，莫衷一是。但是大都没有离开《明史》引导的轨迹和范畴。

“有人说建文帝藏在高僧溥洽处。朱棣便藉其他事囚禁溥洽，而命令给事中胡濙等到处寻找建文帝，长时间未能找到，溥洽被囚禁 10 余年。”（《明史·姚广孝传》）后来，朱棣听从姚广孝的话，才命令释放溥洽。

“惠帝（建文帝）死于火中，有人说他逃遁离去，各位旧臣中有很多跟从的，朱棣怀疑这件事。永乐五年（1407），派遣胡濙颁发御制的各种书籍，并且寻访仙人张邋遢（张三丰），走遍了天下的州郡乡邑，悄悄地察知建文帝在何处……永乐二十一年（1423）回京城（今北京），急驰至宣府拜谒皇帝（朱棣）。朱棣早已经睡了，听说胡濙来了，急忙起床召他进去。胡濙以他所听到的全部消息回答，钟漏到四鼓才出来。胡濙没到以前，传言建文帝航海离去，皇帝分别派遣内臣郑和等几人航海下西洋，到这时候怀疑才消失。”（《明史·胡濙传》）

当初“明成祖（朱棣）怀疑明惠帝（建文帝）逃往海外，想跟踪追击他”（《明史·郑和传》）。但是，郑和 7 次下西洋，回来后只字未提过建文帝和“凝命神宝”玉玺的消息。

寻找建文帝下落的行动，一直持续了 20 多年，直到朱棣去世，也没找到建文帝的下落。至少正史上没有明确记载。

有道是：削藩之策是与非，引发靖难祸怨谁？四年征战京城破，生死未卜何其悲。

篡位皇帝：朱棣功大憾深

朱棣，通过“靖难”夺取了侄子建文帝的皇位。永乐一朝，堪称“永乐盛世”“远迈汉唐”。朱棣即位后，躬行节俭、知人善任、表里洞达，雄武之略，同符高祖。同时，他致力农桑，安定社会，建立内阁，编撰大典，征服安南（今越南），疏通运河，营建北京，拓展海外，宣扬国威。然而，其杀戮也甚，判若两人。其重要贡献和主要经历也可归纳为九个数字，即：一部大典——永乐大典；二个庙号——明太宗、明成祖；三皇四子——朱棣是明朝第三位皇帝，朱元璋第四子；五次亲征——征伐北元，并卒于第五次亲征返回途中；六下西洋——派遣郑和下西洋；七岁始名——朱棣；八字方针——“家给人足”“斯民小康”；九位名臣——蹇义、郁新、刘观、郑赐、宋礼、金纯、夏原吉、吕震、金忠。同时，明成祖在南京至少留下了两大遗憾。

其一，没有见到自己敕建的大报恩寺。大报恩寺，号称金陵第一大刹，是明代南京三大佛寺之首。早先是东吴孙权年间建的阿育王塔，宋元时期的天禧寺，后毁于兵火。永乐十年八月，朱棣下诏重建“天禧寺”，永乐二十二年三月甲辰（初一），“天禧寺将成，赐名‘大报恩寺’”（《明太宗实录·卷二百六十九》）。

据说，朱棣建大报恩寺表面上是为了纪念高皇后（马氏），实际上是为了纪念自己的生母“碽妃”。永乐十年（1412），朱棣“敕工部侍郎黄立恭依大内图式（皇宫样式），造九级五色琉璃宝塔一座，曰第一塔。以扬先皇太后之德。其塔高三十二丈九尺四寸九分（按明制 1 尺 =31.1 厘米计，约合 102.5 米）……通身共用过钱粮银二百四十八万五千四百八十两正”（《金陵大报恩寺塔志·卷九》）。至宣德六年（1431）八月初一完工，共十九年。

大报恩寺的修造，由太监郑和（洪熙元年二月初八，皇帝朱高炽敕命郑和为南京守备）等人担任监工官。“三宝太监郑和西洋回，剩金钱百余万”（明·王士性《广志绎·卷之二》），也用于大报恩寺塔的建造。

建成后的大报恩寺塔，十分宏伟壮丽。“浮图之胜，高百余丈，直插霄汉，五色琉璃合成，顶冠以黄金宝珠，照耀云日；夜篝灯百二十有八，如火龙，腾焰数十里；风铎相闻数里；群山大江，都城宫阙，悉在凭眺中。”（民国·张惠衣《金陵大报恩寺塔志·卷一》）

“但此塔未及竣工而永乐已殂（琉璃宝塔建成时，朱棣已经去世七年有余矣）。”（民国·张惠衣《金陵大报恩寺塔志·卷九》）所以，朱棣没能一睹被称之为中世纪世界七大奇迹之一的“大报恩寺塔”的风采。

其二，“十万骆驼拉不起”的阳山碑材。朱棣即位后，决定为父亲朱元璋立一巨型功德碑。永乐三年（1405），征集全国10多万工匠到南京的阳山南麓开凿碑材，俗称“阳山碑材”或称“孝陵碑材”。此处为古代采石场。经过13个月的开凿，3块巨型碑材已经成形。其碑座高17米，宽29.5米，厚12米，重量16250吨；碑额高10米，宽22米，厚10.3米，重量6118吨；碑身高51米，宽14.2米，厚5米，重量8799吨。若此碑立起，总高为78米，重达31167吨，则是当之无愧的世界第一碑。

清代诗人袁枚在任江宁知县时曾作《洪武大石碑歌》一首：“青龙山前石一方，弓尺量之十丈长。两头未截空中央，旁有赑屃形更大。直斩奇峰为一坐，欲负不负身尚卧。高皇开创气概雄，欲移此碑陵寝中。大书功德告祖宗，压倒唐汉惊羲农。碑如长剑青天倚，十万骆驼拉不起。……至今神功圣德高于天。”（胡祥翰《金陵胜迹志·卷上》）可惜，这块巨型碑材已经酣睡了600多年，至今没有完工，更无法竖立起来。

有道是：一部大典证盛世，二个庙号不寻常。三皇四子非正统，五次亲征固北疆。六遣船队航大海，七岁始名又何妨。八字方针作根本，九位名臣有短长。永乐疆域幅员广，功勋卓著迈汉唐。

博大精深：一统皇都南京城

南京虽有十代故都之称，但是作为一统江山的皇都，只在明朝。《明代卷》集中体现和弘扬了太多的南京元素，不放过每一个细胞。仔细想想，如今南京人每天耳濡目染最多的，恐怕还是明代初期留下的元素。例如，我们进出的城门——中山门、中华门、水西门、挹江门；经过的道路——洪武路、应天路、五龙桥、御道街；祭祀的寺庙——灵谷寺、静海寺、鸡鸣寺、天妃宫；游览的景点——瞻园、朝天宫、阅江楼、胜棋楼，以及明城墙、明故宫、明孝陵；等等。600 多年来，“朱洪武”的名字在南京一直是家喻户晓，关于他的故事和传说更是妇孺皆知。

朱元璋在营建皇宫的同时，开始修筑京城城墙。明代的南京城墙，可称为世界古代第一大“高坚甲天下”的砖石城。内城周长 33.65 公里（巴黎城长 29.5 公里），城墙平均高 14~21 米，基宽 14 米。有垛口 13616 个，窝铺 200 座。城门 13 座，其中聚宝（今中华门）、三山、通济 3 门最为壮观。明城墙现存约 23 公里。

然而，任凭南京的城墙多么坚固，依然没有挡住燕王朱棣攻城登位的行径。20 多年之后，朱棣以“靖难”为名，夺取了其侄子的帝位，成就了一番帝王大业。

永乐十九年（1421）二月初二，朱棣下诏迁都北京，并将南京称作留都。但是，南京仍然保留了一整套中央机构，包括六部等机构，依旧是“南半个中国的政治和军事中心”（《明代卷》）。南京依旧是六朝以来历史上最博大精深的都城之一。如今，南京更加意气风发地走在改革开放的前沿。

（载于《南京史志》2012 年第二期，笔名肖尧）

郑和与南京的寺庙

建文四年（1402）六月十三日，郑和随燕王朱棣的靖难之师一起攻陷京师（今南京），至永乐十九年（1421）明成祖朱棣迁都北京，在这20年间，郑和除了六次出使西洋外，其余时间基本上都是在南京度过。宣德五年（1430）六月初九，郑和第七次，也是最后一次出使西洋，从南京出发后就再也没有回来，不过最终还是归葬南京。郑和在南京，和多座寺庙结下了不解之缘。

天妃宫

南京仪凤门外狮子山麓的天妃宫，俗称龙江天妃庙，是一座奉祀海神妈祖的庙宇。这是郑和第一次出使归来后，由朱棣敕令所建的。《明太宗实录》载："永乐五年（1407）九月戊午（初八），新建龙江天妃庙成，遣太常寺少卿朱焯祭告。时太监郑和使古里、满剌加诸番国还，言神多感应，故有是命。"接着"永乐七年正月己酉（初六），封天妃为护国庇民妙灵昭应弘仁普济天妃，赐庙额曰：弘仁普济天妃之宫"。到了"永乐十七年秋九月甲寅（十二日），重建天妃宫于南京仪凤门外"。

天妃宫内有御制弘仁普济天妃宫之碑，永乐十四年四月初六日，为纪念郑和船队多次在航海途中遭遇险风恶浪，受到湄洲妈祖庇护，而在"天妃宫"中奉敕命而立的御制碑，俗称天妃宫碑。碑身为青石材，通高5.9米，由碑额、碑身和碑座三部分组成，重约27吨。碑文由朱棣亲撰，全文820余字。碑文中有一首诗，赞扬天妃和海神保佑郑和的船队，化险为夷，平安返航。这是永乐皇帝传世不多的诗作中的一首。如今此碑已迁移至静海寺。

《金陵玄观志》记载，天妃宫依山腰而建，前至山麓，有龙江自宫前流过。宫内有正殿、后殿、雨廓、廊庑、三清殿、玉皇阁等建筑，宫后还植种了罗娑树，如今堪称绝地佳境。

净觉寺

净觉寺是南京现存历史最早的清真寺，位于城南三山街（今升州路28号），为回民所修。宣德五年（1430），礼拜寺（净觉寺）失火被焚。正值郑和最后一次下西洋前夕，郑和奏请朝廷重新修建。宣德皇帝同意了郑和的奏请。《敕太监郑和重建礼拜寺记》："敕太监郑和重建礼拜寺：……得尔所奏，南京城内三山街礼拜寺被焚，尔因祈保下番钱粮入船，欲要重新盖造，此尔尊敬之心，何可怠哉。尔为朝廷远使，既以发心，岂废尔愿。恐尔所用人匠及材料等项不敷，临期误尔工程，可于南京内官监或工部支取应用……故敕。宣德五年七月二十有六日。"嘉靖年间，明世宗朱厚熜赐礼拜寺以"净觉寺"的寺额。如今，净觉寺仍是穆斯林进行宗教活动的场所。

大报恩寺

大明永乐十年（1412），成祖因欲报高皇帝深恩，敕建大报恩寺。六月十五日午时起工，至宣德六年（1431）八月初一日完工，共十九年。大报恩寺"周围九里十步"，即今南京城南，西起雨花路大街，东至马家山，北到扫帚巷，南及三藏殿。几乎包括了今长干桥东南、雨花路东侧的全部街区。

大报恩的修造由太监郑和等人担任监工官。"大报恩起工之初，监工官内官监太监汪福等，永康侯徐忠、工部侍郎张信、军将夫役十万人。奉敕按月给粮赏。宣德三年三月十一日，敕太监郑和等：南京大报恩寺自永乐十年十月十日兴工，至今十六年之上，尚未完备。……今特敕尔等即将未完处，用心提督，俱限今年八月以里，都要完成。……故敕，钦此。"（《金陵大报恩寺塔志补遗》）明代人王士性《广志绎·卷二》载："先是，三宝太监郑和西洋回，剩金钱百余万，乃敕侍郎黄立恭建之。"

明清时代，"一些欧洲商人、游客和传教士相继来到南京，口碑相传，西方很多人都知道'南京瓷塔'，称之为中世纪世界七大奇迹之一"。大报恩寺琉璃宝塔自宣德三年起，在南京城南立了428年之久，终于在咸丰六年（1856）的太平天国战争中被北王韦昌辉炸毁。

静海寺

静海寺取意四海平静，天下太平。明代葛寅亮《金陵梵刹志·卷十八》载："在都城外，南去仪凤门半里，所统天界寺二十里，西城卢龙山（狮子山）之麓。文皇（朱棣）命使海外，平服诸番，风波无警，因建寺，赐额静海。"据此可知，静海寺大约建于永乐年间。《图书集成·江宁府部纪事》记载："静海寺有水陆罗汉像，乃西域所画，太监郑和等携至。每夏间张挂，都人士女竞往观之。"600多年前，南京故民能观赏到海外画品，不啻是一种福分。静海寺中还种有郑和从海外带回的海棠，据说150多年后还在盛开。郑和晚年曾在静海寺生活过。

（载于《南京史志》2018年第二期）

走近“老南京”郑和

南京是中国历史上海上丝绸之路的重要节点城市，其中，明代郑和七下西洋的起点与终点均在南京。600多年过去了，对外开放的“郑和文化”至今还在影响着中国，影响着南京。值此“春牛首”踏青节之际，我们收集整理了相关图文史料，带您详细了解这位“老南京”——郑和。

穿越到明朝，找一位叫郑和的“老南京”

郑和（1371—1433），原姓马，名马和，小名三保或三宝，回族，云南昆阳州（今云南昆明晋宁区）人，有兄弟姐妹6人。郑和出生于明洪武四年（1371）。洪武十三年（1380）冬，明朝军队进攻云南，马三保被明军副统帅、颍国公蓝玉掠至南京，阉割成太监。洪武二十三年（1390），郑和随将军傅友德来到北平（今北京），这年郑和20岁，被选入朱棣（朱元璋第四子）的燕王府。

建文元年（1399）七月，燕王朱棣起兵。在四年“靖难之役”中，郑和以内臣身份“从燕王起兵靖难，出入战阵，多建奇功”（朱国桢《皇明大政记》）。永乐元年（1403），姚广孝（朱棣军师，僧人出身，佛学家）收马三保为菩萨戒弟子，法名福善。永乐二年（1404）正月初一，朱棣在南京御书“郑”字，赐马三保郑姓，以纪念在郑村坝的战功，并改名为郑和。

洪熙元年（1425）二月初八，皇帝朱高炽命令太监郑和用出使到藩国的军队守备南京。郑和是明朝第一任南京守备，这是一个节制南京地区各卫所的重要军事职务。这年郑和55岁，他没有后代，《郑和家谱》说郑和“以兄文铭之子立嫡，名赐”，世袭锦衣千户侯，居南京三山街马府（今白下区马府街）。郑和后裔至今已传21代。据郑和后裔称，郑和十代以后的辈分是由四句话编排下来的。《郑和家谱》中载有“太尚存忠孝，积厚流自宽，藩衍更万代，家道泰而昌”，五言一句，共二十个字。目前已经用到了“藩”字辈。

建文四年（1402）六月十三日，郑和随燕王朱棣的靖难之师一起攻陷京师（今南京），至永乐十九年（1421）明成祖朱棣迁都北京，在这20年间，郑和除了六次出使西洋外，其余时间基本上都是在南京度过。宣德五年（1430）六月初九，郑和第七次，也是最后一次出使西洋，从南京出发后就再也没有回来，不过最终还是归葬南京牛首山。如果算上郑和在明朝皇宫（今明故宫）做太监的10年，郑和先后在南京居住、工作近30年，可谓南京老杆子了。

28年间，郑和七下西洋远渡重洋为哪般

通常民间传说，明成祖朱棣派遣郑和下西洋主要是寻找建文帝的下落。但是人们往往忽视了一个最简单的道理，朱棣凭什么相信并锁定建文帝一定逃往西洋，而不是东洋呢？而且七次都义无反顾地往西洋一个方向去寻找，这其中大有文章。《明史·郑和传》中说：“明成祖（朱棣）怀疑明惠帝（建文帝）逃亡海外，想跟踪追击他，并且想炫耀武力于国外，显示中国富强。”由此可见，朱棣派郑和下西洋寻找建文帝大约只是一个幌子，彰显国威、弘扬圣德，进而达到睦邻友好、互利双赢才是目的。李新成《郑和下西洋与朝贡体系》载：洪武朝共有17个国家129批次的朝贡使节来华，永乐朝共有40个国家238批次的朝贡使团来华。应该说，这就是“巨大的郑和效应”。

郑和七次下西洋的起讫地点都在南京龙江湾（今下关），先在龙江宝船厂造船，从秦淮江口（今三汊河）入江，再到上元门稳船湖编队，然后经江苏太仓后入洋。以第一次下西洋为例，永乐三年（1405）六月，朱棣命令郑和与他的副手王景弘等人前往西洋为互通使臣。率士卒

27800余人，多带金币。造大船，长44丈（约136.8米）、宽18丈（55.9米）的有62艘。出使西洋的行期一般两年，行程数万海里。可见明朝中国在航海技术、船队规模、航程之远、持续时间、涉及领域等均领先于同一时期的西方，创造了世界航海史上的奇迹。而这些海上贸易通道也具有巨大的国际意义。

英国科技史学家李约瑟博士在《中国科学技术史》中十分感慨地写道："当世界变革的序幕尚未揭开之前，即十五世纪上半叶，在地球的东方，从波涛万顷的中国海面，直到非洲东岸的辽阔海域，呈现出一幅中国人海上称雄的图景，这一光辉的景象就是郑和下西洋。" 据李约瑟博士估计，1420年间中国明朝拥有的全部船舶，应不少于3800艘，超过当时欧洲船只的总和。今天的西方学者专家们也承认，对于当时的世界各国来说，郑和所率领的舰队，从规模到实力，都是无可比拟的。它展示了明朝前期中国国力的强盛，中国的海军纵横大洋，实现了万国朝贡，盛世追迹汉唐。

郑和下西洋，虽然有和平外交政治需要，但开拓远洋航线、开展国际贸易也不失为富民强国的经济战略。跟随郑和三次下西洋的马欢在《瀛涯胜览》中记载，尤以马六甲的商馆最为重要："凡中国宝船到彼，则立排栅，如城垣。设四门更鼓楼，夜则提铃巡警。内又立重栅，如小城，盖造库藏仓廒，一应钱粮，顿在其内。去各国船只，回到此处取齐，打整番货，装载船内，等候南风正顺，于五月中旬开洋回还。"《明史》评价郑和下西洋："所取得的宝物，无法计算，而朝廷的耗费也无法计算。从郑和以后，凡是奉命出使海外的人，没有一个不盛赞郑和而向藩臣夸耀的，所以世间流传三保太监下西洋是明代初年的一件盛事。"

长期以来，为纪念郑和等人下西洋的功绩，捍卫中国对南沙群岛的主权，从1947年开始，先后命名了：永乐群岛、宣德群岛，以及景宏岛（王景宏，郑和副手）、马欢岛（马欢，曾跟随下西洋，著有《瀛涯胜览》）、费信岛（费信，曾跟随下西洋，著有《星槎胜览》）和郑和群礁、屈原礁、东坡礁等等。

世界那么大，郑和为何要归葬牛首山

宣德五年（1430）六月初九，皇帝朱瞻基诏曰："朕恭膺天命，祇嗣太祖高皇帝（朱元璋）、太宗文皇帝（朱棣）、仁宗昭皇帝（朱高炽）大统，君临万邦……尔诸番国远处海外，未有闻知，兹特遣太监郑和、王景弘等赍诏往谕，其各敬顺天道，抚辑人民，以共享太平之福。"（《明宣宗实录》）下诏命郑和、王景弘出使西洋，前往忽鲁谟斯（今伊朗米纳布）等 17 国。这是郑和第七次出使西洋。

郑和船队完成使命后，于宣德八年（1433）开始返回。四月初，郑和在印度西海岸古里去世，时年 63 岁。

郑氏家谱、明人笔记及清代地方文献记载，郑和卒后归葬在牛首山。其中，明代南京学者顾起元在《客座赘语》中载："牛首山东北有郑太监坟，坟有红豆树一株。"清代《康熙江宁县志》载："三宝太监郑和墓，在牛首山西麓……"清《同治上江两县（指上元县和江宁县）志》也记载："牛首山有郑墓。永乐中命下西洋，宣德初复命，卒于古里，赐葬山麓。"

真实情况可能是这样的，郑和在古里去世后，船队由接替的正使太监王景弘率领返航。宣德八年（1433）七月初六抵达南京。宣德帝朱瞻基赐葬郑和于南京牛首山。一般认为郑和墓是一个衣冠冢（因为郑和于四月初在古里去世，七月初六才回到南京。其遗体不可能保存），但完全可以将郑和遗体就地焚化，携骨灰带回。

文献虽有记载，但郑和墓多年来一直缈不可寻。1981 年，文物工作者在原谷里乡周昉村东一座山中调查时发现了郑和墓圹。墓周围杂草丛生，圆形坟丘，高近 3 米。当地人反映，墓前原有神道石刻、墓碑及享殿数间，均早年被毁。墓园西边不远的小村庄叫郑家村，全村都姓郑，村民说他们原不姓郑，因世代看守墓地，耕种周围的坟田，故改姓郑。

郑和归葬牛首山麓可能与他晚年信佛有关，明刊《非幻庵香火圣像记》记载，三宝太监郑和希望在南京碧峰寺非幻庵安度晚年，并为此做了充分准备。牛首山自六朝就是佛教圣地，明代牛首山更是梵宫林立、烟岚缭绕，山上弘觉寺规模宏敞、唐塔高耸，为明初南京八大山寺之一。考古发现牛首山一带是明代内宫太监坟墓集中分布之地。1985 年，为纪念郑和航海 580 周年，国家拨款修复了郑和墓，墓园有 28 级台阶，象征郑和航海 28 年，每个平台 7 级台阶；象征他 7 次出使西洋。此外，还建有碑亭和“南京郑和墓史料陈列馆”。

2008 年发表的《南京牛首山弘觉寺郑和德塔考证》研究发现：郑和的骨灰葬于南京牛首山弘觉寺塔地宫，出土的鎏金喇嘛铜塔周围的四座青花瓷瓶瘞藏着一代航海先驱的真身舍利。

除了造船航海，郑和还干了一项大工程

郑和作为西洋总兵正使、钦差总兵太监，在七次出使西洋之余，还参与主持建造南京大报恩寺及其琉璃宝塔。

大报恩寺规模宏大，以佛殿（即大雄宝殿，又称碽妃殿）、天王殿、宝塔为主体，包括金刚殿、观音殿、伽蓝殿、经藏殿、论藏殿、三藏殿、法堂、祖师堂、禅堂、经房、东西方丈及御亭、左右碑亭、画廊等殿堂；其中画廊有 118 间、经房 38 间。大报恩寺及其琉璃宝塔的建筑极其精美，集明代以前中国建筑艺术精华于一身，其中以大雄宝殿和四天王殿最为壮丽，下墙、石坛及栏杆都用汉白玉砌成，雕镂得非常别致。

大报恩寺的修造，由太监（南京守备，系洪熙元年即 1425 年二月初八，皇帝朱高炽敕命）郑和等人担任监工官。“大报恩寺起工之初，监工官内官监太监汪福等，永康侯徐忠、工部侍郎张信、军将夫役十万人。奉敕按月给粮赏。宣德三年（1428）三月十一日，敕太监郑和等：南京大报恩寺自永乐十年十月十三日兴工，至今十六年之上，尚未完备。……今特敕尔等即将未完处，用心提督，俱限今年八月以里，都要完成。……

故敕，钦此。”（《金陵大报恩寺塔志》补遗）

明代人王士性《广志绎》（卷之二）载：“先是，三宝太监郑和西洋回，剩金钱百余万。”也用于大报恩寺塔的建造。

明清时代，“一些欧洲商人、游客和传教士相继来到南京，口碑相传，西方很多人都知道‘南京瓷塔’，称之为中世纪世界七大奇迹之一”（《金陵胜迹大全·大报恩寺及碑》）。

大报恩寺琉璃宝塔自宣德三年（1428）起，在南京城南巍然矗立了428年之久，可惜在咸丰六年（1856）的太平天国战争中被北王韦昌辉炸毁。

《陶庵梦忆》载：“报恩塔……闻烧成时，具三塔相，成其一，埋其二，编号识之。今塔上损砖一块，以字号报工部，发一砖补之，如生成焉。”由此，南京民间一般认为，当年建大报恩寺塔时所有构件都烧造了相同的3套。一套用在塔上，另两套一一编号后分别埋在窑址和大报恩寺里。

（载于《南京晨报》2019年3月21日，发表时有删节）

北洋（代）大总统冯国璋在南京的遗闻轶事

按：南京是冯国璋从江苏都督到副总统，再到（代）大总统的兴盛之地，这是他的自豪，更是南京的荣耀。冯国璋始读于天津武备学堂步兵科，曾是军校秀才第一人；他靠一本《东游纪程》引起上峰重视，被聂士成任命为军械局督办，甲午年他随军出征朝鲜抗击倭寇，战后他以清朝驻日公使裕庚随员身份赴日考察学习；回国后参与袁世凯的小站练兵，被任命为督操营务处帮办兼步兵学堂监督。清光绪二十九年（1903）十月十六日，清廷成立练兵处，冯国璋担任军令司副使。不久，升任军学司正使，参与筹划指导全国练兵大计。清光绪三十三年（1907）六月，冯国璋升任陆军部军咨处正使。1913 年（民国二年）12 月 16 日，冯国璋受任江苏都督；1916 年（民国五年）10 月 30 日，任北洋政府副总统；1917 年（民国六年）7 月 2 日，任北洋政府代理大总统，也是第三位大总统；1917 年（民国六年）8 月 1 日，冯国璋进京履职。他坐镇南京三年八个月，留下了诸多遗闻轶事。

传奇家世大背景，军校学成北洋豹

冯国璋，字华符，一作华甫。清咸丰八年十二月初四（1859 年 1 月 7 日），出生于河北河间县西诗经村。据说，其母孙钗生他的前一天夜间，梦到一个明亮的大星星飞入她的怀中。其父冯春棠为此十分高兴，认为此子是星宿下凡，将来必主大贵，故名以“国璋”。

相传，冯国璋是明朝开国勋臣宋国公冯胜的后代。冯胜，初名冯国胜，定远（今安徽定远）人。因累积军功而受封宋国公，“时诏列勋臣望重者八人，胜（冯胜）居第三。太祖春秋高，多猜忌。胜（冯胜）功最多，数以细故失帝意。蓝玉诛之月，召还京。逾二年，赐死，诸子皆不得嗣。”（《明史·冯胜传》）崇祯十七年、南明弘光元年（1644）九月初三，弘光帝朱由崧追封冯胜为宁陵王，谥号“武壮”。明永乐三年（1405），冯胜后裔冯禄自安徽奉命北迁，长途跋涉达四年之久，才定居于河北河间县西诗经村。这里因汉博士毛苌（世称“小毛公”）传授《诗经》于此而得名。

冯家传至第十一代时，在西诗经村建成有名的冯家东西南北四大院。正东院冯志桥，正西院冯从善，正南院冯丕振，正北院冯响平。

冯国璋的祖父冯丕振是正南院。冯丕振家境富裕，有地300亩，为该村四大户之一。冯国璋的父亲冯春棠，因科举落榜，精神失常，又因遭天灾，家道中落。冯春棠娶三十里铺孙氏（孙钗）为妻。共诞育四子：长子佩璋，次子蕴璋，三子琥璋，四子国璋。

同治五年（1866），冯国璋8岁时入本村私塾馆读书。光绪元年（1875），17岁的冯国璋娶毛公书院吴震先生之妹吴凤为妻。清光绪七年（1881），在堂叔冯甘棠的资助下，冯国璋到保定莲池书院读书，十一年（1885）五月，由大沽统将刘祺保荐，冯国璋进入北洋武备学堂（又称天津武备学堂）学习，毕业后留校任教习。后经学堂总办荫昌报请李中堂（李鸿章），后经由李鸿章奏保，光绪皇帝钦定冯国璋为县主簿（八品官），从此进入仕途。先后跟随补授山西太原镇总兵聂士成入朝鲜作战，因功受任补用知县，赏加五品顶戴；受袁世凯聘请参与小站练兵，被任命为督操营务处帮办兼步兵学堂监督。

清光绪二十六年（1900）秋，全军在济南举行秋季阅操演习。为了向德国人显示新军的实力，袁世凯邀请德国驻胶州湾总督叶世克一行抵济南参观阅操式。当时42岁的冯国璋任秋操总指挥，随着他的指挥号令，各营一齐动作，冯国璋“一举旗，队伍万足齐发，一举枪则万枪同声。‘行若奔涛，立如植木’，总督赞不绝口”（张立真《冯国璋真传》）。操练完毕，袁世凯向德国总督介绍他手下的3员大将——冯国璋、王士珍、段祺瑞，总督当面称赞3人为“北洋三杰”，俗称龙、虎、豹。

时人根据《太平广记》的记载，诸葛兄弟三人，分事三国。“时以蜀得其龙（诸葛亮），吴得其虎（诸葛瑾），魏得其狗（诸葛亮堂弟诸葛诞）。”以王士珍持重，取“神龙见首不见尾”之意，称之为北洋之龙；以段祺瑞勇猛霸气，称之为北洋之虎；以冯国璋敏捷善变，称之为北洋之豹。又因冯国璋忠诚老实，曾经效忠于袁世凯，称之为“北洋之狗”。

入主江苏为都督，迎娶袁家女教师

清宣统三年（1911）八月十九日（10月10日），武昌起义爆发。十月十九日（12月9日），袁世凯奏请清廷下令，召冯国璋回京任禁卫军总统官。1912年（民国元年）3月10日，袁世凯就任民国临时大总统（第二任）。冯国璋兼任总统府军事处处长。9月8日，任直隶都督兼民政长，仍兼禁卫军总统官。12月加授上将军衔。

1913年（民国二年），冯国璋任江淮宣抚使兼北洋军第二军军长，率军沿津浦路南下镇压讨袁军。9月2日，冯国璋的北洋第二军攻占南京，被袁世凯授予一等文虎章。古人云：“先破秦入关者王之。”由于张勋的武卫前军首先攻入南京，于是9月3日，袁世凯任命张勋为江苏都督。9月10日，冯国璋奉命返回北京，仍任直隶都督。

10月6日，袁世凯当选第一任正式大总统。19日，冯国璋以江淮巡抚使的身份南下，视察江苏省。23日，抵达南京；24日，在南京仪凤门设立江淮宣抚使行辕。29日，赴孝陵卫检阅张勋的军队。12月16日，冯国璋受任江苏都督。19日，冯国璋带领三营禁卫军进入南京。24日，举行新旧都督交接仪式。仪式由袁世凯的亲信段芝贵主持，段芝贵宣读完袁世凯大总统委任令，冯国璋接受委任书，张勋交出裹着红绫子的都督印篆。从1913年12月16日起，到1917年8月，冯国璋赴京履代大总统职，坐镇南京三年又八个月。

当时，南京城内有一个知府“江宁府杨”和两个知县“江宁县左”“上元县沈”。知县的衙门里恢复了老夫子、差快等刑名。县太爷坐堂，恢复了藤条、板子等刑具。南京城内大小官员们都拖着辫子，打轿子上院，谒见时要先递手本，见了“大帅”（张勋）要行跪拜礼，要自称卑职。所有这一切都是清代两江总督衙门的规矩。

张勋的辫子兵各营都用龙头令箭，官长们则穿的是清代的蓝制服，军营中不许悬挂中华民国的军旗，而要悬挂红色白边的蜈蚣旗（流传自古代战场）。民国的国旗也不许悬挂，江苏都督府门前大桅杆上挂的是一个斗大的“张”字红旗。后来张勋终于闹出了一个外交事件，结束了他江苏都督的使命。

1914 年（民国三年）1 月 1 日，冯国璋发布上任布告。14 日，冯国璋正式移驻江苏省都督府（今南京长江路 292 号，原总统府）。这里曾是清代两江总督驻所，太平天国时，洪秀全改为天王府，后遭到战火严重破坏。经过继任江督的改造修建，这里成为江苏都督府。冯国璋是继程德全、张勋之后的第三任江苏都督。当年冯国璋的先祖冯胜跟随朱元璋打天下，“雄踞王者之都”，如今，冯胜后人成为民国上将、江苏都督坐镇南京又是何等的自豪。

冯国璋受任江苏都督之后，派长子冯家遂进京向袁世凯谢恩，同时让他为老父亲物色一位性格温柔的姨太（冯国璋原配夫人吴凤已过世三年）。冯家遂去袁公府代表父亲叩拜了大总统袁世凯，然后到后堂拜见袁克定、袁克文，提起父亲要娶姨太之事，袁克定提到了家庭女教师周砥。

周砥（1873—1917），字道如，此名源自《诗经·小雅》里的“周道如砥，其直如矢”。周砥祖籍江苏宜兴，是明朝大学士周延儒的后裔，也是湖南督军周盛传的嫡孙女，父亲——在周砥小时候就去世了——曾做过前清的内阁学士。后来周砥进入天津女子师范学校读书，毕业后在女师附小任教，后经女师校长傅增湘介绍成为袁世凯的家庭教师。周砥文质彬彬，贤淑雅静，敬业自律，深得袁府上下的好感。

袁世凯得知此事后也表示同意。他对儿子袁克定说，周砥是名门之后，有学识，明达淑雅，不能去冯家做妾，必须立为正室。袁克定频频称是。几天后，冯国璋收到总统府秘书长夏寿田的信函，内容是："'大树'德高望重，吴夫人久丧，正室出缺，'既有纳妾之意，何不明媒正娶'。在介绍了周砥的品貌后，夏明示冯帅，此番提亲做媒完全是'宫保（袁世凯）的美意'，诚劝冯帅笑纳，勿拂总统盛情重托。"（张立真《冯国璋真传》）周砥最初不肯，后经袁世凯劝慰，于是认可。

1914年3月19日，"冯国璋续娶袁世凯之家庭女教师周道如（砥）"［郭廷以《中华民国史事日志（1914年）》］。意思是："3月19日（农历二月二十三日），冯国璋续娶袁世凯的家庭女教师周砥，字道如。"3月17日，下关车站悬灯结彩，一座长青松柏牌楼高架在站前宽阔的马路中央。下午5时，由袁世凯卫队护送，袁世凯三姨太金夫人伴着周砥乘坐的专车，缓缓地停靠在浦口车站，然后渡江到下关。炮兵、军舰均鸣炮致敬。19日，举行了新式结婚典礼，冯国璋身穿上将军礼服，佩挂勋章，将新娘迎入都督府西花园内。江苏民政长韩国钧代表大总统袁世凯主婚，宣读文明结婚证书。冯国璋迎娶新娘周砥的婚礼轰动金陵古城，这场中西合璧的新式婚礼极尽奢华。

袁世凯陪送的嫁妆相当丰厚。赠周砥奁资（陪嫁的财物）五万银圆，嫁妆另配。袁的姬妾、儿媳、小姐们送的首饰，赠的绸缎衣料，就装了很多箱，其中金银首饰珠宝玉器就有120担。

周砥有志于教育事业，特别热心办女子教育，立志为千百年来受歧视的妇女做一点利在千秋的事情。冯国璋也很支持周砥的工作，向全国倡议，成立全国教育会，保障教工的待遇和权利。并发起成立社会教育公会，先在南京设立筹备处，逐渐向全国推广普及，解救贫困学生，关注就业问题，为后来的社会教育事业奠定了基础。冯国璋的一系列做法，也提高了他在江苏暨南京的知名度。冯国璋之子冯家迈说："她（指周砥）好交际，好应酬，好讲排场。过去所谓'双十节'国庆，我父亲当时在南京总要举行一个阅兵式。她一定要和我父亲一同参加，一同阅兵。还有，她在结婚的第一年，曾带了我的三姐和我的侄女以及男女佣人等等，挂了一节专车，由南京到北京总统府去回拜袁世凯。她很讲求穿戴修饰，她不仅自己这样做，还教导着我们家里人也跟着这样做，使得大家也讲求起穿戴修饰来了。"（文斐编《我所知道的"北洋三杰"》）

6月30日，冯国璋被授以宣武上将军，督理江苏军务。这年冯国璋56岁。民国时，江苏省长公署等政府机关曾设在瞻园内。瞻园的主人最早是明朝开国元勋、中山武宁王徐达；清朝时瞻园为江宁布政使署；太平天国时改为东王杨秀清府第。辛亥革命后，江苏省民政长入主瞻园。冯国璋任江苏都督初，主管行政的民政长是韩国钧。

冯国璋与韩国钧精诚合作，首先为恢复南京的工商业共同谋划。他们共同筹款六万多元设立待济处，专门贷给小商贩，资助开张开业，使市面逐渐繁华起来。南京城除原有的浦口商场外，又开立了多处商业场所，这给道路交通造成了很大压力。冯国璋与韩国钧商议，决定接受前一年省议会的建议，拆除部分城墙，增建拓宽马路，并全面筹划旧城改造计划，改变南京的市容市貌。冯国璋在南京改革江苏政治、整治警局、体恤工商、扶植教育、救济贫民、安排满人生活，筹办市政建设，政绩突出。

冯国璋主政江苏期间，处理了一桩涉外官司，即"摩兰特夫人被伤案"。1915年6月12日晚，英国传教士摩兰特夫人领着爱女与另一位传教士之女一同在南京街头散步。当她们走到北极阁九眼井时，突遭一名穿军服携战刀的士兵殴打，三位女子均被打伤，尤以摩兰特夫人的女儿伤势最重，而凶手逃之夭夭。经过冯国璋和民政长官的努力化解，稳妥地解决了这一起外交纠纷。

亲自入京反帝制，欣然当选副总统

1915 年（民国四年），中外各界人士盛传袁世凯即将重新实行帝制，冯国璋不相信。6 月 15 日，冯国璋再次会晤梁启超，商谈劝阻袁世凯帝制一事。他对梁启超说："我之辩才远不如子，子之实力亦不如我，必我与子同往。子反复予以开导，我隐示以力为子后盾，庶几千钧一发，危机可挽。"（中华民国史事纪要编委会《中华民国史事纪要》，中华民国四年七月六日，五五七页）22 日，冯国璋偕夫人周砥和梁启超一同离宁赴京。冯国璋曾三次拜访袁世凯，问及帝制计划时，袁世凯说："我绝对无皇帝思想，袁家没有过六十岁的人。我今年五十八，就做皇帝能有几年？况且皇帝传子。我的大儿子克定残废，二儿子克文假名士，三儿子克良土匪。哪一个能承继大业？你尽管放心。"（唐德刚《袁氏当国》）又说："帝王家从无善果，我即使为子孙打算，亦不能贻害他们。"（张立真《冯国璋真传》）

12 月 18 日，袁世凯特任冯国璋为参谋总长，未到任前由唐在礼署理。并催冯国璋入京供职。冯国璋托病请假，拒不入京。21 日，袁世凯又封冯国璋为一等侯爵。25 日，蔡锷在云南起兵，组织护国军讨伐袁世凯。袁世凯任命冯国璋为征滇军总司令，命令他率军入滇讨伐护国军。

1916 年（民国五年）2 月 24 日，袁世凯任命冯国璋为第二十师师长。冯国璋谢绝出任征滇军总司令之职。3 月 2 日，冯国璋又请辞江苏都督职务。23 日，袁世凯免去冯国璋参谋总长职务，任命段祺瑞为参谋总长。同时，宣布废止洪宪年号，恢复民国纪元。5 月 20 日，冯国璋电劝袁世凯退位。6 月 6 日，袁世凯去世。"国务院通电，遵袁世凯遗令依约法（新约法）以副总统代行职权。"［郭廷以《中华民国史事日志（1916 年）》］7 日，副总统黎元洪就大总统任。冯国璋发电祝贺黎元洪升任大总统。

10月9日，黎元洪大总统颁给冯国璋一等大授宝光嘉禾章。30日，“参众两院议员齐集国会大厅选举副总统。出席议员741人。第一次投票，冯国璋得413票，广西陆荣廷得176票，黄兴得33票。按照大总统选举法，当选人法定票数，须占出席人数3/4即550票，冯不足法定人数。下午国会进行第二次投票。有效票数732张，冯国璋528票，陆得180票，冯接近法定票算数。议长宣布，在得票较多的冯、陆两人中再决选一次，冯国璋以520票当选。”（张立真《冯国璋真传》）当天晚上，国会将选举结果电达冯国璋，祝贺他已经当选中华民国副总统。南京各界得知消息，兴高采烈，连夜悬旗庆贺。各界人士涌入督军署恭贺，冯国璋十分愉快地接受了各界的诚意。第二天，大总统黎元洪、总理段祺瑞及各位国务员致电恭贺冯国璋当选为民国“副座”。冯国璋当选副总统后继续留在南京办公。

11月2日，黎元洪派专使冯耿光、李宣倜专程来宁代表大总统向冯国璋道贺，表示诚挚与尊重。黎元洪于3日，又颁令冯国璋兼领江苏督军。6日，黎元洪再派特使张东荪到南京，奉上副总统证书，上书“依大总统选举法选举冯国璋为中华民国副总统”，并加盖总统选举会印章以及参、众两院议长王家襄、汤化龙的署名并印章。8日，冯国璋在江苏督军署举行副总统就任典礼。“冯国璋在国旗下鞠躬、宣誓，接受总统特使奉上的副总统证书。军舰放炮19响向副总统礼贺。”（张立真《冯国璋真传》）冯国璋的副总统府设在“中华民国临时大总统府”（今南京长江路292号，原总统府）。

1916年（民国五年）12月28日，是冯国璋寿辰。早在15日，他就饬令咨议厅、副官处发布公告，寿辰停办，寿礼拒领。但是禁不住各界人士一再请求为副总统庆寿，于是冯国璋决定1917年（民国六年）1月3日，与夫人周砥共做“双寿”，因为这天是周砥42岁生日。不久，冯国璋又发布停办公告。最后，拜寿礼还是如期隆重举行，来宾竟然有人高呼“副总统万岁”！

1916年初，冯国璋开始坐镇南京，经济发展，社会治安良好，于是江苏商民便发动大家集资为冯国璋竖立“丰碑”。江苏军界联合会得知，亦愿加入，准备改为建冯公生祠（为活着的人建立祠庙，即所谓生祠。在中国历史上，只有极个别的清官廉吏，才有这个福分），取名为“华园”（冯国璋字华甫），并打算铸造铜像。12月，冯国璋特谕江宁镇守使王廷桢说：“督苏以来，凡所行为皆分内事，铸像盛举万不敢当，应从速致谢禁止。”（《晨钟报》1916年12月23日）冯国璋坚决要求取消建园铸像动议。第二年1月4日，冯国璋又面谕上海警察厅长：“铸像一事，不必举行，以恤时艰。”（公孙訇《冯国璋年谱》第86页）5月20日，冯国璋捐款20万元，将原本为他建造的“华园”改建为贫民工厂。此事成为冯国璋致力慈善事业的典范，一时传为美谈。

1917年（民国六年）2月23日，冯国璋抵北京，即日会晤黎元洪、徐世昌。段祺瑞设晚宴招待冯国璋，席间商谈与德国绝交问题。25日，冯国璋、段祺瑞、徐世昌、王士珍商议，一致同意对德绝交，并加入协约国（第一次世界大战中以英国、法国、沙皇俄国为主的国家联盟）。黎元洪保持中立主张，并表示“即便辞去总统，也不能承认”。3月11日，冯国璋离开北京返回南京。

副总统府邸遭火灾，冯国璋就任大总统

1917年（民国六年）4月2日下午五时许，冯国璋副总统府邸西花园（今南京长江路292号，原总统府）突发火灾，很快大火就吞没了整个府邸，情况十分危急。督军署下令全城戒严，军警们奋力救火。冯府上下乱作一团。冯国璋眼见公署与内室变成一片火海，数年经营的财产焚烧殆尽，悲痛万分，竟想投火自焚。

一名贴身侍从苦苦劝说：“只要总统健在，何愁财宝丧失，若没有人不就一切皆空了！”冯国璋则仰天长叹：“天丧我也！”（张立真《冯国璋真传》）这时，周砥和几房姨太太也被人救护出去。冯国璋举家迁到距总统府不远的李相国府宅（疑似南京绣花巷李鸿章花园）临时居住。所以第二天冯国璋依旧到西花园办公。

“内宅各房间及府邸直属办公处所全部起火，共计60间房屋被烧毁……8厘公债达20万元，冯国璋万分懊丧。”（张立真《冯国璋真传》）其实冯国璋被烧掉的财产远不止这些，临死前他对长子冯家遂说：“我们的财产，除去在南京烧了五百七十万元、张调辰（管家）这个小子侵吞了300万元、王克敏这个小子骗去了40万元（王克敏曾帮助冯国璋以40万元的代价买通了宪法研究会，结果竹篮打水一场空），此外都与账上相符，并不短少，你要好好保管。”（刘冰天《关于徐树铮和安福俱乐部》《文史资料选辑》第26辑116页）

好在大火并没有蔓延到总统府的西花园，总统印玺也被抢救出来了。冯国璋对周砥感叹道：“人生如梦，为欢几何！天灾人祸，知有几多？”周砥安慰冯国璋说：“生死由命，富贵在天，以后我们再一起重建家园吧！”

副总统府失火的消息震惊中外，一时沸沸扬扬。后来查明失火原因并非人为，而是电线打火引发的。冯国璋决定，在失火原址重建平房40间，不求华丽，只图实用。4月8日，冯国璋致电政府，反对加入协约，在京时赞成绝交，系调停府院，非出本心。14日，冯国璋捐薪俸2万元修造署府，表示对这场火灾造成损失的内省和负疚。

这一时期，在北京的大总统黎元洪与国务总理段祺瑞之间发生了激烈的矛盾。冯国璋以局外调停人的身份分别忠告大总统黎元洪和总理段祺瑞，试图缓解他们之间的矛盾。

6月3日，副总统冯国璋向国会提出辞职（冯持中立态度，为舆论所指责）。8日，黎元洪致电冯国璋及各省，以约法规定，副总统未代行总统职权之前，“仅属荣名，无职可辞”，予以慰留。

1917年（民国六年）6月5日，黎元洪准备辞职，电请冯国璋代理大总统，冯国璋不同意。7月1日，张勋进入逊清宫苑，在毓庆宫养心殿拥戴清逊帝溥仪复辟。凌晨三时，张勋让12岁的溥仪出来宣布，改称此年为“宣统九年”，全国改挂龙旗，并一连下了九道谕令。其中，封黎元洪为一等公；冯国璋被封为两江总督兼南洋大臣，张勋自任首席内阁议政大臣，兼直隶总督、北洋大臣。黎元洪拒不受命逊帝溥仪诏封的一等公。天明后，黎元洪急电在南京的冯国璋副总统，让他代理大总统职务，天津的段祺瑞仍为国务总理。然后黎元洪躲进东交民巷日本使馆避难。第二天，逊帝溥仪又给冯国璋、陆荣廷加上了参预政务大臣的头衔。

同时，黎元洪电令各省出师讨伐张勋。7月2日，黎元洪电请冯国璋副总统依照《中华民国临时约法》（民国元年三月十一日公布）第四十二条“临时副总统于临时大总统因故去职，或不能视事时得代行其职权”及《大总统选举法》第五条“大总统缺位时，由副总统继任，至本任大总统任满之日止”暂在军府代行大总统职权，维护共和。于是，冯国璋坐上了代大总统的交椅。

7月3日，副总统冯国璋在南京通电代理大总统，又向全国发布讨伐张勋的通电，声讨张勋欺诈同胞，蔑视国法，实行复辟的罪行。次日，冯国璋又与段祺瑞联名通电，历数张勋破坏民国蹂躏京师的八大罪状。最后商定，南北策应，“肃清畿甸，犁扫逆巢”。

北路讨伐军由段祺瑞在天津组织，直指北平；南路讨伐军在南京组织，挺进张勋的老巢徐州。冯国璋调驻江苏第二师编入北伐部队。

7月6日，59岁的冯国璋在南京的江苏督军署（今南京长江路292号，原总统府）就任代理大总统职位，从而登上了北洋政府权力的顶峰。特任段祺瑞为国务总理。7日，第五混成旅开进浦口，张勋的四个营缴械投降，又派人到徐州，招抚了留守统领张文生。

在北平，段祺瑞任命曹锟担任西路军司令率领第二师出保定，到跑马场集合向北京进发，吴佩孚担任先锋官。东路军段芝贵率第八师和第十六混成旅在廊坊集合，由段芝贵指挥向北京进发。7月5日，吴佩孚占领卢沟桥，段芝贵进入黄村。7日，段芝贵的东、西两路军夹攻张勋的辫子军，挺进北京城郊。几路讨逆军与辫子军战于丰台、天坛、南河沿等地，很快辫子军就土崩瓦解，纷纷自动剪去辫子逃之夭夭。12日，复辟祸首张勋带着家小逃入荷兰使馆避难，只维系了12天的清帝复辟闹剧寿终正寝。

7月14日，冯国璋致电黎元洪，“奉还大总统职权，请黎元洪复职”。黎元洪愧于自己当初解散国会，所以决心去职，致电冯国璋说：“惭魂虽化，枯骨犹生，黾载河间，奠我民国。”仍然固辞。18日，段祺瑞电请冯国璋入京就职。

此时，段祺瑞虽然赶走了张勋，接回了黎元洪，但却解散了黎元洪的卫队，换上军警护卫黎府，实际上隔绝了黎元洪与外界的联系。黎元洪被迫进入法国医院，宣告下野，请代大总统冯国璋前往北平就职。

7月30日晚，南京灯火通明，全城文武长官一齐出动，欢送冯国璋代大总统赴京任职。

8月1日，冯国璋率第十六师抵达北京。“代理总统冯国璋抵京，清室代表贝勒载润迎之。”［郭廷以《中华民国史事日志（1917年）》］随即冯国璋到东厂胡同黎元洪住宅，拜访黎元洪，劝其复职，但黎元洪坚决不肯复职。3日，冯国璋前往学府胡同拜访段祺瑞。之后，又与段祺瑞一同去拜访了王士珍，共忆“北洋三杰”的往事。4日，冯国璋名正言顺地在北京就任代大总统，入主中南海新华宫。6日，通电宣布就任代理大总统职。

周砥此时身为代理大总统夫人，但是好景不长，一个月后，9月10日，

“冯国璋夫人周道儒卒”［郭廷以《中华民国史事日志（1917年）》］，此处作“周道儒”。周砥病逝于总统府福禄居，时年44岁，无子女。当时中外人士为之震悼。英、法、美、日、俄等国驻华公使、代办、文武参赞携夫人前往福禄居吊唁，赠送花篮、花球，并在周氏遗像前鞠躬行礼，慰问代总统冯国璋。9月15日周砥灵柩运回河间，葬于古洋河西畔黄龙湾。

冯国璋入京代总统，出兵国外扬威北洋

冯国璋入京后，主要做了三件大事。

第一件事：1917年8月14日，冯国璋布告对德宣战，宣布自“‘八月一日上午十时起，对德国、奥国宣告立于战争地位’；并声明废止与德奥两国所订之一切条约”（李新总编《中华民国大事记》第一册）。

第二件事：1917年9月1日，冯国璋发表对内对外六项意见，主张采用和平手段解决南北争端，实现国家的“和平统一”。

第三件事：出兵俄境海参崴护侨撤侨。1918年（民国七年）4月5日，“北京政府应海参崴各国领事团会议决定，派陆军和‘海容’号军舰前往海参崴”（李新总编《中华民国大事记》第一册）。8月3日，冯国璋“命海容舰长林建章节制派赴海参崴陆海军队”［郭廷以《中华民国史事日志（1918年）》］。这是北洋政府首次出兵国外，执行护侨撤侨任务，彰显了中华民族的气节和北洋海军的威风。8月12日，“冯国璋因代总统任期届满，通电表示无意恋栈，及竞争选举”。8月18日，“北京派赴海参崴之军队出发（第九师，共四营）”［郭廷以《中华民国史事日志（1918年）》］。

1919年（民国八年）12月28日（农历十一月初七）晚11时，民国风云人物，前代理大总统冯国璋因肺病不治，逝于北京帽儿胡同11号私宅，时年62岁。“冯国璋卒于北京，年六十二（1859.1.7生）。”［郭廷以《中华民国史事日志（1919年）》］有诗为证：

《江城子 · 冯国璋》

青衿无奈换戎装。秀才郎，练兵忙。
甲午东征，虽败誓图强。
鸿宝兵书赢美誉，三杰并，盛名扬。

督军江左一方王。祭穹苍，拜朱皇。
兴业金陵，妙手创辉煌。
可惜无缘真总统，行代理，梦黄粱。

（载于《南京史志》2020 年 7 月 14 日，作者编辑时删除其中插图）

六朝金陵饮酒达人的三种执着

中国历史上的帝王将相，文人雅士几乎都爱饮酒，也会饮酒。因为酒能使人中枢神经兴奋，愉悦心情。饮酒留下很多历史传说，如刘邦醉酒斩白蛇，赵匡胤“杯酒释兵权”，再如“李白斗酒诗百篇”。六朝时期建康（孙吴时期称建业，均为今南京）饮酒达人可谓多矣。关于喝酒的态度，归纳起来大致分为三种执着，且待笔者慢慢列举。

第一种执着：嗜酒如命拼命喝

陶渊明，本性爱喝酒，可是家里穷得经常没有酒喝。亲朋故旧知道后，“或置酒招之，造饮必尽，期在必醉”（《晋书·卷九十四·列传第六十四》）。意思是：“置办酒席来请陶渊明喝酒，他去饮酒一定要喝完，而且一定要喝醉。”陶渊明家里四壁空空，不能遮阳挡雨，旧衣衫十分破烂，盛饭的容器经常空着，他也不在意。因为只有酒，才是陶渊明唯一的精神支柱，他也因嗜酒才导致家贫如洗。颜延之调任始安郡（今广西桂林）守时，路过陶渊明住处，天天拜访陶渊明，每次去必定要一同畅饮，喝得大醉。“临去，留二万钱与潜，潜悉送酒家，稍就取酒。”（《宋书·卷九十三·列传第五十三》）意思是：“临走时颜延之留下两万钱给陶渊明，而陶渊明则将钱全部送存酒家，随时沽酒。”

南朝宋代临海太守孔觊无酒不能活。他性情急躁，酗酒任性，每次喝醉总是整天不醒，对同僚多有欺凌轻慢。虽然孔觊喝酒的日子居多，但他却清楚地了解政事，酒醒的时候判决，不曾有过阻滞。众人都说：“孔公一月二十九日醉，胜他人二十九日醒也。”（《宋书·孔觊传》）世祖皇帝刘骏每次想引见他，总是先派人看他酒醒了没有。后来，晋安王刘子勋与宋明帝刘彧争位，孔觊起兵助阵，兵败被杀。“临死求酒，曰：‘此是平生所好。’”

豫章太守谢鲲，出身儒学世家，年少知名，生性豁达，见识高明，但却不修威仪。避乱渡江后，与阮放、毕卓、王尼、羊曼、桓彝、阮孚、胡毋辅之并称江左八达。当时光逸避难渡过长江，想归依胡毋辅之。刚到时，正遇上胡毋辅之与谢鲲、阮放、毕卓、羊曼、桓彝、阮孚散发裸体，关闭房门酣饮已经数日。光逸也是个酒鬼，“逸将排户入，守者不听，逸便于户外脱衣露头于狗窦中窥之而大叫”（《晋书·卷四十九列传第十九》）。意思是：“光逸将要破门而入，守门的人不让他进去，光逸就在门外脱衣露头，在狗洞中窥视大叫。”胡毋辅之听到后惊叫道：“他人决不会这样，必然是我的孟祖（光逸字）来了。”马上呼喊他进来，一起饮酒，昼夜不停。

第二种执着：不醉不休照死喝

孙权还是吴王的时候，一次和臣下在武昌钓台上饮酒，大家酩酊大醉，孙权令人把水泼在大臣身上，令他们清醒后继续再喝。孙权说：“今日酣饮，惟醉堕台中，乃当止耳！”意思是：“今日畅饮，不醉倒在钓台上，我们绝不停杯！”

虞翻性情粗率耿直，多次因醉酒犯过错。一次，孙权和张昭辩论神仙，虞翻指着张昭说：“彼皆死人，而语神仙，世岂有仙人邪！”（西晋·陈寿《三国志·卷五十七·吴书十二》）意思是：“他们都是死人，却谈说神仙，世上哪有仙人呢！”孙权十分恼怒，于是把他放逐到交州。皇帝和张昭议论神仙，关你虞翻何事？醉酒犯上，惨遭流放。

一次，前将军朱桓托病还中洲（今湖北长江枝江沱水间），孙权亲自为他饯行送别。酒喝到半酣，朱桓端起酒杯对孙权说：“臣当远去，愿一捋陛下须，无所复恨。”（刘宋·裴松之注《三国志·卷五十六·吴书十一·朱桓传第十一》）意思是：“臣就要离开陛下远去了，要是能摸一摸陛下的胡须，臣死而无憾了。”孙权闻言微微地倚着案几，把头伸了过去。朱桓上前捋须说：“今天总算可说是捋到虎须了！”孙权大笑。朱桓出于对孙权的恭维，把捋孙权胡须说成捋虎须。

黄门侍郎王徽之，是书圣王羲之第五子。一天夜里大雪刚停，月色明朗，眺望四方一片皎白，他独自酌酒咏诵左思《招隐诗》，忽然想起了戴逵（字安道），就连夜乘小船去拜访他。船行了一夜才到，到了门口他没进去就返回了。有人问他其中的缘故，王徽之说：“本乘兴而行，兴尽而返，何必见安道邪！”（《晋书·卷八十·列传第五十》）意思是：“我本来是乘兴而来，兴尽而返，何必一定要见戴逵呢！”

梁武帝萧衍与何点有旧交，登基以后，亲手写诏书叙说旧情，赐给何点鹿皮巾等物品，并且要召见他。何点头戴方巾，身穿粗布褐衣，被接进了华林园，梁武帝馈赠他诗酒，恩礼一如旧时，继而下诏征何点入朝任侍中。何点捋着梁武帝的胡须说：“乃欲臣老子。”（《南史·卷三十·列传第二十》）意思是：“你竟想让老头子做你的臣子。”何点借口有病推辞不应征。

天监六年（507），梁将曹景宗和韦睿在徐州大败魏军。班师回朝后，梁武帝在华光殿与功臣宴饮连句赋诗，命左仆射沈约赋韵。曹景宗未得韵，心中不平，提出要赋诗。皇帝萧衍说：“你的技能很多，才干超群，何必计较区区一首诗呢？”此时，曹景宗已经喝醉，不停地要求作诗。梁武帝只好让沈约分韵给他，这时韵字快要分完，只剩竞、病二字。曹景宗便拿起笔，一下子就写完了，诗云：“去时儿女悲，归来笳鼓竞。借问行路人，何如霍去病。”（《南史·卷五十五·列传第四十五》）此诗一出，皇帝萧衍惊叹不已，沈约及朝中名流也都惊叹了一整天，梁武帝下诏令把此事记入国史。曹景宗醉酒作诗，比李白早了200多年。

第三种执着：生前不离酒，死后当酒壶

三国吴的太中大夫郑泉闲居时经常说：“愿得美酒满五百斛船，以四时甘脆置两头，反覆没饮之，惫即住而啖肴膳。酒有斗升减，随即益之，不亦快乎！”（刘宋·裴松之注《三国志·卷四十七·吴书二·吴主传第二》）意思是：“愿有一艘装载五百斛美酒的船，一年四季的甘脆果蔬放在船的两头，反复痛饮美酒，喝累了就停下来吃佳肴，喝一斗补一斗，随时添满，那该多快活啊！”

像郑泉的这种执着，当其时就他本人而言，也许是一种尽情尽兴的表达。不过从现代医学角度来看，应该也算是一种妄想症。东晋外戚大臣王恭有句名言：“名士不必须奇才，但使常得无事，痛饮酒，熟读《离骚》，便可称名士。”（《世说新语·任诞第二十三》）按照王恭的说法，其公式是：悠闲 + 畅饮 +《离骚》= 名士。这也许是六朝饮酒达人酷爱饮酒的最重要原因之一。

（载于《金陵晚报》2020 年 11 月 1 日，发表时有删节）

闲聊六朝宋齐两代“不可有二”的达人张长史

张融（444—497），字思光，吴郡（今江苏苏州）人。南北朝时刘宋、萧齐两朝负有盛名的文学家和书法家。出身世族，其祖父张祎是晋琅邪王的郎中令（九卿之一，掌宫廷侍卫）。父亲张畅，是刘宋朝的会稽太守。张融弱冠知名，初仕刘宋为封溪（今越南河内市东英县古螺）令。后举秀才，对策中第，为仪曹郎（尚书省仪曹长官），一直在京城建康（今南京）做官。官至黄门郎、太子中庶子、司徒左长史，世称“张长史”。

布施皇妃一百钱

张融20岁时，同郡的道士陆修静把一柄白鹭羽毛驼麈尾（魏晋清谈家经常用来拂秽清暑，显示身份的一种道具）的扇子赠给张融，说：“此既异物，以奉异人。”意思是：“这既然是不同寻常的东西，就拿来送给不同寻常的人物。”宋孝武帝刘骏听说张融早有声誉，赐官为新安王刘子鸾（皇帝刘骏第八子）北中郎参军。

大明六年（462）四月，新安王刘子鸾的母亲殷淑仪（皇帝刘骏宠妃）去世，四月八日建斋并且浴佛（浴佛节，又称“佛诞日”），僚佐布施钱财多的至一万，少的也不低于五千，只有张融布施一百钱。宋孝武帝刘骏很不高兴地说：“张融太穷，应当给他优厚的俸禄。”于是调他出京担任封溪（今越南河内市东英县古螺）令。他的堂叔张永将他送出后渚（今南京西南，秦淮河上的别渚），说：“好像听到朝廷旨意，你不久就会回来。”张融说：“不怕不能回来，恐怕回来后又会重新离去。”广州、越州（今浙江绍兴）一带地势险要，獠族（獠人是古代中国南方的蛮人）强盗捉住张融，要把他杀掉吃了，张融神色不改，并吟咏洛生（洛下书生吟咏，音色重浊），强盗们感到奇怪而没有加害于他。

《海赋》堪比四大家

张融渡海去交州（今越南河内西北）赴任，途中在海上作了一篇《海赋》："……壮哉水之奇也，奇哉水之壮也。故古人以之颂其所见，吾问翰而赋之焉。当其济兴绝感，岂觉人在我外。木生之作，君自君矣。……"（《南齐书·卷四十一·列传第二十二》）意思是："……这海水真是奇丽壮美。所以古人用言辞颂赞他所看见的景象，我施用笔墨来为之作赋。当它得以助兴尽情的时候，又怎会感觉别人和我不同，木生（也叫木华，西晋辞赋家，其《海赋》被梁代萧统《文选》选录）当年的作品，也就是写他自己的感受罢了……"张融自以为是，并不待见木生的《海赋》。

张融的《海赋》文辞诡异偏激，和众人大不相同。后来张融回到京都（今南京），将《海赋》拿去给镇军将军顾觊之看，顾觊之说："你这篇赋实在超出扬雄和司马相如（二人都是汉赋四大家之一），只可惜没有提到海盐一事。"张融立即提笔加上四句："漉沙构白，熬波出素。积雪中春，飞霜暑路。"（《南齐书·卷四十一·列传第二十二》）意思是："粗糙的沙砾中形成白盐，煎熬海水便可出产。犹如仲春的皑皑积雪，又似暑天道中寒霜飞现。"

皇帝赐衣又赠鞋

后来，张融被征召为太祖太傅掾（太傅的属员），历任骠骑豫章王（刘子尚）司空谘议参军，迁中书郎，但这些都不是他喜欢做的事，请求为中散大夫（皇帝的从官），没得到允许。张融言行举止诡异不同寻常，坐着时常把膝部耸起来，走路则拖着步子，翘着身体昂着头，很是做作。见到他的人都感到奇怪，往往聚而围观，如同闹市，而张融丝毫没有羞惭之色。他随众人而行，常常是慢慢拖在后面。齐太祖萧道成一向很珍视喜爱张融，当初萧道成做太尉的时候，常常跟他来往，看见张融就笑着说：“此人不可无一，不可有二。”萧道成即位以后，亲自下诏书赐给张融衣服，说：“看见你穿的衣服破旧，实在是心怀清白，但你衣衫褴褛，有失朝廷观瞻。这里送一件旧衣服给你，衣服虽是旧的，心意却胜过新的。本来是我穿的，已经让人照你的身材改好了。再送你鞋子一双。”

那时的大臣尚且穷困潦倒，皇帝也不富裕到哪里，送大臣衣服还是旧的，似乎过于寒酸。

不对不对全不对

当初，张融和吏部尚书何戢（南朝宋有名的美男子，大名鼎鼎的山阴公主刘楚玉的夫婿）关系很好，张融要去看望何戢，却错通报给了尚书刘澄。车夫将张融送刘澄家门口，“融下车入门，乃曰：‘非是。’至户外，望澄，又曰：‘非是。’既造席，视澄曰：‘都自非是。’乃去。”（南朝梁·萧子显《南齐书·卷四十一·列传第二十二》）意思是：“张融到了尚书刘澄家下车进门，这时才说：‘不对。’到了房间里见到刘澄，又说：‘不对。’等到他坐到酒席前眼睛看着刘澄又说：‘完全不对。’于是起身走了。”张融就是这样奇特的一个人。

亦恨二王无臣法

张融聪明英俊，人才出众，反应机敏，对答如流。有一次他去太极西堂朝见太祖皇帝萧道成，很晚才赶到。皇帝问道：“你为什么这么迟才到？”张融回答说：“我见皇帝好像是从地下升往天空，所以快不起来。”说得皇帝龙颜大悦。张融是中书郎，他曾经感叹地说：“不恨我没有生在古人的时代，恨古人没有生在我这个时代！”张融善于写草书、隶书。皇帝萧道成对他说：“‘卿书殊有骨力，但恨无二王法。’答曰：‘非恨臣无二王法，亦恨二王无臣法。’”（唐·李延寿《南史·卷三十二·列传第二十二》）意思是：“‘你的字非常具有骨架和力度，可惜缺少王羲之和王献之父子的章法。’张融回答说：‘不恨我缺少二王的章法，只恨二王缺少我的章法。’”

不与谢罪者同餐

张融与第六弟宝积一块儿拜见皇帝萧道成。张融在皇帝面前放了一个屁，宝积起身谢罪说：“我的这位兄弟泄气污染了皇上的圣殿。”皇帝只是笑笑，没有说什么。过了一会儿，摆上酒宴，张融排斥宝积，不让他上桌。皇帝问：“为什么不跟你的这位贤弟同桌吃饭？”张融说：“臣不能与谢气之口同盘。”（宋·李昉、扈蒙、李穆等《太平广记·第二百四十六卷》）意思是：“我不能与一个放个屁都要谢罪的人同桌吃饭。”皇帝听后大笑。

巧言善辩音色美

张融个性鲜明，反应机敏，巧言善辩，幽默诙谐，在清谈、佛学等方面也有很深的造诣，具有令人称道的名士风范。诸如：“以无道而来，见有道而去。”“先君不幸，名达六夷（泛指外族）。”张氏自从张敷（张畅堂兄、张融伯父）以来，都是以讲究语音言辞、修养风度仪容为事业。张融的伯父张敷“善持音仪，尽详缓之致，与人别，执手曰：‘念相闻。’余响久之不绝”（南朝梁·沈约《宋书·卷六十二·列传第二十二》）。意思是：“张敷善于把握说话发声法则，了解声音急缓之间的细微区别。他与人道别时拉着别人的手说：‘念相闻。’说完后余音久久不绝。”张家后辈都能效仿这一点，起源在张敷。

张融不仅巧言善辩，其说话音色也极其优美，余音回响经久不绝。

（载于《金陵晚报》2020 年 11 月 9 日，发表时有删节）

话说南朝的“两面”宰相何敬容

何敬容，字国礼。南朝齐末梁初文学家。庐江潜县（今安徽舒城）人。何敬容出身世代公卿的士族庐江何氏。祖父何攸之在刘宋朝官至太常卿；父亲何昌寓（447—497），在萧齐朝官至吏部尚书，二人都是当时的知名人物。

南朝的萧齐、萧梁都建都于建康（今南京），属于南京六朝的中后期的朝代。当时的建康经济繁荣、佛教盛行，已经成为全国的文化中心。晚唐诗人杜牧对当时的情景作了生动的描述：“千里莺啼绿映红，水村山郭酒旗风。南朝四百八十寺，多少楼台烟雨中。”何氏家族就生活在这样一个繁华的都城之中。

出身名门，为政天下称第一

何敬容以名门之后，20岁时娶了齐武帝萧赜（萧齐第二位皇帝）的二女儿（长城公主）为妻，被拜为驸马都尉。梁武帝天监初年（502），何敬容任秘书郎，历任太子舍人、尚书殿中郎、太子洗马、中书舍人、秘书丞，迁任扬州治中（州刺史的佐官），出任建安（今广西全州）内史，他清廉公正，政绩突出，受到官吏和百姓的称赞。回京（今南京）后授黄门郎，累迁太子中庶子、散骑常侍、侍中、司徒左长史。梁武帝普通二年（521），再任侍中，领羽林监，不久又领本州大中正（掌知州内人物）。随即又署理吏部尚书，选拔官吏审慎严明，有称职的美称。梁武帝普通四年（523），出任招远将军、吴郡（今江苏苏州姑苏区）太守，为政能忧虑怜惜民众的痛苦，审理诉讼案件如神，“视事四年，政为天下第一”（唐·李延寿《南史·卷三十·列传第二十》），也就是说，何敬容任职吴郡太守四年，政绩为天下第一。官吏和百姓纷纷到朝廷请求为何敬容树碑，皇帝萧赜下诏同意了这一请求。梁武帝大通二年（528），何敬容入朝任中书令，未就职，仍任吏部尚书，领右军将军，不久加任侍中。梁武帝中大通元年（529），何敬容改任太子中庶子。

高大俊美，讲究穿戴重修饰

何敬容身高八尺（约1.83米），皮肤白皙，须发俊美，性情端庄持重，穿戴非常鲜艳美丽。梁武帝萧衍虽然也穿洗过的旧衣服，但他要求左右的人穿着必须整洁。曾经有个侍臣衣带卷摺，皇帝发怒说："你的衣带就像绳子，想捆缚什么？"何敬容很能迎合皇帝的旨意，所以穿着更加鲜艳明丽。"常以胶清刷胡须，衣裳不整，伏床熨之，或暑月背为之焦。"（唐·李延寿《南史·卷三十·列传第二十》）意思是："常用胶清刷胡须，衣裳如不整齐，就伏在床上用身体把它熨平，热天有时后背因此被阳光灼焦。"每当何敬容在公堂就列，容貌举止超过众人。

勤政务实，亦精馈赠贿赂事

梁武帝中大通三年（531），何敬容任尚书右仆射，自此成为宰相，参掌铨选职官之事。又选任左仆射、丹阳尹，同时照旧参掌重大的选事。何敬容应对宾客朋友时，好像不善言辞，而酬答皇上和太子时，就声音谐和流畅。梁武帝大同三年（537）正月，朱雀门（今南京中华门内，一名大航门，即南面城门）发生火灾，梁武帝对群臣说："这门的结构狭窄，我才想改建，不料就遭了火灾。"群臣相顾无言，唯独何敬容说："此所谓先于天时而行事，因而上天不违背人的意愿。"皇帝听了很开心，当时认为这是出色的回答。

一味贪腐，才学不高被嘲弄

大同五年（539），改任尚书令，照旧参掌铨选之事。何敬容久处台阁（中央政府机构），熟知晋魏（西晋、曹魏）以来的典章制度，而且聪明干练，熟悉政务，勤于记事，一大早就处理政务，夜以继日地工作。

他职位高，担子重，独自参与重要机密工作，而不善于草书和隶书，学术水平不高，“通包苴饷馈，无贿则略不交语”（唐·李延寿《南史·卷三十·列传第二十》）。意思是：“精通馈赠贿赂之事，没有贿赂就一句话也不同人交谈。”自东晋、刘宋以来，宰相都在文义之中寻求心身的安逸，只有何敬容勤于处理繁多的政务，但他的贪婪吝啬受到当时人的嗤笑鄙视。虽然何敬容勤政务实，一改东晋、刘宋以来的宰臣崇尚玄学、清谈文义、不问政务的颓废风气，但是依然得不到好评。

何敬容签字署名时，总是将“敬”字左边的“苟”写得很大，而右边的“攵”写得很小；“容”字中间的“父”写得很大，而下面的“口”写得很小。大臣陆倕嘲笑他说：“公家‘苟’既奇大，‘父’亦不小。”（唐·李延寿《南史·卷三十·列传第二十》）意思是：“你家‘苟（狗）’很大，‘父’也不小。”大臣陆倕的潜台词是：何敬容家的狗与父亲一样大。何敬容显得很尴尬，不敢对答。何敬容又大量泄漏宫禁之中的秘密，所以对他的嘲笑日益增多。何敬容曾问一个姓吉的宾客，说：“你和邴吉相差多少？”宾客回答说：“正如你与萧何的差别。”当时南兰陵（今江苏武进）人、金紫光禄大夫萧琛之子萧巡，颇有雕虫小技，于是作了卦名诗（用《易》卦名入句写成的诗）、离合诗嘲笑何敬容。

官场徇私，定罪下来要杀头

梁武帝大同十一年（545），何敬容的爱妾之弟费慧明任导仓丞（官名）时夜盗官米，被禁司拘捕，送往领军府。当时河东王萧誉（梁武帝萧衍之孙，昭明太子的次子）任领军将军，何敬容写信给他为费慧明开脱。河东王萧誉以前曾托何敬容办事不成，因此立即密封书信将它上奏。武帝萧赜大怒，责令御史台追究何敬容的罪状。御史中丞张绾奏劾何敬容徇私情，欺骗皇上，罪当杀头。皇帝下诏给予免职。大臣到溉对朱异说：“天气马上就觉得放晴了。”何敬容就是这样受到妒忌。

当初，天监年间，沙门释宝志（南京钟山道林寺名僧），曾对何敬容说："你今后必定富贵，最终是'何'导致你失败。"等到何敬容任宰相，以为姓何的人将是自己的祸患，所以压制同宗的族人，使他们没有进身为官的，到这时不料被河东王萧誉所击败。何敬容由此方知彼"何"非此"河"。

预言应验，不料死于叛贼手

梁武帝太清元年（547），何敬容迁任太子詹事，侍中的官职照旧。二年（548），侯景袭击建邺（今南京），何敬容将家从府中迁到宫廷里。起初，侯景在涡阳（今安徽亳州辖县）退败，消息还没能核实，传说的人又说侯景的部将暴显反叛，侯景自己和众将士都身亡了。朝廷为此担忧。何敬容不久见到太子萧纲（简文帝），萧纲对他说："淮北刚刚又有消息，侯景定能脱身免死。"何敬容说："如果侯景已死，这是朝廷的大福。"萧纲听后变了脸色，询问缘由，何敬容回答说："侯景是反复无常的叛臣，终究会搞乱国家。"

不久侯景之乱兴起，何敬容的话得到应验。梁武帝太清三年（549）正月，侯景军攻克台城（萧梁宫城），何敬容死于叛军之手。

从何敬容一生的所作所为来看，他是一个勤政贪腐都不误的"两面"达人。一方面何敬容曾是"治为天下第一"的好官，但同时，他又是一个"精通馈赠贿赂之事"的贪官。

《南史·卷三十·列传第二十》论曰："敬容材实干蛊，贿而败业，惜乎。"意思是："何敬容干练有才能，但是终因受贿而败业，可惜啊！"

（载于《金陵晚报》2020年11月17日，发表时有删节）

孙吴大皇后潘谨淑在位时竟被宫女勒死

在中国历史上，唯一谥号为“大”的皇帝只有南京六朝之首的皇帝孙权，而谥号为“大”的皇后大约就是孙权的皇后潘谨淑了。潘谨淑很奇葩，仅凭姿容就倾倒了皇帝孙权。之后，奉子为后，也是孙权生前唯一册封的一位皇后。但是潘谨淑结局很悲惨，她只当了不到一年的皇后，就被几个宫女几乎在孙权身边，将她活生生勒死，从而成为南京历史上乃至中国历史上唯一一位被宫女勒死的大皇后。

织室婢女，江东绝色

“吴主权潘夫人，会稽句章人也。”（《三国志·卷五十·吴志五·孙权潘夫人》）意思是 ：“吴国皇帝孙权的潘夫人，是会稽句章（今浙江宁波）人。”《建康实录·卷第二·吴中》记载：“后谨淑，会稽句章人。”意思是：“皇后潘谨淑，会稽句章人。”由此可知，潘皇后名叫谨淑。

潘谨淑的父亲原为一般官吏，因犯法被处死。潘夫人和姐姐一同被送入为皇室织造丝帛物品的官府中。当时，“潘氏容态少俦，为江东绝色。同幽者百余人，谓夫人为神女，敬而远之。有司闻于吴主，使图其容貌。夫人忧戚不食，减瘦改形。工人写其真状以进，吴主见而喜悦，以虎魄如意抚按即折。嗟曰：‘此神女也，愁貌尚能惑人，况在欢乐！’”（东晋·王嘉《拾遗记·卷八》）意思是：“潘氏因为容貌长得非常漂亮，没有人能够与她相比，堪称是江东一带的绝世佳人。当时，与她同时被幽禁的百余人都认为她是神女，所以都敬而远之，不敢站在她身旁。有人将潘谨淑的事情告诉皇帝孙权，孙权令画工为潘谨淑画像，当时潘谨淑因忧思过度进食日少而显得柔弱纤细，虽然一脸哀怨但还是非常漂亮。孙权见了既惊且喜，琥珀如意按在画上都折断了，叹息道：‘这真是神女啊！忧愁的样子都这样让人心动，要是笑起来一定绝世。’”之后，孙权用雕花彩车将潘谨淑接入宫中，封为夫人。一次，酒宴已毕，潘氏仍是酒醉淋漓，结果唾在玉壶里，当侍婢倒玉壶时，发现壶里有一只火齐指环（玫瑰戒指）。孙权将它挂在石榴枝上，又在此处筑一座亭台，起名叫“环榴台”。当时有人劝谏孙权说：如今“吴蜀争霸”（蜀国是刘备的地盘），“环榴”（谐音还刘，还给刘备）这个名字不吉利，会带来妖异之象。于是孙权改名为“榴环（刘还，刘备还来）台”。有诗为证：“侍宴崇台醉未休，玉壶香唾洒红榴。谁知织室迎来日，却爱图中一段愁。”（清·史梦兰《全史宫词》）

后来潘夫人得到孙权宠幸而怀孕，梦见有人把龙头授给她，她用护膝的围裙接受龙头，于是就生了孙亮，孙权十分喜爱她。这时潘夫人请求把她的姐姐嫁出去，孙权答应了她。

潘氏泣鱼，竟然成谶

一次，孙权与潘夫人在钓鱼台一起钓鱼，孙权钓到大鱼十分喜悦，潘夫人却忧心地说：“昔闻泣鱼，今乃为喜，有喜必忧，以为深戒！”（东晋·王嘉《拾遗记·卷八》）意思是：“过去听过龙阳君得鱼而泣的故事，今天您却很高兴。古人说有喜必有忧，所以深以为戒！”

“魏王与龙阳君共船而钓，龙阳君得十余鱼而涕下。王曰：‘有所不安乎？如果，何不相告也？’对曰：‘臣无敢不安也。’王曰：‘然则何为涕出？’曰：‘臣为臣之所得鱼也。’王曰：‘何谓也？’对曰：‘臣之始得鱼也，臣甚喜，后得又益大，今臣直欲弃臣前之所得矣。’”（西汉·刘向《战国策·魏策四》）意思是：“魏王与宠臣龙阳君同坐在一条船上钓鱼，龙阳君钓了十几条鱼便流泪了。魏王说：‘你有什么不称心的事吗？为什么不告诉我呢？’龙阳君回答说：‘我没有什么不称心的事。’魏王说：‘那么，为什么要流泪呢？’回答说：‘我为我所钓到的鱼而流泪。’

魏王说：‘什么意思？’回答说：‘我开始钓到鱼，很高兴；后来钓到更大的鱼，便只想把以前钓到的鱼扔掉。天下的美人很多，我比不上她们时，就成了最初钓的鱼。”到了潘夫人晚年，毁谤她的人逐渐多起来，孙权也疏远了她。当时人们都说：“潘夫人的预见有多么神奇啊。”

以子为尊，终得后位

孙权自黄龙元年（229）四月十三日，在武昌称帝以来，一直到赤乌十四年、太元元年（251）五月，已经长达22年没有再立皇后。这时，孙权已经是70岁的老人了，早已没有了当年英雄豪杰的气概，变得残忍好杀，猜忌昏昧。后宫里的许多嫔妃都在为了争宠而不择手段。如果再不立皇后，估计在他有生之年就立不了皇后了。

但是孙权还是犹豫不定，因为此时他身边还有一位袁夫人（袁术之女）。袁术出身于东汉汝南汝阳（今河南商水）的四世三公名门之家。建安二年、仲家皇帝袁术元年（197），袁术据始皇帝嬴政的传世玉玺（玺上有“受命于天，既寿永昌”八个字）在寿春（今安徽淮南寿县东北）称帝。国号仲家，史称“仲家皇帝”。不久，袁术被吕布打败，紧接着又被曹操打败，逃到灊山（今安徽六安潜山县西北），投奔他的部属雷薄、陈兰，又被他们拒绝，袁术忧愁恐惧不知道该怎么办。后来他又想把皇帝的称号送给袁绍，自己到青州（今山东潍坊青州）投奔袁绍长子、时任青州刺史的袁谭，不料在半路上袁术“因愤慨结病，欧血死”（《资治通鉴·卷第六十三》）。

当时，袁术堂弟袁胤畏惧曹操，不敢居住在寿春（今安徽寿县），于是率领他的部下，护着袁术的灵柩和他的妻子儿女逃奔到皖城（今安徽安庆潜山）庐江太守刘勋那里。六个月后，“孙策破勋，复见收视。术女入孙权宫”。（《三国志·卷六·魏志六·袁术》）意思是：“孙策击败庐江太守刘勋后，又收留了他。袁术的女儿进入了孙权的宫中。”袁氏入吴宫后孙权拜为夫人，袁氏以节操品行著称。

孙权嘉禾七年、赤乌元年（238）九月，步夫人去世。起初，孙权任讨虏将军，驻守吴郡，娶吴郡人徐氏。太子孙登生母出身卑贱，孙权命徐氏抚养。徐氏十分嫉妒，所以失宠。等到孙权向西迁移，徐氏仍留在吴郡。这时，临淮人步夫人在后宫最受宠爱，孙权打算立为皇后，可是群臣议论应立徐氏。

孙权犹豫不决，拖延了十几年。恰好步氏去世，群臣奏请追赠步夫人皇后印信、绶带。赤乌四年（241），孙登去世。孙权立孙和为太子。后来孙权又废黜孙和。赤乌十三年（250）十一月，孙权立潘夫人的儿子孙亮为太子。赤乌十四年（251）五月，孙权终于册立潘夫人为皇后，这也是他一生册立的唯一一位在世的皇后。之前，孙权有意立袁夫人为皇后，但是袁夫人以自己没有儿子为由，婉言拒绝了孙权的好意，主动让掉了被立皇后的机会。

欲效吕雉，竟被勒死

孙权为了册立皇后，费尽周折，包括与太子斗，与大臣斗，以及自己内心的争斗，拖了20多年，终于册立潘谨淑为皇后。自潘谨淑立为皇后，她的本性开始显露出来。潘皇后“性险妒容媚，自始之卒，谮害袁夫人等甚众。权不豫，夫人使人问中书令孙弘吕后专制故事”（西晋·陈寿《三国志·卷五十·吴书五》）。意思是：“生性阴险嫉妒，谄媚求容，从开始进宫，到最后死去，诬陷迫害袁夫人等多人。孙权患病时，潘夫人派人向中书令孙弘询问西汉吕后（吕后是中国皇后专政第一人）行使皇帝权力之事。”

赤乌十四年、太元元年（251）十一月，孙权到曲阿（今江苏丹阳）祭祀父亲孙坚的高陵，回到京城（今南京）后得了中风病。十二月，孙权急召大将军诸葛恪入朝，委托后事。

此时，由于潘皇后在照看孙权的病情期间过分劳累，染上了风痹类疾病。于是在神凤元年（252）二月的一天，“左右不胜其虐，伺其昏睡，缢杀之，托言中恶。”（《资治通鉴·第七十五卷》）意思是：“左右之人不堪忍受潘皇后的虐待，乘她昏睡之机，把她勒死，又宣称她是暴病而死。”当时宫女们一致认为，如果皇上去世，皇太子孙亮登基，潘皇后就理所当然地成了皇太后，对宫女们的迫害必定更加残酷。与其将来受虐，不如先下手把她废了，于是发生了宫女勒死在职皇后的离奇事件。

病重中的孙权得知潘皇后暴毙，十分震惊，派人察看，发现潘皇后“舌不能收”，于是产生了怀疑。秘密调查后，发现潘皇后竟然是被人勒死的。由此，侍奉潘皇后的六七个侍女被处死。此后，孙权悲恨交加，病情愈加严重。孙权召诸葛恪、孙弘、滕胤以及将军吕据、侍中孙峻等人入卧室内，嘱托后事。四月，孙权病逝。七月，吴国将孙权与潘皇后合葬于蒋陵（今南京梅花山）。

（载于《金陵晚报》2020 年 12 月 14 日，发表时有删节）

耿直急躁又宽容的东晋尚书令王述

尚书令王述（303—368），字怀祖，太原晋阳（今山西太原）人。王述的曾祖父王昶是曹魏的司空，祖父王湛是西晋汝南太守。父亲王承，字安期，生活于两晋时期。晋惠帝司马衷永宁初年（301），王承南下避难。任司空从事中郎。后来王承参与了东海王司马越奉迎晋惠帝司马衷回洛阳复帝位，赐爵为蓝田县侯。升尚书郎，没有赴任。不久离官，东渡长江。到建邺后，为晋元帝司马睿镇东府从事中郎，很受优待尊敬。王承从小有声誉，又能诚恳待人，对人宽宏大度，所以众人都很亲近喜欢他。王述就在这样的家庭长大。

三十未名，耿直敢言

王述年少时父亲王承就去世了，以孝顺母亲而闻名。他安于贫穷俭约，不求闻达。性情沉稳恬静，每次遇到座中有人辩论，各种说法相争不下时，王述都无动于衷，并不参与。王述年少时继承了父亲王承蓝田侯的爵位，到了三十岁还未出名，有人说他痴。司徒王导根据门第制度征召他为中兵的属官。其实王导和王述虽然都姓王，但是他们之间没有任何亲属关系，王述祖籍属太原王氏，而王导祖籍则属于山东的琅邪王氏。王导与王述见面后，没有别的话，王导只问王述江东米价（米价不归王述管辖）。王述睁眼看着王导不回答。王导说："王掾不痴，别人为什么说他痴呢？"王述曾经看到王导说话时，在座的人没有不吹捧赞美的，王述严肃地说："人不是尧、舜，岂能每句话都说得对！"（敢于在恩师面前直言的，古今并不多见，王述算一个）王导非常赞赏他，对中书令庾亮说："怀祖清贞简贵，不减祖、父，但旷淡微不及耳。"（唐·房玄龄等《晋书·卷七十五·列传第四十五》）意思是：“王怀祖清高尊贵，简朴刚正，不比其祖父、父亲差，只是心胸稍欠开阔而已。”

东晋咸和九年（334），琅琊王司马岳（晋康帝）获授骠骑将军，召王述为功曹，出任宛陵县（今安徽宣州）令。太尉陶侃、司空郗鉴频频征召王述，又任命王述为尚书吏部郎，他皆不应召。然后就任庾冰（庾亮弟）的征虏长史。

晋哀帝司马丕隆和元年（362），权臣桓温（晋明帝司马绍女婿）平定了洛阳（今河南洛阳），建议朝廷迁都洛阳，朝廷忧惧，准备派遣侍中劝阻桓温。王述说：“桓温不过是想虚张声势威慑朝廷而已，并非真心想迁都。只管依从他，自然不会真去做。”迁都之事果然没有行动。桓温又建议迁移洛阳旧宫里的大钟及钟架，王述道：“永嘉时为强胡所逼，暂时定都江东。如今正要平定天下，返还旧都。即使不还旧都，也理应先改迁先帝园陵（陵墓），不应先张罗钟虡（jù）之事。”桓温终因无法驳倒他而作罢。

真诚直率，匹敌于人

王述出任临海太守，改任建威将军、会稽内史。理政严肃公正，任上没有大事。后来，因母亲去世离职守孝。服孝期满，代替殷浩为扬州刺史，加封征虏将军。初上任时，主簿请示王述有关避讳事宜。王述回答说：“我的祖父、父亲，名扬海内，远近皆知，祖母和母亲的名讳不出家门，其他无须避讳。”不久朝廷任命他为中书监，王述坚决辞让，经过一年也不就职。又加封征虏将军。永和十年（354），加号卫将军晋升都督扬州、徐州之琅琊诸军事及卫将军，并、冀、幽、平四州大中正，扬州刺史不变。

东晋兴宁二年（364），王述又迁为散骑常侍、尚书令，将军封号如故。王述每次接受职务，并不虚假地谦让，如果上表推辞，一定不会接受职务。此次任职时，儿子王坦之（字文度）劝谏，认为依照常例应该谦让。

王述道：“你认为我不能胜任吗？”王坦之说：“不是。只是辞让可以传为美谈而已。”王述说：“既然能胜任，为何要辞让！人都说你比我强，你还是不如我。”

后来，“简文帝每言述才既不长，直以真率便敌人耳”（唐·房玄龄等《晋书·卷七十五·列传第四十五》）。意思是：“简文帝司马昱常说王述才干虽不突出，但凭真诚直率便足以匹敌于人。”

足自当止，见好就收

当初，王述家庭贫困，请求试做宛陵县令，接受了不少别人赠送的礼物，而置办家具，受到州府官员揭发，收受贿赂有一千三百多起。王导派人对王述说：“名父之子不用担心无俸禄，屈治小县求取财物，很不合适。”王述道：“足自当止。”（唐·房玄龄等《晋书·卷七十五·列传第四十五》）“满足后自然就会停止。”当时的人都不明白他的意思。后来王述屡任州郡刺史、太守，他的清廉无与伦比，所受朝廷俸禄赏赐都分给亲戚朋友，家中的旧用具也不更新，还是原先在宛陵县令任上贪贿来的，这才受到世人的赞叹。

由于王述性格急躁，经常出问题，也十分搞笑。“尝食鸡子，以箸刺之，不得，便大怒掷地。鸡子圆转不止，便下床以屐齿踏之，又不得。瞋甚，掇内口中，啮破而吐之。”（唐·房玄龄等《晋书·卷七十五·列传第四十五》）意思是：“有一次王述吃鸡蛋，用筷子去戳，未戳中，便大怒，将鸡蛋抛掷于地上。鸡蛋在地上滚个不停，他就跳下床用木拖鞋去踩，又未踏住。更加恼怒，于是他把鸡蛋抓起来放进口里，咬破后再吐掉。”

王述担任显要官职后，注意克制脾气，竭力使自己温和。“谢无奕性粗强。以事不相得，自往数王蓝田，肆言极骂。王正色面壁不敢动。半日，谢去良久，转头问左右小吏曰：‘去未？’答云：‘已去。’然后复坐。时人叹其性急而能有所容。”（《世说新语·忿狷第三十一》）意思是：“大臣谢奕（字无奕，太傅谢安长兄）性情粗暴固执。

因为一件事彼此不合，亲自前去数落蓝田侯王述，肆意攻击谩骂。王述表情严肃地转身对着墙壁，不敢动。过了半天，谢奕已经走了很久，王述才回过头问身旁的小吏说：‘走了没有？’小吏回答说：‘已经走了。’然后王述才转过身又坐回原处。当时的人赞赏他虽然性情急躁，但是能够宽容他人。”

鉴局夷远，冲衿玉粹

晋废帝司马奕太和二年（367），王述因年近七十岁，上书请求退职，说：“臣的曾祖父曹魏司空王昶写信向文皇帝（曹丕）表白说：‘从前与南阳宗世林同为东宫官属。宗世林从小就有好名声，受到州里人士敬重。到他年老时，常常自励，唯恐被朝廷废弃不用，时人都讥笑他。如果我长寿，到了退休的年纪，我不做此公老而不退之事。’言辞慷慨，对这样的事很看不起。虽然是书信，也实在是训诫。臣愧为辅佐重臣，而患有疾病，礼敬已难，还认为可以好转。日复一日，年纪衰老，疾病更加难治，再也不会有重睹圣颜的日子。请求让我尊奉先人的训诫，退休回家。”朝廷不许。王述终于卧病不起。太和三年（368）王述病逝，终年六十六岁。

房玄龄赞曰：“怀祖鉴局夷远，冲衿玉粹。”（唐·房玄龄等《晋书·卷七十五·列传第四十五》）意思是：“王怀祖鉴察力很高远，宽阔的胸襟纯粹如玉。”

（载于《金陵晚报》2021 年 1 月 10 日，发表时有删节）

自诩才高任性挥洒的谢灵运的悲剧人生

谢灵运（385—433），祖籍陈郡阳夏县（今河南太康），生于会稽始宁（今浙江绍兴嵊县北）。据说谢灵运幼年时在钱塘道士杜炅的道馆中寄养，十五岁才回建康（今南京），故小名客儿。谢灵运是东晋安西将军谢奕的曾孙、刘宋会稽太守谢方明的侄子。祖父谢玄，是东晋车骑将军。父亲谢瑍（奂），生下来就不聪明，官职做到秘书郎，晋孝武帝太元十八年（393），谢瑍去世。

才子入仕贬谪多

谢灵运自小聪敏智慧，其祖父谢玄十分诧异，对亲近好友说："我乃生瑍，瑍那得生灵运！"（萧梁·沈约《宋书·卷六十七列·传第二十七》）意思是："我只生了瑍儿，瑍儿竟能够生出灵运！"

谢灵运少年好学，博览群书，文章美妙，与颜延之（南朝宋文学家、文坛领袖人物）同为江东第一。文章奔放俊美胜过颜延之，而深刻细密不如颜延之。堂叔谢混（东晋名士、外戚大臣）特别赏识和喜爱他。18岁时，谢灵运袭祖爵封为康乐公，食邑二千户。依据国公例规，授员外散骑侍郎，谢灵运没去就任，做了琅邪王、大司马司马德文的行参军。

谢灵运为宋王刘裕的世子刘义符中军咨议、黄门侍郎，奉命出使到彭城（今江苏徐州）去慰劳刘裕，作了一篇《撰征赋》。后来做相国从事中郎、宋王刘裕世子刘义符左卫率，因为擅杀门生而免官。永初元年（420）六月，宋王刘裕代东晋自立，建立了刘宋王朝，将谢灵运的爵位由康乐公降为康乐县侯，食邑五百户。后任太子（刘义符）左卫率。

满腹牢骚付遨游

谢灵运经常违反礼仪规矩，朝廷对他只以文士相待，不授以处理实际事务的官职。而谢灵运却自以为凭着才能可以执掌重权要职，既然得不到皇帝刘裕的知遇赏识，就经常满腹怨愤。庐陵王刘义真（刘裕次子）少年时候就喜欢文籍，和谢灵运感情异常诚恳。

永初三年（422）五月，宋少帝刘义符继位，权力掌握在大臣手里，谢灵运煽动一些不同意见的人，诋毁诽谤执政大臣，司徒徐羡之等人认为谢灵运是一个祸患，将他排斥出朝廷，去担任永嘉（今浙江温州辖县）太守。永嘉境内有名山胜水，这正好是谢灵运平素的爱好。

谢灵运在永嘉郡中待了一年，便称说有病，辞职而去。他的堂弟谢晦、谢曜、谢弘微等都写信劝阻他，不听。谢灵运的父亲和祖父都葬在始宁县（今浙江绍兴嵊县北），在那里有旧宅和别墅，于是移居会稽（今浙江绍兴），修缮和营造旧时的别墅。谢灵运的庄园依傍青山，门前萦绕着江水，极尽幽静的居住之美。他与隐士王弘之、孔淳之等无拘无束地在那里游乐，有终老在会稽的愿望。谢灵运每有一首诗传到京城建康，不论贵族贫民，没有不竞相抄写的，一夜之间就在士大夫和老百姓之间传遍了。

景平二年（424）八月八日，宜都王、荆州刺史刘义隆（宋武帝刘裕第三子）从荆州治所江陵到达建康（今南京），次日即位为帝，是为宋文帝，改元“元嘉”。刘义隆即位后，诛杀了权臣徐羡之等人，谢灵运被征调为秘书监，两次征召，都不应命。皇帝刘义隆命光禄大夫范泰给他写信让他进京就职，谢灵运才离开会稽入京（今南京）。皇帝让他整理皇家图书，补充遗缺，又命他撰写《晋书》，谢灵运粗略地立出了条目，而《晋书》最后没有写成。不久，谢灵运调任侍中，皇帝对他赏赐恩遇非常深厚。谢灵运的诗和书法都达到了当时独一无二的水平，每写成一篇文章，都亲手抄录出来，皇帝称他的文章和书法为二宝。

谢灵运曾经说："天下才共一石，曹子建独得八斗，我得一斗，自古及今共享一斗。"（明·张岱《夜航船·卷八·文学部·博洽》）意思是："魏晋以来，天下的文学之才共有一石（一石等于十斗），曹子建（即曹植）独占八斗，我得一斗，自古至今其他的人共分一斗。"秘书监谢灵运自以为既然已入名流之列，就应该参与朝政，但是皇帝只以文士的身份对待他，每次陪同皇帝刘义符宴饮，不过是谈论赏析诗文而已。王昙首（王导曾孙，皇帝刘义符时，与王华、殷景仁、刘湛并为侍中）、王华、殷景仁等人的名声地位都不如谢灵运，但都被皇帝赏识重用。谢灵运心里很不平衡，于是常常声称有病而不到朝廷值宿。皇帝暗示谢灵运停止这种游玩。谢灵运上表陈说自己有病，于是皇帝赐给他假期，让他东归始宁修养。谢灵运回到始宁以后，仍然游玩宴饮，夜以继日。后被御史中丞傅隆弹劾免官，这是元隆五年（428）。

放浪形骸被诬告

谢灵运继承祖父、父亲留下来的资产，家业很是富实，奴婢僮仆很多，旧日的朋友和门下宾客数百人，开发山地，疏浚湖泊，劳役不止。谢灵运每次登山涉岭，一定要到偏僻而高峻的地方，数十重的高山，没有不游到的。他登山常穿一种木屐（谢公屐），上山的时候就去掉鞋前掌的齿钉，下山的时候就去掉鞋后跟的齿钉。谢灵运"尝自始宁南山伐木开径，直至临海，从者数百人。临海太守王琇惊骇，谓为山贼，徐知是灵运乃安"（萧梁·沈约《宋书·卷六十七·列传第二十七》）。意思是："曾从始宁（今浙江绍兴嵊县北）南面山峰砍树开路，一直通到临海郡（今浙江台州），跟从他的有几百人。临海太守王琇大为恐惧，以为是山贼来了，随后知道是谢灵运等人，才安下心来。"谢灵运又邀请王琇前往游览，王琇不肯。谢灵运赠王琇诗说："邦君难地险，旅客易山行。"（唐·李延寿《南史·卷十九·列传第九》）意思是："太守把山高地险当作艰难，我在这儿旅游觉得山行容易。"谢灵运在会稽也有众多的随从游山的人，一旦出游，县城为之惊动。会稽太守孟颛奉佛十分虔诚，而被谢灵运所轻视。谢灵运曾经对孟颛说："得道应须慧业文人，生天当在灵运前，成佛必在灵运后。"（萧梁·沈约《宋书·卷六十七·列传第二十七》）意思是："成仙得道应该是具有天赋慧业的文人，大人您升天一定在我谢灵运之前，成佛一定在我谢灵运之后。"孟颛对这话深为憎恨。谢灵运又与王弘之等人出去到千秋亭饮酒，赤裸着身体大喊大叫，太守孟颛忍受不了，派人告知他们。谢灵运大怒说："我们自己大叫，跟痴人有什么相关？"

会稽太守孟颛上书告谢灵运反叛朝廷，皇帝刘义隆知道谢灵运被人诬告，没有惩罚他。但也不想让他再东归会稽郡始宁县去，授任他为临川（今江西抚州）内史，将他的官俸增加为中二千石。

流放广州遭弃市

谢灵运到了临川郡，仍然放肆游荡，和在永嘉时没有区别，被有关部门检举。司徒、彭城王刘义康派遣使者随州从事郑望生去临川拘捕谢灵运。谢灵运反把郑望生拘押起来，兴兵叛逃，于是真有了反叛的思想。他作诗说："韩亡子房奋，秦帝鲁连耻。本自江海人，忠义感君子。"（唐·李延寿《南史·卷十九·列传第九》）意思是："韩国灭亡了，张良（字子房）发愤要为韩国复仇；秦王称帝后，鲁仲连感到耻辱。我本是江海中人，我要用对先朝的忠义，感动君子。"（谢灵运的诗，将刘宋王朝比作暴秦政权，并以张良、鲁仲连自比，暗示要像他们那样为被灭亡的故国复仇雪耻。这种行为和言论，加重了他的罪名）官兵追讨谢灵运，将他擒获，解送廷尉，廷尉议论谢灵运罪情，定为斩刑。皇帝刘义隆爱惜谢灵运的才华，想免了官职了事。彭城王刘义康坚持廷尉议定的处分，认为不应宽恕。皇帝刘义隆下诏书说："灵运罪衅累仍，诚合尽法。但谢玄勋参微管，宜宥及后嗣，可降死一等，徙付广州。"（梁·沈约《宋书·卷六十七·列传第二十七》）意思是："谢灵运连续犯罪，确实适合极刑。只是谢灵运的祖父谢玄的功绩同管仲一样显赫，对他的后人应该宽恕，可由死罪下降一等，流放广州。”元嘉十年（433）十二月，有关官吏上奏皇帝刘义隆要求依法收捕惩治谢灵运，“文帝诏于广州弃市”（唐·李延寿《南史·卷十九·列传第九》）。意思是：“皇帝刘义隆下诏，在广州将谢灵运斩首，尸体陈街示众。”这年，谢灵运49岁。“灵运恃才放逸，多所陵忽，故及于祸。”（北宋·司马光《资治通鉴·第一百二十二卷》）意思是：“谢灵运恃才傲物，放荡不羁，看不起别人，不注意小节，结果招来大祸。”

谢灵运死了，但有《谢康乐集》等流传于世。鉴于谢灵运的诗意境新奇，辞章绚丽，影响深远，因此后人称他为中国山水诗的鼻祖。

（载于《金陵晚报》2021年1月15日，发表时有删节）

才华横溢的史学巨匠《后汉书》的作者范晔之死

范晔（398—445），字蔚宗，顺阳（今河南南阳淅川）人。父亲范泰仕晋为中书侍郎，官至尚书常侍兼司空等职。刘宋朝建立，范泰拜为金紫光禄大夫散骑常侍，又加位特进。元嘉五年（428），范泰去世，享年七十四岁，追赠车骑大将军，谥号宣。范晔可谓出身名门。

庶子出生，饮酒被贬

范晔是车骑大将军范泰的第四子，由于其“母如厕产之，额为砖所伤，故以砖为小字”（萧梁·沈约《宋书·卷六十九·列传第二十九》）。意思是：“母亲上厕所时把他生出来，由于坠地时额头被砖所伤，所以以砖为他的小名。”因堂伯父范弘之无子，范晔过继给他，世袭五兴县五等侯。范晔虽然出身名门，但由于是妾生的庶子，所以地位并不高。

范晔十七岁时，州里征辟他为主簿（掌管州文书的佐吏），他不就任。永初元年（420）刘裕称帝，范晔先后任相国掾、冠军将军彭城王刘义康（宋武帝刘裕第四子）的参军，随府又转任右军参军，入朝补任尚书外兵郎，出任荆州别驾从事史。不久又召回朝廷任秘书丞，因父亲去世而离职服丧。元嘉七年（430）范晔服丧完毕，任征南大将军、开府仪同三司和江州刺史檀道济的司马，兼任新蔡太守。当时北魏鲜卑军围攻青州（今山东潍坊），檀道济奉命北征，范晔害怕随行，借口脚有疾病推辞，皇帝刘义隆不允许，让他由水路统率船队装载武器北上。元嘉九年（432）冬天，范晔的上司、彭城王刘义康的母亲彭城太妃（王修容）去世。就在安葬前为彭城太妃设奠祭的那天晚上，官员故旧都集中在刘义康的东府（宰相府）。范晔的弟弟范广渊，当时为司徒祭酒，那一天正在值班，范晔与司徒左西属王深在其弟范广渊的府中住宿，夜里二人畅饮，打开北面的窗户听挽歌取乐。刘义康得知后大为震怒，将范晔贬为宣城（今安徽宣城）太守。

纂《后汉书》，书信言志

范晔因为仕途不得志，被贬宣城太守时，删集各家的《后汉书》为一家之言。范晔的《后汉书》记载了东汉上起光武帝建武元年（25），下至汉献帝建安二十五年（220），共 195 年的史事。其中纪十卷和列传八十卷为范晔所著。这一年，范晔三十五岁。

后来，范晔在《狱中与诸甥侄书》中说："本未关史书，政恒觉其不可解耳。"意思是："开始我并未关注史书，正是常感到其艰深而难于理解。"又说："后来既作了《后汉书》，因此掌握了头绪，详观了古今的著述以及评论，几乎很少有满意的。史家中班固（东汉史学家、文学家）是最享盛名的，但其史作《汉书》太随意而无体例，难于分清条理。《汉书》文章后面的赞在事理上没有什么见解，只有志这一部分还可以推崇罢了。我的《后汉书》，在广博华赡上恐怕不及《汉书》，然而在条理上未必不如。我的那些传论，都有精确而深刻的内容，既然应有剪裁之味，所以要简约其词句。至于《循吏传》以下篇章以及《六夷》等篇的序论，笔力纵横奔放，实在是天下的奇作。其中最满意的，往往不逊于贾谊的《过秦论》等文章。我曾将《后汉书》与班固的《汉书》相比，发现并不仅仅是不比它差而已。我想遍作诸志，凡《前汉书》所有的，都要具备。虽然文中记事不必多，但要使人看了文章后有全面了解。又想就所记之事而在文中发表议论，以匡正一个时代的得失，这个想法也还没有全办到。书中的赞本是我的文章中最杰出的思想，几乎没有一个字是空谈，而且为文变化无穷，综合各种体例作法，自己也不知道应如何称说了。这本书行世之后，将有赏识它的知音。纪、传中的事例是举其大略，文中细微之意很多。此书宏大而思致精深，自古以来的史籍未有比得上它的。我怕世人不能全面了解这部书，而人们又多半是以古为贵、以今为贱的，所以在此任情狂言来自我称赞罢了。”

才华横溢，其貌不扬

范晔生性精深细密，有新颖的构思，学什么精什么，他的衣服器用，都自己重新设计改变式样，社会上的人都效法学习。他自幼好学，广读经史诸书，很会写文章，又能写隶书，通晓音律。他身高不到七尺（1.61米），身躯肥胖，皮肤黝黑，没有眉毛和胡须。范晔曾说：“我弹琴时其中的深长的趣味，言语是不能完全表达的，而弦外之蕴意、声外之声音，也不知是从何处来的。虽然有那么些，但其意却无穷。”范晔善于弹奏琵琶，能够创新作曲。一次，皇帝刘义隆想听范晔弹琵琶，多次委婉地暗示范晔，范晔却假装听不懂，始终也不肯为皇帝弹奏。皇帝曾经在一次宴会上畅饮的时候，对范晔说：“我想唱一曲歌，卿可为我伴奏。”范晔这才勉强奉旨弹奏。“上歌既毕，晔亦止弦。”（萧梁·沈约《宋书·卷六十九·列传第二十九》）意思是：“皇帝刘义隆的歌刚唱完，范晔立即停止了弹奏。”

伪造书信，计划作乱

大臣孔熙先认为要起大事，必须凭借彭城王刘义康的意旨。范晔于是伪造了刘义康给徐湛之的书信，向他们的同党宣布。元嘉二十二年（445）九月，征北将军衡阳王刘义季、右将军南平王刘铄出京任外境镇守。皇帝刘义隆在武帐岗（南京幕府山西麓有金陵岗，金陵岗与武帐岗相连。武帐岗因宋文帝刘义隆在此阅武而得名。相传楚威王熊商曾在此埋金以镇“王气”）设宴送行，范晔等人计划在这一天作乱。当时，许耀侍卫皇上，用手叩击佩刀，目视范晔，范晔不敢正视，一会儿宴席就散了，因相互间配合失误而未能发难。

十一月，徐湛之上表告发范晔，皇帝刘义隆下诏书说：“……过去屡次保全和宽容，希望他能迅速改过，不料他与坏人狼狈为奸，狂妄悖乱到了如此地步，现在就可以收捕，依法追究。”

临刑谈笑，流泪赴死

元嘉二十二年（445）十二月十一日，范晔等人被押赴刑场，他走在最前面，走到监狱门口时范晔回头对谢综说：“今日次第，当以位邪？”（萧梁·沈约《宋书·卷六十九·列传第二十九》）意思是：“今天出门赴死的次序也按官位排列吗？”（当时范晔官最大）谢综（东晋太傅谢安侄孙、范晔外甥）回答说：“贼首应当在先。”他们一路上欢声笑语，一刻也不停。范晔的家属都来到了法场，他的妻子先下车，抚摸儿子范蔼，回头大骂范晔说：“你不为上百岁的阿婆着想，不感激皇上的恩遇，你自身一死固然不足抵罪，怎能使儿子们也冤枉被杀呢？”范晔只是尴尬地笑着，说自己罪大恶极罢了。范晔的生母也哭着对他说：“皇上对你这样好，你不能感恩戴德，又不体念我年迈，今日叫我怎么办啊？”说着用手掴打范晔的脖颈和面颊，范晔也没有惭愧之色。范晔的妻子劝解说：“他是罪人，阿婆不要惦念他。”

随后范晔的妹妹和妓妾们也来作诀别，此时范晔才止不住悲痛，泪流满面。谢综说：“舅舅大不同于夏侯临行时的表现。”范晔才止泪不哭。谢综的母亲认为儿子、弟弟（范晔）自陷叛逆，偏偏不出来作诀别。范晔对谢综说：“我姐姐今天不出来相见，远比别人高明。”渐渐地范晔有了醉意，他的儿子范蔼也醉了，拾起地上的泥土及果皮向范晔掷去，连呼范晔为“别驾”（为州刺史的佐官）数十声。范晔问他：“你恨我吗？”范蔼说：“今天还说什么恨与不恨呢，不过父子同死，不能不悲伤罢了。”就这样，四十八岁的范晔在其母亲和妻子的打骂声中被砍头，可谓悲壮。

（载于《金陵晚报》2021年2月2日，发表时有删节）

一代英才萧齐尚书令沈约祸从口出忧惧而死

沈约（441—513），字休文，吴兴武康（今浙江湖州德清）人。沈约出身于门阀士族家庭，他的一生经历了刘宋、萧齐、萧梁三朝，在文学、史学、音乐学等领域都作出了重要成就。

博览群书，著述颇丰

沈约生来左眼就有两个瞳仁，腰间有紫痣，聪明过人。他喜欢读书，收藏典籍达二万卷，京都（今南京）没人能与之相比。沈约十三岁时，父亲沈璞被诛杀。沈约为免遭迫害东躲西藏，适逢大赦，才免于流亡。此后，他长期流寓他乡，过着孤苦贫困的生活，但他笃志好学，昼夜勤学不倦。母亲（谢夫人）担心他劳累成疾，常常减少灯油，熄灭灯火，让他早睡。然而沈约就白天读书，夜间默诵，终于博览了群书，写得一手好文章。沈约所著的《晋书》有一百一十卷，《宋书》一百卷，《齐纪》二十卷，《高祖纪》十四卷，《迩言》十卷，《谥例》十卷，《宋文章志》三十卷以及文集一百卷，都流传于世。又撰有《四声谱》（沈约定汉字为平、上、去、入四声），他以为从前的词人几千年都没有领悟到的东西，他却能独得于胸，穷究出它的奥妙之处，自称已达到了神妙的境界。

辅佐太子，劝进萧衍

沈约由刘宋入萧齐时担任奉朝请。后为征虏记室，兼襄阳（今湖北襄阳）令，所侍奉的是萧齐文惠太子萧长懋。太子入居东宫，沈约任步兵校尉，掌管东宫书记，直永寿省，校四部图书。这时太子宫中才能之士很多，而沈约特别受到亲近信任，每天早晨入宫拜见太子，到日影西斜才出宫。当时王侯到东宫参见太子，有的还不能获准入内，沈约常说起此事。不久，沈约升迁为太子家令（太子家的总管），之后以本官兼著作郎，迁中书郎、本邑中正、司徒右长史、黄门侍郎。当时萧齐竟陵王萧子良也在招贤纳士，沈约和兰陵（今江苏常州武进）人萧琛、琅邪（今山东青岛琅琊）人王融、陈郡（今河南太康）人谢朓、南乡（今河南泌阳）人范云、乐安（今山东寿光）人任昉等人都郊游于竟陵王府，号称“八友”，当世都称道竟陵王萧子良有知人之明。齐隆昌元年（494），沈约除吏部郎，出为宁朔将军、东阳太守。齐明帝萧鸾即位，沈约进号辅国将军，征为五兵尚书，迁国子祭酒。齐永元二年（500），沈约因母亲年老就上书请求解除职务，改授冠军将军、司徒左长史，进号征虏将军、南清河（今山东高唐南）太守。

当初，萧衍在萧齐竟陵王萧子良西邸（今南京北极阁）时，和沈约有故交。建康城（今南京）被攻克后，萧衍任命沈约为骠骑司马，担任将军如故。这时萧衍勋业成就，登基称帝已是天意所指、民心所向。沈约曾向萧衍提出这个问题，萧衍默然不应。另一天，沈约又向萧衍进言说：“如今连小孩牧童都知道萧齐朝的气数已尽，大家都说明公您应当取而代之。况且无论天文人事，都显示国运变化的征兆，东昏侯（萧齐皇帝萧宝卷）永元（499）以来，尤其明显。谶语说‘行中水（行中水是萧衍的“衍”字），作天子’，这又分明有所记录。天意不可违抗，人心不可失去，假如天道安排如此，您即使想要谦逊礼让，而实际上也是办不到的。”萧衍说：“我正在考虑此事。”

沈约告退后，萧衍又召见范云询问他的看法，范云的回答与沈约大致相同。萧衍说：“智者所见竟如此不谋而合，卿明早同沈休文再来。”范云辞出后将萧衍的话告诉沈约，沈约说：“先生一定要等我。”范云应诺。第二天，沈约却先到而入，萧衍命他草拟关于受命登基的诏书。沈约就从怀中取出预先已经准备好的诏书和各方面人选名单，萧衍没有什么改动。不一会儿，范云从外面来了，到殿门口不能入内，只好在寿光阁外徘徊，嘴里不停地发出表示奇怪的“咄咄”声。沈约出来，范云问：“结果如何？”沈约举手向左，表示大事已定，范云笑着说：“不负所望。”过了一会儿，萧衍召见范云，对他说：“我生平与沈休文相处，不觉他有什么异于常人之处，今日见其才智纵横，可谓贤明卓识。”范云说：“明公今日才了解沈约，和沈约今日才了解明公一样。”萧衍说：“我起兵已三年了，功臣诸将都确有功劳，然而能使我成就帝业的乃你们二位。”

因嫌官小，瘦成细腰

梁朝建立后，沈约为散骑常侍、吏部尚书，兼右仆射。萧衍受禅登基，是为梁武帝，任沈约为尚书仆射，封建昌县侯，食邑一千户，任常侍如故。梁武帝又拜沈约的母亲谢夫人为建昌国太夫人。捧着册命文书的那一天，右仆射范云等二十余人都来拜贺，朝野都认为是荣耀的事。天监二年（503）十一月二十七日，尚书左仆射沈约母亲去世，梁武帝乘车驾亲自出来吊唁。沈约守丧期满，升任为侍中、右光禄大夫，不久又升任为尚书令，兼任太子少傅。天监九年（510）正月初二，梁朝任命尚书令沈约为左光禄大夫，任侍中、少傅如故，赐给鼓吹乐队一部。

起初，沈约久居宰相之职，常向往三公之位，时论也都认为他宜居此位，但梁武帝始终没有同意，沈约于是请求外出任职，梁武帝也不允许。沈约与徐勉素来友善，就写信向徐勉陈述自己的心情，他说：“我幼年孤苦，周围又没有可以依靠的亲属，往事即将成为过去，平日里早晚被辛劳的政务所困扰，虽担任的仅是劳碌奔波的卑微官职，但并非谋私利，只希望能得到微薄的禄秩，让我东归乡里。过了十年，方愧任襄阳县令，不论从公私哪方面说，都不是我所能胜任的，可是还要依靠别人的帮助，不得不艰难地步入仕途。齐永明末年，出任东阳太守，心里已经知止知足了……我现在从外表看来，还像是完整之人，而人的容貌与体力已是不相统辖了。常常需要对自己进行约束，才可勉强办点事情。而解衣往床上一卧，四肢与身体却不再相关联。经常上身发热下肢发冷，一天比一天厉害，生火取暖又觉得闷热头痛，一旦遇到寒冷，则必定要腹泻，每次病愈之后身体都越发不如以前，病情也要比前一次来得严重。”“百日数旬，革带常应移孔；以手握臂，率计约小半分。以此推算，岂能支久？”（唐·姚思廉《梁书·卷十三·列传第七》）意思是：“仅仅百日数旬之间，身体消瘦，腰带常要移动孔眼，用手握臂，大概每月要缩小半分（李煜词中有‘沈腰潘鬓消磨’一句，‘沈腰’指的便是沈约）。按这样推算的话，还能支持多长时间呢？”徐勉为沈约进言于梁武帝，请赐给沈约三公的仪仗，梁武帝不同意，仅在仪仗中加鼓吹而已。

祸从口出，忧惧而死

当初，尚书左仆射张稷，自认为功劳大，奖赏却少，一次他侍宴于东寿殿，酒酣之际，怨气不满表露于言语表情之中。梁武帝对张稷心存旧怨，张稷死后，还对沈约谈起此事。沈约说：“尚书左仆射张稷出任边州刺史，也算是惩罚了，已经过去的事情，何必再提。”梁武帝以为沈约庇护亲家（张稷与沈约是儿女亲家），大怒说：“你说这种话，还算是忠臣吗？”于是乘辇回到内宫。沈约恐惧万分，竟没发觉梁武帝已起身回宫，依然呆坐在那里。沈约回到家后，仍心神不定，没有走到胡床边就坐下，结果坐空倒在地上，并因此得病。病中梦见齐和帝萧宝融用利剑割断他的舌头。请来巫师察看的结果竟跟他梦中所见相一致。于是请道士向上天启奏赤章（祷告禳灾的章本），说：“禅代的事情（萧齐皇帝萧宝融被迫让位于萧衍），不是我的主意。”梁武帝派御医徐奘前去给沈约看病，回来后徐奘将沈约的病状如实禀告给梁武帝。在这之前，沈约曾侍宴，梁武帝曾经同侍中、太子少傅建昌侯沈约各自写出关于栗子的典故，沈约有意少写三点，以显得自己学问比不上武帝，出来之后，他对人说：“此公（指梁武帝）自护其所短，忌讳别人比他强，否则会羞死的！”梁武帝知道之后十分生气，要治沈约的罪，徐勉极力劝谏才作罢。而这次听了关于赤章的事后，梁武帝勃然大怒，几次派中使（宦官）前去谴责沈约。天监十二年（513）闰二月十一日，沈约畏惧而死。有司给他谥号曰文，梁武帝说：“怀情不尽曰隐。”因此改谥号为隐侯。

陈朝吏部尚书姚察曰：沈约才高而学识广博，其名声仅次于司马迁、董狐，他们都是兴梁的功臣又正值时运昌隆之盛世，乃是名冠一代的英伟之才啊。

（载于《金陵晚报》2021年2月19日，发表时有删节）

东晋中军将军殷浩擅长清谈拙于实践

殷浩（303—356），字渊源，陈郡长平（今河南西华）人。东晋时期大臣、清谈家。官至中军将军、都督诸军事。

官本臭腐，钱本粪土

殷浩见识高远，二十岁时就有美名，尤其擅长《老子》《庄子》学说。殷浩与叔父殷融都酷爱《老子》《易经》，殷融舌战辩论不如殷浩，而著书立说则胜过殷浩。殷浩因此受到辩论者的推崇。有人曾问殷浩："将要做官而梦见棺材，将要发财而梦见大粪，这是怎么回事？"殷浩说："官本臭腐，故将得官而梦尸；钱本粪土，故将得钱而梦秽。"（唐·房玄龄等《晋书·卷七十七·列传第四十七》）意思是："官爵本来就是腐臭的东西，所以将要当官就梦见棺材腐尸；钱财本来就是粪土，所以将要得到钱财就梦见污秽肮脏的东西。"当时的人都将他的此番言论认为是至理名言。

隐居十年，坚辞不出

有关部门三次招聘殷浩，他都不去任职。晋成帝司马衍咸和九年（334）六月二十九日，征西将军庾亮召他为记室参军，多次升任至司徒左长史。安西将军庾翼又请他任司马。后任命为侍中、安西军司，殷浩都称病不就职。于是隐居在墓地，将近十年，当时的人将他比作管仲（春秋时齐国宰相）、诸葛亮（三国时蜀汉丞相）。王濛（东晋名士）、谢尚（东晋名士）找到他的住处，于是一同去看望他，了解到殷浩有坚决不做官的决心。回来后，相互议论说："殷浩不出山，老百姓怎么办呢？"安西将军庾翼给殷浩写信说："当今江东的安危，内靠何（何充）、褚（褚裒）诸君，外靠庾（庾亮）、桓（桓温）几家，恐怕不能百年无忧，而担心朝夕祸起。足下少有美名，十多年间，历任内外之职，如今却要隐居不仕，恐怕不妥当。再说要成就一个时代的事业，需要有一个时代的贤才，何必要德行与古人相同，风度与先达一样呢？王夷甫（王衍，西晋末年重臣），是先朝的风流人物，但我始终鄙薄他追求虚名的行为，而始终无所取……凡是明德的君子，处遇际会，难道可以这样吗？可是世人都认为这样是对的。更加知道名义与实际的关系没有确定，衰败的风气还没有革除。”殷浩执意不出山。

擅长清谈，争辩无休

“清谈”，是魏晋时承袭东汉清议风气的一种清雅的谈论，被认为是高雅之事、风流之举，并且成为一种时尚。中军将军殷浩任庾亮属下的长史时，有一次进京，丞相王导为他把大家聚在一起，桓温、左长史王濛、蓝田侯王述、镇西将军谢尚都在座。王导离座亲自去解下挂在帐带上的拂尘，对殷浩说：“我今天要和您一起谈论、辨析玄理。”两人一起清谈完后，已到三更时分。王导和殷浩来回辩论，其他贤达丝毫也没有牵涉进去。彼此尽情辩论以后，王导便叹道：“向来语，乃竟未知理源所归。至于辞喻不相负，正始之音，正当尔耳！”（刘宋·刘义庆《世说新语·文学第四》）意思是：“一向谈论玄理，竟然还不知道玄理的本源在什么地方。至于旨趣和比喻不能互相违背，正始年间的清谈，正是这样的呀！”

一次，史学家孙盛到中军将军殷浩处一起清谈，两人来回辩驳，精心竭力，宾主都无懈可击。侍者端上饭菜来他们也顾不上吃，饭菜凉了又热，热了又凉，这样已经好几遍了。双方奋力甩动着拂尘（用兽类鬃、尾毛或棕线制成的拂灰尘、驱蚊蝇的用具），以致拂尘的毛全部脱落，饭菜上都落满了。宾主竟然到傍晚也没想起吃饭。殷浩便对孙盛说：“你不要做硬嘴马（嘴硬，不服输），我就要穿你鼻子了！”孙盛接口说：“你没见挣破鼻子的牛吗？当心人家会穿你的腮帮子！”

“殷中军尝至刘尹所清言。良久，殷理小屈，游辞不已，刘亦不复答。殷去后，乃云：‘田舍儿，强学人作尔馨语！’”（刘宋·刘义庆《世说新语·文学第四》）意思是：“中军将军殷浩曾到丹阳尹刘惔那里去清谈，谈了很久，殷浩有点理亏，就不住地用些浮辞来应对，刘惔也不再答辩。殷浩走了以后，刘惔就说：‘乡巴佬，硬要学别人发这样的议论！’”

再次受召，率军北伐

晋穆帝司马聃永和二年（346）二月，卫将军褚裒向朝廷荐举前司徒左长史殷浩，三月十二日，朝廷任命殷浩为建武将军、扬州刺史。殷浩上疏辞让，并写信给会稽王司马昱（后来的简文帝），表明心愿。会稽王司马昱给殷浩写信答复道：“国家正当危难，衰败已到极点，幸而时有英才，不必寻访隐居奇贤。足下见识广博，才思练达，为国所用，足以经邦济世。如若再存谦让之心，一意孤行，我担心天下大事从此将要完结。如今国家衰微，朝纲不振，一旦亡国，恐怕死无葬身之所。由此说来，足下的去就关系到时代的兴废，时代的兴废事关社稷存亡。足下长思静算，就可以鉴别其中的得失。希望足下废弃隐居之心，遵循众人之愿。”殷浩再三辞让，从三月直至七月，才接受征召。

永和三年（347）三月，安西将军桓温平定了蜀地，威势大振，朝廷害怕他。会稽王司马昱认为扬州刺史殷浩素有盛名，朝野对他都很推崇佩服，便以他作为心腹骨干，让他参与总揽朝廷大权，想以此来和桓温抗衡。从此殷浩和桓温便逐渐开始互相猜忌，进而彼此产生了异心。适逢殷浩父亲殷羡病故，殷浩离职守孝。朝廷命蔡谟代管扬州，等待殷浩。殷浩服丧期满，朝廷征为尚书仆射，殷浩不就职。依旧为建武将军、扬州刺史，参与朝政。殷浩认为征北长史荀羡和前任江州刺史王羲之（王导的侄子、书法家）历来名声不错，便提升荀羡为吴国内史，提升王羲之为护军将军，作为自己的辅佐。王羲之认为只有朝廷内外融洽团结、和谐相处，然后国家才能安定，于是就劝说殷浩不要和桓温制造隔阂，但殷浩却没有听从。

永和六年（350）闰二月，东晋朝廷听到中原大乱的消息，再次谋划进取收复关中、黄河一带的失地。十八日，任命扬州刺史殷浩为中军将军、假节，都督扬州、豫州、徐州、兖州、青州五州军事。殷浩接受朝廷之命，以收复中原为己任，上书北征许昌、洛阳。将要出发时，殷浩从马上坠下，时人都以为不吉利。

晋穆帝永和八年（352）八月，殷浩北伐的时候，中军将军王羲之写信劝他不要去，他没有听从。九年（353）十月，殷浩从寿春（今安徽淮南寿县）出发，率领兵众七万人北伐，想进攻占据洛阳，以修复帝王的陵墓。这时，姚襄（殷浩出发时的前锋反叛）突然发兵攻击，殷浩大败，丢弃了轻重装备，逃回去固守谯城（今安徽亳州）。十一月，殷浩派部将刘启、王彬之在山桑（今安徽蒙城）攻打姚益（姚襄兄），姚襄从淮南出兵反击，刘启、王彬之全都战败而死。姚襄继续前进，占据了芍陂（今安徽寿县南）。

兵败而归，废为平民

晋穆帝永和十年（354）正月，中军将军、扬州刺史殷浩连年北伐，士兵屡屡被打败，粮饷武器全都消耗殆尽。征西将军桓温借朝野上下对殷浩的怨愤，上书列举殷浩的罪行，说："案中军将军殷浩，过分地蒙受朝廷恩遇，无才而居其位，非常受宠，一再在京任职，却不能恭谨从事，恪尽职守，或越权行事，或擅离职守，完全随心所欲……殷浩受命北伐，却无报仇雪耻之志，树立朋党，制造事端，终使仇敌大肆杀戮，奸逆蜂拥而起，华夏大地纷扰动乱，百姓困苦不堪……天怒人怨，成为大众所唾弃的对象，所带来的灾祸，将危及国家社稷，这正是臣之所以起居失措、惶恐不安的缘故。遵循正道，显扬道义，是为了施行教诲，严明刑法整顿法纪，是为了统一众人的行动，臣恭请陛下上追唐尧时代放逐的法典，下鉴《春秋》时代目中无君的事例。倘若陛下宽宏大量，不忍心诛杀殷浩，也应将他放逐到边远荒芜之地。这样做虽抵消不了殷浩弥天的罪责，但可以使后人引以为戒。”殷浩因此被废为平民，迁至东阳郡信安县（今浙江衢州）。从此，朝廷内外的大权统统集中在桓温手里了。

（载于《金陵晚报》2021 年 3 月 17 日，发表时有删节）

南京历史上昙花一现的桓楚政权

桓玄（369—404），字敬道，一名灵宝，谯国龙亢县（今安徽怀远龙亢镇）人，是大司马桓温的庶子，桓楚政权的开国皇帝。

少有大志

桓玄的母亲马氏曾经夜晚与同辈坐在一起，在月光下看见一颗流星坠落进铜盆的水中，突然又像二寸大小的火珠，晶莹明亮，众人竞相用瓢接取，马氏得到后吞了下去，好像有所感应，于是有了身孕。“及生玄，有光照室，占者奇之，故小名灵宝。”（唐·房玄龄等《晋书·卷九十九·列传第六十九》）意思是：“等到马氏生产桓玄时，室中有光芒照射，占卜的人认为他是奇人，所以便取名叫灵宝。”乳母每次把灵宝抱到桓温面前，常常要替换着抱才能到达。乳母说他的体重有一般儿童的两倍，桓温非常器重和爱护这个小儿子。

东晋孝武帝宁康元年（373）七月十四日，南郡宣武公桓温去世。临终时，桓温任命小儿子桓玄为继承人。桓玄长大成人以后，形貌瑰奇，风神疏朗，多才多艺，善写文章。因他经常自负有才，以英雄豪杰自居，众人都敬畏他，朝廷也对他疑而未用。桓玄二十三岁时，才拜为太子洗马。

桓玄住在江陵（荆州城），荆州刺史、镇守江陵的大员殷仲堪对他十分地恭敬畏惧。一些亲信党羽都曾劝说殷仲堪杀掉他，殷仲堪没有听。等到在寻阳（今江西九江）结盟立誓的时候，又因为桓玄的名声与地位，推桓玄做了盟主，桓玄因此更加骄矜倨傲。杨佺期为人骄傲剽悍，桓玄却常常把他当作出身寒微的人士来对待，杨佺期非常愤恨，暗地里向殷仲堪说，桓玄终有一天要成为祸患，请求在盟誓的神坛之上袭杀桓玄。

东晋隆安三年（399）十二月，殷仲堪担心桓玄过于专横暴戾，就与杨佺期结成姻亲，互为助援。杨佺期几次打算进攻桓玄，每次都是殷仲堪竭力阻止。桓玄也恐怕自己最终被殷仲堪、杨佺期剿灭，于是向朝中的掌权者要求扩大他所统领的地区。

一统江湖

东晋隆安四年（400）三月，桓玄攻克了荆州、雍州之后，向朝廷上疏请求管辖江、荆二州。皇帝司马德宗下诏，任命桓玄为都督荆、司、雍、秦、梁、益、宁七州诸军事，荆州刺史；任命中护军桓修为江州刺史。桓玄再次上疏，坚持要兼管江州，于是朝廷提升桓玄督八州及扬、豫等八郡诸军事，再兼江州刺史。桓玄便擅自任命他的哥哥桓伟为雍州刺史，朝廷不敢拒绝。他又任命自己的侄儿桓振为淮南太守。隆安五年（401）十二月，桓玄自以为已经拥有了东晋三分之二的疆土，所以多次让人向他呈上他可以做君主的天命符征和吉兆，打算用这些来迷惑百姓。

东晋元兴元年（402）正月初一，朝廷下诏书，历数荆州刺史桓玄的罪状，任命尚书令司马元显为骠骑大将军、征讨大都督、都督十八州诸军事，并把黄钺也加授给了他。司马元显打算借此机会把桓氏家族的人全部诛灭。二月初七，皇帝司马德宗在西池（今南京北京东路乐游苑）为司马元显饯行。司马元显害怕桓玄，登上战船，却没有马上出发。

荆州刺史桓玄，从江陵出发，担心这次大规模军事行动不能取胜，因此，常常怀着向西回军的打算，等到过了寻阳，还是看不见朝廷的部队，心中非常高兴，其他将士的斗志和士气也振作、旺盛起来。二十八日，桓玄抵达姑孰（今安徽马鞍山当涂县），派遣他的部将冯该等人进攻历阳（今安徽马鞍山和县），襄城太守司马休之围绕城池坚持据守。

司马元显刚刚准备出发，听说桓玄的大部队已经到了新亭（今南京雨花台区软件大道一带），便马上扔掉船只，返身上岸，退到城中的国子学里驻守。三月初四，东晋恢复隆安这个年号。皇帝司马德宗派侍中到安乐渚（新亭之东）去慰劳桓玄。桓玄进入京师（今南京），宣称皇帝下诏书，命令解除戒严。朝廷于是任命桓玄统领文武百官，都督中外诸军事、丞相、录尚书事、扬州牧，兼任徐、荆、江三州刺史，加授给他黄钺。桓玄辞去丞相及荆、江、徐三州刺史的职佐，改任太尉、都督中外诸军事、扬州牧，兼任豫州刺史，统领文武百官。四月，太尉桓玄出都城建康，去姑孰驻扎，辞去了录尚书事的官职，皇帝司马德宗下诏同意，但凡是大政方针，都要去桓玄那里请示。八月，太尉桓玄暗示朝廷封他为豫章公，不久又要求封他为桂阳公，原先南郡公的爵位不变。

黄粱梦碎

东晋元兴二年、永始元年（403）九月十六日，皇帝司马德宗下诏，册命桓玄为相国，总百揆，封十郡，为楚王，加九锡，楚国置丞相以下官。十月，皇帝司马德宗下诏，让楚王桓玄使用天子的礼仪和音乐，并将他的王妃改称王后，将他的嫡长子改称为太子。十一月十八日，散骑常侍卞范之拟写了禅让的诏书，让临川王司马宝逼迫皇帝司马德宗亲笔抄写。二十一日，皇帝司马德宗驾临宝殿，派遣兼太保、领司徒的王谧手捧皇帝的玉玺印绶，呈献给桓玄，正式向他禅位。二十三日，皇帝司马德宗搬出皇城，改居永安宫。

十二月初一，桓玄筑坛于九井山（今安徽当涂县东南十里）。初三，35岁的桓玄即皇帝位，改元永始，史称桓楚。封皇帝司马德宗为平固（今江西兴国）王。追尊其父桓温为宣武皇帝，庙号太祖，封子桓昇为豫章王。初九，“玄入建康宫，登御坐，而床忽陷，群下失色。殷仲文曰：‘将由圣德深厚，地不能载。’玄大悦”（北宋·司马光《资治通鉴·卷一百一十三》）。意思是：“桓玄随即入主建康宫（今南京），当他登上御座的时候，不料御台突然塌陷，群臣顿时惊慌失措。侍中殷仲文机敏地说道：‘这是由于陛下的圣德太过深厚，大地都承载不住。’桓玄非常高兴。”

桓玄自即位后，心常不自安。二月初一深夜，长江波涛汹涌，江水卷进石头城中，被激流淹死卷走的人非常多，灾民的号叫哭喊声震天动地。桓玄听到之后非常害怕，说：“这些奴才们要造反了。”

二月二十七日，刘裕等人计划在京口（今江苏镇江）、广陵（今江苏扬州）、历阳（今安徽和县）和建康（今南京）四地同时举兵。

桓玄在派桓谦等抵抗刘裕时，已经萌生逃跑的念头，待桓谦等失败后，桓玄于三月初二日，率数千亲兵声言赴战，但暗中却领着儿子桓昇、兄长的儿子桓濬出南掖门，向西逃入石头城，命侍中殷仲文准备船只，相继向南奔逃。

桓玄一行一直逃到寻阳，挟持皇帝司马德宗至江陵。五月二十六日，桓玄逃到枚回洲（今湖北江陵县西北长江中）时，正遇上参军费恬与毛祐之（益州刺史毛璩的侄孙）。毛佑之、费恬等用箭射击桓玄，桓玄的贴身侍从丁仙期、万盖等用身体遮蔽桓玄，都中数十箭而死。桓玄也被箭射中，他六岁的儿子桓昇就立即替他拔掉。益州都护冯迁抽刀上前，桓玄拔下头上的玉导（用以引发入冠帻之内）给他，嘴里仍然说：“你是什么人呀？敢杀天子！”冯迁说：“我要杀的是天子之贼。”说罢，就杀了他，当时桓玄只有三十六岁。桓昇说：“我是豫章王，诸君不要杀我。”他被送到江陵在街市上斩首。

当月，荆州别驾王康产、南郡相王腾之迎接皇帝司马德宗进入南郡府舍。北府兵将领刘毅等传送桓玄首级至建康（今南京），悬挂于大桁（朱雀门外的浮桥）上示众，前来观看的百姓莫不欢喜庆幸。

桓玄死后，其堂兄桓谦、侄子桓振、堂弟桓石绥等人依次称帝。晋安帝义熙六年（410），桓氏家族彻底覆灭。

（载于《金陵晚报》2021 年 4 月 15 日，发表时有删节）

敢怒敢骂的萧齐绥建太守卞彬

卞彬（？—约500），字士蔚，是济阴冤句（今山东菏泽）人，东晋卞忠贞公卞壶的后裔。卞彬的祖父卞嗣之，曾任中领军。

有其父必有其子

卞彬的父亲卞延之，弱冠（20岁）任上虞（今浙江绍兴）县令，有刚烈气节。会稽太守孟颢凭借上级身份压制卞延之，时间长了，卞延之再也不能容忍下去，遂将帻巾脱下扔在地上说："我所以屈卿者，正为此帻耳。今已投之卿矣。"（唐·李延寿《南史·卷七十二·列传第六十二》）意思是："我所以屈服于您的缘故，正是为了这顶帻巾（古代包扎发髻的巾，犹冠）而已。今日已经丢给您了。"说完卞延之拂袖而去。

卞彬也许受到其父性格的影响，他的才能品行都与众不同，文章有很多指斥讥刺世弊的地方。州府征召他为西曹主簿、奉朝请、员外郎。萧道成（齐高帝，萧齐的开国皇帝）辅弼政事时，卞彬曾对萧道成说："彼闻谣云'可怜可念尸著服，孝子不在日代哭，列管暂鸣死灭族'。公可闻不？"（萧梁·萧子显《南齐书·卷五十二·列传第三十三》）意思是："近来听到民谣说'可怜惜可挂念的是尸体被丧服裹着，孝子不在了每日有人代他哭，列管鸣响了一阵子死了就会灭族。'您是否听说过？"当时王蕴（刘宋晋陵、义兴太守）的父亲王楷亡故正在守孝，后来王蕴密与司徒袁粲等结谋，事败，和司徒袁粲一同被斩于秣陵市（今南京江宁区秣陵），所以说是尸著服。服就是衣，褚字偏旁为衣；孝字去掉子而用日字代替，就是个褚字，这说的是褚渊。列管，即萧（萧道成）。

卞彬退出之后，萧道成笑着说：“这首童谣是卞彬自己作的。”齐王萧道成初建齐国时，卞彬经常在东府（今南京通济门附近）谒见齐王萧道成。卞彬说：“殿下就以这东府作王府，望可以青溪（亦名九曲青溪）作鸿，鸿沟以东是萧齐，以西是刘宋。”还吟唱《诗经》中的诗句说：“谁谓宋远，跂予望之。”意思是：“谁说刘宋国远，踮起脚来就能看得见。”于是大大触犯了萧道成的旨意，因为这个缘故卞彬被排斥废职几年，没有提升官职。于是卞彬便模仿赵壹的《穷鸟赋》（东汉辞赋家赵壹，将自己比作一只穷途末路的鸟，巧妙地表达出心中的不满与无奈之情）而作《枯鱼赋》，以表明自己所处的困境。

巧赋“蚤虱”讽小人

后来，卞彬任南康郡（今江西于都）丞。卞彬嗜好饮酒，放浪形骸，仕途既不顺利，便写了《蚤虱》《蜗虫》《虾蟆》等赋，都深有指责之意。他的《蚤虱赋序》说：“余居贫，布衣十年不制。一袍之缊，有生所托，资其寒暑，无与易之。为人多病，起居甚疏，萦寝败絮，不能自释。兼摄性懈惰，懒事皮肤，澡刷不谨，浣沐失时，四体㲣㲣，加以臭秽，故苇席蓬缨之间，蚤虱猥流。淫痒渭濩，无时恕肉，探揣护撮，日不替手。虱有谚言，朝生暮孙。若吾之虱者，无汤沐之虑，绝相吊之忧，宴聚乎久襟烂布之裳，服无改换，掏啮不能加，脱略缓懒，复不勤于捕讨，孙孙息息，三十五岁焉。”（萧梁·萧子显《南齐书·卷五十二·列传第三十三》）意思是：“我的生活很贫困，粗布衣裳十年没有添置。一件麻衣布袍，就是我一生的寄托，春夏秋冬全靠它，从来没有替换。本人体弱多病，很少洗涮打扫，满床败絮，也不能清理。而且我性情懒散，对肌肤很不在意，洗涮不勤，沐浴失时，而且经常忘记。四肢多毛，加上恶臭污秽，所以在蓬席蓬带之间，跳蚤虮虱遍布丛生。周身奇痒，无时无刻，伸手到怀里就能抓一把，抓摸挠痒整日不停。虱子们有谚语说：‘早上出生的虱子傍晚就有后代。’像我身上的虱子，没有热水洗刷的愁虑，断绝了相互哀悼的忧思，在长期不洗的破衣烂裳之间宴享聚会，衣服从不变换，手掏齿啮不能加于身；我性格轻慢不拘迟缓懒散，又不勤于搜捕征讨，所以它们子子孙孙，在此已繁衍了三十五年。”蚤虱，从来都是令人十分讨厌的东西，但卞彬对此却津津乐道。南朝梁史学家、《南齐书》（二十四史之一）的作者萧子显说，这里用简略的言语所概括的都是真实的记录。后人以“蚤虱”比喻小人对正人的危害。

“禽兽”“虾蟆”斥权贵

卞彬又作《禽兽决录》说：“‘羊性淫而很，猪性卑而率，鹅性顽而傲，狗性险而出。’皆指斥贵势。其羊淫很，谓吕文显；猪卑率，谓朱隆之；鹅顽傲，谓潘敞；狗险出，谓文度，其险诣如此。”（萧梁·萧子显《南史·卷七十二·列传第六十二》）意思是：“‘羊的性情邪恶而狠毒，猪的性情卑鄙而轻率，鹅的性情顽固而傲慢，狗的性情凶险而显露。’都是指名斥责那些权贵势要。”

卞彬在《虾蟆赋》中写道：“纡青拖紫，名为蛤鱼。’世谓比令仆也。又云：‘蝌蚪惟惟，群浮暗水。维朝继夕，聿役如鬼。’比令史咨事也。”（萧梁·萧子显《南史·卷七十二·列传第六十二》）意思是：“‘系青带拖紫袍，名叫蛤蟆。’世人说这是比喻令仆（指尚书令与仆射，亦泛指股肱重臣）。其中又说：‘蝌蚪（比喻下层官员）唯唯诺诺，群集浮游暗水。夜以继日地奔忙，被役使得像鬼一样。’世人说这是比喻令史（县令属吏的总称）谘事（询问政事）。”卞彬的这些文章都在街巷中流传。卞彬敢怒敢骂，除了皇帝，将所有朝廷达官贵人都骂了个遍，中下级官员也被骂成了蝌蚪之流“聿役如鬼”。卞彬因仕途不顺遂写《蚤虱赋序》《虾蟆赋》等赋讥讽时政，尽管有夸张和艺术加工的成分，但笔锋犀利，揭示深刻，后人深有感受。

讽刺文学成一家

后来，朝廷授卞彬为南海王国郎中令、尚书比部郎、安吉（今浙江湖州安吉）县令、车骑记室。卞彬生性喜好饮酒，以葫芦、瓠瓜、杬（一种乔木）皮作为菜肴，戴一顶丝帽，十二年也不变换；用大葫芦做火笼（冬天的一种取暖工具），所用物具大多是一些奇奇怪怪的东西。他自称为“卞田居”，称妻子为“傅蚕室”。有人劝谏他说：“您一切的仪态品行都不持守，那么名誉爵位怎么能够上升？”卞彬说：“就像赌博掷骰子一样的，掷十回都没好点子，这能说是掷骰子的人笨蛋么？我喜欢掷，不管输赢，这恰恰是难能可贵的。”齐永元年间（499—501），卞彬任平越（今贵州福泉）长史、绥建郡（今广东广宁县南）太守，死在任上。

卞彬性格任诞并擅长讽刺，是萧齐朝讽刺文学的重要一家，对后世有很大影响。齐永明年间（483—493），琅邪（今山东青岛琅琊台西北）人诸葛勖为国子生，作《云中赋》，指斥祭酒以下诸人，都有形似卞彬作品的地方。诸葛勖因犯事被囚禁在东冶，因此作《东冶徒赋》，皇帝萧赜（齐世祖）见了，赦免了他。又有陈郡（今河南淮阳）人袁嘏，齐建武四年（497），萧鸾（齐明帝）时为诸暨县（今浙江绍兴诸暨）令，袁嘏很看重自己的诗文。他对人说：“我诗应须大材迮之，不尔飞去。”（萧梁·萧子显《南齐书·卷五十二·列传第三十三》）意思是：“我的诗应当要用大材压住它，不这样的话它就要飞去。”齐建武五年（498），袁嘏任诸暨县令，后被权臣王敬则杀害。

（载于《金陵晚报》2021 年 5 月 14 日，发表时有删节）

萧梁“山中宰相”陶弘景的隐居人生

陶弘景，字通明，丹阳秣陵（今南京）人。祖父陶隆，曾任刘宋王府参军，封晋安侯。父亲陶贞，曾任孝昌县令。陶弘景一生历宋、齐、梁三代。

生来奇异有志向

当初，陶弘景的母亲郝氏梦见两个天神手拿香炉来到她的住处，过后她便有了身孕。宋孝武帝孝建三年（456）三月三十日夏至，陶弘景出生。他从小操行异于常人，四五岁时，就经常用荻（荻草，形状像芦苇）秆作笔，在灰上划着学写字。六岁时就能理解自己读的书，并能撰写文章。十岁时，陶弘景得到了葛洪（东晋道教理论家、著名炼丹家和医药学家）写的《神仙传》，看到里面关于淮南八公（八公山，八位仙人）等神仙的故事后，便感叹地说：“读了这本书，便使人产生壮志凌云的胸怀，有修仙学道的志气。”于是他不分昼夜地研究、探寻书中的事理，立下了修仙学道、长生久视的志向。他曾经对人说：“仰望青天白云和太阳，就不觉得像原来那样遥远不可及了。”陶弘景长大以后，身长七尺七寸（约1.88米），神态仪容明朗秀拔，眉目疏朗，身材颀长，广额耸耳，两个耳朵孔里各露出两寸来长的毛，右膝有几十颗黑痣成北斗七星状排列。读书万余卷，只要有一点弄不懂，就深以为耻。善于弹琴和下棋，精于草书和隶书。陶弘景不到二十岁时，萧道成（齐高帝）当时在刘宋朝任宰相，招引陶弘景去做诸王侍读，并任他为奉朝请（可定期参加朝会）。陶弘景虽身在官府，却闭门不与外人交往，专以披阅诸王的文章为事务。朝廷制定礼仪以及涉及前朝的旧事，多要来听取他的意见。

求官不得遂隐居

陶弘景家中贫穷，求县令官职而没有得到。齐武帝永明十年（492），陶弘景脱下朝服挂在神武门上，上表辞官。皇帝萧赜下诏允许，并赐给五匹帛，下令陶弘景所在地的官府每月供给他五斤茯苓、二升白蜜，给他服食丹药用。到陶弘景动身时，朝中公卿们在征虏亭（今南京鼓楼区国防园西南明城墙内）为他饯行，筵席丰盛，车马堵塞道路，大家都说自宋、齐两朝以来从未有过这样的事，朝廷和民间都认为是件很有面子的事情。

不久，陶弘景来到句容的句曲山（今江苏镇江句容茅山）居住。陶弘景常说："这山下面是第八洞宫，称为金坛华阳之天，周围有一百五十里。相传以前西汉朝有咸阳三茅君（茅盈及其弟茅固、茅衷）修炼得道后来掌管这座山，所以又称它为茅山。"于是陶弘景在山中建立馆舍，自己命名为华阳陶隐居，他与世人通信，就用"隐居"代名。

潜心修道若神仙

当时沈约（南朝著名的文学家、史学家）做东阳（今浙江金华）郡守，敬仰陶弘景的志向气节，多次写信邀请他出来做官，他都不去。

南朝齐东昏侯永元初年（499），陶弘景又建了一座三层楼，他住上层，弟子住中间，宾客住下面。于是与外界隔绝，只有一个家仆可以到他的住处。他本善于骑射，到了晚年都不干了，只听听吹笙而已。他特别喜欢听松树被风吹动的声音，庭院中都种了松树，每当听到风吹松响，欣欣然以此为乐。有时候陶弘景一人游观清泉山石，望见他的人都以为是神仙。

山中宰相不虚传

南朝萧齐末年有歌谣说"水丑木"——加起来是一个"梁"字。及至萧衍（梁武帝）讨伐东昏侯（萧齐第六位皇帝萧宝卷）的义军到达新林（今南京西善桥镇），陶弘景派弟子戴猛之抄近道上表以示敬意。及至萧衍大军平定建康（今南京），陶弘景听说朝廷中议论萧衍代齐的消息后，就立即引用图谶来推演，结果几处都出现“梁”字，也派弟子把此结果进献给萧衍。萧衍本来就和陶弘景有交往，等即帝位后，对陶弘景恩赐和礼遇更加厚重，不断地写信问候，前来看望陶弘景的使者、达官显贵络绎不绝。

陶弘景既然得到了符箓秘诀，认为可以炼成神丹，却苦于没有药物。于是皇帝萧衍便供给他黄金、朱砂、曾青、雄黄等。后来他配炼出来的飞丹，色如霜雪，服用后身体变得轻盈。皇帝萧衍也服了飞丹有效验，就更加敬重陶弘景了。皇帝萧衍每次收到陶弘景的信，都要洗手焚香，虔诚地接受拜读。皇帝萧衍曾亲笔下诏召他入京（今南京），赏赐给他鹿皮头巾。后来也多次以礼聘请，但陶弘景都不肯出山，只是画了一幅《两牛图》作答：一头牛散放在水草间悠然自在；一头牛戴着金笼头，前面有人用绳牵着，后面有人用棍子驱赶。皇帝萧衍见画笑着说：“这个人什么事都做得出来，他想学在泥中拖着尾巴自由自由在的乌龟，又怎么会有被招聘的可能。”国家每有吉凶征伐一类的大事，皇帝萧衍无不派人前去他那里咨询方略，一月中常有书信来往好几次。当时的人们都称陶弘景为山中宰相。

八十如壮知死期

梁武帝天监四年（505），陶弘景移居到积金东涧（飞来山）。他善于辟谷导引的方术，自从隐居四十余年来，虽年过八十，容貌看起来仍旧像壮年人一样。仙书上说：“眼眶方形的人可活千岁。”陶弘景晚年一只眼眶有时候呈方形。陶弘景曾梦见佛祖授给他菩提记，给他命名为胜力菩萨。梁武帝天监年间，陶弘景向皇帝萧衍敬献丹药。中大通初年（529），又献上两把刀，一把名善胜，一把叫威胜，都是稀世珍宝。

陶弘景生来喜欢著述，崇尚奇异的事物，珍惜时光，到年老后更加如此。尤其通晓阴阳五行、风角（以五音占四方之风而定吉凶）星算（指星占术）、山川地理、地方物产、医术药理。他所撰写的书籍有七八十种，但都秘不传世，另外还有已经开始撰写还未完稿的十部书。

陶弘景还没患病，但自己知道将要逝去，便预先算定死期，并作了《告逝诗》。梁武帝大同二年（536）三月初七，陶弘景去世，终年八十一岁。死后尸体颜色不变，关节伸屈仍如活人，香气数日不散，遍山弥漫。皇帝萧衍下诏赠他为太中大夫，谥号为贞白先生。

（载于《金陵晚报》2021 年 7 月 1 日，发表时有删节）

明太祖朱元璋建都金陵后的八项首创

放牛娃出身的朱元璋，25 岁参加郭子兴领导的红巾军，反抗元朝。经过 15 年奋斗，洪武元年（1368）正月初四日，朱元璋在应天府（今南京）即皇帝位，国号大明，年号洪武。洪武三十一年（1398），朱元璋病逝，在位 31 年，享年 71 岁，谥曰高皇帝，庙号太祖。朱元璋在金陵主要有八项首创。

一、剥皮揎草治贪官

朱元璋为了整饬吏治，采取了一系列措施。“明祖（朱元璋）惩元季纵弛，特用重典驭下，稍有触犯，刀锯随之，时京官每旦入朝，必与妻子诀，及暮无事则相庆，以为又活一日。”“又案草木子，记明祖（朱元璋）严于吏治，凡守令（太守、县令）贪酷者，许民赴京（今南京）陈诉，赃至六十两（白银，约合现在6万元）以上者，枭首示众（砍头示众），仍剥皮实草（把人皮剥下来，做成袋状，用稻草填在里面，悬挂示众），府州县卫之左，特立一庙以祀土地，为剥皮之场，名曰皮场庙，官府公座旁各悬一剥皮实草之袋，使之触目惊心。”

朱元璋从登基一直到他去世，惩治奸诈贪贿官吏的运动一直没有停止，不管是什么人，只要触犯了法律，一律严惩不贷，包括驸马都尉欧阳伦（朱元璋嫡次女安庆公主之夫）也不豁免，但是奸诈贪贿现象始终没有根除。为此，朱元璋深深感叹道：“本欲除贪赃官吏，奈何朝杀而夕犯！今后犯赃者不分轻重皆诛之。”

二、廷杖大臣破先例

朱元璋曾经和侍臣讨论君主对待大臣的礼节。太史令刘基说：“古者公卿有罪，盘水加剑，诣请室自裁，未尝轻折辱之，所以存大臣之体。”意思是：“古代公卿犯了罪，准备一盆水，将剑放在盆上，到悔过之室去自刎，不曾轻易折辱他们，故大臣的体面得以保存。”但是，“廷杖之刑，亦自太祖始矣”。

所谓廷杖，即在朝廷上行杖（五刑之一，用大竹板、棍棒、荆条抽打犯人背部），是对朝中的官吏实行的一种惩罚。永嘉侯朱亮祖，洪武十二年（1379）出镇广东期间，与当地豪强勾结，致使朱元璋冤杀番禺县令道同，最终被察觉。洪武十三年（1380）九月，朱亮祖被朱元璋召回京师（今南京）。“朕（朱元璋）怒而鞭之，不期父子（子，指朱亮祖长子、府军卫指挥使朱暹）俱亡。”

三、春联得名孝陵昉

让春联走进百姓家的是朱元璋。清人陈尚古的《簪云楼杂说》记载：“春联之设，自明孝陵昉也。”意思是：“春联之设，自明太祖朱元璋始。”当时朱元璋建都金陵，“于除夕忽传旨：‘公卿士庶（三公九卿、士大夫、平民百姓）家门上须加春联一副。’太祖亲微行出观，以为笑乐”（清·梁章钜《楹联丛话全编·卷一故事》）。大年初一，朱元璋亲自微服出行视察春联。发现有一户人家没贴春联，一问才知道，这户人家是专门阉割苗猪的，还没请人写春联。朱元璋亲自为这家写了一副春联：“双手劈开生死路，一刀割断是非根。”等到朱元璋再次经过这家，还没看到挂春联，就问为什么不挂。这家人说，因为知道是皇帝的御书，所以高挂在中堂，焚香敬拜。朱元璋听了大喜，赏银三十两，这户人家后来也改行了。所以朱元璋又有“春联皇帝”之称。

四、户部籍天下户口

洪武三年（1370），朱元璋命户部籍全国户口，置户籍、户帖。户帖格式由户部制定，颁行各州县，各州县照式刻印，给予里甲人户。户籍、户帖，详细登载姓名、年龄、居住地。户籍上交户部，户帖下发人户。主管部门每年计算人口增加、减少的情况上报。洪武十四年（1381）编制赋役黄册。所谓赋役黄册，是明朝用以管理户口、征调赋役的制度。因皆以黄纸为面，故名。黄册年终进呈，送后湖（今南京玄武湖内）东西二库保存。户籍共分三等：一是贫民，包括儒生、医生、阴阳先生；二是军人，包括校尉、有力士、弓、铺兵；三是工匠，包括厨役、裁缝、马船之类。禁止多个姓合成一户附于簿籍。

五、侍卫仪仗锦衣卫

锦衣卫，即“锦衣亲军都指挥使司”，是明朝专有的军政特务机构。洪武十五年（1382）四月十六日，朱元璋废除仪鸾司（掌仪礼的官署），改设锦衣卫。锦衣卫是皇帝的侍卫亲军和仪仗队，由将军、校尉和力士组成，掌管侍卫、缉捕、刑狱之事。其首领为锦衣卫指挥使，由皇帝的亲信担任，直接向皇帝负责。凡是朝会、巡幸，便身穿飞鱼服，佩绣春刀，侍从皇上左右。洪武二十年（1387），朱元璋因为掌管锦衣卫的人多非法凌辱虐待罪囚，于是下令焚毁锦衣卫刑具，交出关押的罪囚，由刑部审理，诏令内外案件都归刑部、都察院、大理寺三法司审理，将锦衣卫废除。

六、结党营私奸党罪

朱元璋为了巩固皇权，防止大臣结党营私，首创“奸党罪”。凡奸邪进谗言左使杀人、运用计谋使犯人逃脱死刑处罚、听凭长官旨意任意增减犯人刑罪、朋比结党、扰乱朝政等，皆属“奸党罪”，均处死刑，并将其写进《大明律》。

七、四菜一汤喻清廉

朱元璋有一次宴请群臣，席上共有四菜一汤：萝卜、韭菜、芹菜、青菜和葱花豆腐汤。朱元璋对群臣说：萝卜是百味药，可治百病；韭菜生命力旺盛，象征国家长治久（韭）安；芹菜、青菜寓意为官要勤（芹）政清（青）廉、体恤民情；葱花豆腐汤表示为官要一清二白，不能徇私枉法。

并宣布：今后请客，只能“四菜一汤”，谁若违犯，严惩不贷。

八、竟让孙权来守门

明孝陵，是朱元璋于洪武十四年（1381）开始，在南京城（今南京老城）东郊为自己建造的陵墓。张岱的《陶庵梦忆》记载：当初选陵址时，朱元璋与刘诚意（刘基）、徐中山（徐达）、汤东瓯（汤和）三人确定陵穴位置。结果刘基、徐达、汤和三人都不约而同地选中了紫金山南麓独龙阜这块风水宝地。

当时，陵址前300米有一座孙权墓，史称蒋陵，又名吴王坟，也称孙陵岗。当时负责明孝陵工程的崇山侯李新，向朱元璋请示是否要将蒋陵迁徙。朱元璋说：“孙权亦是好汉，留他守门。”（明末清初·张岱《陶庵梦忆·卷一·钟山》）就这样孙权的墓才保留下来，就是现在的梅花山。

孙权怎么也想不到，他在这里安居了1100多年的陵寝，竟然差一点被朱元璋拆掉。

（载于《金陵晚报》2021年10月5日，发表时有删节）

刘宋会稽长公主刘兴弟始创梅花妆

会稽公主刘兴弟（383—444），徐州彭城（今江苏徐州铜山区）人。南朝宋武帝刘裕的嫡长女，母亲武敬皇后臧爱亲。刘裕称帝，封刘兴弟为永兴公主。宋文帝刘义隆即位，晋封长姐为会稽郡长公主。

含章殿下卧，惊现梅花妆

《太平御览·卷三十·时序部十五》记载："宋武帝女寿阳公主（永兴公主），人日（正月初七）卧于含章殿檐下，梅花落公主额上，成五出花，拂之不去。皇后留之，看得几时。经三日洗之乃落。宫女奇其异，竞效之，今梅花妆是也。"意思是："宋武帝刘裕的女儿寿阳公主刘兴弟，在某一年的正月初七，卧于南朝宋皇宫的含章殿檐下，梅花落到寿阳公主的额头上。有五瓣梅花，怎么都揭不下来。于是，皇后臧爱亲（刘兴弟生母）就把公主留在自己身边，观察了好长时间。经过三天才洗掉，但是公主额上却留下了五瓣梅花的印记。宫中女子觉得公主额上的梅花印非常美丽，于是竞相效仿，这就是梅花妆的来历。"后世传说寿阳公主是梅花的精灵变成的，因此寿阳公主有"正月花神"之称。

其实女子化妆术，早在东吴时期就有了雏形，当时太子孙和十分宠爱邓夫人，常将她抱在膝上。有一次，孙和在月下醉舞如意，不小心误伤了邓夫人的面颊，命太医治疗，"医曰：'得白獭髓，杂玉与琥珀屑，当灭此痕。'"（东晋·王嘉《拾遗记·卷八》）意思是："太医说：'如果能找到白色水獭的骨髓，配上玉石和琥珀碎屑，可以除掉脸上的创痕。'"后来由于用琥珀太多，伤愈之后邓夫人脸上有赤点如痣，孙和反而觉得邓夫人这样更加娇媚。于是后宫嫔妃都用红脂膏点在自己的脸颊上，由于这种狐媚求宠之风相互煽动，终于造成了一代淫靡的习俗。后来，寿阳公主无意中发明了“梅花妆”，作为一种化妆术，逐渐流传到民间，受到诸多女子的喜爱，特别是世族官宦人家的夫人、小姐，以及歌伎舞女纷纷学而效之。北朝民歌《木兰诗》中有“当窗理云鬓，对镜帖花黄”的歌词。

唐宋元明清，历代广流传

唐代牛峤《红蔷薇》诗云：“若缀寿阳公主额，六宫争肯学梅妆。”罗隐《人日新安道中见梅花》诗云：“不上寿阳公主面，怜君开得却无端。”到了宋代，据说宋仁宗皇后头戴珠翠花冠，眉间、两腮和博鬓两侧依次纵排数个珠钿。元代张天英《题张叔厚描寿阳公主梅妆图》诗云：“正月七日含章殿，落梅吹花香扑面。玉人睡起犹未知，重理新妆镜中见。”

明末清初张岱在《夜航船·卷一·天文部》中也有这样的记载：“刘宋寿阳公主，人日卧含章殿檐下，梅花点额上，愈媚。”清代曹雪芹在《红楼梦·第六十二回》中写道：“果见湘云卧于山石僻处一个石凳子上，业经香梦沉酣，四面芍药花飞了一身，满头脸衣襟上皆是红香散乱……又用鲛帕包了一包芍药花瓣枕着。”这个情景酷似寿阳公主一般，只是将梅花，写成芍药花罢了。

妙用梅花妆，饰掩两不误

武周年间，有“巾帼宰相”之称的上官婉儿，因得罪了武则天，被武则天“金刀插其髻”，额头上留下了伤痕，所以上官婉儿在宫中常戴花钿以掩饰伤疤。所谓花钿，其实是古时汉族妇女脸上的一种花饰，通常有红、绿、黄三种颜色，形状除梅花状外，还有各式小鸟、小鱼、小鸭等。

在上官婉儿看来，梅花妆并不一定都是用来点缀或修饰美化面容的，还可以用来遮挡受伤的痕迹。当时在一些达官贵人和士大夫家里，妻子大多嫉妒心强，而且凶悍成风，经常刺伤侍妾和婢女的脸面，致使她们破相，而侍妾们往往就用花钿贴面，以掩盖痕迹。

当时，唐肃宗李亨宰相房琯的儿子房孺复，在任杭州刺史时娶了年轻貌美的崔氏为妻。崔氏是台州刺史的女儿，性情暴戾异常，生性爱嫉妒。她要求“左右婢不得浓妆高髻，月给燕脂一豆，粉一钱。有一婢新买，妆稍佳，崔怒曰：‘汝好妆耶？我为汝妆！’乃令刻其眉，以青填之，烧锁梁，灼其两眼角，皮随手焦卷，以朱傅之。及痂脱，瘢如妆焉。”（唐·段成式《酉阳杂俎·卷八·鲸》）意思是：“左右的婢女不能够化浓妆和梳高髻，每个月只给这些婢女一豆粒那么多的胭脂，粉一钱。有一婢女是新买来的，妆画得较好，崔氏大怒道：‘你喜欢化妆是吗？我来为你化妆！’她就让人用针刻这个婢女的眉毛，然后用青色的颜料填塞，用火烧烤两眉之间，然后灼烫婢女的两个眼角，面皮很快就变焦并卷了起来，马上用以红色的颜料敷上去。等到痂脱落之后，疤痕就像化妆的一样。”“今妇人面饰用花子，起自上官昭容，所制以掩黥迹。”（唐·段成式《酉阳杂俎·卷八·鲸》）

到了宋代，化妆术又有了新的发展。宋人陶谷《清异录·百虫门（六事）》记载：“后唐宫人，或网获蜻蜓，爱其翠薄，遂以描金笔涂翅，作小折枝花子，金线笼贮养之。”这时已经开始用蜻蜓翅膀做花钿了，即将蜻蜓翅膀剪成需要的形状，涂上金粉，贴在面颊或额上。

后来有人嘲笑那些学“梅花妆”的“阁内夫娘”，有诗为证：“额点梅花仿寿阳，春风阁内集夫娘。”（清·史梦兰《全史宫词》）

明代女子比较流行的是“桃花妆”与“酒晕妆”，前者属淡妆，后者属浓妆。如果脸上有雀斑或麻子，同样要弄些“花子”来加以掩饰。所谓淡淡妆、天然样，就是如此。清代女子喜爱用珍珠为原料加工制作的妆粉，称为“珠粉”，同样也能掩饰脸面上的缺陷。民国初期，贵妇名媛的化妆品和美容品基本都以洋货为主。之后，她们的化妆与现代女子相仿，抹胭脂、涂口红、刷睫毛膏等。

会稽长公主刘兴弟，早在刘宋元嘉二十一年（444）八月十八日就去世了，时年61岁，谥号宣，史称会稽宣长公主。但是她的“梅花妆”故事却流传至今。

（载于《金陵晚报》2021年11月11日，发表时有删节）

揭秘明朝名将顾兴祖的跌宕人生

按：读了《扬子晚报》2021年9月9日A7版《垃圾堆里的文物终于“拨云见日” 检察建议让顾兴祖墓石刻受保护》一文深有感触，顾兴祖一生三起三落，曾历明仁宗朱高炽、明宣宗朱瞻基、明英宗朱祁镇、明景帝朱祁钰四位皇帝，死后葬于南京。对于这样一位《明史》有记载的历史人物的墓葬，理应审慎对待，妥善保护。同时得知：“文物周边生活、建筑垃圾已全部清理完毕，文物修复归整、登记备案、保护区域划定、保护表示设置等措施已全部落实到位。”颇感欣慰。

世袭爵位镇远侯

顾兴祖（？—1463），字世延，祖先是湘潭（今湖南湘潭）人，后来安家于江都（今江苏扬州）。顾兴祖的祖父顾成，早年投奔朱元璋，为帐前亲兵，执掌伞盖，累功至坚城卫（今徐州砀山）指挥佥事，后随军平四川，调防贵州，征讨云南，升迁为贵州都指挥同知。他镇守贵州十余年，佩征南将军印，讨平叛乱数百起。靖难之役时，顾成担任左军都督，讨伐燕军，兵败投降，被送往北平，辅助守城。建文四年（1402）六月十七日，朱棣攻破南京，登基称帝，是为明成祖。顾成被封为镇远侯，食禄一千五百石，并获赐铁券，仍旧镇守贵州。顾成有八个儿子。长子顾统，就是顾兴祖的父亲，初名充，早年随父顾成参战，曾任普定卫（今贵州安顺）指挥。在靖难战役中，因顾成被燕王朱棣所俘虏而降燕王，顾统及其亲属等16人被建文帝朱允炆诛杀。永乐十二年（1414）五月，顾成病逝，时年85岁。赠夏国公，谥武毅。永乐十三年（1415）二月，顾成孙子顾兴祖世袭镇远侯爵位。

征蛮守京又立功

永乐二十二年（1424）七月十八日，皇帝朱棣（成祖）在第五次北征回师途中，病逝于榆木川（今内蒙古呼伦贝尔市海拉尔区）。八月十五日，朱高炽（仁宗）正式登基。十九日，诏令镇远侯顾兴祖为总兵官，征讨广西叛蛮。十二月二十五日，“镇远侯顾兴祖破平乐、浔州蛮”（清·张廷玉等《明史·卷八·本纪第八》），意思是：“镇远侯顾兴祖打败平乐、浔州蛮族。”顾兴祖先后平定浔州（今广西桂平）、平乐、思恩、宜山众苗，投降归附的很多。宣德年间（1426—1435），交址（今越南）黎利（越南后黎朝开国君主）再次叛乱，攻陷隘留关（今名油隘，在越南北部谅山县北），围攻丘温县。当时顾兴祖在南宁，因掌握军队而不救援获罪，诏令下在锦衣卫监狱，过了一年得以释放。正统十四年（1449）七月，皇帝朱祁镇（英宗）在宦官王振的煽惑与挟持下，不顾群臣反对，一意孤行，率领20万大军（实际8万）亲征蒙古瓦剌，在土木堡（今河北张家口怀来县境内的一个城堡）之战中，被也先（绰罗斯·也先，瓦剌首领）打败被俘，顾兴祖等人也一同被俘。顾兴祖凭借机敏侥幸逃脱回京（今北京），但因不顾皇上而只身逃命，被以败将论罪，判处死罪。正统十四年（1449）九月，顾兴祖被削爵。这时，“也先逼都城，复冠带，充副总兵，御敌于城外”（清·张廷玉等《明史·卷一百四十四·列传第三十二》），意思是：“也先逼近都城（今北京），顾兴祖再次复官，担任副总兵，在城外御敌。”皇帝授官顾兴祖都督同知（从二品），守卫紫荆关（今河北保定易县）。

正统十四年（1449）十月，于谦提督各营军马。而也先已挟持太上皇朱祁镇攻破紫荆关，长驱直入，窥视京师。大将石亨主张收兵守城，坚壁清野，等待敌人兵疲。于谦不同意，说：“何必示弱，让敌人更加轻视我们？”他马上分遣将领，率领二十二万军队，到九城门外排开阵势：“都督陶瑾安定门，广宁伯刘安东直门，武进伯朱瑛朝阳门，都督刘聚西直门，镇远侯顾兴祖阜成门，都指挥李端正阳门，都督刘得新崇文门，都指挥汤节宣城门，而谦自与石亨率副总兵范广、武兴陈德胜门外，当也先。”（清·张廷玉等《明史·卷一百七十·列传第五十八》）意思是：“都督陶瑾在安定门，广宁伯刘安在东直门，武进伯朱瑛在朝阳门，都督刘聚在西直门，镇远侯顾兴祖在阜成门，都指挥李端在正阳门，都督刘得新在崇文门，都指挥汤节在宣武门，而于谦自己与石亨率领副总兵范广、武兴在德胜门外布阵，抵挡也先。”

朱祁钰（景帝）监国时，“也先入犯，关门不守，复论死。景帝宥之，命充为事官，从总兵官顾兴祖筑关隘自效”（清·张廷玉等《明史·卷一百五十九·列传第四十七》）。意思是：“也先入内侵犯，紫荆关失守，（陈泰）又被判处死刑。景帝朱祁钰宽恕了他，命令充作任事官，跟从总兵官顾兴祖修筑关口以效力。”

复爵去世葬南京

景泰三年（1452），顾兴祖因受贿获罪，再次下狱，不久获释。五月，因册立东宫的恩德，授予伯爵。天顺元年（1457）七月，顾兴祖恢复镇远侯爵位，守卫南京（留都），天顺七年（1463）闰七月，顾兴祖去世，安葬于南京。

镇远侯的爵位被长孙顾兴祖承袭，之后延续九代，直到明朝灭亡。

顾兴祖墓在安德门外小行街南京药械厂内，为市级文物保护单位。原神道长达百米，有神道碑、石马、石羊、石虎、石翁仲等。神道碑碑额高约 1 米，碑身高 2.5 米，碑文“大明征蛮将军协同守备掌南京中军都督府事镇远侯顾公神道铭”，可惜今已无存，只有碑座尚在。

（载于《金陵晚报》2021 年 11 月 26 日，发表时有删节）

明成祖朱棣在金陵留下的五处遗迹

洪武三十一年（1398），朱元璋病逝，传位于皇太孙朱允炆。朱允炆继位后开始削藩。燕王朱棣（朱允炆叔父）于建文元年（1399）七月，发动靖难之役。建文四年（1402）六月，朱棣破京城（今南京老城区），夺取帝位。朱棣在位二十二年，其中十九年京城设于金陵。

奉祀妈祖，敕建天妃宫

今南京仪凤门外狮子山麓的天妃宫，俗称龙江天妃庙，是一座奉祀海神妈祖的庙宇。

明永乐三年（1405）郑和第一次下西洋，永乐五年（1407）归来后，皇帝朱棣敕令建天妃庙。《明太宗实录》载："永乐五年九月初八，新建龙江天妃庙成，遣太常寺少卿朱焯祭告。时太监郑和使古里、满剌加诸国还，言神多感应，故有是命。"永乐十四年（1416）四月初六，为纪念郑和船队多次在航海途中遭遇险风恶浪，受到湄洲妈祖"庇护"，而在"天妃宫"中奉敕命而立"御制弘仁普济天妃宫之碑"，俗称天妃宫碑。碑身为青石材，通高 5.9 米，由碑额、碑身和碑座三部分组成，重约 27 吨。碑文由朱棣亲撰，全文 820 余字。这是朱棣传世不多的诗作中的一首。清咸丰年间天妃宫毁于战火。2004 年 7 月，为纪念郑和下西洋六百周年，南京花费巨资重建开放。

彰昭郑和，敕建静海寺

静海寺位于仪凤门外，北倚狮子山，东接天妃宫，西临护城河，是明成祖朱棣于永乐九年（1411）为褒奖郑和航海的功德下令敕建的皇家寺院。院内供奉郑和从异域带回的罗汉画像、佛牙、玉玩等物品。静海寺内供奉的是郑和。

令朱棣想不到的是，他去世400多年后，清道光二十二年（1842）七月，英军侵犯江宁（今南京），清朝廷被迫在他敕建的静海寺内与英国女王代表议约。双方共在寺内议约四次，并于八月二十九日，由清廷代表耆英、伊里布、牛鉴与英国女王代表璞鼎查在停泊于南京下关江面的英舰皋华丽号上签订了中国近代史上第一个不平等条约——清英《江宁条约》（后世通称中英《南京条约》）。后几经战乱，静海寺大殿建筑荡然无存。1986年复建。如今静海寺已列为全国爱国主义教育示范基地、南京市文物保护单位。

颂扬父皇，敕建圣德碑

朱棣即位后，决定为父亲朱元璋立一巨型神功圣德碑。永乐三年（1405），他征集全国10多万工匠到京城朝阳门（今中山门）外汤山西北的阳山（今江宁区汤山街道西）开凿碑材，俗称“阳山碑材”或称“孝陵碑材”。经过13个月的开凿，碑座、碑额、碑身3块巨型碑材初步成形，后因无法运输而废弃。碑座高约17米，宽约29.5米，厚约12米，重约16250吨；碑额高约10米，宽约22米，厚约10.3米，重约6118吨；碑身高约51米，宽约14.2米，厚约5米，重约8799吨。如果将此碑竖立起来总高约为78米（相当于30层楼高），总重量约31167吨，是当之无愧的世界第一碑。

如今，此碑材已在阳山上足足“酣睡”了600多年，至今尚未完工。2013年5月3日，阳山碑材被国务院列为全国重点文物保护单位。

纪念母后，敕建大报恩寺

据说，朱棣建大报恩寺表面上为了纪念高皇后（马氏），实际上是为了纪念自己的生母（碽妃）。大报恩寺于永乐十年（1412）六月十五日午时起工，至宣德六年（1431）八月初一日完工，共十九年。当初，朱棣“敕工部侍郎黄立恭依大内图式（皇宫样式），造九级五色琉璃宝塔一座，曰第一塔，以扬先皇太后之德。其塔高三十二丈九尺四寸九分（约合 109.83 米）。面顶以黄金风波铜镀之，以存久远，其色不晦。上九霄龙头，挂铁索八条，垂铃七十二个，上下八角，垂铁铃八十个，通共铃数一百五十二个。而九层外灯计一百二十八盏，下八方殿内及塔心有琉璃灯十二盏，通共点油六十觔（斤），上照三十三天，中照人间善恶，永除天灾。……有百世之光华，存万载之报恩。故曰'大报恩寺'，额曰'第一塔'。通身共用过钱粮银二百四十八万五千四百八十两正""但此塔未及竣工而永乐已殂"（张惠衣《金陵大报恩寺塔志·卷九》）。意思是：琉璃宝塔建成时，朱棣已经去世 7 年有余了。大报恩寺琉璃宝塔自宣德三年（1428）起，在金陵城南巍然矗立了 428 年之久，在清咸丰六年（1856）的太平军战火中被毁。

2008 年 4 月，考古人员在清理大报恩寺遗址时，意外发现了一个地宫。8 月 6 日，从地宫中出土了石函、铁函、七宝阿育王塔、银椁、金棺、大小银函和水晶瓶，瓶中供奉着佛顶真骨、十颗感应舍利。2013 年，大报恩寺遗址被国务院公布为全国重点文物保护单位。2015 年大报恩寺遗址公园建成开园。

浡泥国王，赐葬石子岗

浡泥国，今文莱达鲁萨兰苏丹国（简称文莱国），宋太宗（赵光义）时开始与中国交往。明永乐三年（1405）冬，浡泥国王麻那惹加那派使者入贡，朝廷派官员册封他为国王，赐官印及册封诏书、敕符、勘合所用的信符、锦绮、彩币。国王十分高兴，率领妃子及弟妹子女、陪臣等 150 余人渡海来朝见。永乐六年（1408）八月二十日，国王一行入都城（今南京老城）朝见，朱棣嘉奖慰劳他们。国王跪着致词说："臣愿一睹圣上风采，稍稍表达至诚的心意，不畏艰险，亲自率领家属、陪臣，到朝廷贡献以表谢意。"皇帝朱棣在奉天门（已毁，遗址在今南京午朝门公园内）招待国王和王妃。十月，国王死于馆舍中，终年 28 岁。皇帝朱棣哀悼，停朝三日，派官员前去祭拜，送缯帛帮助他们办丧事。按照麻那惹加那国王生前遗嘱："死，又体魄托葬中华，不为夷鬼！"（明·程敏政《皇明文衡·卷八十一》）朱棣赐葬京城外郭安德门外的石子岗，谥号恭顺。"赐敕慰其子遐旺（时年4岁），命袭封国王。"［清·张廷玉等《明史·卷三百二十五·列传第二百十三·外国（六）》］

浡泥国王墓（恭顺王陵），后已无人知晓。直到1958年5月12日，才重新发现了浡泥国王墓。如今尚存石武将、石虎、石马、石羊、石马夫各一对和浡泥国恭顺王墓碑。2001年，浡泥国王墓被列为全国重点文物保护单位。2006年4月7日，文莱玛斯娜公主殿下夫妇一行8人，专程来南京拜谒了浡泥国王墓。

（载于《金陵晚报》2021年12月22日，发表时有删节）

史上第一位有贵妃称号和享用“通替棺”的人

殷淑仪，南朝宋孝武帝刘骏的宠妃。殷淑仪去世后，皇帝刘骏常常想见她，于是制造像抽屉一样可以随意开闭的“通替棺”，想见时就拉开通屉棺一睹遗容。殷淑仪去世好多天，形色不变。皇帝追封她为贵妃、班亚皇后，谥曰宣，即宣贵妃。

刘骏平叛稳皇位，强令堂妹为淑仪

刘骏（430—464），字休龙，小字道民，徐州彭城郡彭城县（今江苏徐州铜山区）人。刘宋第五位皇帝，是为宋孝武帝。刘骏自少机智聪颖，文武双全。初封武陵王。元嘉三十年（453），太子刘劭弑父，刘骏起兵攻杀刘劭，夺得帝位。

起初，南郡王刘义宣因跟随武陵王刘骏讨伐刘劭有功，有人想以“功高盖主”之意挑唆南郡王刘义宣叛乱，恰好刘义宣得知皇帝刘骏与他的几个女儿行乱，因此发怒。孝建元年（454），南郡王刘义宣起兵反叛，但是旋即败亡。刘义宣谋反失败以后，因刘义宣的四个女儿中，二女儿姿容最为出众，皇帝刘骏便秘密地将刘义宣的二女儿刘氏接进宫中，假称姓殷氏，封为淑仪。当时刘氏身边泄密的人都被杀死，所以没有人知道殷淑仪的来历。殷淑仪因“丽色巧笑”，宠冠后宫，为皇帝刘骏诞育了刘子鸾、刘子仁、刘子羽、刘子云、刘子文、刘子师等多个子女。长子刘子鸾，因聪慧异常，最得刘骏喜爱，5岁便被封为襄阳王，后改封新安王。刘子鸾受到的宠爱也超过了其他皇子。凡是皇帝刘骏看上或喜欢的东西，没有不进入刘子鸾府内的。刘子鸾被任命为南徐州（今江苏镇江）刺史后，皇帝刘骏把吴郡也划归南徐州管理。“初，帝在东宫，多过失，世祖欲废之而立新安王子鸾，侍中袁颉盛称‘太子好学，有日新之美’，世祖乃止。”（北宋·司马光《资治通鉴·第一百三十卷》）意思是：“最初，废帝刘子业在东宫时，经常出现过失，所以，皇帝刘骏想要废黜他，而立新安王刘子鸾为太子，但是，侍中袁颉大赞刘子业称‘太子喜爱学习，有日求进取的美德’，皇帝刘骏这才作罢。”

淑仪去世封贵妃，思见首创通替棺

大明六年（462）四月，殷淑仪去世，“帝常思见之，遂为通替棺，欲见辄引替睹尸。如此积日，形色不异。”（唐·李延寿《南史·卷十一·列传第一》）意思是：“皇帝刘骏常常想见她，于是制造像抽屉一样可以随意开闭的通替棺，相见时就拉开通替棺一睹遗容，这样过了好多天，形色不变。”清人叶廷琯有诗云：“更无通替能相见，落叶哀蝉一哭中。”皇帝追封她为贵妃、班亚皇后，谥曰宣，即宣贵妃。

十月二十五日，皇帝刘骏在龙山（今南京江宁岩山又称南山、韩府山，位于牛首山东北）厚葬宣贵妃。在山上开凿山路几十里，老百姓忍受不了这一艰苦的劳役，死亡、逃走的人很多。自从江南有葬礼以来，这一葬礼的隆重场面，还从来没有过。皇帝刘骏赐给丧车、宿卫武官、仪仗武士。还赐给天子的车驾和旗号、天子的车盖和车饰、前后部羽葆仪仗、鼓吹仪仗，皇帝刘骏亲自在南掖门哭吊，丧车经过时，刘骏十分悲痛，不能自控，身边的人无不哭泣。皇帝刘骏痛惜不已，心神不定，很为此旷废政事。每晚就寝前，刘骏都要在灵床前斟上一杯祭奠酒喝下，然后痛哭不止。又在都城为宣贵妃建了一座别庙，并以新安王刘子鸾的封号，称为新安寺。当时有巫师能看见鬼，对皇帝说贵妃可以招致。皇帝大喜，命令招来贵妃。过了一会儿，果然在帷幔中看见贵妃形如往常。皇帝想与她交谈，她默然不答。将要握手，忽然消失，更使皇帝憾恨郁积在心，于是草拟《李夫人赋》，以寄托哀思。金紫光禄大夫谢庄作歌颂生前功德的韵文奏上，皇帝卧床阅读，坐起来流着泪说：“没想到当今还有这样的人才。”皇帝刘骏不仅将谢庄的辞赋刻在殷贵妃的墓碑上，还下令都城广泛传抄，一时间京城纸贵。有诗为证：“妃子魂归惠帐寒，空将通替制金棺。谢庄哀策传都下，细写花笺不忍看。”（清·史梦兰《全史宫词》）

号啕哭妃升刺史，岂知医师哀亡妾

皇帝刘骏安葬了殷贵妃后，几次带群臣来到殷贵妃的墓前凭吊。他对大臣刘德愿说：“‘卿哭贵妃若悲，当加厚赏。’德愿应声便号恸，拊膺擗踊，涕泗交流。上甚悦，以为豫州刺史。”（唐·李延寿《南史·卷十七·列传第七》）意思是：“‘你哭殷贵妃，如果哭得很悲伤，我就重重地赏赐你。’皇帝刘骏的话刚说完，刘德愿已经失声号啕大哭起来，捶胸拍心顿足，眼泪鼻涕相混交流。皇帝刘骏大为高兴，就将豫州刺史的官职赏赐给了刘德愿。”有诗为证：“邀恩却让刘家子，一哭殷姬得豫州。”（清·史梦兰《全史宫词》）皇帝刘骏又命令医师羊志也哭殷贵妃，羊志也呜呜咽咽地哭泣起来，哭得撕心裂肺，极其悲痛，全身的衣服都湿透了，甚至差点昏死过去。过了些日子，有人问羊志：“‘卿那得此副急泪？’志时新丧爱姬，答曰：‘我尔日自哭亡妾耳。’”（唐·李延寿《南史·卷十七·列传第七》）意思是：“‘你从哪里这么快弄来了这些眼泪？’羊志这时刚死了爱妾，就回答说，‘我那天不过是哭自己刚死去的小妾罢了。’”你看看，古人当年就如此幽默、搞笑，让现代人都汗颜。

逆子继位辱先帝，贵妃惨遭掘坟茔

大明八年（464）闰五月二十三日，皇帝刘骏在建康宫玉烛殿驾崩，时年35岁。这一天太子刘子业继位，时年16岁，是为前废帝，刘宋第六位皇帝。刘子业继位后，为报以前殷淑仪得宠试图夺嫡之仇，派遣使者命10岁的刘子鸾自杀。刘子鸾临死时，对左右说：“愿身不复生王家。”

同时，还杀了刘子鸾的同母弟弟南海王刘子师以及同母妹妹。又打算挖掘其父皇刘骏的景宁陵（今南京江宁区牛首山东将军山一代），太史官劝阻，“乃纵粪于陵，肆骂孝武帝为‘齇奴’，又遣发殷贵嫔墓，忿其为孝武所宠”（唐·李延寿《南史·卷二·本纪第二》）。意思是：“刘子业将粪水泼到其父皇刘骏的景宁陵上，又大骂已故的父皇刘骏是‘齇奴’，即酒糟鼻子。又挖开殷贵嫔的坟墓，恨其生前深受父皇刘骏的宠爱。”还将殷贵嫔的尸体从棺材里拖出来羞辱一番。最初，金紫光禄大夫谢庄为殷贵妃写诔文，说：“辅佐在尧母门中。”皇帝刘子业认为这是谢庄把殷贵妃比作汉武帝刘彻的钩弋夫人，所以打算杀了他。有人对皇帝刘子业说：“死这件事，人人都是一样的，一下子的痛苦，不足以不能忍受。谢庄生长于富贵人家，如今，应该把他关押在尚方署（掌制作御用器物），让他尝尝天下最大的痛苦，然后再杀他也不晚。”皇帝刘子业依从了这一建议。

景和元年（466）十一月三十日（1月1日）夜，皇帝刘子业被他的亲信寿寂之所杀，时年17岁。留下了“反天灭理，显暴万端。苛罚酷令，终无纪极，夏桀、殷辛，未足以譬”“行秽禽兽，罪盈三千”的恶名。

（载于《金陵晚报》2022年1月18日，发表时有删节）

李渔和袁枚：南京历史上出了名的两位美食家

南京历史上有两位著名美食老饕，一位叫李渔（1611—1680），字笠鸿，明末清初文学家，在金陵生活了约20年；一位叫袁枚（1716—1798），字子才，清乾隆四年（1739）进士出身，先后在溧水、江宁、江浦、沭阳任县令，晚年自号仓山居士、随园主人，在江宁府（今南京）生活了近50年。

老饕爱食素，首推笋豆腐

李渔、袁枚两位老饕都是出了名的金陵美食达人，且都偏爱吃素食。李渔在《闲情偶寄·颐养部·笋》中说："论蔬食之美者，曰清，曰洁，曰芳馥，曰松脆而已矣。不知其至美所在，能居肉食之上者，只在一字之鲜。"意思是："说到蔬食的美味，就是清淡、干净、芳香、松脆这几样。人们不知蔬菜的美味在肉食之上，可以用鲜这个字来形容。"李渔在蔬菜中首推笋。他说："笋是蔬菜中味道最好的，肥羊乳猪，怎能相比？"不仅如此，李渔认为："菜类甚多，其杰出者则数黄芽。此菜萃于京师，而产于安肃，谓之'安肃菜'，此第一品也。每株大者可数斤，食之可忘肉味。"（《闲情偶寄·颐养部·菜》）意思是："菜的种类很多，最好的要数黄芽（大白菜）。这种菜主要在京城销售，却是产于安肃（今河北保定市徐水区），称为'安肃菜'，这是最上等的菜。大的每株有数斤重，品尝这种菜能让你把肉味都忘掉。"如果买不到这种菜，只好吃差一点儿的，那就要数南京的水芹了。可见南京的水芹几百年前就出了名。

袁枚对素食也情有独钟，他认为："菜有荤素，犹衣有表里也。富贵之人嗜素甚于嗜荤。”他在《随园食单·第十章·杂素菜单》中，首推“豆腐”。由于他经常参加“吃请”，每吃到一种美味佳肴，特别是豆腐，都会记录下来让家厨去学做，并冠以东道主的姓名和官职，如“蒋侍郎豆腐”“杨中丞豆腐”“张恺豆腐”“庆元豆腐”“芙蓉豆腐”“王太守八宝豆腐”“程立万豆腐”，并详细介绍这几种豆腐的制作方法。王太守八宝豆腐的做法是：“用嫩片切粉碎，加香蕈屑、蘑菇屑、松子仁屑、瓜子仁屑、鸡屑、火腿屑，同入浓鸡汁中，炒滚起锅。用腐脑亦可。用瓢不用箸。”（《随园食单·第十章·杂素菜单》）意思是：“把豆腐嫩片切碎，加香蕈屑、蘑菇屑、松子仁屑、瓜子仁屑、鸡屑、火腿屑一同放进浓鸡汤中烧开了起锅。用豆腐脑也可以。吃豆腐的时候要用勺不用筷子。”这道菜原是清朝康熙年间的宫廷菜，后来配方传到了楼村先生外甥王孟亭太守手中。袁枚用孟亭太守的话说：“此圣祖师赐徐健庵尚书方也。尚书取方时，御膳房费一千两。”（《随园食单·第十章·杂素菜单》）意思是：“这是康熙皇帝赐给徐健庵尚书的宫廷菜配方。尚书取配方的时候，给了御膳房一千两银子。”由于孟亭太守的祖父楼村先生是徐健庵尚书的门生，因此才得到了这个配方，故称“王太守八宝豆腐”。同时，袁枚与李渔一样，也非常好“笋”，他将“笋”列入他的“小菜单”中，如笋脯、天目笋、玉兰片、素火腿（处州笋脯）、宣城笋脯、人参笋等都是他的最爱。

李渔喜啖蟹，日食一百筐

李渔嗜蟹如命，他把秋天称为“蟹秋”。他在《闲情偶寄·颐养部·蟹》中说：“予于饮食之美，无一物不能言之，且无一物不穷其想象，竭其幽渺而言之；独于蟹螯一物，心能嗜之，口能甘之，无论终身一日皆不能忘之，至其可嗜可甘与不可忘之故，则绝口不能形容之。”意思是：“我对于饮食的美味，没有一样不能描述的，没有一样谈起来不是穷尽想象、淋漓尽致的，只有蟹，心里很喜欢，吃起来也很好吃，甚至终身也忘不了，但对它好吃和不能忘却的原因，可就一点也形容不出来了。”他还说：“我一生都喜欢吃蟹，每年螃蟹还没上市时就把钱准备好了，因家人笑我是拿螃蟹当命，就把买螃蟹的钱叫做‘买命钱’。”李渔还把家里勤于做螃蟹的丫鬟，改名叫做蟹奴。他还说：“就算一天买上一百筐蟹，除了请客之外，跟五十口的家人分着吃，我吃到肚子里的又能有多少啊！螃蟹啊，我终究是有愧于你！”

袁枚也好蟹，他在《随园食单》里说：“蟹宜独食，不宜搭配他物。最好以淡盐汤煮熟，自剥自食为妙。”意思是：“螃蟹适合独自做菜，不适合搭配其他食材。最好用淡盐的汤水把螃蟹煮熟，自己剥蟹壳自己吃蟹肉为好。”他还喜欢“剥蟹为羹，即用原汤煨之，不加鸡汁，独用为妙”，可见袁枚对蟹的热衷不亚于李渔。

袁枚戒耳餐，李渔悯牛犬

袁枚爱美食，但有十四戒，其中就有戒耳餐。袁枚认为：“所谓耳餐，就是贪图虚名的称谓吧。贪恋食材的名贵，夸耀待客的诚意，是用来传说的，不是用来吃的。他们这些人不知道，如果豆腐做得出它的本味，远远比燕窝好吃。海鲜如果不够新鲜优良，还不如蔬菜和鲜笋鲜美……曾见某太守宴请宾客，大碗像小缸一样，白煮的燕窝有四两，一点味道都没有，但很多人却还是争相去称赞、夸奖它的好。我笑着说：‘我们来是吃燕窝的，不是来贩卖燕窝的。’”如果只是为了被夸耀和好面子，不如在碗里放上百余颗珍珠，这样价值万金，谁都能看出来。这道菜不是用来吃的，那又有什么意思呢？同时，袁枚还“戒目食”，即戒用眼睛吃饭。他认为，用眼睛吃饭，就是贪多讲排场。当今之人，很羡慕吃饭的时候，桌子上横竖摆满一大桌子，很多盘碗都叠放起来，这就是目食，而不是用嘴吃的。

李渔说：“猪、羊之后，当及牛、犬。以二物有功于世，方劝人戒之不暇，尚忍为制酷刑乎？”意思是：“说过猪和羊之后，应该谈到牛和狗了。因为这两种动物对人来说是有功之臣，我劝人们不要杀还来不及，怎么忍心为它们制造酷刑呢？”李渔认为：“鸡也是对人类有功劳的动物，之所以不避讳宰杀它，是因为鸡的功劳比起牛和狗来要小一些。”天要亮时，鸡报晓也亮，不报晓也亮，不像耕田和防盗贼，没有牛不能耕，没有狗叫，来了盗贼就没办法察觉。

李渔、袁枚两位南京历史上的老饕，虽都嗜食，但仍有许多忌讳，前者戒食牛、犬，后者戒耳餐、目食。

（载于《金陵晚报》2022 年 2 月 24 日，发表时有删节）

金陵大学教授裴义理建议创建植树节

按：裴义理（培黎，Joseph Bailie，1860—1935），林业学家，加拿大籍美国人。出生在英国的爱尔兰，获贝尔法斯特大学文学学士学位，后到美国专攻神学。清光绪十六年（1890），裴义理由基督教会派遣来华传教。宣统二年（1910）裴义理应金陵大学之聘来南京，后创办农科大学，倡议植树造林和确立植树节。民国15年（1926）裴义理第二次来华，翌年来南京。民国22年（1933）裴义理第三次来华，第二年因病回国。翌年11月为病痛所苦而自杀。

倡议灾民垦荒造林

清光绪十六年（1890），“美国长老会教育传教士裴义理（Joseph Bailie）来华布道兴学，驻苏州”［黄光域《基督教传行中国纪年（1807—1949）》］。大意是：“裴义理受美国长老会派遣来到中国，就职于苏州长老会。”他一边传教，一边在城内郡庙讲授英语。第二年，裴义理结婚。后因发起拒毒会，大力宣传鸦片危害，大声疾呼拒绝鸦片倾销，遭到长老会的不满。裴义理愤而辞职，离开教会，赴京师大学堂（今北京大学）任英文教习。此时他开始学习中国文化与古典哲学。宣统二年（1910），裴义理应金陵大学（美国教会1888年在中国南京创办的私立教会大学，今南京大学）之聘，担任算学教授。他一面教学，一面继续做慈善工作。当时的北方，遇上天灾人祸并发，裴义理一度北上，以他曾工作过的京师大学堂优级师范馆为基地进行救灾工作。宣统三年（1911），夏秋之际，江苏、安徽两省一带连续暴雨成灾，南京城内灾民四处乞讨。在华外籍人士与中国士绅在1906年华洋义赈会的基础上，重新成立江皖义赈会。裴义理提出“招选贫民，开垦荒地，酌给费用，以工代赈，并教以改良农事与园艺之方法”的救济方案，计划成立“中国义农会”，并开始利用一些教会拥有的小块土地安置灾民垦荒，以工代赈，植树造林，改良农事，逐步让其自食其力。裴义理遂向华洋江皖义赈会求助，该会认为这是一项富有治本意义的救灾举措，予以赞赏和资助，首期拨款5000美元。同年，农商总长张謇接受裴义理倡议，安置受长江水患流落在南京的灾民垦荒造林，承办以工代赈工作，并联合江苏、安徽省士绅，发起组织义农会，极力向各方呼吁，集资救济灾民。得到孙中山、袁世凯、黄兴、黎元洪、蔡元培、张謇、唐绍仪等30位民国要人“竭力襄助”和赞许，并在“襄助义农会”上签名（“襄助义农会签名单”现存于南京大学校史馆）。并由政府拨给紫金山、青龙山的官荒土地4000亩，为垦荒造林之用。裴义理亲自指导，专门纳集贫民垦荒、筑路、烧窑、辟苗圃、营造垦民住宅。他还创设灾民子弟学校，传授林木种植技术，使参加以工代赈的农民人数越来越多，种植的林木质量越来越高。

创办私立农科大学

1914年，金陵大学在裴义理倡议下，创办国内第一所私立农科大学，采用半工半读制度，造就实用人才。此时正值北京农商部设立的农业学校解散，遂由农商部与金大农科商定，将该校学生转送金大农科肄业，并补助经费3000元，以资发展。当时国内大学设有农科的只有金陵大学，因此，鲁、皖、滇、赣四省均派送官费生到金陵大学就读，学生日益增多。1915年春，裴义理添设林科。1916年，裴义理任林科科长，这是当时中国历史上独一无二的农林专业，开中国农林教育4年制本科教育的先河。创办初期由于经费仅5000元（相当于现在的40万～50万），教员二三人，学生十几名。裴义理要求教员精打细算，节约开支，制定周密的教学计划，奠定了金陵大学农学院办学基础。由于方针正确，办法合适，从办学起到抗战开始，毕业生约 1200 余人，占全国高等农业学校毕业生的三分之一。

1917 年黄河泛滥成灾，裴义理离开金陵大学农学院去河北，参加华北义赈会，用以工代赈的办法救济灾民，组织民工完成筑堤 300 余里。次年又提出移民垦荒的主张，均被政府采纳。1919 年裴义理到吉林筹划垦荒工作，日本人见他有碍“吉边计划”的实现，授意匪兵刺杀他，裴义理因伤回美国休养。1924 年，得到美国洛氏基金会的中国医学委员会、美国对华赈款委员会等捐助建筑农学院一座。1925 年由农林科建立独立的金陵大学农学院（今南京大学西大楼）建成，后为纪念裴义理创办农林科的功绩，该楼题名“裴义理堂”。同年，裴义理第二次来华，在上海、沈阳等地创办工人补习学校。闻悉中国政府设立了农村复兴委员会，甚欣，翌年即到南京、安徽和县，建苗圃，育苗 300 余万株，组织保林合作社，推行造林、护林计划，使江苏、安徽林业有所发展。裴义理在南京、安徽和县组织保林合作社，推行农村复兴委员会造林、护林计划，筹建苗圃育苗，使江苏、安徽林业又有所发展。

建议创建植树节日

1915 年，紫金山起火，烧毁林木甚多，裴义理甚感痛心，旋即函请前清状元、时任农商总长兼全国水利局总裁的张謇，建议定清明日为植树节，被政府采纳。同年 3 月 15 日，裴义理以义农会之名在紫金山举办了一次由中外人士广泛参加的赈灾植树活动，邀请张謇前去与黄兴共同主持开植典礼。那天（3 月 15 日），“举行了一个很隆重的典礼，还演说森林和气候水利种种重要的关系。后来，又定了植树节的法令，叫各省利用清明，一例到荒山田地举行种树”（张孝若《南通张季直先生传记》）。这是历史上第一个官方植树日。

同年 7 月 21 日，袁世凯批准将每年清明节（4 月 5 日前后）定为植树节，中国历史上的第一个植树节诞生了。自此，全国各地年年举行植树典礼，开展造林活动，虽规模甚小，但成惯例。1928 年，国民政府为纪念孙中山逝世三周年，将植树节改为 3 月 12 日（孙中山逝世日），1929 年 2 月 9 日，农矿部又以部令公布《总理逝世纪念植树式各省植树暂行条例》16 条。1930 年 2 月，呈准国民政府，自 3 月 9 日至 15 日一周间为“造林运动宣传周”，于 12 日孙中山先生逝世纪念日举行植树式。1931 年，九一八事变后，裴义理返美。1933 年，裴义理第三次来华，在安徽和县等地筹划乡村建设。1934 年，裴义理因病离华，翌年去世。

1979 年 2 月，中华人民共和国第五届全国人大常委会第六次会议决定，将每年的 3 月 12 日定为我国的植树节。在邓小平的倡议下，1981 年 12 月，五届全国人大四次会议通过了《关于开展全民义务植树运动的决议》。其中规定:“年满 11 岁的中华人民共和国公民，除老弱病残者外，因地制宜，每人每年义务植树三至五棵，或者完成相应劳动量的育苗、管护和其他绿化任务。”截至 2020 年，全国森林覆盖率达 22.96%，森林面积达 2.2 亿公顷。

（载于《金陵晚报》2022 年 3 月 11 日，发表时有删节）

陶渊明的曾祖父东晋名将陶侃深受世人敬重

按：陶侃（259—334），字士行（一作士衡）。本为鄱阳（今江西鄱阳）人，东吴被司马氏平定后，徙居庐江郡寻阳县（今江西九江）。陶侃出身贫寒，初任县吏，后官至侍中、太尉，是田园诗人陶渊明的曾祖父。

擅赠官物遭母责

陶侃早年丧父，家境贫寒。母亲湛氏（后与孟子、欧阳修、岳飞的母亲被称为四大贤母）。当初，陶侃的父亲陶丹聘娶湛氏为妾，生下了陶侃，陶丹当时贫贱，湛氏经常纺纱绩麻资助他，让他交结比自己优秀的人。陶侃年少时为寻阳县吏，曾经担任管理渔业的小官，把一罐腌鱼赠送给母亲。母亲把腌鱼封了起来并写了信一起送回，责骂陶侃说："汝为吏，以官物遗我，非惟不能益吾，乃以增吾忧矣。"（唐·房玄龄等《晋书·卷九十六·列传第六十六·列女》）意思是："你身为官吏，把官府的物品赠送给我，这样做不仅没有好处，反而增添了我的忧愁啊！"一次，鄱阳孝廉范逵造访陶侃，陶侃仓促之间没有东西来招待客人，当时下着大雪，陶侃的母亲就把床上的新草垫子撤下来，亲自铡碎喂范逵的马，又暗中把自己的头发剪下来做成两个假发，卖给同乡人，买来酒菜招待范逵。后来范逵听说这件事，叹息说："非此母不生此子。"

屡被举荐仕途畅

不久，庐江太守张夔征召陶侃为郡督邮（郡守属吏，掌监属官），兼任枞阳（今安徽铜陵）令。陶侃博得有才干的名声，升任主簿。张夔的夫人身患疾病，将要到数百里以外应请医生。当时正值天寒下雪，各位主簿都认为这件事很难办，唯有陶侃说：“我们要凭借侍奉父亲的孝心来侍奉君。妻，犹如母亲，岂有父母有疾而不尽心的呢！”于是请求出行。众人都敬佩他的义气。长沙太守万嗣经过庐江，见到陶侃，虚心敬服他，说：“你最终将大有作为。”张夔举荐陶侃为孝廉，陶侃到了洛阳，几次拜访张华。张华起初认为他是远方之人，没有给予厚待。陶侃每次前往，毫无不满的神色。张华后来才与他交谈，认为他非同寻常，让陶侃担任了郎中。尚书乐广想见荆、扬（当时中国“省”一级行政区域称“州”，其中荆州、扬州治所分别在今湖北江陵、江苏南京）的士人，武库令黄庆向乐广引荐陶侃。黄庆后来担任吏部令史，举荐陶侃补武冈（今湖南邵阳武冈）令。陶侃与太守吕岳有嫌隙，弃官回乡，担任郡中小中正（掌考察州郡人才品德）。适逢刘弘任荆州刺史，将要就任时，启用陶侃为南蛮长史，派他先到襄阳去讨伐贼寇张昌，陶侃打败了张昌。刘弘到达后，对陶侃说：“我以前任羊公（羊祜，西晋开国元勋）参军，他说我以后会处于他的地位。如今我观察你，必定会成为我的继位人。”后来陶侃因军功而被封为东乡侯，食邑千户。

搬砖励志复中原

西晋永嘉五年（311），琅琊王司马睿命陶侃为参军，加任奋威将军。不久又升任龙骧将军、武昌太守。西晋建兴元年（313），陶侃平定了杜弢的起义军。王敦（晋武帝司马炎的女婿、王导堂兄）非常忌妒陶侃的功劳，陶侃要返回江陵时王敦不许，把他降为广州刺史、平越中郎将。陶侃将入广州，正逢杜弢余部杜弘与温邵等占据交州（今越南北部）。陶侃一举将杜弘击溃，抓获了温邵。陶侃因功被封为柴桑侯，食邑增至四千户。

陶侃在广州时，每天早晨把一百块砖运到书房的外边，傍晚又把它们运回书房里。别人问他这样做的缘故，他回答说：“我正在致力于收复中原失地，过分的悠闲安逸，唯恐难担大任。”他磨砺意志勤苦锻炼，像这样的事情很多。

当时武昌号称多士，殷浩、庾翼等人都是佐吏。陶侃饮酒都有定量限制，常常是尚未尽兴而定量已经喝完，殷浩等人劝他再喝一点，陶侃感慨良久说："年少曾有酒失，亡亲见约，故不敢逾。"意思是："我年轻时曾因饮酒有过闪失，已故的双亲给我定下限约，所以我不敢超过。"

惜时爱谷拒收礼

西晋建兴四年（316），刘曜围长安，晋愍帝司马邺出降，西晋亡。建兴五年（317），司马睿承制改元，即晋王位（尚未称帝），改元建武，史称东晋。第二年，司马睿在建邺（今南京）即皇帝位。陶侃进号平南将军，加都督交州军事。太宁三年（325），王敦之乱平定后，同年五月，晋明帝司马绍任命陶侃为都督荆、湘、雍、梁四州军事，并担任征西大将军、荆州刺史、领护南蛮校尉。荆楚民众听到这个消息都互相庆贺。

陶侃生性聪明，对于本职勤勤恳恳，举止恭敬而合乎礼法，爱好人才。他终日正襟危坐，统兵在外事务繁多，千头万绪，从不遗漏，不曾有片刻清闲。招待或送行有序，门前没有停留或等待之人。他常对人说："大禹是圣贤，尚且珍惜每寸光阴；至于普通人则更应该珍惜每分光阴，怎么纵逸游荡沉迷荒淫？活着对当时毫无有益处，死后默默无闻，这是自暴自弃啊！"

有一次，陶侃出游，看见有人手拿一把未成熟的稻谷玩。陶侃问："你拿这个用来做什么？"那人说："走在路上见到，拿着罢了。"陶侃盛怒道："你不耕作，却又偷拿农人的稻谷玩。"陶侃命人把他抓起来鞭打。因此百姓勤苦劳作，家家富裕，人人丰足。

陶侃的参佐僚属中，有人因为谈论赌博的游戏而耽误了公事，陶侃就命人没收他们的酒器和赌博的用具，并把这些东西都扔进了长江，如果是小吏就加罚鞭打之刑，还说："赌博，不过是牧猪奴仆的游戏而已。"遇到来赠送物品的人，陶侃必要问物品的来由。如果是亲自劳作产品，礼品即便微薄，他也很高兴；如果是不义之财，他就严词责骂，送还礼品，决不收取。

太尉察事细入微

咸和四年（329），苏峻之乱平定，陶侃回师江陵。三月初十，陶侃因功升任侍中、太尉，加授都督交州、广州、宁州等七州军事，加羽葆、鼓吹，封爵长沙郡公，食邑三千户，又赐绢八千匹。陶侃在军中四十一年，雄健刚毅，掌握大权，聪慧而善决断。陶侃性格缜密好问，曾经考核各军营种柳的情况，都尉夏施偷来公家的柳树种在自己的军营门前。陶侃后来看见，停车问道："这是武昌西门前的柳树，为何把它盗来种在这里？"夏施惊慌失措地连忙谢罪。

在造船的时候，陶侃命人把木屑和竹头都登记后收藏起来，人们都不明白这样做的原因。后来大年初一聚会时，地面积雪，天刚放晴，厅堂前积雪，地面还潮湿，陶侃于是用木屑铺散地面。等到桓温伐蜀时，又用陶侃保存的竹头作钉装船。陶侃综合料理事物极其细密，都是这样。

咸和九年（334）六月，陶侃身患重病，上表请求退职。十三日，陶侃去世，终年七十六岁。追赠大司马。尚书梅陶在给密友曹谶的信中说："陶公机神明鉴似魏武（曹操），忠顺勤劳似孔明（诸葛亮），陆抗（东吴名将）诸人不能及也。"陶侃就是这样得到世人的敬重。唐德宗时，陶侃成为武成王庙六十四将之一。宋徽宗时，位列武庙七十二将。

（载于《金陵晚报》2022 年 4 月 14 日，发表时有删节）

明南京刑部尚书张瑄出生于汤泉镇

按：张瑄（1417—1494），字廷玺，江浦任丰乡（今南京浦口区汤泉镇）人。张瑄世家为句容县（今江苏镇江）人，系北宋太宗赵光义、真宗赵恒两朝的名臣张咏之后。其高祖张荩臣时迁至滁州。明初，张氏徙居汤泉，遂为江浦人。其父张俊，字俊民，自幼聪敏好学，曾征召参修《永乐大典》，书成后擢升左军都督府都事，后任浙江德清知县。

生来本是神授儿，为官重教不信巫

永乐十五年（1417），张瑄出生的前一晚，其母梦见神授一儿，及张瑄出生，果然容貌俊美，目光炯炯。正统七年（1442），张瑄考中进士。被授予刑部主事，历任郎中，有贤能的名声。

景泰初年（1450），皇帝朱祁钰（明朝第七位皇帝）赐给敕书任张瑄为吉安府（今江西吉安）知府。张瑄在任期间，十分重视教育事业，曾调阅府学及庐陵等9县县学近千名生员的月考、岁考试卷，发现永丰生员罗伦才学超群，于是三次通知永丰教谕（正式教师），让罗伦来府衙见他，他见到罗伦后，方知其家境贫寒，遂决定每月拿出自己四分之一的俸禄，资助家境贫寒的学子。罗伦虽然“家贫樵牧，挟书诵不辍”“知府张瑄悯其贫，周之粟，谢不受”（清·张廷玉等《明史·卷一百七十九·列传第六十七》）。意思是：“罗伦家里贫穷要砍柴放牧，但他随身带着书诵读从不间断”“知府张瑄可怜他太穷，用粟米相周济，他感谢而不肯接受”。此事在当地传为美谈。当时，吉安风俗崇尚巫术，迎接神灵日日不断。张瑄在路上遇到迎接神灵的人，他把神投进水中。

不久他得了重病，当地父老都说是神在作祟，请恢复迎神。张瑄大怒，不许，后来病也好了。吉安发生严重饥荒，他发文请示上级，不等回报，便打开官仓发粮赈济。明朝成化二年（1466），罗伦参加廷试，作对策一万多字，径直痛斥时弊，名声震动京城。被选拔为进士第一，授官翰林修撰。

平定叛贼有得失，修城建仓为百姓

张瑄做官八年，因人举荐升为广东右布政使（一省的行政长官）。广西贼莫文章等人越境攻陷连山，张瑄攻击斩杀了莫文章。又击破阳山叛贼周公转、新兴叛贼邓李保等人。后来大藤峡叛贼接连攻陷他所管辖的县城，张瑄因此获罪而停发俸禄。成化初年（1465），右佥都御史韩雍平定叛贼，给张瑄转运粮饷的功劳行赏，皇帝朱见深（明代第八位皇帝）赐给张瑄银两银帛，又像当初一样重新发给他俸禄。张瑄巡视所辖地区，监督建了六十二座预备仓，修缮池塘、洼地的堤坝四千六百处，增筑广州、新会等城墙十二处。百姓对张瑄感恩戴德，唯恐他离去。张瑄转为左布政使后，正值任职满九年，应当赴京城（北京），军民一起乞请他留下来。巡抚陈濂等人也为他请求，于是仍让他任原职。

成化八年（1472），他才以右副都御史身份巡抚福建。他讨平了叛贼林寿六、魏怀三等人。福安、寿宁等县邻近江西、浙江，叛贼首领叶旺、叶春等人据险作乱。张瑄将他们抓获并诛杀，其他人全部解散。皇帝朱见深颁敕书慰劳他，改任河南巡抚（一省最高行政长官）。他因议事入京师，上书提出安抚流民、举拔遗漏未选的人才等十八项建议，有关部门大多议定施行。黄河水泛滥，张瑄请求赈济，并将王府的俸米转移到别处，留下应运往榆林（今河南许昌）的粮饷来赈济饥荒，每石米收银八钱运往榆林。百姓都说很方便。

升任尚书遭弹劾，告老还乡度晚年

后来，张瑄回京（今北京）管理都察院事。不久升任南京刑部侍郎。

不久，升任尚书。成化二十年（1484），他被弹劾，皇帝朱见深并未问罪。过了三年，给事中和御史又弹劾张瑄，遂被撤职。皇帝朱祐樘（明朝第九位皇帝）即位后，张瑄得以复官。张瑄居官50年，心存百姓，关注教学，为政勤廉，奉献为民。在张瑄任职过的浙江、福建、广东等地皆立石、建祠，记其功德。成化二十三年（1487），张瑄71岁时告老还乡，回到汤泉故居。

张瑄在病重卧床期间，做出处理家产的决定，要求将纵深五进的住宅，身后改作张氏宗祠和学子读书的塾馆。又将百亩田产一分为二，50亩赠送千佛庵的和尚，另一半作为宗祠祭祀春秋和赈济贫苦族人之用，而没有留给自己的孩子。

死后书稿传后世，故宅捐作千佛庵

弘治七年（1494）九月，张瑄卒于南京，享年78岁，赐葬江宁县安德乡唐家山（今雨花台区马家店村）。张瑄不仅是明代重臣、大政治家，还是一位诗文大家和书法、绘画的能手。他一生著作颇丰，总计50多卷，主要有《凝清集》《南征录》《香泉稿》6卷、《观庵集》15卷、《奏议》8卷，为后世留下珍贵遗产。张瑄的诗集《观庵集》中收录《游惠济寺》一诗："胜境汤泉甲一方，白云深处有僧房。梅花落讶初飞雪，草色浓疑未着霜。云母屏开珠箔润，博山炉暖水沉香。春来剩有新题咏，尽付奚奴古锦囊。"字里行间透露出张瑄的故乡之情。

光绪年间邑人侯宗海、夏锡宝纂辑完成的《江浦埤乘》记载："（汤泉）镇有八景，曰：龙洞观云、凤山积雪、千佛晚照、惠济晓钟、石坝飞涛、温泉吐雾、尚书故宅、寄老茅阉。"其中"千佛晚照""尚书故宅"二景与张瑄有关。明万历年间，余枢在任江浦知县时，曾游访汤泉张瑄故居，他在《游尚书故宅记》中记载道："枢得治浦之明年春，始来阅汤泉，既浴于温泉矣。翌日，向西发不一里，有涧溪焉。涧西丛篁可二亩，隐闻木鱼声，询之土人，曰：'此明尚书张廷玺先生之故宅也，今则改为僧舍矣。’……稍折而北，石墙累累而耸出者果僧刹也。门楣上横额曰‘千佛庵’，顶石上镌‘尚书故宅’四字，已磨灭不能辨。”

千佛庵原是张瑄故宅。张瑄晚年辞官归家后，对佛教产生了浓厚兴趣，便将自己悉心经营的故宅捐为寺院，题名“千佛庵”。千佛庵香火延盛多年，极盛时寺内有大小佛像达千尊，故有“千佛庵”之称。至少在余枢游访时，庵内仍有僧人礼拜佛像、守护庵房。其胜景至民国时期尚存。

张瑄墓于 1982 年文物普查时被发现，墓前原有神道石刻及神道碑等 5 对 10 件。另有两合四块石质墓志铭，记载墓主为“南京刑部尚书张瑄夫妇”。

（载于《金陵晚报》2022 年 5 月 24 日，发表时有删节）

南宋爱国诗人陆游累谏迁都建康

按：陆游（1125—1210），字务观，号放翁，越州山阴（今浙江绍兴）人。陆游好饮酒，豪放不羁，人称“小太白”，一生笔耕不辍，留有传世诗词9360余首。又有《渭南文集》50卷、《老学庵笔记》10卷及《南唐书》等。陆游曾三次游历金陵，留下了珍贵的文物和诗作。

首游金陵留墨宝

陆游自幼聪慧过人，12岁即能为诗作文，因长辈有功，以恩荫被授予登仕郎（文官第二十七阶，正九品）之职。 绍兴二十三年（1153），陆游进京临安（今浙江杭州）参加锁厅试（即在职官员参加进士考试），主考官陈子茂阅卷后取为第一，因宰相秦桧的孙子秦埙位居陆游名下，秦桧大怒，欲降罪主考。次年（1154），陆游参加礼部考试，秦桧指示主考官不得录取陆游。从此陆游被秦桧嫉恨，仕途不畅。绍兴二十五年（1155），秦桧病亡，陆游终于有了出头之日。绍兴三十一年（1161），皇帝赵构（宋高宗）升陆游为大理寺司直兼宗正簿，负责司法工作。绍兴三十二年（1162），皇帝赵构禅位于皇太子赵昚（宋孝宗）。皇帝赵昚任命陆游为枢密院编修官，赐进士出身。乾道元年（1165），41岁的陆游途经金陵，七月四日，陆游冒着大雨，独自去钟山游定林寺（今南京钟山紫霞湖一带）。此时，定林寺昭文斋已是残壁断垣，由王安石好友、大书法家米芾所题“昭文斋”的匾额也不知去向。陆游无奈在昭文斋残壁上留下了“乾道乙酉七月四日，笠泽（太湖别名）陆务观冒大雨独游定林”（南京市地方志编纂委员会编《南京文物志》）20个字，然后悻悻而归。

再游墨宝刻摩崖

约五年后，即乾道六年（1170），46岁的陆游赴四川夔州（今四川奉节）任职，舟经金陵（今南京）。他在《入蜀记·卷二》中记载道：“（七月）五日。大风，将晓，覆夹衾，晨起凄然如暮秋。过龙湾，浪涌如山。望石头山（今南京清凉山）不甚高，然峭立江中，缭绕如垣墙。凡舟皆由此下至建康，故江左有变，必先固守石头，真控扼要地也。自新河入龙光门，城上旧有赏心亭、白鹭亭，在门右。近又创二水亭，在门左，诚为壮观。然赏心亭为二亭所蔽，颇失往日登望之胜。”七日。早，游天庆观，在冶城山（今朝天宫一带）之麓。八日，陆游谒太平兴国寺（今紫金山灵谷寺），在道林真觉大师塔焚香。塔内存有王安石早年为“金铜宝公像”所题铭文。随后陆游又至定林寺，王安石晚年曾隐居于此。他在《入蜀记》中写道：“定林庵（寺），旧闻先君言，李伯时（李公麟，宋画第一人）画文公（王安石）像于庵之昭文斋壁，着帽束带，神彩如生。文公没，斋常扃闭，遇重客至，寺僧开户，客忽见像，皆惊耸，觉生气逼人，写照之妙如此。今庵经大火，尺椽无复存者。”陆游看到自己几年前在残壁上题的20个字，已被人转刻至石崖（今钟山南麓紫霞湖公园内，距今已850余载）。返程时，陆游顺道再访王安石故居半山园，发现已是断垣残壁，满目疮痍。九日，陆游又游城南保宁、戒坛二寺（遗址为今凤凰台）。保宁寺有凤凰台、揽辉亭，台有太白诗云：“三山半落青天外，二水中分白鹭洲。”今已废为大军甲仗库（存放盔甲兵器的仓库）。只有凤凰台遗址上修建的“凤凰亭”颇为壮观。

三游作诗赏心亭

淳熙五年（1178），54岁的陆游诗名日盛，受到皇帝赵昚召见，先后被任命为福州、江西提举常平茶盐公事。八年后，陆游从四川回临安。是年二月，陆游离开成都，沿长江东下，于秋天路过金陵，游天庆观（今朝天宫）、太平兴国寺（今灵谷寺）、清凉山等处，还登上赏心亭，写下了《七律·登赏心亭》，其诗曰：“蜀栈秦关岁月遒，今年乘兴却东游。全家稳下黄牛峡，半醉来寻白鹭洲。黯黯江云瓜步雨，萧萧木叶石城秋。孤臣老抱忧时意，欲请迁都涕已流。”大意是：“八年陕、川生涯已罢休，顺流而下顺便东游。全家平安穿过黄牛峡，乘着酒兴来到金陵白鹭洲。远望对岸六合瓜步（瓜埠）雨，回看石头城的落叶秋。我心中仍有无限忧愁，每每上书迁都不觉涕泪横流。”陆游以此来发泄自己曾上书朝廷，反对宋、金议和，主张迁都金陵的心愿未能实现的悲愤心情。其实陆游一直主张南宋迁都金陵，他在夔州时就作《记梦》诗：“梦里都忘困晚途，纵横草疏论迁都。”不禁令人想起辛弃疾的《水龙吟·登建康赏心亭》：“把吴钩看了，栏杆拍遍，无人会，登临意。”词意与陆游的“忧时意”互相印证，表现出同样的爱国之心。

屡谏北伐屡遭贬

绍兴三十二年（1162），赵昚（宋孝宗）即位，陆游上疏，建议整饬吏治军纪，固守江淮，徐图中原。皇帝赵昚遂罢陆游为镇江府通判（掌管粮运、家田和诉讼等事项）。隆兴二年（1164）春，陆游献策出师北伐，张浚赞扬为“志在恢复”。四月，“隆兴和议”即将签成，陆游上书东西两府，进言说：“江左自吴以来，未有舍建康他都者。驻跸临安出于权宜，形势不固，馈饷不便，海道逼近，凛然意外之忧。一和之后，盟誓已立，动有拘碍。今当与之约，建康、临安皆系驻跸之地，北使朝聘，或就建康，或就临安，如此则我得以暇时建都立国，彼不我疑。”（元·脱脱等《宋史·卷三百九十五·列传第一百五十四》）意思是：“江东自从吴国以来，没有舍弃建康而在别处建都的。皇帝临时驻跸临安是权宜变通，形势不稳固，输送粮饷不方便，海路太逼近，令人凛然畏惧意料不到的忧患。一旦讲和以后，盟约誓言已经订立，一举一动都有拘束妨碍。现在应当与对方约定，建康、临安都是皇帝驻跸之地，金朝使臣来朝见聘问，或到建康，或到临安，这样我们可以有空闲建立都城，他们不至于怀疑我们。”当时龙大渊、曾觌掌权，陆游就对枢密使张焘说：“曾觌、龙大渊利用职权，广结私党，迷惑朝廷，今日不除，后患无穷。”张焘立即报告皇帝，皇帝追问这话从哪里来，张焘用陆游作为回答。皇帝赵昚大怒，贬陆游为建康府通判，不久改为隆兴府（今江西南昌）军府通判。

乾道七年（1171），王炎任川、陕宣抚使，驻军南郑，召陆游为干办公事。王炎委托陆游草拟驱逐金人、收复中原的战略计划，陆游作《平戎策》。十月，朝廷否决北伐计划的《平戎策》，调王炎回京，出师北伐的计划也毁于一旦，陆游感到十分忧伤。

淳熙十六年（1189）二月，皇帝赵昚禅位于儿子赵惇（宋光宗）。绍熙元年（1190），陆游升为礼部郎中兼实录院检讨官，由于陆游“喜论恢复”遭到弹劾，朝廷最终以“嘲咏风月”为名将陆游削职罢官。

嘉泰二年（1202），因孝宗（赵昚）、光宗（赵惇）《两朝实录》和《三朝史》没有完成，皇帝赵括（宋宁宗）诏令陆游权同修国史、实录院同修撰。三年（1203）书编成；陆游升宝章阁待制，退休。嘉定二年（1209）十二月二十日（1210 年 1 月 26 日），陆游与世长辞，享年 85 岁。临终之际，陆游留下绝笔《示儿》作为遗嘱：“死去元知万事空，但悲不见九州同。王师北定中原日，家祭无忘告乃翁。”

（载于《金陵晚报》2022 年 5 月 31 日，发表时有删节）

南朝萧齐昏君萧宝卷无道如桀纣

萧宝卷（483—501），即齐废帝，字智藏，南兰陵郡兰陵县（今江苏常州）人，萧齐第五位皇帝萧鸾第二子，本名明贤，萧鸾辅政后改名。萧齐永泰元年（498），萧宝卷16岁即位。萧齐永元三年（501），雍州刺史萧衍起兵造反，萧宝卷被宫中内应所杀，时年19岁，被追封为东昏侯。

捕鼠玩耍无节制，不孝太子当皇帝

萧宝卷的生母是萧鸾（齐明帝）正妻刘惠端，但萧宝卷6岁时母亲就去世了，此后萧宝卷一直由潘妃抚养。萧宝卷自幼口吃，又不喜读书，整天只知道玩闹，经常在东宫和侍卫们一起挖洞捉老鼠，弄得通宵达旦，以此取笑逗乐。父皇萧鸾也不怎么管他，只是用家人的品行劝勉他。萧宝卷的长兄萧宝义庶出且残疾，难以承接帝位。萧齐建武元年（494），萧宝卷被册立为皇太子。

萧齐永泰元年（498）七月三十日，皇帝萧鸾（齐明帝）去世，16岁的萧宝卷继位，成为萧齐第六位皇帝。萧宝卷每当该哭灵的时候，就说自己喉咙痛。太中大夫羊阐进殿哭灵，他没有头发，号啕大哭，前仰后合，以致头巾都掉到了地上，这时萧宝卷停止哭泣而放声大笑，对太监王宝孙说："这可以叫作秃鹫啼叫吧！"萧齐永元元年（499），皇帝萧宝卷杀了江祏（右仆射）、江祀（侍中）兄弟后，无所忌惮，自恣其意，日夜与宦官、歌女在后堂鼓吹弹唱、驰马作乐，常常闹至五更时分才就寝，睡到傍晚才起床。台阁的上奏案卷，一个月或几十天才报，有的已经不知弄到哪里去了。太监用纸包裹鱼肉回家，都是用五个中枢机关的黄纸案卷。永元二年（500）元旦朝见群臣，萧宝卷吃过饭才出来，朝见拜贺礼仪刚完，他又回到西厢房睡觉。从上午九时至下午五时，百官留在席位等待，都倒卧在地，面带菜色，等到萧宝卷起来会见，却又匆忙草率地结束了。

出游恣意设屏除，百姓遭扰不堪言

萧宝卷喜欢外出巡游，但又不想让人看见，每次巡游，先由尉司敲着鼓沿途走一大圈，居民们凡是听到鼓声，就立即跑开，连衣服和鞋都来不及穿，违反禁令的人就被随手格杀。一月之中，萧宝卷要巡游20多次，而且从来不说具体的去处，东西南北，无处不去。他还常常在夜间三四更时分出游，弄得鼓声四起，火光照天，幡仪兵戟横路。这时，士人民众喧叫奔路，前后相随，老人小孩惊慌失措，哭喊声一片，拥挤在路上，但是处处禁止通行，所以都不知道何处可以经过。萧宝卷又令人在巷陌之中高悬布幔为障，派人防守，称为“屏除”，又称“长围”。就这样，四方的民众被搞得无法从业，连打柴割草的人都无路可行，红白喜事不能按时进行，一些孕妇不能把孩子生在家里，甚至有的人抱病躲逃，结果死在路上，不能得到殡葬。

骑马担幢耍杂技，断牙折齿无所惧

担幢，是古代的一种杂技。表演者须有大臂力。“帝有膂力，率弓至三斛五斗。又好担幢，白虎幢高七丈五尺，于齿上担之，折齿不倦。自制担幢校具，伎衣饰以金玉，侍卫满侧，逞诸变态，曾无愧色。”（宋·司马光《资治通鉴·第一百四十二卷》）意思是：“皇帝萧宝卷臂力过人，能拉开三斛五斗力的弓。萧宝卷还喜好担幢，高七丈五尺（约18米）的白虎幢，放在牙齿上担着，把牙齿折断了也没玩够。萧宝卷自己制作了担幢器械，表演时穿的服装上饰以金玉，每次表演侍卫站满两侧，使出各种技能把戏，从来不会感到不好意思。”萧宝卷跟东冶营兵俞灵韵学骑马，让潘贵妃乘坐可以躺卧的车子，他自己骑着马跟在后边。他身穿织成的裤褶（原为戎服），戴着饰有金箔的帽子，手持七宝缚槊，一身戎服全副武装，冷暖不变，顶雨冒雪，不避坑洼，奔跑得口渴疲乏，就下马解下腰间的葫芦瓢舀水饮用，然后又上马奔驰而去。萧宝卷又选择那些善于长跑的无赖痞子500人，称为逐马左右，经常让他们随马而跑。他还常去郊外射野鸡，布置了射雉场296处，奔走往来，从一处到另一处，忙得没有暇息之时。

躬自汲水助做膳，金凿莲花当地砖

潘玉儿，亦称潘玉奴，本姓俞，名尼子，是潘妃的侄女。她不仅长相动人，歌舞之技更是擅长，萧宝卷在得到潘玉儿后对她十分宠爱。入宫后萧宝卷命她改姓潘，封为贵妃。萧宝卷到哪儿都带着潘贵妃，称呼潘贵妃的父亲潘宝庆以及茹法珍（弄臣）为阿丈。萧宝卷同茹法珍等人一起去潘宝庆家中，亲自去打水，帮助厨子做饭。后宫中的服饰用具，无不是尽意挑选的珍奇之品，如此奢侈，以致府库中旧有的物品，不再能满足其用。萧宝卷派人以高价收买民间的金玉宝器，价格皆高于正常之价数倍。一只琥珀钏，价值一百七十万。京城（今南京城）的酒税，都折合成金银收缴，这样仍不能满足后宫之用。萧宝卷命人把金子凿制成莲花贴在地上，让潘贵妃在上面行走，说："这是步步生莲花呀。"他又命令缴纳赋税的民众上贡锦鸡头、白鹤翎、白鹭羽毛，使得老百姓倾家荡产，没有活路，无不呼号泣哭于道路之中。

萧齐永元三年（501）三月，南康王萧宝融（萧宝卷弟）在江陵（今湖北荆州）即皇位，遥废皇帝萧宝卷为涪陵王。这年夏天，萧宝卷在阅武堂修建芳乐苑，山石全部涂上五彩之色，横跨池水矗立紫阁等楼观。栽种名贵的树木和秀美的竹子，当时天气酷热，不到一天树木、竹子就枯萎了。于是就到百姓家强索，毁掉人家的院墙，拆掉房屋，把名贵树木和竹子移栽到芳乐苑中。又在芳乐苑建了一个集市，让宫人、宦官们充当小贩，让潘贵妃做市令（掌管市场），自己扮成市魁（市场役吏），执行处罚，发生争执就到潘贵妃那里去裁决。萧宝卷又当屠夫卖肉。百姓歌云：“阅武堂，种杨柳，皇上卖肉，潘妃卖酒。”九月，萧齐雍州刺史萧衍讨伐萧宝卷的大军到达建康（今南京）附近。萧宝卷这才召聚兵力，准备固守，甚至召来囚徒充实军队。

十二月初六夜，后阁舍人钱强秘密令人打开云龙门，征虏将军王珍国和侍中张稷带兵冲入殿中，御刀丰勇之做内应。这天晚上，皇帝萧宝卷在含德殿笙歌弹唱《女儿子》乐曲，躺下尚未睡熟。听到有士兵进来了，急忙从北门逃走，想回到后宫，但清曜阁已经关闭。宦官黄泰平用刀砍伤了皇帝的膝盖，皇帝倒在地上，回头喝道：“奴才造反了！”后宫执勤的中兵参军张齐斩下皇帝的首级，送给萧衍。萧衍以宣德太后王宝明（萧长懋太子妃）的名义，追封涪陵王萧宝卷为东昏侯。天监元年（502）三月二十八日，皇帝萧宝融（齐和帝）下诏令禅让皇位于萧衍。四月初八，萧衍登基，建立萧梁王朝。南朝梁史学家、文学家萧子显评曰：东昏无道，犹如桀纣。破坏典章制度，毁弃天道人伦，把战争当作游戏，终于引火烧身。明代郑学醇《南史六首　其一　东昏侯》曰：“江南风俗竞奢华，步步金莲贴地花。曾忆尚衣除王导，不将清俭世传家。”

（载于《金陵晚报》2022年7月18日，发表时有删节）

明代溧水县端木家族出了一个尚书两个翰林

溧水人端复初（端木复初）德才出众，以参政有方、执法严明著称，被明太祖朱元璋重用，官至刑部尚书。他的两个儿子都曾出使朝鲜，为中朝友谊作出了贡献。

元朝末年任小吏，明军府中做幕僚

端复初（1321—1373），本复姓端木，字以善。《明史》说端复初是“子贡裔也，从省文，称端氏”。意思是：“孔子弟子子贡（端木赐）的后裔，省木姓端。”祖籍浚县（今河南鹤壁浚县）。据溧水端木氏家谱称，其始祖端木倩，字曼仙，南宋初自山东济宁府城南渡金陵（今南京）乌衣巷，继又迁溧水县巉山留下村荷花塘（今乌山乡）。端复初生于溧水县（今南京溧水区），元末任小吏。元至正十九年（1359），朱元璋率军攻占浙江金华，部将常遇春聘任端复初为幕僚。不久，端复初辞职而去。朱元璋知道端复初的名字，于是元至正二十三年（1363），让他负责公文的来往。端复初命令百姓自己据实申报田地，汇总为地图户籍，积久的弊病全部除去。端复初渐渐升至磨勘司（考核吏员的业绩）司令。当时官署新设，官府文件堆积，端复初查考审核无一遗漏。朱元璋曾经当廷赞扬他。端复初为人性格严肃，人们不敢因私事去求他。官僚属下多因贪污而落职，只有端复初因清白免于获罪。

朱元璋破格升高官，复初尚书有名气

明洪武四年（1371）十一月，皇帝朱元璋“超拜刑部尚书，用法平。杭州飞粮事觉，逮系百余人。诏复初往治，诚伪立辨，知府以下皆服罪”。（清·张廷玉等《明史·卷一百三十八·列传第二十六》）意思是：“（朱元璋）破格授任端复初为刑部尚书（二品官），他执法公平。杭州飞粮事件败露，逮捕关押了100多人。朱元璋下诏端复初前往处理，真实虚伪立即辨明，知府以下官员都服罪。”第二年，端复初出任湖广参政，下令前来归顺的人，免除赋税一年，流亡的人都回到家乡。端复初以善于治理、处事合宜闻名。后来，端复初因事获罪召回。明代焦竑《国朝献征录·卷之四十四·刑部一》记载：“（端复初）以洪武癸丑三月乙卯，卒于南京之官舍，寿仅五十又三。”意思是：“洪武六年（1373）三月，端复初卒于南京馆舍，时年53岁。”葬于溧水巉山东村之原。洪武七年（1374），宋濂应其子端孝思之请作墓志铭。

“终洪武世，为刑部者近四十人，杨靖最著，而端复初、李质、黎光、刘敏亦有名。”（清·张廷玉等《明史·卷一百三十八·列传第二十六》）意思是：“整个洪武时期，掌刑部的将近40人，杨靖最著名，而端复初、李质、黎光、刘敏也有名气。”

二子为官皆清正，出使朝鲜获美名

端复初有两个儿子，极富文采，善于写作，端孝思尤工书法。明初二人同为史官。“子孝文，翰林待诏；孝思，翰林侍书。先后使朝鲜，并著清节，朝鲜人为立双清馆云。”（清·张廷玉等《明史·卷一百三十八·列传第二十六》）意思是：“长子端孝文，是翰林待诏；次子端孝思，是翰林侍书。先后出使朝鲜，都以气节清正著称，朝鲜人为此设双清馆。”朝鲜人深慕端孝思书法，以得到他的手迹为荣，有“收孝思寸楮即宝之”的说法。

明永乐年间，端孝文由儒士任翰林院待诏，端孝思亦由儒士任兵部员外郎兼翰林院侍书。当时，端孝文奉旨出使朝鲜。同僚王汝玉（名璲，以字行，今江苏苏州人，永乐间任翰林五经博士，参修《四库全书》）曾作《送文渊阁待诏端孝文使朝鲜》（明代的翰林院起初位于紫禁城文渊阁）诗相送，诗曰：“扶桑日出曙光寒，帆挂长风积水宽。汉武开边分四郡，圣朝遣使抚三韩。河山誓重畿封远，雨露恩深岛部安。想见藩臣迎节下，犹存黼哻旧衣冠。”（明·王璲《青城山人集·卷六》）

端孝文以清廉著称。朝鲜国王很看重他的才华，准备隆重为他贺寿，给他送去厚礼，他拒绝，说：“我仅仅手持一节（符节）来这里，还请允许我手持一节（意为任何礼物都不收）返回吧！”人皆敬佩。其弟端孝思，初为侍书，通史善文，尤工书法。其后端孝思也出使朝鲜。端孝文赠诗勉励他，诗曰：“我曾持节往朝鲜，汝亦承恩下九天。手足情深当此日，君臣义重报何年。云笼鸭绿江船月，风指鸡瓴土炕烟。奉使若无冰檗操，才如班马也徒然。”端孝思受领而去，后亦以一节报其兄。

明代画家戴进受刘素等朝士所托，曾为贺端孝思六十寿辰而作《归田祝寿图》。画幅引首有赐进士及第翰林编修刘素题：“寿奉训大夫兵部员外郎端木孝思先生诗叙。”由此可知，明永乐五年（1407），端孝思已升任兵部员外郎（从五品）。戴进在当时京城（今南京）任职，时年20岁。其时正值端孝思60岁，故戴进作此祝寿图以贺。《归田祝寿图》现藏于北京故宫博物院。时有诗人孙蕡（南园五子之一）《赠端孝思》诗曰：“端郎白皙如冠玉，葩辞丽藻撑满腹。生来未作九品官，声价蚤已惊流俗。阿翁旧日尚书郎，出领方镇专衡湘。掖垣休暇会宾客，冠带楚楚盈华堂。怜君三十犹未娶，却向穷檐守章句。纷华满目何足云，昔者炎门今不遇。杨花三月石城西，翠袖红裙满大堤。良辰欢笑暂行乐，永夜索寞犹孤栖。兴来呼酒秦淮屋，宣州雪梨如碧玉。坐中北客为燕歌，歌得前朝数般曲。看君颜面人中英，暂时逊缩非避名。凤雏未必老丹穴，谢安亦岂忘苍生。玉堂学士龙门叟，日日谈君不容口。振翮青云谅匪遥，与君且尽杯中酒。”此外，孙蕡还有《赠端孝思文学》《戏赠端孝思》等诗传世。

《万历溧水县志》收录曾棨《送端木孝思还溧水》诗曰：“早年江右仰芳名，阙下逢君白发生。栗里风光归去乐，兰亭书法老来精。玉堂金马留真迹，白石清泉有旧盟。此去乡山殊不远，好将消息到神京。”

据说，《严氏宗谱》中收有端孝思的《赠南庄归隐》诗：“高人卜筑地孤寒，耕隐南庄居易安。桑柘影中春吊祭，竹松阴下尽盘桓。蓝桥溪上禾终亩，渭水台边竹一竿。自是子陵分派远，超然与世不相干。”（吴大林《溧水家谱见闻录》之《知二堂·端木氏宗谱》）

古稀奉诏再启程，中朝友谊佳话传

明永乐二十年（1422）五月十日，朝鲜国王李芳远在汉城泉达坊新宫去世，皇帝朱棣给他赐封谥号为恭定。同时，“上遣翰林官端木孝思往祭吊，并赐嗣王构五经、四书、《性理大全》、《通鉴纲目》。金幼孜赠孝思诗曰：‘曾同载笔侍蓬莱，文采煌煌映上台。奉诏又从天上出，驱车还向日邀来。新亭树色连征旆，驿道梅花点酒杯。好为吾皇宣德意，早春先候使星回。’”（明·严从简《殊域周咨录·卷一·东夷》）

从文中可知，永乐二十年（1422），端孝思已经75岁，他又奉皇帝朱棣诏书出使朝鲜，祭吊朝鲜国王李芳远。

（载于《金陵晚报》2022年7月28日，发表时有删节）

六朝有关扇子的那些趣事

扇子自古有“障风蔽日”“遮挡脸面”“掩饰羞怯”等作用，在夏令更是“引风纳凉”“扇热降暑”“驱赶蚊蝇”的必备之物。扇子的种类很多，但常用的只有折扇和团扇二种。折扇，据说汉末魏晋时期已使用了。“一日案行并视曹公器物、床荐席具，有扇如吴扇、要扇亦在。”［西晋·陆云《与兄平原书（三十五首）》］文中的“曹公”是指曹操，“要扇”即“腰扇”。元人胡三省《资治通鉴》注云：“腰扇即折叠扇。”团扇，又称宫扇、纨扇，是一种圆形有柄的扇子，它代表团圆友善、吉祥如意。早在六朝时期，扇子就被妙用到了极致。

举扇自蔽“元规尘”

东晋司马绍当皇帝时，派庾亮镇守南豫州（治所在今天的安徽芜湖）。南蛮校尉陶称（陶侃子）挑拨说：“庾亮一定会举兵向内。”劝宰相王导暗中提防。王导说：“我和庾元规（庾亮的字）休戚与共，这些无根无据的议论，不应当出自智者之口。如果就像你说的那样，庾元规真的领兵打进来，我就头戴角巾穿上便服回家，有什么可担忧的？”王导又给陶称写信，认为：“庾公是皇上的大舅，你应当好好侍奉他。”庾亮虽然驻守在外，却遥控首都建康（今江苏南京）的朝政。王导心中不平，每当遇到西风刮来，便举起扇子遮蔽，缓缓地说：“元规的尘土玷污人！”

右军题书六角扇

东晋时，王羲之有一次在蕺山（绍兴古城内三座主要小山之一）见到一位卖六角竹扇的老妇人。王羲之在扇子上写上字，每把扇子写五个字。开始老妇人有点生气，王羲之对老妇人说：“但言是王右军书，以求百钱邪。”（唐·房玄龄等《晋书·卷八十·列传第五十》）大意是：“你只要说这是王右军的字，一把扇子可以卖100钱。”老妇人照此办理，人们都争着买。过了几天，老妇人找到王羲之，请求王羲之再写一次。王羲之笑着没有答应。

桃叶《团扇歌》

桃叶，东晋王献之妾。王献之曾为她作《桃叶歌》：“桃叶复桃叶，渡江不用楫，但度无所苦，我自迎接汝。”盛传于江南。作为回应，桃叶有《团扇歌》三首：“（一）七宝画团扇，灿烂明月光。与郎却耽暑，相忆莫相忘。（二）青青林中竹，可作白团扇。动摇郎玉手，因风托方便。（三）团扇复团扇，持许自障面。憔悴无复理，羞与郎相见。”（逯钦立《先秦汉魏晋南北朝诗·晋诗卷十三》）桃叶以团扇立意，答谢王献之的厚爱。全诗以团扇自喻，委婉地表达出她的忧虑，担心自己年老色衰后终会被遗弃。

褚渊入朝带腰扇

褚渊（435—482），字彦回，河南郡阳翟县（今河南禹州）人，南朝宋、齐时的宰相。一次，“司徒褚渊入朝，以腰扇障日。祥从侧过，曰：‘作如此举止，羞面见人，扇障何益？’渊曰：‘寒士不逊。’”（南朝梁·萧子显《南齐书·刘祥传》）大意是：“司徒褚渊上朝时用腰扇遮着日光走路。征虏功曹刘祥从他跟前过去，说：‘你这样的举止，好像是害怕见人，用扇子遮挡对你有什么好处呢？’褚渊道：‘读书人这样讲话可太放肆无礼了。’”

抽簟夺扇登车去

南朝齐尚书令王俭（452—489），字仲宝，琅琊临沂（今山东临沂）人。王俭曾会集才学之士，综合校理事物名实，分类隶属编排，叫做“隶事”。他又让宾客引用典故，多者受赏。当时典故已用完，唯有庐江何宪获胜。王俭就赏给他五花簟（竹席）、白团扇。何宪坐在簟上，手执白团扇，得意扬扬。这时，秣陵县令王摛来到。王俭把隶事给他看，说：

“你能赢他吗？”王摛抓起笔一挥而就，词句华丽。在座的人都拍手赞赏。“摛乃命左右抽宪簟，手自掣取扇，登车而去。”（唐·李延寿《南史·卷四十九·列传第三十九》）大意是：“王摛就命人抽走何宪坐的五花簟席，亲手夺下团扇，登车而去。”王俭笑道：“这真是力气大，拿了就走啊！”

题扇风雅超子敬

王俭之父王僧虔（426—485），还在弱冠之年，就善于写隶书。南朝宋文帝刘义隆看到他在白扇上写的字，赞叹道：“非唯迹逾子敬，方当器雅过之。”（南朝梁·萧子显《南齐书·卷三十三·列传第十四》）大意是：“王僧虔不仅是写字超过王子敬（王献之字），将来器度风雅也都会超过他。”于是提拔王僧虔为秘书郎、太子舍人。

俨望团扇掩口笑

南朝宋时期，庐江灊县（今安徽霍山北）人何昌寓（447—497），字俨望，为人正直高雅，曾任吏部尚书。一天，有一个姓闵的宾客来求官。何昌寓问他：“‘君是谁后？’答曰：‘子骞后。’昌寓团扇掩口而笑，谓坐客曰：‘遥遥华胄。’”（唐·李延寿《南史·卷三十·列传第二十》）大意是：“‘你是谁的后代？’那人回答说：‘闵子骞（孔子弟子，以德行著称）的后代。’何昌寓用团扇掩口而笑，对在座的宾客说：‘这是个远而又远的世家贵族的子孙。’”

扇子一挥不交言

萧子显（487—537），字景阳，史学家，南朝齐高帝萧道成之孙。南朝梁中大通五年（533），萧子显迁任吏部尚书，主掌选官之事。他“见九流宾客，不与交言，但举扇一捴而已，衣冠窃恨之”（唐·姚思廉《梁书·卷第三十五·列传第二十九》）。大意是：萧子显“见到九流宾客（身份、地位不同的各种客人），不与他们交谈，只是举起手中的扇子一挥（态度很傲慢的样子），士大夫私下都很恨他”。

（载于《金陵晚报》2022 年 9 月 7 日，发表时有删节）

汤显祖留给我们的除了《牡丹亭》还有“桃花源”

明代戏曲家汤显祖，有“东方莎士比亚”之美誉，著有《牡丹亭》等。今年是汤显祖诞辰472周年和《牡丹亭》问世424周年，特作此文以示纪念。汤显祖出身书香门第，早有才名。万历十一年（1583）中进士，在留都南京为官。十九年（1591），他进上《论辅臣科臣疏》，触怒皇帝朱翊钧被贬为徐闻（今广东湛江）典史，后调任遂昌（今浙江丽水）知县。二十六年（1598），汤显祖愤而弃官归里。他创作了以《牡丹亭》为代表的“临川四梦”，而他的心中也有一座理想的“桃花源”。

生来聪颖有才华，不媚权贵榜难登

汤显祖（1550—1616），字义仍，号海若、若士、清远道人，临川府临川县城东文昌里（今江西抚州市临川区）人。汤显祖生于明嘉靖二十九年（1550）八月十四日（9月24日），生来就聪颖特异、卓尔不群。他长身玉立，眉清目明，见到他的人都啧啧称赞：“这是汤家的好孩子啊！”汤显祖5岁时能作对子，一试就有回应，再试又有回应，一节课回答好几次也没有为难之色。13岁，去参加督学公试，补为乡里弟子生员（秀才）。“每试必雄其曹偶。庚午举于乡，年犹弱冠耳。见者益复啧啧曰：‘此儿汗血，可致千里，非仅仅蹀躞康庄也者。’”（明·邹迪光《临川汤先生传》）意思是：“每次考试一定在同伴间称雄。隆庆四年（1570）在乡间被举荐，年纪才20岁。见到他的人越发啧啧称赞说：‘这个年轻人好比是汗血宝马，能够日行千里，不是那种只能在大路上小步行走的马。’”汤显祖21岁时中了第八名举人。

隆庆五年（1571）、万历二年（1574），汤显祖两次赴京会试未中。

万历五年（1577），汤显祖第三次进京会试，当朝内阁首辅张居正安排他的几个儿子取中进士，想找几个有才学的人作为陪衬。他打听到海内有名望的举人汤显祖和沈懋学等人，就派自己的叔父去笼络他们，声言只要肯合作，就许汤显祖等中在头几名。汤显祖推辞不去，而汤显祖的同门学友沈懋学则答应了，于是他和张居正的二儿子张嗣修一同考取了进士，汤显祖落第。万历八年（1580），张居正的三儿子张懋修也参加这次会试，与上次一样前来邀请汤显祖。汤显祖又拒绝了，说："吾不敢从处女子失身也。"意思是："我不敢像女子一样失去贞洁。"结果汤显祖再次落第。

终于中第入仕途，直言上疏遭贬谪

明万历十年（1582）六月，内阁首辅张居正病逝。万历十一年（1583），34岁的汤显祖终于考中了癸未科三甲第二百二十一名进士。他由于不肯依附新任内阁首辅张四维、申时行，被授予南京太常博士的官职，不久升任礼部主事（六品）。

明万历十八年（1590），皇帝朱翊钧因星象发生变化而严厉指责谏官欺骗蒙蔽圣上，并对他们停发俸禄一年。汤显祖目睹官场怪象愤而上《论辅臣科臣疏》说："言官岂尽不肖，盖陛下威福之柄潜为辅臣所窃，故言官向背之情，亦为默移。御史丁此吕首发科场欺蔽，申时行属杨巍劾去之。御史万国钦极论封疆欺蔽，时行讽同官许国远谪之。一言相侵，无不出之于外。"（清·张廷玉等《明史·卷二百三十·列传第一百十八》）意思是："谏议官难道都是德才不好吗？陛下施行赏罚的权力暗中被内阁辅臣所窃取，所以谏议官支持和反对的意向，也被悄悄地改变。御史丁此吕首先揭发科场中的欺骗蒙蔽，内阁辅臣申时行指使杨巍弹劾罢斥他。御史万国钦极力批评总督、巡抚官员等封疆大吏搞欺骗蒙蔽，申时行表奏边疆欺蒙之事，申时行又暗示同任辅臣的许国将他贬谪到很远的地方。稍有话语相指责，没有一个不被贬官到外地去的。"

汤显祖接着说："臣认为陛下可惜之处有四点：朝廷以爵位和俸禄扶植好人，如今却只是为权贵之门培育下人，这是爵位和俸禄可惜。众臣形成风气，不顾廉耻，这是人才可惜。宰相不破例给人富贵，不显示出恩惠，这是原定的法制可惜。陛下统治天下二十年，前十年的政治，首辅张居正强硬而多欲，群结亲信，轻狂地败坏政治；后十年的政治，内阁辅臣申时行温和而多欲，群结亲信，疯狂地败坏政治，这是圣明政治可惜。乞求圣上立即罢斥杨文举、胡汝宁，告诫宰相，反省悔过。"皇帝朱翊钧大怒，下诏将他谪贬为徐闻县典史。

遂昌知县有业绩，造福一方得民心

明万历十九年（1591）八月，内阁首辅申时行下台后，皇帝朱翊钧宽宥了一些弹劾过申时行的官员，其中就包括汤显祖。一年后，汤显祖从徐闻县调任遂昌县知县。他在任期间(五年)，以情施政，除夕他放30名囚犯回家过年，元宵夜放囚犯出狱到河桥观灯，并留下了《平昌河桥纵囚观灯》一诗："绕县笙歌一省图，寂无灯火照圜扃。中宵撤断星桥锁，贯索从教漏几星。"当时遂昌常年虎患，汤显祖招募灭虎队，"向后虎闻遂稀"。汤显祖又建成了"相圃书院"，为朝廷培养将相之才。汤显祖给遂昌百姓带来的福祉，正如他《牡丹亭·八出·劝农》中描写的那样："山也清，水也清，人在山阴道上行，春云处处生。官也清，吏也清，村民无事到公庭，农歌三两声。"因此，汤显祖深受遂昌百姓的爱戴。万历二十六年（1598），听说朝廷将派税使来遂昌，汤显祖不堪忍受，向吏部递交了辞呈，不等批复就扬长而去。将要离开遂昌时，百姓哭着，想要他留下来。第二年考察官吏，主管的人商量将汤显祖罢职。这年汤显祖49岁。

得意惟在《牡丹亭》，心中也有桃花源

汤显祖为人意气激昂，志气刚正不阿。汤显祖回乡当年，就完成了《牡丹亭》的创作。后又创作《南柯记》《紫钗记》《邯郸记》，与《牡丹亭》

统称“临川四梦”。

东晋陶渊明不为五斗米折腰，辞官归隐，躬耕南山，自食其力，以菊花怡情养性，二十年矢志不渝；明代汤显祖不与官场同流合污，辞官归隐，每日喝粥度日，将寓所命名为“玉茗堂”，以玉茗比德，以玉茗养性，二十年笔耕不辍。陶渊明曾写《桃花源记》寄寓他“乌托邦式”的梦想；汤显祖也作“四梦”抒发他对桃花源的构想，除了他在《牡丹亭·劝农》中的描写之外，在《南柯记·第二十四出·风谣》中也有“青山浓翠，绿水渊环，草树光辉，鸟兽肥润。但有人家所在，园池整洁，檐宇森齐。何止苟美苟完，且是兴仁兴让。街衢平直，男女分行”的场景，以及《月山草堂四咏》中“楼转松风韵紫虚，眠云夜冷昼芙蕖。山中所有应如此，直是江南陶隐居”的诗句，直接将遂昌的“月山草堂”比作江南陶渊明的隐居之所，表达他对理想中悠然自得的自然环境和幽居闲适社会风貌的一种赞美。这与陶渊明的“桃花源”有着异曲同工之妙。

汤显祖返家居住了二十年。万历四十四年（1616），汤显祖去世，享年六十七岁。同一年去世的还有英国的莎士比亚、西班牙的塞万提斯。

（载于《金陵晚报》2022 年 10 月 24 日，发表时有删节）

南唐开国皇帝李昪的传奇人生

李昪（889—943），字正伦，小字彭奴，徐州人。父亲李荣在战乱中失踪，杨行密把他收为养子，随后赐给徐温为养子，遂改名徐知诰，曾任昇州刺史，累加至太师、大元帅，封齐王。杨吴天祚三年即南唐昇元元年（937），李昪受禅代杨吴称帝，国号齐。昇元三年（939），李昪改国号为唐，史称南唐。他在位七年，勤于政事，变更旧法，保境安民，与民休息。昇元七年（943），李昪去世，庙号烈祖，葬于钦陵。

流浪孤儿被抢掠，两位养父育奇才

李昪出身微贱，自幼便在濠州（今安徽凤阳）、泗州（今安徽泗县）一带流浪，六岁时，父亲李荣在战乱中不知所终。不久，李昪的母亲刘氏去世，他便成了孤儿。李昪于是跟着伯父李球在濠州一带流浪，后来浪迹于濠州开元寺。

唐乾宁二年（895）三月，杨行密的军中士兵抢掠到一个徐州姓李人家的孩子，已经 8 岁了。杨行密把他收为养子，但杨行密的长子杨渥憎恨这个孩子。杨行密对他的属将徐温说："这个孩子质朴聪颖，和别人很不一样，我揣测杨渥一定容不下他，现在赐给你为养子。"杨行密（852—905）原名行愍，字化源，庐州合肥（今安徽长丰县）人，五代十国时期吴国政权（史称杨吴）奠基人。徐温给这个养子起名叫徐知诰。徐知诰侍奉徐温，勤谨孝敬超过徐温的其他几个儿子。有一次，徐知诰得罪了徐温，徐温鞭打他并赶他走，等到徐温回到家里，徐知诰跪在门口迎接。徐温问他："'何故犹在此？'知诰泣对曰：'人子舍父母将何之！父怒而归母，人情之常也。'"（北宋 · 司马光《资治通鉴 · 第二百六十卷》）意思是：“‘你为什么还在这里？’徐知诰流着眼泪回答说：‘做儿子的离开了父母还能到哪里去呢！父亲盛怒时就先回到母亲的身边，这是人之常情。’”徐温因此更加疼爱徐知诰，让他掌管家中事务，家里的人没有不听他话的。徐知诰长大后，身长七尺，方额隆准，修上短下，声如洪钟，喜好读书，善于骑射。杨行密常称赞道：“知诰俊杰，诸将子皆不及也。”

唐天复二年（902），皇帝李晔（唐昭宗）拜杨行密为东面诸道行营都统，封吴王。唐天祐二年（905）十一月，杨行密去世，其19岁的长子杨渥承袭其淮南节度使、东面诸道行营都统等职，称弘农郡王，由张颢和徐温二人辅政。唐天祐五年（908）五月，张颢等杀杨渥于寝室，对外则宣称杨渥暴病身亡。不久，徐温派人刺杀了张颢，并把杀杨渥的罪名都推给张颢。唐朝宣谕使李俨以朝廷的名义，授予杨行密次子杨隆演承袭杨渥职位封爵。从此军政大权归属徐温。

因功升任州刺史，为官廉洁有业绩

唐天祐六年（909）三月，徐温认为金陵地势优越，战船聚集，于是自己以淮南行军副使兼领昇州（今南京）刺史，留驻广陵（今江苏扬州），任命养子徐知诰为昇州防遏使兼楼船副使，在昇州治理战舰。九年（912）五月，徐知诰因功任昇州刺史。徐知诰为徐温做事非常谨慎，任劳任怨，有时通宵不解衣带，徐温因此特别喜爱他，常对诸子说：“你们为我做事能够像徐知诰吗？”当时各州长官多是武夫，只以征战为职责，不体察民间之事；徐知诰在昇州，只选用廉洁奉公的官吏，修明政治教化，招请四方士大夫，用尽所有家财也无所吝惜。

后梁贞明三年（917）五月，徐温巡行到昇州，非常喜欢这里的繁华富裕。润州（今江苏镇江）司马陈彦谦劝徐温把镇海军的治所迁到昇州，徐温听从了他的意见。于是改封徐知诰为检校太保、润州团练使。徐知诰要求到宣州为官，被徐温拒绝，心中很不高兴，后来在宋齐丘的劝说下方才到润州赴任。四年（918），徐温长子徐知训被大将朱瑾所杀，徐知诰在润州得到消息，抢先赶到广陵平乱，任淮南节度行军副使、内外马步都军副使，逐步掌控了杨吴朝政。

屡遭妒忌起杀心，伶人充作替死鬼

杨吴武义元年（919）四月初一，杨隆演登王位，改年号为武义，任命徐知诰为左仆射、参政事兼知内外诸军事，仍然领管江州团练使。第二年五月二十八日，杨隆演去世。六月十八日，杨溥（杨隆演弟）登杨吴王位。

杨吴顺义七年（927）十月，大丞相、都督中外诸军事、诸道都统、镇海与宁国节度使兼中书令东海王徐温病逝，享年66岁。当初，徐温次子行军司马、忠义节度使、同平章事徐知询认为徐知诰不是徐氏的儿子，曾多次请求代替他执掌杨吴国政。徐温说："你们都不如他。"十一月初三，杨吴国王杨溥即皇帝位，改年号为乾贞，加封徐知诰都督中外诸军事。杨吴乾贞三年（929）十一月，杨吴皇帝杨溥改年号大和。十二月，加封徐知诰兼任中书令，并领宁国节度使。徐知诰请徐知询来喝酒，用金酒杯酌酒给他喝，并说："愿弟寿千岁。"徐知询怀疑酒中有毒，他把酒平均分成两杯，随即献给徐知诰，并说："愿与兄各享五百岁。"徐知诰脸色都变了，来回看着左右大臣，终不肯接受，但徐知询捧着酒一直不退。这时，伶人申渐高径直走到他们面前说了几句诙谐的话，就夺过两杯酒，倒在一起喝下去，然后怀揣金杯很快退出。徐知诰暗中命人送解药给申渐高，但为时已晚。

受禅称帝号南唐，恢复李姓溯根源

杨吴大和六年（934）五月，镇南节度使、守中书令东海康王徐知询去世。徐知诰很早就有让皇帝杨溥把皇位传让给自己的意图。有一天早上，徐知诰照着镜子拔镊着发白的胡须，叹着气说："国家安而吾老矣，奈何？"周宗了解他的意图，请求去江都（今江苏扬州），稍微把传让帝位的意思劝说皇帝杨溥。杨吴大和七年（935）十月，皇帝杨溥加封中书令徐知诰为尚父、太师、大丞相、大元帅，进封齐王。

南唐昇元元年(937)三月十九日，徐知诰更改自己的名字为诰。当时，“江南童谣云：‘东海鲤鱼飞上天。’东海即徐之望也；鲤者李也，盖言李昪一旦自温家起而为君尔。”（北宋·陶岳《五代史补·卷三·晋二十条》）东海指的是徐氏的封爵之名，即东海王，鲤鱼指李昪，以此证明李昪称帝有神灵护佑。十月初五，齐王徐诰在金陵即皇帝位，实行大赦，改年号为昇元，国号唐，史称南唐。

南唐昇元三年（939）二月十八日，皇帝徐诰恢复李姓，改名为昪。七年（943）二月，李昪在昇元殿去世，终年56岁。十一月，李昪被安葬于钦陵，上谥号为光文肃武孝高皇帝，庙号烈祖。

李昪的钦陵位于今南京江宁区祖堂山南麓，是“南唐二陵”之一。20世纪50年代，考古工作者从其陵墓中发现了哀册残片，其上有“钦陵礼也”四字。

（载于《金陵晚报》2022年11月1日，发表时有删节）

加拿大传教士马林与金陵的不解之缘

今年是鼓楼医院（南京大学医学院附属鼓楼医院）建院130周年。有一个人我们不能忘记，那就是加拿大传教士威廉·爱德华·麦克林，中国名字叫马林。他于清光绪十二年（1886）来华，不久就来到江宁（今南京），1892年创建了基督教医院，即今鼓楼医院的前身。40年后，他告老还乡，1947年去世。

精心创办教会医院

清咸丰十年（1860）五月十九日，马林出生于加拿大安大略省一个基督教家庭。1880年，马林在多伦多大学完成医科学业后，继入伦敦学习，成为妇产外科学会会员。因受母亲（虔诚的基督教徒）熏陶，他志愿参加教会服务团，到非洲为教会服务。后受基督教会派遣来中国，为该教会的第一位教医。1886年元月，26岁的马林先在上海熟悉中国的国情民俗，学习中文。4月来到江宁（今南京），住在莱子庵（今三牌楼附近）。他初来江宁深感传教和西医治病的困难，旋即开荒种地，免费为贫困患者治病，寓传教于医疗之中。为打开局面，他身着中装，头结发辫，出没于江宁府城（今南京老城区）酒肆茶楼，亲自弹唱《封神榜》《西游记》等故事。后来，他在鼓楼附近及城南花市大街（今三山街至长乐路一带。清代，这一带绒花作坊店铺林立，故称“花市大街”）购买土地，搭盖简易房屋开设药房诊所，有医生1人、医疗助理4人，主要诊治内外杂症。在鼓楼的诊所位于鼓楼大街双龙巷口，民间称“小医院”或“马林诊所”。

1888年，马林在江宁府城建立了鼓楼教堂。1889年1月，马林与美国人桃乐丝·狄伦结婚。当时，在江宁的美国基督会传教士、基督书院院长美在中见马林医术精湛但经费短缺，于是乘美国教会开联会之际，募集巨资，同时马林也获得了景维行（今江苏太仓人）在鼓楼南坡捐地50亩，景维行夫人和下关富商庄效贤也捐款相助扩建马林诊所。工程于1890年开始动工，1892年建成一座假四层楼房，楼房坐北朝南，面阔31.5米，进深12米，建筑面积1277平方米，砖木结构，外墙青砖，清水勾缝，墙身用红砖勾勒线脚，圆拱形门窗，四面坡屋顶，上铺水泥平瓦，屋面设有突出的老虎窗。医院设病床50张，命名为基督教医院，马林任院长，当时民间称“马林医院”，是南京历史上第一所西医院。翌年3月，马林医院开始收治病人。

马林医院开诊后，找其看病者日增。在初建的马林医院里工作的，有美国医生勃却脱和两位年轻的英国医生阿诺特及亨特。马林以“平等对待王子与乞丐”为行医格言，坚持为所有人服务。同时规定医院头等病房每月收费五元，二等病房二元，三等病房免费收治贫困患者，每年免费收治200~300人次，占全部住院病人的三分之一。当时马林以马作为交通工具，骑马外出巡回诊病及传教。1894年，马林利用第一次回国探亲休假一年的时间，去美国的医学院进修，获得医学博士学位。1896年，马林的妹妹马芳医生来华，主要管理女病房。1899年医院一年收住病人768人次。

马林离开医院

马林在繁忙的工作之余，勤于笔耕，曾为上海的英文报做通讯员，用中文在各种报纸刊物上发表文章和文学作品。孙中山先生在上海创办新刊物时，曾向马林特约稿件。另外，马林还出版关于医学、农业、历史、经济等方面的编著译著近二十部，其中《英国人民史》《进步与贫困》等均由上海广学会出版。在这些译作中，马林与中国人李玉书合作选译的《进步与贫困》，以《富民策》书名出版，影响较大。

1911年，由美国几个教会组织联办的金陵大学（今南京大学）增设医科，聘请马林教卫生防护课。马林医院成为金陵大学医科学生的实习医院，马林负责为金陵大学医科学生实习、见习带教。1911年至1913年间，马林在美国领事馆支持下，以国际红十字会名义收治遭到张勋（民国初年军阀）部下野蛮掠杀的南京市民。1914年，金陵大学以2.7万银洋，购下马林医院作为其附属医院，更名为金陵大学鼓楼医院。马林医院易手后，马林离开医院，在城南花市大街的小基督医院继续行医布道。后马林受聘为鼓楼医院的外科顾问。

其他事业同步发展

当初，马林来金陵后，开辟了三个工作点：在鼓楼建了一座医院、一座礼拜堂；在城南花市大街建了一座礼拜堂、一所小医院和一所义学馆；在下关惠民桥附近建了一座礼拜堂和一所义学馆。行医之余，马林设帐讲学，培养医疗助理，自1896年至1909年，共培养13名医士。同时，拓展传教范围，经常到安徽滁县（今滁州）、安徽庐州（今合肥）等地巡回传教。

1899年，基督教会资助马林将花市大街的义学馆扩充，在中华路344号（今中华中学西侧的街对面）创办基督中学，招收男生。1926年，更名为爱群中学。而在基督中学创办的同一年，基督教会又在中华路369号（今中华中学校址）创办明育中学，招收女生。1929年两校合并为育群中学。1951年，学校更名为“南京市第一女子中学”；1983年，学校更名为“南京市中华中学”。

晚年退休定居美国

1925年，马林65岁时，教会决定让马林退休，但他的许多同事联合上书挽留，最终马林延迟工作至1927年方才告老还乡，结束了在南京近40年的行医和传教生涯，携全家到美国加利福尼亚州定居。1939年，马林将友人馈赠他与妻子金婚纪念的贵重礼品赠予鼓楼医院，作为贫困患者的医药救济基金。1947年8月8日，马林在美国辞世，享年87岁。

马林医院旧址位于今中山路 321 号，主要建筑至今尚存。2002 年被列为江苏省文物保护单位，2019 年升格为第八批全国重点文物保护单位。2012 年 12 月 15 日，鼓楼医院庆祝建院一百二十周年暨新医疗大楼启用之际，曾邀美国前总统卡特、马林的外孙女马卓瑞·汉考克等为该院首任院长马林的雕像揭幕。130 年来，鼓楼医院已成为集医疗、教学、科研、保健为一体的大型现代化三级甲等医院。

（载于《金陵晚报》2022 年 11 月 25 日，发表时有删节）

萧梁昭明太子与燕雀湖的传说

昭明太子，即萧统，字德施，小字维摩，南兰陵郡兰陵县（今江苏常州武进区）人，生于齐中兴元年（501），萧衍长子。天监元年（502），萧衍称帝，建立梁朝。十一月，萧统被立为皇太子。燕雀湖，萧梁时期始名，因太子萧统葬于燕雀湖畔，所以也称太子湖。

生来有“三庆”，立为皇太子

萧统，齐中兴元年（501）九月生于襄阳（今湖北襄阳）。萧衍年近四十，始得嫡子；当时有在台城坚守的齐将徐元瑜投降萧衍；又有荆州使者来，报称萧颖胄（齐高帝萧道成之侄）暴死。于是人们称此三件事为“三庆”。不久萧衍平定建邺（今南京），有识之士认为这是天命所归。天监元年（502）四月初八，萧衍在建康（今南京）接受齐和帝的“禅让”，即皇帝位，建立梁朝，是为梁武帝。十一月初十，皇帝萧衍立2岁的萧统为皇太子。

萧统生性聪明通达，3岁受业读《孝经》《论语》，5岁遍读《五经》（《诗》《书》《礼》《易》《春秋》），都能通畅地诵读。天监五年（506）六月十七，萧统出居东宫。萧统性情仁爱孝顺，自出居东宫，因经常思恋母亲而闷闷不乐。父皇知道了，便叫他5天去朝见母亲一次，他便时常居留永福省（设于宫禁内），有时三五天后才回东宫。

有心学判案，遗传也信佛

萧统12岁时，在宫内看到司法官员准备判案。问左右说：“这穿黑衣服的是干什么的？”回答说：“是司法部门的官员。”萧统把他们的案卷要来看，说：“这些我都能念下来，我能判决吗？”当事官员看他年幼，哄他说：“可以。”这些案子都是要判徒刑以上的重罪，萧统都批为杖五十。当事官员拿着这判案，不知该怎么办，报告给皇帝萧衍，萧衍笑着让照此办理。从此屡次让萧统旁听审案，每逢有意宽大处理的，就让萧统来判决。建康县判决拐卖人口的罪犯，案子重新审理时，萧统在场，县令因为萧统仁爱，故只轻判杖四十下。并对犯人说：“你如果被判罪，全家老小都要被杀，现在即使不以该判的罪判你，难道就可以这样轻罚一下就算了？可交付官府判刑十年。”

天监十四年（515）正月初一，萧衍接见臣僚，在太极殿给太子萧统举行加冠礼。过去的规定，太子戴远游冠，佩金蝉翠绥缨的帽带；这次萧衍下诏让太子戴金博山冠。萧统长相英俊，说话办事都很得体。读书一目数行，并且能做到过目不忘。皇帝萧衍大力弘扬佛教，亲自讲说佛经。萧统也尊崇信仰佛、法、僧这三宝，普遍浏览众经。在宫内另设慧义殿，专门作为佛教徒讲法集会的地方。萧统自己立了真谛、俗谛两谛及大佛真身的教义，都创有新意。普通元年（520）四月，甘美的雨露降落在慧义殿，人们都认为这是萧统最高尚的德行感动了上天所致。

母逝甚哀伤，仁德誉冬宫

萧统孝心诚笃，每当入朝，不到五更就守在皇城边等开宫门。东宫虽在皇宫深处，他的一起一坐，总是面向西南父皇坐朝之处。如夜里接到召见的圣旨，就整夜端坐等到天亮。普通七年（526）十一月，生母丁贵嫔（丁令光）生病，萧统回永福宫，从早到晚侍奉母亲，睡觉没有脱过衣服。母亲去世时，他徒步护送灵柩回宫，到了停放灵柩时，萧统水米不进，每当痛哭时都昏厥过去。皇帝萧衍派中书舍人顾协向他传达旨意：“居丧不能哀痛过度危及生命，这是圣人的规定，无力胜任丧事就等于不孝。有我在，哪能这样毁伤自己的身体！应立即勉强进食。”萧统奉了父皇的御旨，才算进食数口，从此直到下葬，每天只喝麦粥一升。父皇又训导他说：“听说你吃得过少，越来越瘦。我近来没有别的病，只因为你这样，我的心里也堵塞郁闷成病了。所以你应该强行增加稀饭，别让我老替你担心。”虽然屡次有父皇的劝说逼迫，萧统在整个办丧事期间每天吃得很少，也不吃蔬菜水果。他平常身体壮实，腰带有十围（1米多），这时竟削减大半。每次入朝，见到他的士庶之人没有不流泪的。

萧统自从行冠礼以后，父皇便让他观察处理国家事务，于是他面前挤满了奏事的内外百官。萧统通晓政务，每当有说错的或是花言巧语说假话的，都能马上分辨剖析，指出其正误，令其慢慢改过，而未曾向父皇举报过一人。审理案件，许多人都得到赦免或从宽，天下都称颂太子仁德。

专心编《文选》，何必丝与竹

萧统生性喜爱山水，在玄圃开池筑山，又建起亭台楼馆，与朝中士大夫及有名望的人游玩其中。一次在后苑池中荡舟，番禺侯萧轨大谈：“这里应当叫歌舞女乐来演奏。”萧统没有正面回答，而是吟诵左思的《招隐诗》：“非必丝与竹，山水有清音。”萧轨惭愧而止言。玄圃始建于齐永明年间（483—493），改建于梁（502—557），是萧统的私园，他邀集名人学士泛舟湖上，游咏其间，并编著《文选》，又称《昭明文选》，收录自周代至六朝梁以前七八百年间130多位作者的诗文700余篇，是中国现存最早的一部诗文总集。萧统出居东宫20余年，不蓄养歌妓。父皇赐他太乐歌妓一部，他也不甚喜爱。每当天降大雨或积雪不化之时，萧统总是派手下人巡视一番大街小巷，发现有穷苦之人则加以赈济。

英年惜早逝，燕雀扑盗贼

中大通三年（531）三月，萧统在后宫池塘游玩，乘坐画舫采莲，宫女划船不慎，使萧统落水，救起后已经伤了股骨，萧统怕父皇知道了担忧，严令不许声张，只以偶然患病上报。父皇派人来探问，萧统总是硬撑着亲自动笔回奏病情。等到病情渐重，左右要报告皇上，萧统还不让，说：

"为什么要让圣上知道我已病得这么重呢？"说着就难过地呜咽起来。四月初六，突然病危，宫内赶紧启奏皇帝萧衍，萧衍赶到时太子萧统已经去世，时年31岁。萧衍痛哭不止，下诏用帝王的衣冠入殓，谥为昭明。五月二十一日，将太子萧统葬于前湖的安宁陵。"梁昭明太子在东宫，有一琉璃盌、紫玉杯，皆武帝所赐也。既薨，诏置梓宫，后更葬开坟，为阉人携入大航，乃有燕雀数万击之。因为有司所缚，乃获二宝器，帝闻而惊异，诏以赐太孙。封坟之际，复有燕雀数万，衔土以增其上。坟侧今有湖，后人因名燕雀湖。"（唐·焦璐《穷神秘苑》）意思是："梁昭明太子萧统在东宫，有一琉璃碗、紫玉杯，都是其父皇萧衍所赐。萧统去世后，皇帝下诏随葬地宫，后更改葬地，开坟后琉璃碗、紫玉杯被太监盗取，跑到护城河朱雀航（朱雀桥，位于今中华门内）时，忽然飞来数万燕雀扑击太监，太监因此被有关部门抓获，交出两件宝器。皇帝得知后非常惊异，诏令赐给太孙萧欢（萧统长子）。封墓时又有燕雀数万，衔泥添其坟上。坟侧今有湖，后人因名燕雀湖。"燕雀湖也称太子湖。

历史上的燕雀湖面积很大，周长约三十里。以钟山为界。玄武湖在钟山以西，称后湖；燕雀湖在钟山以南，称前湖。明朝时朱元璋下令兴建宫城，调集20多万民工填燕雀湖，燕雀湖大部分成了皇宫的地基，小部分被隔在城墙外，就是今天的前湖和琵琶湖。

（载于《金陵晚报》2022年12月7日，发表时有删节）

西天取经航海归国第一人东晋高僧法显

法显（约337—约420），俗姓龚，东晋高僧、翻译家，平阳武阳（今山西襄垣县）人。东晋隆安三年（399）春天，法显62岁时，西赴天竺（古印度），寻求戒律。他与慧景、道整、慧应、慧嵬等人从长安（今西安）出发，经西域，越葱岭，历北、西、中、东天竺等地，又赴狮子国（今斯里兰卡）及今属印度尼西亚的爪哇岛，历时14年，游历30余国。东晋义熙八年（412）七月十四日，法显乘船回到国内，带回大量梵本佛经。他是中国第一位到西天取经求法的大师，比唐玄奘早了230年。

三岁入寺院，二十受大戒

法显本姓龚，他有3个哥哥，都在童年夭亡。他父亲担心灾祸降临到他身上，在他3岁时就让他受戒做了沙弥（小和尚）。10岁时，父亲去世。他的叔父考虑到他的母亲寡居难以生活，便要他还俗。法显对叔父说："本不以有父而出家也。正欲远尘离俗故入道耳。"意思是："我本来不是因为有父亲而出家的，正是要远尘离俗才入了道。"他的叔父也没有勉强他。不久，他的母亲也去世了，他回去办理完丧事仍即还寺。法显性情纯厚。有一次，他与沙弥数十人在田中割稻，遇到一些穷人来抢夺他们的粮食。诸沙弥吓得争相逃奔，只有法显一个站着未动。他对那些抢粮食的人说："若欲须谷，随意所取。但君等昔不布施，故此生饥贫。今复夺人，恐来世弥甚。贫道预为君忧，故相语耳。"意思是："你们如果需要粮食，就随意拿吧！只是你们这样贫穷，正因为过去不布施所致。如果抢夺人粮食，恐怕来世会更穷。贫僧真为你们担忧啊！"说完，他从容还寺，那些抢粮的人竟被他说服，弃粮而去。法显20岁时受了大戒（为防止身心过失而履行的一种仪式），时有“志行明敏，仪轨整肃”之称。

漫漫取经路，往返十四年

东晋隆安三年（399），62 岁的法显“常慨经律舛阙，誓志寻求”。意思是：“常常感慨中土（指中国）律藏的残缺，发誓前往天竺（古印度）寻求戒律。”这年春天，法显与慧景、道整、慧应、慧嵬等人一起，从长安（今西安）向西进发。度过陇山，到达乾归国（东晋十六国时期鲜卑人乞伏乾归所建西秦国），并在这里夏坐（亦称坐夏，是夏安居的简称，一般在古印度雨期的五至八月三个月，禁止僧尼外出，以免伤草木小虫，只在寺院内坐禅修行）。夏坐结束，法显一行前行到达耨檀国（东晋十六国之一南凉，都城在今青海西宁）。不久，翻过养楼山（今青海西宁北），来到张掖镇（今甘肃张掖）。之后，法显一行来到敦煌（今甘肃敦煌），停留了一个多月，得到敦煌太守李浩（即李暠，是唐高祖李渊的七世祖）穿越沙河的资助。“沙河”（即白龙堆大沙漠），经常有恶鬼横行，热风肆虐，行人只要碰上必死无疑，没有人能够幸免。“上无飞鸟，下无走兽，四顾茫茫，莫测所之。唯视日以准东西，人骨以标行路耳。”（东晋·法显《佛国记》）意思是：“天空没有飞鸟，地上没有走兽，想要找一条走出去的路，根本不知道往哪里走，只能以死人的枯骨作为标志。”在沙河里走了 17 天，算起来有七百五十千米路程，才到达了鄯善国（即古楼兰国，今新疆若羌）。后来他又到了于阗（今和田约特干遗址）。东晋元兴元年（402），法显一行到达古印度境内的阮历国后，一行人又到达乌苌国（今巴基斯坦北部的古代小国），在此宿营安居。然后他继续南下，历呵多国、犍陀卫国、竺刹尸罗国，到达弗楼沙国（以上为北天竺、西天竺诸国）。其间，僧景、宝云随慧达回国，慧应在此病故。法显独自前往那竭国，与慧景、道整会合。东晋义熙元年（405），法显回到巴连弗邑（古印度摩揭陀国孔雀王朝的都城），广为搜求经律。

东晋义熙四年（408），法显到达古印度东部的印多摩利帝国，停留两年之后，法显前往狮子国（今斯里兰卡）。在狮子国停留两年，得到《弥沙塞律》《长阿含经》《杂阿含经》《杂藏》等梵本各一部。

归航涉波涛，建康译经书

东晋义熙七年（411）八月，法显搭乘载有200余人的商船泛海东行归国，遇风漂泊90多天至耶婆提国（位于今印度尼西亚爪哇岛），在此住了5个月。东晋安帝义熙八年（412）四月十六日，法显又登上了另外一条商船，这条船上也有200多人，携带了50多天的口粮，航向广州。航行月余，又遇暴风，商贾们聚在一起议论说："就是因为搭载了这个沙门（指法显和尚），才使我们航行不利，遭受了这样大的磨难。现在就应该将他赶下船去，留在海岛上。"法显的一个施主挺身而出，对那几个商贾说："如果你们想让这位比丘（法显）下船，就把我也赶下去！要不就把我杀掉，不然等我到了汉地（指中国汉族地区），一定会向皇帝禀告你们做过的事，汉地的皇帝也是崇信佛法敬重比丘僧的。"因为这位施主的强硬态度，法显才没有被抛弃。大船在海上一直漂流了70多天。粮食和淡水都要用完了，就将咸涩的海水舀出来煮饭。每人大概分了两升淡水，分到的淡水也快用完了。又昼夜航行了12天，终于到达了青州长广郡劳山（今山东青岛崂山）。

青州长广郡太守李嶷是个敬信佛法的人，当他听到有一位沙门奉持经像，由天竺乘船漂洋过海来到这里时，当即就带领人随着报信的人来到了海边，迎接经像，并将法显迎接到了长广郡的郡治，而商人们则调船南下，前往扬州（州治位于东晋都城建康即今南京）。时为东晋义熙八年（412）七月十四日。法显62岁出游，历经14年，前后共走了30余国，回到国内时已经76岁了。法显跋山涉水，经历了人们难以想象的艰辛。正如他后来所说的："顾寻所经，不觉心动汗流。"

东晋义熙九年(413),法显经彭城(今江苏徐州)、京口(今江苏镇江),来到当时东晋首都建康，在道场寺（又称斗场寺，位于中华门外，始建于东晋太宁元年，由司空谢石所建，故又称谢司空寺、谢寺）与佛陀跋陀罗（来自天竺东部）、宝云等译出经律6部、24卷百余万字。他翻译的大众律，为五大佛教戒律之一，对后来的中国佛教界产生了深远的影响。东晋义熙十二年（416），法显还将自己西行取经的见闻写成了一部不朽的世界名著——《佛国记》。《佛国记》对信风和航船的详细描述和系统记载，成为中国最早的记录。19世纪时，法、英等国先后出版了《佛国记》译本。法显在道场寺住了5年后，又来到荆州(今湖北江陵)辛寺。东晋元熙二年（420），法显卒，时年83岁。

（载于《金陵晚报》2023年2月1日，发表时有删节）

太平南路382号原是南京浙江庆和昌记支店旧址

20世纪60年代初至70年代末，笔者曾在太平南路382号居住近20年，后来才知道，这座3层楼房原来是民国建筑——南京浙江庆和昌记银楼，现为江苏省不可移动文物。

太平南路，充满故事

太平南路位于南京市秦淮区（原白下区、秦淮区合并），北起中山东路（大行宫路口），南至建康路（正对夫子庙前沿、南京邮电局旧址），全长约2000米。《南京地名大全》记载："该路（太平南路）明代已形成，为一条繁华的商业街道。由原名吉祥街、花牌楼、太平街、门帘桥等4条街组成。"其中花牌楼（原为雍睦里），源于明朝初年，常遇春在此建府宅，府前的牌楼富丽堂皇，常府街、花牌楼因此得名。民国时，由于地处都城中心，沿街门面房有900余间，聚集了多座银行、商户、书局、酒楼，还有圣保罗堂、清真寺等，包括浙江庆和昌记支店旧址，是南京最繁华的商业街区之一，故有"黄金街"之称。1931年，白下路至建康路段扩建为朱雀路，白下路至中山东路段改建，称太平路。1959年，太平路、朱雀路合并，与太平北路相对应，更名为太平南路。可以说太平南路上的每一幢老建筑、每一家老商铺，都有一段值得讲述的历史故事。

民国建筑，昌记银楼

有关资料记载，庆和昌记支店，源于南京浙江庆和昌记银楼，在明清时期属于浙江宁波商帮。早在1897年前，庆和银楼主要开设于南京花市街（今三山街至长乐路一带。清代，这里绒花作坊店铺林立，故称"花市街"），后随商圈的变动在太平路开设支店，并于1911年开业，当时南京庆和昌记银楼的总经理是陆焕章。经过多年的发展，庆和昌记位列南京浙帮银楼“四大家”之一，另外三家分别是宝庆、宝兴和庆华。

浙江庆和昌记支店旧址，位于娃娃桥（今马府西街）和太平南路的交汇处，即今太平南路 382 号，俗称银楼。银楼建于民国时期，为一座西式现代派造型的 3 层楼房，坐西朝东，长 17 米，宽 9 米，高 14 米，总建筑面积 450 平方米。钢混结构，平瓦屋面，属于典型的民国风格的商贸建筑。临街外立面为黄色耐火砖贴面，二楼窗下用蓝、白、红 3 色马赛克组成半圆与扇形图案，三楼窗两边组成的是 4 个扇形竖排图案，再上以蓝、白两色马赛克自右向左拼成“浙江慶和昌記支店”8 个繁体字，其中“昌記”两字竖排，置于“慶和”两字的中间。虽然民国时期太平路（今太平南路）商铺林立，极为繁华，但保留下来的商铺建筑所剩无几，这是仅存的一座。在这座银楼朝南的墙体上，还保留有广告，上面是黄底，用黑墨汁写着“中华路分此”等字，下面是一个蓝框，字迹模糊。

一号一楼，十三住户

20 世纪 50 年代末，我家入住这座银楼时的门牌号就是太平南路 382 号，一个门牌一座楼，一共有 13 户人家。当时没人知道，这里曾经是南京浙江庆和昌记支店。银楼正对太平南路，南侧有一家叫老万金的商铺（售卖炒货、酱油、盐等），北侧不远处有一个文化馆，门前有一玻璃橱窗的报栏。银楼大门前有 3 级马赛克铺的台阶，两扇对开的木框大门镶着两块巨大的玻璃，配有一对铜质的门把手。一楼高 6 米，无间隔，楼梯置于楼的最后面。一楼、二楼、三楼均用板壁隔成数个房间，供人们居住。进入大门，有一个向西的走道，走道左侧有两家，在顾先生的家里有一个地下室，当时用铁板封住。听说有好几米深，没有人下去过，当年是存放现金还是存放黄金的，没有人知道。走道尽头是银楼的后门。楼内左侧紧贴着墙壁，有一条通向二楼的木楼梯，楼梯不宽，比较陡，不拐弯。上得二楼，有一不宽的平台，左侧是二楼的住户。正前方是通向三楼的楼梯。整个银楼，除一楼是马赛克铺地外，二楼、三楼全是地板铺地。

在后门外，有一个封闭的小院，最西边是一道围墙，围墙外是红旗纸盒厂（后改为红旗无线电厂）。院内有男女两间厕所，厕所边还有化粪池。整个银楼内没有厕所，如厕必须到楼下的后院。厕所旁边，有住户李先生种的几棵桃树和十几盆花，还养了一大缸金鱼。院子中央有一口早已废弃的水井，只剩一个井栏。小院内原先没有住房与老万金店后场相通。后来在这个部位，建了两间简易平房，先后搬来两家，据说都是苏北南下的老干部。

邻里和睦，互帮互助

当时，银楼内的13户人家（不含后院的两家），一楼4户，二楼4户，三楼5户。我们家是二楼的4户之一，位于银楼的南侧，从东到西有两个房间（后隔成三间），迎街有两扇东窗，南面有一扇窗。房门前有一块空地，西南侧是上3楼的楼梯拐角，我家把它当厨房使用，这里也有一南窗。一楼靠后门口有一水池，供一楼的4户人家洗菜、洗涤使用。2楼西北角有一个用水泥砌成的洗涮池，3楼没有洗涮池，他们淘米洗菜、洗涮洗涤必须到2楼的水池来，因此他们经常要用脸盆端水，或者用水桶拎水上楼使用，好在3楼楼梯口有一南窗，装了一个倒废水的白铁漏斗，由3楼的5户人家共同使用。

当时，楼内水、电都是总表，13户人家每月轮流挨家挨户抄水、电表，并收水、电费，统一交给有关部门。总电闸在一楼，一旦跳闸，各家都会主动去更换保险丝，而且从不计较。当时我父亲是楼长，遇到问题及时召集各家开会协商，妥善解决。为了楼内的安全，13户人家轮流值日，每晚10点准时用铁链条锁一楼大门。偶尔有人没带钥匙夜间喊门，楼下的住户听到后会主动出来帮忙开门。记得当年，大门口就是1路公共汽车（通宵的）停靠站，白天黑夜都非常吵闹。我们住户集体向公交部门反映，最终公交部门将车站向南迁移了几十米。我家居住的近20年间，楼内从未发生过被盗事件，邻里之间也从未有过纠纷，13户人家至少六七十人都能和睦相处，其乐融融。

后来，为打造民国风貌特色商业街区，太平南路拆迁，382号的住户全部搬走了。在民国建筑保护者和文物保护工作者的共同努力下，这座银楼保留了下来。笔者相信，这幢百岁老楼将继续见证这座城市的发展和繁荣。

（载于《金陵晚报》2023年2月27日，发表时有删节）

东晋奇人葛洪对诸多疾病症状记载世界最早

葛洪（283—363），字稚川，自号抱朴子，丹阳郡句容（今江苏句容）人，东晋科学家、著名炼丹家和医药学家、道教理论家，世称小仙翁。他一生著述颇丰，《抱朴子》是其代表作。此外，他在《肘后备急方》书中所记载描述的疾病症状，诸多堪称世界最早，该书是一部研究中国医药学史的珍贵医学文献。2023年是葛洪诞辰1740周年，特作此文以示祭奠。

卖薪买纸，燃火披览

晋武帝太康四年（283），葛洪生于丹阳郡句容的一个世家望族。其祖父葛系，曾在三国孙吴担任过大鸿胪（九卿之一）。父亲葛悌，孙吴被灭后入仕晋，任过邵陵太守。葛洪从小就刻苦好学，13岁时丧父，家境渐贫，请不起仆人，家里的篱笆坏得不像样也不修理，常常需要拨开杂乱的草木出门，又推开杂草进屋。“屡遭火，典籍尽，乃负笈徒步，不远千里，借书抄写，卖薪买纸，然火披览。”（明·李贽《初潭集》）意思是：“家中数次失火，收藏的典籍都被焚毁了，他就背起书篓步行，到别人家抄书，他卖木柴买纸，借火光读书。”于是以精通儒学而知名于世。他性格清淡寡欲，没有特别的嗜好，不懂得下棋掷骰等游戏方法。葛洪为人朴实而不善辞令，不贪图虚名浮利，闭门自扫门庭，不与人交往。

寻书问义，师从郑隐

葛洪曾经在余杭山（今江苏南部太湖附近）见到何幼道（晋穆帝司马聃皇后何法倪之父）和郭文举（东晋隐士），互相对视了一阵，双方没有说一句话。而他有时为了寻书问义，不远千里崎岖跋涉，期望求得真知，又博览典籍，尤其喜好神仙的道养之法。葛洪的堂祖父葛玄（164—244），字孝先，是三国时期著名高道，道教灵宝派祖师。相传他曾在江西阁皂山修道，常辟谷服食，擅符咒诸法，奇术甚多。后世道教尊称葛玄为“葛仙公”，又称“太极左仙公”，他把炼丹秘术传授给弟子郑隐（字思远）。葛洪16岁时，师从郑隐，掌握了炼丹之术。后来又师从南海太守上党（今山西长治）人鲍玄。鲍玄也熟悉道养之学、占卜未来之事，见到葛洪后十分器重，把女儿嫁给葛洪。葛洪继承了鲍玄之业，又博习医术，他撰写的文章，都仔细核对是非，文章才华横溢。

平定石蛮，不求功赏

西晋太安二年（303），石冰（蛮族叛军将领）作乱，当时的吴兴太守顾祕任义军都督，与周玘等人起兵讨伐石冰。西晋永兴元年（304），顾祕传檄书征召21岁的葛洪任将兵都尉（多为战时临时设置），攻击石冰别部。葛洪击败了乱军，升为伏波将军。石冰之乱被平定后，葛洪不顾功赏之事，直接到了洛阳，希望搜求奇书以使自己学识广博。葛洪见当时天下已乱，想躲避到南方去，于是担任了广州刺史稽含（“竹林七贤”之一嵇康兄长嵇喜之孙）的参军（军事参谋）。第二年稽含遇害后，葛洪又在南方停留多年，来自军事将领的征召檄命他都一概不接受。建兴二年（314），31岁的葛洪返回家乡，隐居深山继续从事《抱朴子》的创作。

坚辞官职，炼丹著书

东晋元帝（司马睿）担任西晋朝廷丞相时，任葛洪为掾属。因平定贼兵之功，赐爵号关内侯（有封号，无封国），食句容二百邑。晋成帝司马衍咸和初年（326），东晋朝廷司徒王导召葛洪补任州主簿，转任司徒掾，升任咨议参军。干宝（《搜神记》的作者）与葛洪关系十分亲密友好，推荐称葛洪才能胜任国史史官，葛洪被选作散骑常侍（皇帝左右的近臣），兼任大著作（专掌文史之任），葛洪坚决推辞不就任。因年事已高，想炼丹以求得长寿。咸和二年（327），44岁的葛洪听说交址（今越南北部红河流域）出丹，请求担任勾漏（今广西北流县）令。皇帝司马衍因他资历高，没有答应他的请求。葛洪说：“我不是想得到富贵，因为那里有丹而已。”最后皇帝同意了他的请求。葛洪于是带着儿子侄儿一起上路。到了广州后，刺史邓岳挽留他们不让离开，葛洪便留居罗浮山炼丹。邓岳上表以葛洪补任东官太守，葛洪又推辞不接受。葛洪在罗浮山多年，悠闲静养，勤奋著书。葛洪自称“抱朴子”，因而以《抱朴子》为书名。其余所著之书有碑记诔文诗赋百卷，移檄章表三十卷，神仙、良吏、隐逸、集异等传各十卷，又抄写“五经”、《史记》、《汉书》、百家之言、方技杂事三百一十卷，《金匮药方》一百卷，《肘后备急方》四卷。

逝如安睡，升仙而去

葛洪的见闻精深广博，江东无人可比。著述的篇章，超过班固和马融（东汉儒家学者，著名经学家）。而思辨玄奥，析理精微。东晋兴宁元年（363）的一天，葛洪忽然写信给广州刺史邓岳，说：“我想远行寻师，定期即行。”邓岳收到书柬，慌慌张张地赶去道别。而葛洪端坐到正午时分，突然如安睡般死去，邓岳赶到时，已未及一见。“视其颜色如生，体亦柔软，举尸入棺，甚轻，如空衣，世以为尸解得仙云。”（唐·房玄龄等《晋书·卷七十二·列传第四十二》）意思是：“看他面色如同在世之人，身体也柔软，抬起尸体殓入棺内时，尸体很轻，如同空有其表，世人认为他徒留其形骸而升仙去了。”

诸多首创，贡献卓越

在葛洪诸多著作中，《抱朴子》是其代表作，涉及内容非常丰富，涵盖了宗教、哲学、政治、伦理、教育等方面的内容，还有大量的化学、易学、科学实践记录等自然科技知识方面的内容。《肘后备急方》，简称《肘后方》，被称为中国第一部临床急救手册。书中收集了大量救急用的方子，都是葛洪在行医、游历的过程中收集和筛选出来的。书中第一次对“肺结核病”进行记载，这是中国历史上对结核病的最早记载，比国外早了1000余年。还有诸多第一或首创：对“天花”症状进行描述，比阿拉伯医师雷撒斯的记载早了500多年；对“恙虫病”的记载，比美国医生帕姆的记载早了1500多年；对“狂犬病”的治疗，首创了“以毒攻毒”的方法，并第一次运用了免疫学的方法。此外，书中对急性黄疸型肝炎、急性淋巴管炎、急性淋巴结炎、急性乳腺炎等的病因、症状、治疗的记载等，都是医书最早的。

《肘后备急方·卷之三》记载：“治寒热诸疟方第十六治疟病方。鼠妇，豆豉二七枚，合捣令相和。未发时服二丸，欲发时服一丸。又方，青蒿一握，以水二升渍，绞取汁，尽服之。”其中在“又方”中描述了用“青蒿”治疟疾的方法。2015年10月，我国药学家屠呦呦因创制新型抗疟药——青蒿素和双氢青蒿素的贡献，与另外两位科学家获2015年度诺贝尔生理学或医学奖。

（载于《金陵晚报》2023年4月6日，发表时有删节）

南京五老村是我国爱国卫生运动的发源地之一

1952年12月31日，中华人民共和国中央人民政府政务院发出《关于1953年开展爱国卫生运动的指示》，至今已有71个年头。71年来，爱国卫生运动蓬勃发展，取得了显著成效。值此，我们不能忘记爱国卫生运动的发源地之一、曾荣获爱国卫生运动模范单位称号和拥有毛泽东主席亲笔题词锦旗的五老村，这既是五老村的光荣，也是南京市的骄傲，更是全省爱国卫生运动的一面旗帜。“五老精神”永远值得我们敬仰和学习。

从远近闻名的“苦恼村”到全国首个“四无”地区

五老村，位于秦淮区（原白下区）五老村街道。“1934年成村，因住户最早住在五老桥（街）中段，后聚此成村，以桥名的‘五老’二字得村名。”（《南京地名大全》2012年版）那时，有一条建于清光绪三十三年（1907）的“小铁路”穿村而过。这是中国最早兴建的铁路之一，初名“宁省铁路”，后改为“江宁铁路”“京市铁路”，铁路线经过五老桥、五老桥东、五老村、大杨村、小杨村、常府街、细柳巷等。铁路沿线卫生状况很差，而且棚户连着棚户，小火车经过时煤烟一熏四周黑乎乎的一片。五老村还有一块“白菜园”，分东白菜园和西白菜园，中间有宰牛场，是典型的“脏乱差”地区。当时流传着这样的民谣：“住的是破草棚，吃的是烂菜根，屋前垃圾堆，屋后臭水坑。”居民的生活环境十分恶劣。在五老村1200平方丈（约1.33平方千米）的地域内，有四分之三是纵横交错的臭水沟和污水塘，四周垃圾成山，蝇虫肆虐。所以，五老村是远近闻名的“苦恼村”。

中华人民共和国成立后，在全国普遍开展了群众性卫生运动。1952年春天，中央发出“动员起来，讲究卫生，减少疾病，提高健康水平，粉碎敌人的细菌战争”的号召，推动了群众性卫生防疫运动的深入开展。人民群众把这项伟大的运动称为“爱国卫生运动”，党中央肯定了这个名称。

1952 年 3 月 19 日，中央防疫委员会向各省、市、自治区发布反细菌战的指示，要求各地做好灭蝇、灭蚊、灭蚤、灭鼠以及杀灭其他病媒昆虫的工作。为了改变五老村不堪的卫生状况，当时的居民委员会主任王曙初等人先后发动十多万人次，连续奋战一百天。五老村村史记载：“不到 5 个月，全村填平了大小五十几个臭水沟，运走上千吨垃圾，修起了 6 条大道、11 条小道、3000 米以上的下水道，种植了 5000 棵花草树木，修建了公共厕所。”这些举措使“苦恼村”变成了全国首个“四无”（无蝇、无蚊、无蚤、无鼠）地区。此外，人民政府还为村民安装电灯，建自来水站，村民喝上了洁净的饮用水，黑夜有了光明，疾病减少了，健康状况改善了。

从特等卫生模范村到全国甲等卫生模范单位称号

1952 年 10 月，中共南京市委、市人民政府给予五老村“南京市特等卫生模范”的光荣称号。12 月，南京市被评为“全国乙等卫生模范城市（大城市中无甲等模范市）”。同时，白下区（现并入秦淮区）五老村被评为“全国甲等卫生模范单位”称号。《人民日报》报道了五老村翻天覆地的变化，政务院卫生部奖励给五老村 1000 万元（旧币，折合新币 1000 元）。毛泽东主席在北京亲切接见五老村居民委员会主任王曙初，鼓励五老村居民“大干一场，用勤劳双手创造幸福生活”。卫生部还颁授了一面由毛主席亲笔题词的锦旗（现珍藏于五老村爱国卫生运动纪念馆内），上面写着：“奖给爱国卫生运动模范南京市五老村。”毛主席在锦旗上的题词是：“动员起来，讲究卫生，减少疾病，提高健康水平，粉碎敌人的细菌战争。”锦旗上的落款是：第二届全国卫生会议。1956年，五老村成为南京第一个消灭“四害”的先进单位。1958年，五老村继续推进爱国卫生运动，改造家园和环境。之后，村民在村口竖了一块“欢乐村”的牌子。同年，全省卫生先进代表大会代表参观五老村。1960年12月22日，国务院总理周恩来、副总理陈毅陪同西哈努克亲王来南京参观，特地去了五老村。周恩来总理对“人人参与、人人动手、讲究卫生、美化环境”的“五老精神”给予高度赞扬。此后，五老村陆续接待了100多个国家和地区的外宾。1988年，全国爱卫会第八次委员会扩大会议提出，每年4月为爱国卫生月。1989年，五老村再度被评为“全国卫生先进单位”。从这年起，在开展群众性爱国卫生活动的同时，建立爱国卫生月制度。自2008年起，每年都确定全国爱国卫生月主题，当年的主题是“清洁家园，健康奥运”。

从弘扬“五老精神”到兴建爱国卫生运动纪念馆

南京市五老村是全国爱国卫生运动的发源地之一，在全省乃至全国爱国卫生运动历史上，是一个重要典范和闪光点。为弘扬爱国卫生优良传统，宣传爱国卫生运动历史背景、发展历程及社会成效，纪念五老村在爱国卫生运动中的辉煌历史，2016年，五老村街道开始筹建“五老村爱国卫生运动纪念馆”。2018年12月22日，江苏省第一座爱国卫生运动纪念馆——“五老村爱国卫生运动纪念馆”，历时2年顺利建成正式开馆。五老村爱国卫生纪念馆坐落于秦淮区三条巷25号，是一栋占地288平方米的两层小楼。纪念馆门前东侧有一座雕塑《周总理来到我们身边》，再现当时周总理视察五老村的场景。

纪念馆设有纪念展陈和文化交流两个功能区，全年免费对市民开放。纪念展陈设有5个展区，分别展示忆往昔看今朝、历史回眸艰难岁月、点滴往事重拾记忆、不忘初心薪火相承、高歌猛进共谱新篇，以丰富翔实的历史图文和物品，讲述着生动的爱国卫生运动故事。纪念馆内还珍藏着一块珍贵的奖牌，这是 2017 年世界卫生组织授予中华人民共和国政府的奖牌，表彰中国在 65 年前开始实施全国爱国卫生运动，为世界卫生健康工作作出的突出贡献。目前奖牌珍藏于纪念馆中。

目前，“五老精神”已传承 70 余载，早已成为秦淮人乃至南京人争先进位，开创人民生活“美好新时代”的精神坐标。

（载于《金陵晚报》2023 年 4 月 25 日，发表时有删节）

六朝达人的智辩与幽默

均建都于金陵的六朝，上承秦汉下启隋唐，创造了灿烂辉煌的六朝文化，涌现出诸多文学巨匠，也造就了一批能言善辩、富有幽默感的达人，本篇撷取部分精彩片段与大家共享。这些片段有的读来令人叫绝，有的读来令人回味，有的读来仿佛至今还在身边重演。

有白头翁，无白头婆

张昭（156—236），字子布。徐州彭城（今江苏徐州）人。三国时孙吴重臣，先后封拳侯、娄侯。诸葛恪（203—253），字元逊，琅琊郡阳都县（今山东沂南县）人，三国时孙吴名将、重臣。一天，有一群白头鸟聚集在宫殿前，孙权问道："这是什么鸟呢？"诸葛恪答道："这是白头翁。"张昭认为自己是座中年龄最长者，怀疑诸葛恪利用白头鸟来戏弄他，于是说："诸葛恪欺骗陛下，未曾听过有鸟名叫白头翁的，试一试让诸葛恪再找出一只白头婆来。"诸葛恪说："鸟名鹦母，未必有对，试使辅吴复求鹦父。"（刘宋·裴松之注《三国志·卷六十四·吴书十九》）意思是："鸟名鹦母，不一定就有与它名字配对的，试一试让辅吴将军张昭再找出一只鹦父鸟来。"张昭不能回答，在座的人都欢声大笑。

鸡蛋马粪，同一出处

孙权的太子孙登曾经嘲弄大臣诸葛恪说："诸葛元逊应该吃马屎。"诸葛恪说："希望太子吃鸡蛋。"孙权说："人令卿食马矢，卿使人食鸡卵何也？"（刘宋·裴松之注《三国志·卷六十四·吴书十九》）意思是："别人让你吃马屎，你却让人吃鸡蛋。这是为什么呢？"诸葛恪说：

“因为马屎和鸡蛋是从同样的地方出来的。”孙权大笑起来。

不言马驴，而言驴马

王导（276—339），字茂弘，小字赤龙，琅琊郡临沂县（今山东临沂）人，东晋开国元勋，政治家、书法家。诸葛恢（284—345），字道明，琅琊郡阳都县（今山东沂南县）人，东晋重臣、名士。王导曾经和诸葛恢戏论族姓的高低，王导说：“人们都说王、葛，而不说葛、王。”诸葛恢说：“不言马驴，而言驴马，岂驴胜马邪？”（唐·房玄龄等《晋书·卷七十七·列传第四十七》）意思是：“人们不说马驴，而说驴马，难道驴比马强吗？”

官本臭腐，钱本粪土

殷浩（303—356），字深源，陈郡长平县（今河南西华县）人，东晋大臣、清谈家，尤其精通玄理，因此被风流辩士们所推崇。有人曾问中军将军殷浩说：“将要当官却梦见了棺材，将要得到钱财却梦见了粪土，这是为什么？”殷浩说：“官本臭腐，故将得官而梦尸。钱本粪土，故将得钱而梦秽。”（唐·房玄龄等《晋书·卷七十七·列传第四十七》）意思是：“官爵本来就是腐臭的东西，所以将要当官就梦见棺材、尸体；钱财本来就是粪土，所以将要得到钱财就梦见污秽的东西。”当时的人都将此作为至理名言。

王衍身边，无君辈客

王濛、刘惔、蔡谟三人都是东晋名士、大臣。王濛和刘惔很轻视蔡谟，他们曾去看望蔡谟，谈了很久，竟问蔡谟说：“您自己说说您比王衍（西晋大臣、著名清谈家）怎么样？”蔡谟回答说：“我不如王衍。”王濛和刘惔相视而笑，又问：“您什么地方不如？”蔡谟回答说：“夷甫无君辈客。”（刘宋·刘义庆《世说新语·排调第二十五》）意思是：“王衍（字夷甫）没有你们这样的客人。”

《尔雅》不熟，《劝学》害人

东晋时，蔡谟避乱渡江后见到蟛蜞（蟛蜞与螃蟹类似，不能直接食用），很高兴地背诵《孟子·劝学》：“蟹有八足，加以二螯。”（刘宋·刘义庆《世说新语·纰漏第三十四》）意思是：“螃蟹有八只脚，加上两个夹钳。”于是叫人煮来吃。吃完以后，上吐下泻，精神疲困，才知道这不是螃蟹。后来他向谢尚（谢安堂兄）说起这件事，谢尚说：“卿读《尔雅》不熟，几为《劝学》死！”（唐·房玄龄等《晋书·卷七十七·列传第四十七》）意思是：“你呀！《尔雅》读得不熟，几乎被《劝学》害死。”

糠秕在前，沙砾在后

王坦之（330—375），字文度，太原晋阳（今山西太原）人，东晋名臣、书法家。范启，字荣期，南阳郡顺阳（今河南内乡县）人，东晋大臣。一次，王坦之和范启一起受到皇帝司马昱（简文帝）的邀请。到了皇帝那里，将要进去的时候，两人相互谦让，范启年纪大而官职低，王坦之年纪小而官职高，都要求对方走在前面。王坦之终于走在范启的后面。王坦之于是说：“‘簸之扬之，糠秕在前。’范曰：‘洮之汰之，沙砾在后。’”（刘宋·刘义庆《世说新语·排调第二十五》）意思是：“‘簸米扬米，秕子和糠在前面。’范启说：‘淘米洗米，沙子和石子在后面。’”

平庸浅薄，遭人戏谑

刘韫（？—478），字彦文，彭城（今江苏徐州）绥舆里人，刘宋宗室大臣。他为人平庸浅薄，偏偏受到皇帝刘彧（宋明帝）的宠信。在湘州和雍州的时候，刘韫令善于绘画的人描绘他外出巡行的旌旗仪仗等，常常自己翻阅赏玩。他曾经拿幅图给征西将军蔡兴中看，蔡兴中故意戏谑他，假装看不懂图画似的，指着刘韫的画像问他说：“此何人而在舆？”（唐·李延寿《南史·卷十三·列传第三》）意思是：“这是什么人也坐在车上？”刘韫说：“正是我。”刘韫的平庸浅陋就是如此。

臣中第一，帝中第一

南朝萧齐开国皇帝萧道成一向精于书法，并且十分喜好、兴趣不减。他和大臣、书法家王僧虔（东晋丞相王导后裔）比赛书法之后，问王僧虔说："谁为第一？"王僧虔回答说："臣书第一，陛下亦第一。"（萧梁·萧子显《南齐书·卷三十三·列传第十四》）意思是："臣书臣中第一，陛下书帝中第一。"皇帝笑着说："你真可以说是善于为自己谋划。"

只谈风月，勿涉公事

南朝萧梁天监六年（507），徐勉被任命为吏部尚书。徐勉选拔官员，井然有序，既熟悉信件，又擅长辞令，虽然文案堆积，坐客满屋，应对如流水，手中还不停笔。又贯通百家姓氏，都能为之避用名讳。一次，他与门人夜晚集会，有一个叫虞暠的宾客谋求詹事五官（掌皇后、太子家中之事），徐勉严肃地说："今夕止可谈风月，不宜及公事。"（唐·姚思廉《梁书·卷二十五·列传第十九》）意思是："今晚只可谈论清风明月，不应涉及公事。"

文字不辨，岂得非愚

虞寄（510—579），字次安，号东山居士，会稽余姚（今浙江余姚）人，南朝陈代大臣，官至国子博士、太中大夫。虞寄年少就聪明敏睿，刚刚几岁时，有客人登门来探访他的父亲虞检，在门口遇见虞寄，于是嘲弄虞寄说："郎君姓虞（谐音'愚'），一定没有智慧。"虞寄随声答道："文字不辨，岂得非愚？"（唐·姚思廉《陈书·卷十九·列传第十三》）意思是："你连文字都分辨不清，难道不是愚蠢？"客人非常惭愧。进门对其父虞检说："这个孩子不是平常人，孔文举（孔融）当年的对答也不超过这个呀！"

（载于《金陵晚报》2023年6月6日，发表时有删节）

东吴末帝孙皓亡国前后的穷奢极侈与小黠大痴

孙皓（243—284），字元宗，幼名彭祖，又字皓宗，吴郡富春县（今浙江杭州富阳区）人。吴大帝孙权之孙，废太子孙和之子，三国东吴末代君主。东吴永安七年、元兴元年（264）八月初三，孙皓继皇帝位，是为东吴末帝。天纪四年（280），孙皓投降西晋，被封为归命侯。西晋太康五年（284），一说太康四年（283），孙皓在洛阳去世。

轻信王气竟迁都，陆凯上疏又返回

东吴永安七年（264）八月初三，孙皓被拥立为帝（史称东吴后主），时年23岁。孙皓即位后，大赦天下，改元元兴。第二年，即西晋泰始元年（265）十二月十六日，不到30岁的晋王司马炎接受曹魏“禅让”，在洛阳登上皇帝之位，建立西晋王朝。司马炎登基后不久，就开始筹划剿灭孙吴，在政治、经济和军事上作了一系列的准备。

东吴元兴二年，即东吴甘露元年、西晋泰始元年（265），“初，望气者云荆州有王气，破扬州而建业宫不利。故皓徙武昌。”（东晋·习凿齿《汉晋春秋·卷三》）意思是：“当初，有望气的人说荆州有王气，会对建业宫不利，所以孙皓迁都武昌（今湖北鄂州）。”

东吴甘露二年，即西晋泰始二年（266）八月，东吴改年号为宝鼎。孙皓居住在武昌，扬州（今苏浙沪赣江南地区，治所遗址位于今南京）的百姓逆流而上提供物资，异常劳苦。再加上孙皓奢侈无度，使得国家和人民都穷困匮乏。左丞相陆凯上疏说：“如今四周边境都没有战事，应当致力于休养民力，积蓄财富，然而却愈发穷奢极欲；还没有发生灾难而百姓的精力已尽，还没有什么作为而国库的资财已经空虚，我私下为此感到忧虑。从前汉室衰微，三家鼎立，如今曹、刘失道，都被晋所占有，这是近在眼前的、十分明显的证据。我蠢笨无知，只是为陛下珍惜国家而已。武昌地势高险，土质薄，多山石，并非帝王建都的地方，况且童谣说：‘宁饮建业水，不食武昌鱼；宁还建业死，不在武昌居。’由此看来，是可以证明人心与天意了……”十二月，孙皓又将国都迁回离开一年多的建业，又派滕皇后的父亲、卫将军、录尚书事滕牧留下来镇守武昌。

穷奢极侈建新宫，金殿玉楼醉生死

东吴宝鼎二年，即西晋泰始三年（267）六月，孙皓开始建造昭明宫，又称显明宫。显明宫遗址大约在今南京成贤街、四牌楼一带。孙皓下令，俸禄二千石以下的官吏，都亲自进山督促伐木。中书丞华覈（hé）上疏说："现在事情很多而劳役繁杂，百姓贫苦而民俗奢侈，各种工匠制作无用的器物，妇女的打扮华丽浮艳，互相仿效，以唯独没有自己为耻。兵士、平民之家，也在追逐流俗，家里没有一锅米、一石粮的储备，出门却穿着丝织的鲜丽服装；上没有尊卑等级的差别，下却有耗财费力的损耗，想得到富裕丰足，岂能实现？”这些话孙皓一概听不进去。

孙皓兴建的显明宫周长为500丈，每座殿堂都装饰金玉，雕梁画栋，墙壁上绘有以神仙和云气为内容的大幅壁画。孙皓还下令在显明宫后面开凿一条“城北渠”（大约在今北珍珠河、浮桥一带），引后湖（即今玄武湖）的水，环绕朝堂、宫殿。孙皓移居显明宫后，整天在绿水红花间流连忘返，居住在金殿玉楼上醉生梦死。

终遭西晋来征讨，面缚舆榇去投降

东吴天纪二年，即西晋咸宁四年（278）六月，西晋大臣羊祜因病请求入朝见皇帝司马炎。羊祜说：“孙皓凶暴残酷已经到了极点，如果现在行动，可以不战而胜。假如孙皓不幸死去，吴国再立一个贤明的君主，那么我们虽然有百万之众，长江也不是我们可以窥伺的了，这样就将成为后患！”司马炎听从了羊祜的建议。第二年十一月，西晋20万大军分六路讨伐东吴。

西晋太康元年（280）二月初一，西晋龙骧将军王濬、巴东监军唐彬打败了东吴的丹阳监盛纪。吴军在江边浅滩上的要害区域，都用铁锁链拦住，还打造了一丈多长的大铁锥，暗中放进江里，用以阻挡西晋战船。王濬造了几十个大木筏，每一个木筏，长、宽都有一百余步。王濬让人扎了许多草人，草人披铠甲、拿兵器，放在大木筏上，让水性好的人与木筏走在前面，遇到铁锥，铁锥就扎到木筏上，被木筏带走。王濬又造了许多大火把，火把长十几丈，有几十围粗，用麻油浇在火把上，把火把放在船的前面，遇到铁锁链就点燃火把，一会儿铁锁链就被火把烧得熔化而断开，于是战船无所阻挡。

三月十五日，龙骧将军王濬的舟师经过三山（三山矶，今南京西南长江南岸）直逼建业（今南京），八万士兵乘着相连百里的战船，擂鼓呐喊进入石头城（遗址位于今南京鼓楼区石头城景区）。“孙皓大惧，面缚舆榇，降于军门。”（唐·房玄龄等《晋书·卷三·帝纪第三》）意思是：“孙皓极为恐惧，反剪双手载棺而随，在王濬军营门前向晋军投降。”至此，孙吴政权灭亡。

“君臣”互怼不相让，小黠大痴了终生

西晋太康元年四月二十八日，皇帝司马炎下诏，赐孙皓为归命侯，即顺应天命归顺投降的亡国之君。五月初一，孙皓一行来到洛阳。初四，司马炎派人把归命侯孙皓带来相见。孙皓登上大殿向皇帝司马炎叩头。司马炎对孙皓说：“朕设了这个座位（指臣子或囚犯的座位）等待你已经有很久了。”孙皓说：“我在南方，也设了这个座位以等待陛下。”

有一次，皇帝司马炎与本朝侍中兼驸马王济下棋，让孙皓在一旁观看。司马炎问孙皓：“‘为什么要剥人面皮呢？’孙皓说：‘我见到对君主无礼的人就剥了他。’”此时，孙皓看见王济与皇帝下棋，坐姿不

够端正，还将脚伸到棋盘下面，甚为无礼，于是讥讽王济。司马炎曾问东吴散骑常侍薛莹，孙皓为什么会亡国。薛莹回答说：“孙皓亲近小人，任意地施行刑罚，大臣和将领人人不能自保，这就是孙皓亡国的原因。”

一日，皇帝司马炎问孙皓：“听说南方人喜欢作《尔汝歌》，你会作吗？”当时孙皓正在饮酒，于是举杯向司马炎劝酒，并且作歌道：“昔与汝为邻，今与汝为臣。敬汝一杯酒，令汝寿万春！”司马炎为此很后悔。因为君臣之间是不能你我相称的。司马炎这一问，竟被孙皓连呼几个“汝”字，反倒自讨没趣。

西晋太康五年（284）十一月，“归命侯孙皓卒”，时年42岁，葬于河南洛阳邙山（今洛阳邙山凤凰台村）。376年后，唐显庆五年（660），扶余义慈（百济第三十一代王）被俘虏。《新唐书》记载：九月，扶余义慈王病死，朝廷追赠他为卫尉卿，允许旧臣前往祭悼，唐高宗李治下诏，将他葬在孙皓（归命侯）、陈叔宝（长城县公）墓东侧，授扶余隆（义慈王之子）为司稼卿（掌管耕稼农作的长官）。由此可知，孙皓、陈叔宝和扶余国王义慈三位降君俱葬一处。

（载于《金陵晚报》2023年6月15日，发表时有删节）

南京江南江北两个“桃叶渡”的来龙去脉

说到“桃叶渡”，但凡南京人都知道，在南京夫子庙的秦淮河上。如果说在江北也有一个“桃叶渡”，恐怕就很少有人知道了。要厘清江南江北两个桃叶渡的来龙去脉，就必须从南京的秦淮河和大江、小江说起。

南京素有大江小江之分

自古南京境内有“两江”，即大江和小江。大江毋庸置疑就是指长江，在南京段也称扬子江，“扬子”则是因在今江苏邗江县南扬子桥附近的古扬子津而得名。大江“西接江宁界，东接句容界，北接真州（今江苏仪征）六合县界，沿流一百二十里”（南宋·张敦颐《六朝事迹编类·卷之五》）。

小江是相对于大江而言的，这里指的是秦淮河。秦淮河古称龙藏浦，汉代起称淮水，唐以后改称秦淮。“秦始皇东巡会稽，经秣陵（今南京江宁区），因凿钟山（今紫金山），断金陵长陇以疏淮。”（南宋·张敦颐《六朝事迹编类·卷之五》）后人误认为秦淮河是秦始皇时所开，所以称为秦淮。其实，秦淮河有两个源头，一源发自华山（大华山），经句容西南流；一源发自庐山（今溧水东庐山），经溧水西北流，入江宁（今南京江宁区）界，二源合自方山埭（今南京江宁区西北村一带），西注大江。

裴松之《三国志注·卷五十三·吴书八》中记载，孙权对刘备说：“秣陵有小江百余里，可以安大船，吾方理水军，当移居之。”这里的“小江”就是指秦淮河。刘宋元嘉三十年（453）二月二十一日，太子刘劭发动叛乱弑杀了父亲宋文帝刘义隆，即“弑父”自立为帝。不久，刘骏（刘劭弟，刘义隆第三子）从江州（今江西九江）起兵，率军讨伐刘劭。五月四日，刘骏攻破建康（今南京），擒杀刘劭及二兄刘濬，即“弑兄”夺位。“时人为之语曰：‘遥望建康城，小江逆流萦。前见子杀父，后见弟杀兄。’”（北齐·魏收《魏书·卷九十七·列传第八十五·刘骏》）这里的“小江”也即指秦淮河。

秦淮河上“小江”桃叶渡名副其实

“小江”桃叶渡，原名南浦渡。这是秦淮河上一张瑰丽的名片，有极高的知名度和文化底蕴。南宋张敦颐《六朝事迹编类·卷之五》载：“《图经》云：（桃叶渡）在（江宁）县南一里秦淮口。桃叶者，晋王献之爱妾名也。其妹曰桃根。献之诗曰：‘桃叶复桃叶，渡江不用楫；但度无所苦，我自迎接汝。’”

王献之（344—386），字子敬，“书圣”王羲之第七子、简文帝司马昱女婿、晋安帝司马德宗的岳父。当初王献之共写了三首《桃叶歌》，其余二首是：“桃叶映红花，无风自婀娜。春花映何限，感郎独采我。”“桃叶复桃叶，桃树连桃根。相怜两乐事，独使我殷勤。”由于王献之常于秦淮河南浦渡迎送爱妾桃叶，并为她作《桃叶歌》，这无疑更加深了人们对王献之与桃叶爱情故事的发掘和探究，从此南浦渡名声大噪，不久就被“桃叶渡”所替代了。从六朝到明清，乃至今日，秦淮河桃叶渡一直是文人墨客到此一游、并吟诗作赋的主要打卡之地。

浦口东门“大江”桃叶渡确有其渡

“大江”桃叶渡，位于浦口明城墙东门（沧波门）外宣化山的东南面，这里有一座高约50米的小山。传说晋元帝司马睿时，山上山下以及附近长江岸边，都栽满了桃树，因而得名“桃叶山”。清人侯宗海等《江浦埤乘·卷二》记载：“桃叶山一名晋王山，在宣化山东，初名桃叶山，隋杨广（隋炀帝）尝屯兵于上，故更呼晋王云（山）。山下江渡名桃叶渡，上有塔曰晋王塔。”“桃叶渡旧在桃叶山下。”（清·侯宗海等《江浦埤乘·卷三》）至此，桃叶山桃叶渡才颇有名声。

唐昭宗光化中（898—900），时任“六合县宰（县令）的宦官郑滂，写有《怀古》五十首，其中《晋王城》诗曰：‘隋收建业临江渚，东望金陵筑此城。正与石头为对岸，从兹一统六朝平。’”（清·刘庆运、孙宗岱《顺治六合县志》）这首诗是说：当年晋王杨广在浦口筑“晋王城”，并从浦口的桃叶山下的桃叶渡口渡江，一举平定了陈朝的建康（今南京）都城，结束了纷乱 300 余年的魏晋南北朝时期，隋朝完成全国的大一统。

明朝时，为了纪念晋王杨广的“平陈伟业”，将桃叶山更名为晋王山，并在山上修建了晋王祠和晋王塔（高五层）。晋王祠毁于清咸丰三年（1853）清军与太平军的战火中，而晋王塔则毁于 1949 年 4 月。新中国成立后，晋王山又更名为宝塔山。现立有“晋王塔遗址石碑”，为区级文物保护单位。

王献之在秦淮河上迎送爱妾桃叶

一千多年前的“大江”江面，远比现在宽阔得多。清人徐珂《清稗类钞·地理类（5）》记载：“扬子江”条云：“扬子江之名由来久矣。盖江苏扬州府城南十五里有扬子津（后称扬子桥），隋以前津尚临江，不与瓜洲接，故江面阔至四十里，北人南渡者悉集此津，而江亦以是名焉。”可见当时长江之宽，即便到了今天南京长江大桥段也有 1.5 千米宽，用小船渡江十分困难。如果真像王献之《桃叶歌》所说：“渡江不用楫”，试想王献之乘坐一叶小舟，从长江北岸漂到长江南岸，或者从长江南岸漂到长江北岸迎送爱妾桃叶，舟上只坐着一对无楫的情侣，有这种可能吗？再说王献之接送爱妾，也不会是偶尔为之，应该是“经常”所为，单靠小船自由漂荡渡江，实际上是做不到的。史料记载，历史上秦淮河最宽时约有 100 米，但毕竟不能与“大江”同日而语。所以，王献之只有在“小江”上，或将几只小船连接起来，“渡江不用楫”才说得通。

综上可知，“秦淮河桃叶渡”和“桃叶山桃叶渡”，都有相同的“桃叶渡”之名，但是地点不同，一个在江南，一个在江北，其内涵更是大相径庭，前者与秦淮河、王献之及其爱妾桃叶、桃根有关；后者与桃叶山，以及晋王杨广平陈的渡江战役有关。

《桃叶歌》竟成隋军平陈的谶言诗

开皇二年（582）陈宣帝去世，太子陈叔宝（后主）即位。当时，“后主（陈叔宝）愈骄，不虞外难，荒于酒色，不恤政事。……税江税市，征取百端。刑罚酷滥，牢狱常满。”［唐·李延寿《南史·卷十·本纪第十·陈本纪（下）》］意思是：“后主更加骄傲了，不担心境外的患难，荒于酒色，不问政事。……征收江税市税，百般掠夺，刑罚严酷繁多，牢狱经常塞满。”隋文帝杨坚得知陈朝的这种情况，就对仆射高颎说：“我为百姓父母，岂可限一衣带水不拯之乎？”隋开皇八年、陈祯明二年（588）十月，隋文帝以晋王杨广为元帅，率领八十位总管出兵征讨陈朝。第二年正月初一，20岁的晋王杨广（隋炀帝）率五十一万八千大军渡江南下。陈朝镇东将军任忠出城投降，引隋军经过朱雀航杀向宫城，从南掖门进入陈宫。在景阳井中活捉了陈后主和张贵妃、孔贵人。正月二十二日，晋王杨广率军进入建康（今南京）并占据台城（陈朝宫城）。陈朝灭亡。

“先是江东谣多唱王献之《桃叶辞》，云：‘桃叶复桃叶，渡江不用楫，但渡无所苦，我自迎接汝。’及晋王广军于六合镇，其山名桃叶，果乘陈船而渡。”［唐·李延寿《南史·卷十·本纪第十·陈本纪（下）》］意思是：“先前江东民谣经常唱王献之的《桃叶歌》，说：‘桃叶复桃叶，渡江不用楫。但渡无所苦，我自迎接汝。’等到晋王杨广驻军在六合镇（今南京六合区），那座山叫做桃叶，果然隋军是乘坐着陈朝的船渡江的。”因晋王杨广率军从桃叶山桃叶渡过江，因此该渡口又称“晋王渡”。

由此可见，早在隋军渡江平陈前，就开始借用王献之的《桃叶歌》作为政治谶言诗，进行大肆宣传，作为平陈的心理战术和舆论攻势。同时，隋文帝还传送玺书，“暴后主二十恶。又散写诏书，书三十万纸，遍喻江外”（唐·李延寿《南史·卷十·陈本纪》），以此来争取江南的人心。东晋的中书令、书法家王献之无论如何也想不到，在他去世200多年之后，他的《桃叶歌》竟然被隋军用作平定陈朝的谶言诗，最终平定了陈朝。

综上可见，浦口桃叶山桃叶渡，不仅是晋王杨广率军平陈的主要渡口之一，也是隋军应验谶言的桃叶渡；而秦淮河桃叶渡，则是王献之迎送爱妾桃叶之处，也是《桃叶歌》诞生的桃叶渡。从时间上看，秦淮河桃叶渡知名度明显早于浦口桃叶山桃叶渡。

（载于《秦淮夜谈·第28辑》2023年3月）

从秦淮河畔万竹园走出来的力拒割让香港第一人邓廷桢

按：邓廷桢（1775—1846），字维周，又字嶰筠，江苏江宁（今南京）人，世居南京城西南隅秦淮河畔万竹园，乾隆四十年（1775）邓廷桢生于此，后来贵为封疆大吏，成为与林则徐齐名的抗英禁烟的民族英雄，同时也是力拒割让香港的第一人。

进士入仕展头角

嘉庆六年（1801），26 岁的邓廷桢考中了进士，当上了庶吉士，被嘉庆皇帝（爱新觉罗·颙琰）授予编修官一职。多次担任省城乡试或京城会试的试卷校阅官，人们称赞他录取的读书人都是人才。十五年（1810），邓廷桢被嘉庆皇帝授以空缺的台湾知府，浙江巡抚蒋攸銛（铦）请求邓廷桢留在浙江补任宁波知府。不久，邓廷桢回到家乡为母丁忧，服孝完毕后补任陕西延安知府，历经榆林府、西安府，凭借善于打理刑狱之事而著名。曾经为韩城（今陕西渭南）、南郑（今陕西汉中）的冤狱平反，照顾保全同州寡妇母子，受陕西百姓称颂，盛名传到京城（今北京）。嘉庆二十五年（1820），邓廷桢擢升为湖北按察使，暂代布政使。长江沿岸民田多年被水淹没，可是这些民田的赋税仍然要交纳，使得百姓负担沉重，邓廷桢请求朝廷将这些民田的赋税全部豁免。道光元年（1821），邓廷桢升为江西布政使。在担任西安知府时，渭南令徐润有意开脱本县富户柳全璧的杀人罪责，邓廷桢没有察觉，因而受到牵累，被革职。朝廷建议将他送去戍守军台（设在新疆），道光皇帝（爱新觉罗·旻宁）知道邓廷桢没有私心杂念，特意赦免他，不要他去戍守军台，给他七品官衔，送往直隶（今河北）任用。道光四年（1824），邓廷桢擢升为陕西按察使，后来升为布政使。

吏治严明获嘉奖

道光六年（1826），邓廷桢擢升为安徽巡抚。从嘉庆年代以来，安徽发生很多大案，凤阳、颍州两地民风尤其凶悍，经常派兵去镇压，追缴当地民间武器，私藏的还是很多。邓廷桢上任后，立下期限，责成当地保长督察，对逾期不缴和私造武器者一律绳之以法。邓廷桢任用的官吏都很得力，凤阳、颍州两地刁悍之风有所收敛。过去惯例，颍州辖内，凡三人以上持凶器把人杀伤的，充军到极边远或烟瘴之地，妻子跟随发配。邓廷桢上疏说："对民风凶悍地区实应采取从严惩办政策，但妇女顾全名节，为了不跟随丈夫去充军，有很多妇女自残，有的还自杀身亡。在情理上，她们值得同情。请求废止这个惯例。"碰到洪涝灾害，邓廷桢亲自坐船去勘查灾情救济灾民。他修复安丰塘（今安徽寿县南）堤岸，芍陂闸门，疏理凤阳的沫河，并且修理堤坝。他雷厉风行缉拿罪犯，多次抓获势力强大的强盗。因为抓获在南河掘堤的首犯陈端，道光皇帝下诏书嘉奖他。他在安徽当巡抚十年，为政强调安定平静，安徽境内一派太平景象。

协同销烟无所惧

道光十五年（1835），59 岁的邓廷桢擢升为两广总督。当时吸食鸦片成风，白银外流，已构成大祸害。道光十六年（1836），英国商人用趸船载运鸦片，邓廷桢禁止载运鸦片，不许趸船开进港口，英国商人就把趸船停泊在外洋，邓廷桢根据宣布的旨令，把趸船赶走。沿海乱法犯禁的奸民，相互勾结，串通一气，鸦片进口一下子难以断绝。邓廷桢与提督关天培整顿海防，加强守备，接连在大屿山口（香港最大的岛屿）、急水洋截获趸船，船上载银上亿两，全部充当奖赏，去破获囤积鸦片贩子。道光十八年（1838），英国船只运载外国男女 500 多人到澳门居住，邓廷桢把他们赶走，让他们回国。道光皇帝（爱新觉罗·旻宁）下达禁烟决议，邓廷桢上疏说：“法令如能在豪强显贵中执行，小民依从不在话下，禁令如能在中国严格执行，外国鸦片自然会减少。”道光十九年（1839）正月二十五日，林则徐奉命来广东禁烟。邓廷桢与林则徐同心协力，他们在短期内缉拿了内地鸦片烟贩子，查抄了窑口，打击和驱逐了武装鸦片趸船，在虎门亲自监督缴收了二万余箱、袋，二百多万斤重的鸦片，并于四月二十二日至五月十五日，在虎门海滩进行销毁。同时，严办走私贩卖鸦片的贩子；用武力对付英国商人屡战皆捷。乱法犯禁的奸民于是失去饭碗，他们到处散布流言蜚语。邓廷桢上疏陈辞，说：“我缉拿严办鸦片贩子，至今三年了。其中豪横狡诈之徒，有的被处决，有的逃亡，他们家破人亡，于是产生怨恨情绪，污蔑查禁鸦片是迎合上司旨意，袭取窝点、抓捕贩子是贪求功劳，侦察盯梢是要弄狡诈手腕，追查审问是严刑拷打。诬告我受贿，指控我营私。讽刺我的建议是急于抓财政收入，抨击我的新条例是随便改变律令，狂妄悖理，混淆视听，这些人的用意，无非是为鸦片贩子泄愤。”道光皇帝下诏书安慰和勉励他。

力拒割让香港岛

道光二十年（1840）九月初三，在投降派的陷害下，道光皇帝下诏书，指责邓廷桢，说他在广东处理问题不妥善，逐渐闹出事端，将他与林则徐同时革职。派琦善为钦差大臣并接替林则徐为两广总督，令邓廷桢立即由闽浙总督任内折回广东听候处理。琦善在与英国人义律谈判的过程中，曾以厦门、香港是否可以让给英国作商埠事与邓廷桢商议，邓廷桢极力反对，他说：“厦门全闽门户，夷居厦门可以窥内地。且澎湖、台湾之在厦东者，声势为所隔绝，不得联络。其害至深，固万无许理。即香港亦在粤洋中路之中，外环尖沙咀，裙带二屿，夷船常借以避风浪，垂涎久矣，今一朝给予，彼必筑建炮台，始犹自卫，继且入而窥伺，广东货船鳞泊黄埔，辎重在焉，其白黑夷之居吏馆者以千百计，皆香港应也，与之良非所便。”（清·梁廷枏《夷氛闻记·卷二》）最后虽然邓廷桢的意见未被采纳，也未能阻止英军对香港的武装占领，但是邓廷桢毕竟是公开反对割让香港的第一人。

道光二十一年（1841），琦善撤毁沿海防御设施，虎门失守，又追究邓廷桢久任两广总督，不抓军务，同林则徐一起充军新疆伊犁。道光二十三年（1843）闰七月，邓廷桢才获释还乡。不久，道光皇帝授予邓廷桢三品顶戴，任为甘肃布政使。不久又恢复了邓廷桢的二品顶戴。道光二十五年（1845），邓廷桢升为陕西巡抚，又代理陕甘总督。

魂归故里灵山下

邓廷桢的治绩受到人们的称赞，他几次被革职又几次被起用，道光皇帝对他很了解，所以终于重用他。邓廷桢学识渊博，喜欢读书，他写的散文、诗词，都在世间流传。有《诗双声叠韵谱》《说文解字双声叠韵谱》《石观斋诗抄》《双砚斋词话》等。道光二十六年（1846）三月二十日，邓廷桢病逝于陕甘总督任上，时年71岁。同年十月初三，归葬于江宁东郊灵山脚下。

邓廷桢墓在南京东郊仙鹤门外邓家山麓，墓背依灵山，正对钟山。墓前有南京市文物保管委员会1958年竖立的“清邓廷桢墓碑”。道光时请梅曾亮（今南京人、散文家）作墓志铭。1982年列为江苏省文物保护单位。

（“方志江苏”公众号2022年7月1日发布，作者将插图删除）

从南京老门东走出来的爱国将领抗倭英雄张可大

按：“张可大，字观甫，一字扶舆。南京卫籍（军籍）。父如兰，以世胄（贵族后裔）中武举第一人，官至淮徐漕运参将。可大幼警敏，善骑射，举万历辛丑（1601）武进士。”（清·屈大均《皇明四朝成仁录·卷一·登莱死事传》）

老门东走出武进士

明神宗万历八年（1580），张可大出生于南京。清人陈作霖《东城志略·志街道》记载：“镇淮桥东，沿南城根转为豆腐巷……东转为方家苑，明世宗（朱厚熜）孝烈皇后（第三任皇后方氏）家居此。过藏金桥，为小英府，英国公（张辅）之分第也。路旁有韦陀殿，其南为陶家巷，又南为张家衙。明张庄节公可大有宅在此，名小东园。”入清以后张家衙就已湮没。如今的“小东园”是2013年在原址复建，这里是地道的城南小巷。

张可大世袭南京羽林左卫千户，21岁时考中万历二十九年（1601）武举会试（武进士），授官建昌守备。升任浙江都司佥书，分工守卫瓜洲（今天江苏扬州邗江区）、仪真（今江苏扬州仪征），江洋大盗在他任职期间销声匿迹。明万历二十六年（1598）七月，朝廷派遣太监鲁保等人到各地去开矿、收工商税。太监鲁保死后，淮州巡抚李三才命令张可大登记鲁保家的财产。鲁保的家人送重金贿赂张可大，张可大拒之不受。大学士叶向高赴朝廷征召路过仪真，见到张可大后惊奇地说：“此不特良将，且良吏也。”（清·张廷玉等《明史·卷二百七十·列传第一百五十八》）意思是：“这个人不仅是个良将，而且还是贤良的官吏。”后来张可大升任刘河游击，改任广东高肇参将。然后调到浙江舟山。在此期间，他奉命征讨黎都（今海南），与总兵王鹤鸣一起用黑番（黑人奴隶、黑番鬼）做向导，黎部就此灭亡。

舟山，也就是宋朝称为昌国城的地方，位于大海之中，有七十二个可以住人的岛屿，是浙东的战略要地。张可大向朝廷上奏八项建议，都是远大的计划。万历四十四年（1616），倭寇（日本海盗集团的泛称，中国古籍称日本为倭国，故称倭寇）进犯五罩湖，张可大亲率中军吴善道等“以舟师进击，斩首四十余级”。“第二年倭寇又犯白沙港，可大再率众将‘击敌于茶山、潭头，斩首百级’。”（清·徐秉义《明末忠烈纪实·卷七·殉齐鲁传·张可大》）之后，张可大加官为副总兵。舟山城墙坍塌已久，张可大与副使蔡献臣加以修筑，只两个月就完工了。城内外有田地几千亩，海潮损害庄稼。张可大修筑石堰蓄淡水，这些田地就成了肥沃的良田。百姓称为“张公碶”。天启元年（1621），张可大以都指挥使的官衔掌管南京锦衣卫。并撰《南京锦衣卫志》二十卷。六年（1626），张可大升任都督佥事，总管南京右都督府的文牍。

总兵官抗倭建功勋

崇祯元年（1628），张可大出任登莱（今山东胶东一带）总兵官。适逢朝廷商议裁减登莱巡抚、镇将，就命令张可大以总兵官的头衔负责登州（今山东烟台蓬莱区）副总兵的事务，而巡抚就罢免不设了。张可大对海疆防务费尽心事，亲自到各地巡视，把沿海的地形、兵力的强弱制成图表，作《海防图说》报送给朝廷。二年（1629）冬天，白莲教贼寇的余党围攻莱阳（今山东烟台），张可大将他们打败，焚烧了他们的六座营寨，斩杀了他们的两个伪国公，莱阳之围才解除。不久清兵入关，京师（北京）受到侵犯，张可大率山东兵七千人进京勤王，防守西直、广宁各城门。第二年，因为护卫朝廷有功，张可大晋升都督同知。

崇祯三年（1630）四月十二日，刘兴治（又名刘五，明末将领）在东江镇（今朝鲜平安北道皮岛）造反，张可大于是奉命返回驻地。不久，丢失的四座城池都得到收复，朝廷决定重新设置登莱巡抚，由孙元化出任登莱巡抚。孙元化率领关外部队八千人到来，其中一大半是辽东人。张可大担心发生意外，屡次提醒孙元化，但孙元化不听。

崇祯四年（1631）七月，朝廷评定张可大以前守城的功劳，提拔他为右都督（正一品）。十月，张可大调任南京总管南京左都督府的文牍，兼督察池河（今安徽定远）、浦口（今南京浦口区）两支部队，登州的百姓流着泪挽留他。张可大尚未动身，明朝将领毛文龙的部将孔有德在吴桥（今河北沧州）起兵叛明，攻破凌县（今江苏泗阳县西北）、临邑（今山东德州）、商河（今山东济南）等六城，直趋登州。张可大急忙前往征剿，登莱巡抚孙元化发公文阻止他，张可大不听。

平叛尽节后世留名

这一年年底，孔有德在傍晚时候兵临城下，张可大请求出击，登莱巡抚孙元化主张招安孔有德，不让张可大出兵。张可大把利害关系跟孙元化讲明白，孙元化才约定明年元旦节出兵合击孔有德。到了那一天，孙元化的部队没有行动。第二天，双方在城东对孔有德作战，张可大的部队屡屡得胜。孙元化的部下都是辽东人，反贼中有很多人是他们的亲朋好友，所以没有斗志。孙元化的将领张焘率先逃走，张可大的部队也战败了。中军管维城，游击将军陈良谟，守备盛洛、姚士良都战死了。张焘的士兵有一半投降了孔有德，孔有德派他们回来做内应，孙元化要开门让他们进登州城，张可大劝阻，孙元化不听。半夜里反贼攻破登州城。张可大当时正在防守蓬莱水城，听说后拊膺大哭，万分悲痛，他解下所佩带的官印交给旗手和鼓手，让他们走小路把它交给济南的上司、山东巡抚余大成。自己回到家里拜别了母亲，让弟弟张可度、儿子张鹿征护送母亲从海路赶往天津。然后把佩剑交给部将，将女婢姬妾全都杀死，于崇祯五年（1632）正月十四日在官署太平楼的墙上写道："某年月日，山东总兵张可大尽节于此。"然后自缢而死，时年52岁。事情上报朝廷后，朝廷追赠张可大官衔为特进荣禄大夫、太子少傅，谥庄节，赏赐祭葬的礼仪，给予世袭恩荫的职务，在张可大宅第附近为他建立了一所祠堂，名叫"旌忠祠"。

张可大爱好学问，善于作诗，很注意品行修养，有儒将的风范。张可大总领南京锦衣卫时，欧阳晖由刑部主事贬来锦衣卫做知事，欧阳晖曾经做了一首诗，其中有"阴霾国事非"一句，扬州知府刘铎把它写在扇面上，赠给了一个和尚。怨恨刘铎的人就向秉笔太监魏忠贤（明熹宗朱由校期间出任司礼秉笔太监）作了诬告，欧阳晖、刘铎都遭到逮捕。张可大约集锦衣卫的校尉捐出俸禄资助欧阳晖、刘铎，选择房舍安置他们的妻儿。张可大崇尚义气都是如此。如今，近390多年过去，张可大的抗倭事迹依旧是南京人的骄傲。

（载于《江苏地方志》2022年3月4日，插图由作者删除）

第二篇　气象老南京

台城话旧

我歹怪招蚊子，夏天被叮得像赤豆粽

我生来就招蚊子，那咎子（那时候）一到夏天就不得过，门都不敢出。大家都有同感，阿是地呀（是不是）。不要嫌我韶（啰唆），也不要嫌我湿达（话多），我来讲给你们听唉。白天怕热，浑身汗津津、湿答答地潮透了；晚上怕蚊，它们一得儿（一点）都不忌嘴，看到我出门马即（立刻）一起冲上来，吼巴巴地叮咬，乖乖（惊讶）膀子上立马（很快）就鼓起好几个颗颗（疙瘩），慢慢地变红，奇痒无比，难受得一塌。朋友一看到我就说："唉哟，你两个膀子瘪里巴怪地，不成猴子耳朵，就像赤豆粽子一样。"其实两条腿上也是一样瘪怪，都是蚊子的杰作。

后来我出门就带一把芭蕉扇，左拍右打地赶蚊子，一刻儿都不能停。再后来有了"蚊不叮"，好多了，不管白天晚上，只要出门就往身上擦，蚊子根本不揉（买账），擦不到药水的地方，恐怕连我自己都不清楚，但是蚊子歹怪来斯（奇怪厉害），真是撞见大头鬼了，哪块（哪里）涂不到蚊子就在哪块咬你，真无歹（差劲）。没得办法，我只好穿着大褂（长衫）子和长裤子出门，你说阿有毛病啊？为了防蚊子唉！热就热一得儿啵。就是这个样子，有时候还是被蚊子隔着衣服咬到，真活丑（真丢脸）。

现在好了，社区经常组织志愿者开展灭蚊除害运动，对角角落落（旮旮旯旯）都经常进行清理，特别是小水坑凼子都填平了，环境改善了很多，蚊子是少了不少。有的无事佬（无所事事的人）开玩笑地说，蚊子都快成"濒危昆虫"了。我说："你们噢，就是蜡烛胚（没出息），蚊子咬你你恨死了，蚊子快要灭绝了你又担心，你还指望发文来保护它们啊？门都没得（不可能），它们是害虫唉！搞笑！”

（载于《金陵晚报》2020年9月18日）

八月节，想起吃“月饼屑子”的往事

老南京人把八月十五中秋节，称为“八月节”，也有叫“女儿节”的。那沓子是计划经济时代，市场上副食品供应歹怪（碰巧）紧张，米、面、油、糖、肉等都要凭票证购买，自己家做月饼有点困难。我家人多，老的少的坐下来一大桌，八月节能吃一块整月饼是非常奢侈的事情。我妈总是将月饼切成一牙一牙（一块一块）的，然后给每个人分几牙。

每到八月节前夕，我妈都会买一大包月饼回来，然后分成三份，爷爷奶奶家一份，公公婆婆家一份，自家留一份。那时候的苏式月饼特别酥脆，稍微一碰，上面的芝麻和饼屑子就“噗噗”直撒（直掉）。一看见我妈要分月饼了，我立马就会凑上去帮忙，与其说是分月饼，不如说是盘（捣鼓）月饼，我一会儿把月饼码起来（堆起来），一会儿又一块块摊开来，忙得一刻儿不停，月饼上的芝麻和屑子掉得满桌子都是，然后我吼巴巴地用手指麻头，沾着唾沫来吃掉在桌上的芝麻和脆皮，开心啊。后来弟弟长大了，也进馆（上学）了，一到八月节我们两人一起来帮我妈分月饼。他比我神气，直接拿月饼当轱辘来滚，滚过来滚过去，掉下的月饼屑子更多，我们的阴谋很快就被我妈看穿了：“你们这两个公鸡头儿（小男孩）真犯嫌（讨厌），搞什么花头精（小聪明）啊。走，走，走开。”我妈将我们赶到一边，我心想这下子歇得唠，捞不到月饼屑子吃了。让我没想到的是，那天我妈特别胎器（大方），居然破天荒地给我们兄弟两人一人一块整月饼，乐得我们嘴都合不拢了。

一晃几十年过去了，我妈已经过世了，但是每到八月节我还是能想起我妈分月饼的身影，还有我们兄弟俩赚吃月饼屑子的情景来。如今再好的月饼也吃不出儿时的味道啦。

（载于《金陵晚报》2020年9月30日）

一年补到头，霜降鸭最补

南京是有名的鸭都，南京人不仅爱吃鸭子，还会吃鸭子，吃法多得数不过来。每年南京人吃掉的鸭子约上亿只，尽管如此，鸭子还是吃不够。外地有人编派（夸大事实）南京人，说南京的鸭子只能在饭桌上看到，活的一只么的（没有），其实这句话蛮促寿（不地道）的，把我们南京人比作鸭子的天敌。

秋天降水减少，空气比较干燥，尤其到了霜降，许多人在这个季节都会上火。在中医看来，鸭子吃的食物多为水生物，所以其肉味甘、寒，入肺胃肾经，有滋补、养胃、补肾、祛除秋燥的作用。因此，在秋燥季节最适合吃鸭。今儿个是霜降节气，这是秋天的最后一个节气，此时无论南方北方的人都讲究进补，北方人“贴秋膘”，甩吃牛羊肉了。而南京也有“一年补到头，霜降鸭最补”的说法，以往，一到这个时节，南京的二大妈们就会结伴去菜市场买鸭子，来家后又是洗，又是剁，加佐料用砂锅慢慢地煨。

现在人家都拽了（有钱了）起来，买鸭子、煨鸭子嫌麻烦；做盐水鸭、酱鸭年轻人又不会，一般都到卤菜店去买鸭子吃，想吃哪块（哪里）买哪块。要不全家下馆子（去饭馆）到烤鸭店去撮一顿（吃一顿），连锅儿、碗儿、盘儿、碟儿、筷儿都不用洗了，省心得一塌。

（载于《金陵晚报》2020 年 10 月 23 日）

重阳节，我带爸妈到饭店顶层观景

农历九月初九是重阳节，俗称“重九”。老南京人有个习俗，每到重阳节就要登高望远，据说这样做不仅可以让人心旷神怡，还有健身祛病的作用，尤其是老年人最管用。同时还要吃重阳糕，喝（念“活”音）菊花酒。讲究一点的人家，还要插茱萸或佩戴茱萸香囊，以此来辟邪。

十几年前，重阳节时我会开着小包车（小轿车），带上老爸老妈外出瞧风景（看风景），因为他们都八十多岁的人了不能跑远，只能在近处转转。我有时带他们去玄武湖赏菊，有时带他们去栖霞山看红叶。然后选一块稍高的陆地，搀他们走上去看四周的风光。后来我又苦钱（做生意），赚了一点儿票子（钱），这时我爸妈也有点隆咚（老）了，带他们外出很不方便，于是重阳节我就带他们到新街口，上到高楼顶登高望远，顺便大家撮一顿（吃一顿）。在餐厅里我爸妈开心得不得了，一个劲儿地夸我讨喜（招人喜欢），我妈韶（啰唆）了好一阵子，乐滋滋地坐着，我也坐在一旁，傲（很得意）得像地保。饭后，俩老的又坐了一会儿才意犹未尽地起身离开。

如今，马即又到重阳节了，可惜我妈已经不在了，我爸卧床不起。再带爸妈去登高的心愿已不能实现，但是昔日的场景，就像一部纪录片不断地在我脑海里回放。年轻人，趁你们还年轻，重阳节多带父母登高看看，尽尽孝心。

（载于《金陵晚报》2020 年 10 月 24 日）

儿时跟着去看菊展，摘花挨妈妈打

秋天，菊花盛开，南京人与菊花有很深的渊源。中华人民共和国成立后，玄武湖公园也年年办菊展。

记得儿时有一回，我妈带我到玄武湖瞧（看）菊展，那真叫公鸡害喉咙管儿——不能啼（提）唠。那天一大早我妈带我乘坐有两条辫子的31路电车到鸡鸣寺，从解放门那块（那里）进公园，公园里面人山人海，非常热哄。一路走过去到处都摆满了一盆一盆的菊花，俗话说，内行看门道，外行看热闹，我八九岁的小毛孩儿只晓得看西洋景，于是在地上捡了根枯树枝，跟在我妈后面一路走一路刷（打），一不小心就刷到我妈身上了，她几次回过头来，把二饼（眼镜）往鼻梁上推了推，瞪着我说："你厌死得了（太调皮了）。"我也不敢回嘴，只顾闷头跟着走。后来进到室内看花，我看见一朵花开得老大，花瓣一缕一缕地绕在一起（后来才知道叫泥金九连环）很好玩，于是趁人不注意揪了一朵，不知道怎么就被我妈瞧见了，她一把抓住我的手，我心里咯噔一下，心想多大事啊？我妈抬手刷（打）了我一巴头，我顿时呆的了，赶快把手头的花扔到花盆里，我妈说："哪个叫你摘花的，你摘他摘还有的看吗？真不上路子（不守规矩）！"我吓死了，调脸（转身）跑了出去，正好外面丢点子（下小雨），我就站在雨里面沰（淋雨），我妈追出来，见我淘气，又钉我一个毛栗子（弯曲手指敲我的头）。

后首（后来），我再也不敢在外面闯纰漏（犯错）了，不管是公家的还是私人的，只要不是我家的东西绝对不碰。

（载于《金陵晚报》2020 年 11 月 19 日）

立冬，我家喜欢吃鲜肉饺子搭生葱蘸酱

虽然立冬节气过了，但真正意义上的冬天刚刚到。老南京常说："立冬要补冬，水饺搭生葱。"意思是，立冬了要进补，最好吃鲜肉水饺外搭生葱蘸酱。新鲜大葱，味辛性微温，具有发表通阳、解毒调味的作用。还能刺激身体汗腺，从而发汗散热，对风寒感冒、头痛鼻塞有一定疗效。据说南京人吃生葱是从北方学来的，其实，南京老民俗中就有一道有名的家常菜叫"大葱炖豆腐"。不要以为"乖乖隆地咚，韭菜炒大葱"是扬州人的专利，其实南京人也常讲，意思是韭菜也好，大葱也罢，都是很烘的蔬菜，把两个搁在一起，不就"烘到一堆儿了吗"？还带一得儿闹寿（开玩笑）、瞎躁（起哄）的意思。

儿时，每到立冬的头天下午，我妈一下班就跑菜场买肉，买大葱，当然还买其他菜。那昝子买肉要凭票，不可能天天买，隔三岔五才能吃一回肉，包饺子的回数更少。晚饭后一家人就开始忙碌起来，剁肉的剁肉，和面的和面，擀饺皮的擀饺皮，包饺子的包饺子。我在一边捏面团子玩，他们饺子包好了，我也玩够了。

第二天一早，我妈就给我们下饺子吃，又洗了一把大葱，发给我们一人一根，还端来一碟子咸面酱，特别关照我，叫我从葱白那头吃起。我吃一口饺子搭一口蘸了酱的大葱，起先有点辣还冲头脑子，我就喝一口饺子汤过过嘴（涮一下嘴），或者咬一口饺子，慢慢地就习惯了，那味道真是神奇。吃完后身上、心里头都是热乎乎的。后来，每年立冬我家都包饺子吃大葱，一直到我去外地上大学。如今生活好了，只要想吃，每天都能买到鲜肉饺子和大葱，管你吃够。但是，我还是怀念儿时在家和爸妈一道，包饺子吃大葱蘸酱的情景，那是幸福的滋味。

（载于《金陵晚报》2020 年 11 月 28 日）

和老伴同去赏枫，摘红叶来家做书签

窝（待）在家里，焐了一个夏天的蛆（使之变热），人都快焐馊得唠，我们老早（很早）就想开车出去去散散心、兜兜风。前阵子一大早，我就开着小包车（小车）带着老伴去栖霞山瞧枫叶。

栖霞山那块的空气不要太好哦，树叶子五颜六色的，有绿的、黄的、红的、紫红的，什么颜色都有，真是美得一塌。最吸引我们的当然就是如梦如幻的枫树林，让我想起了唐代诗人杜牧的“停车坐爱枫林晚，霜叶红于二月花”的诗句。不过也许季节早了一得儿（一点），霜还不够厚重，枫叶红得还没得（没有）那么剔透，但已经很摆了，阳光下枫叶像一朵朵小火苗。透过红枫林看过去，不晓得是秋天染红了枫叶，还是枫叶染红了秋天！真要感谢美好生活对我们的眷顾。我情不自禁地弯下腰，捡了一片枫叶拿在手里端详，它突然勾起了我儿时的记忆。那昝子，学校组织我们来栖霞山秋游，同学们纷纷在地上捡枫树叶子，我问：“干么斯（干什么）啊？”老师说：“树叶可以做书签。”于是我也跟着捡了不少枫叶。老师跟我们讲了做书签的方法，我才知道先要把树叶子用潮布擦干净，然后夹在容易吸水的旧书里头，日子一长，树叶的表皮和叶肉组织就风蚀掉了，最后就形成了一个由叶脉联成网状的镂空树叶，在叶把子上系上彩色丝线，书签就做成功了。如果染色，就是彩色书签。

老伴见我愣神老半天，便催我说：“望什么呆啊？该回去了。”我说：“不急不急，等我捡几片枫树叶子带回家。”老伴有得儿不乐意地说：“跟你不能急唠，这刻儿还捡什么树叶子啊？出臭气（看不惯）！”不一会儿，我捡了一大把各式各样的树叶捧给老伴看，她有点不解地说：“捡那么多脏死八堂（又脏又乱）的叶子，干么斯啊？”我故意拿桥（装神秘），说：“回家你就知道了。”

（载于《金陵晚报》2020 年 12 月 6 日）

天一冷，我妈就忙着给我们打毛衣

俗话说：寒风起，霜满地，家家户户打毛衣（织毛衣）。那昝子（那时候），大家生活都很艰苦，好多人家都喜欢把单位发的劳保用品白线手套攒起来，然后拆成线，打成“毛衣”御寒，其实那只是一件枵薄薄（很薄）的线衣，根本无“毛”可言。线衣虽然不是很保暖，但好歹（不管怎么样）要比小褂子厚一得儿，再冷就要穿棉凳子了。我家也不例外，天一冷我妈就忙着拆手套给我们娃儿打毛衣。她打毛衣总是连早带晚地打，就是上班坐在公共汽车上，也会拿出来戳几针，两三天就能打一件。

后首（后来）生活好了，我妈从新街口百货商店买来几股开司米毛线，让我用手绷着，她把毛线绕成一坨一坨的。之后，连续几个晚上，我一觉都睡醒了，看见我妈还戴着二饼（眼镜）坐在藤椅上打毛衣，我心想我妈真好，我长大了一定要好好孝敬她。小时候我厌地伤心（很调皮），经常木里实菇地爬高上低，新毛衣上身没几天，就被我穿得不成猴子耳朵（不像样子）唠，两个袖口上不晓得什么时候染了好多墨汁，毛衣后面还钩了个大窟窿眼儿。我妈把我臭骂一顿：“小讨债鬼哎，纰漏筒子（尽出差错），我也不能急唠（拿你没办法），为你打毛衣我眼睛都快打瞎得唠，你一得儿不爱惜，犯嫌。”还好我妈没打我。她叫我把毛衣脱下来，拿去又是洗又是补，忙了好几天。从那以后，我穿衣服就特别爱惜，再也不敢脏乌（乱来）唠。长大后对我妈也一直心怀感恩，把她照顾得一一当当（很舒适）。

如今，很少有人打毛衣了，年轻人甚至都不会打了，真担心这项手工艺会失传。

（载于《金陵晚报》2020 年 12 月 13 日）

烤火炉上熬糖稀，作糟半罐子糖

老早一到冬天，南京人就不服气北方人家里有暖气，其实南京的冬天一得儿（一点儿）都不比北方暖和，室内室外一样冻得猴猴的（冻得直打抖）。20 世纪七八十年代，立冬后我爸就生起烤火炉子。平时大家上班、上学，把炉门封死，炉盖子盖好，再放置一吊子（水壶）水。不管是中午还是下午，先回家的人，只要把炉门打开一半，把炉盖子拿开，很快水就烧开了，用开水煮饭来得快，然后乘着火势炒菜。不做饭的时候，就让水吊子里面的水尽开（一直开），热气直冒，一来增加温度，二来增加湿度，真是一举两得。

一天下午，同学给我一把白果，说在炉子上烤很好吃。所以，一放学我忙不迭地跑回家，把炉门移开，把水吊子拿掉，然后在炉盖子上烤白果，一边烤一边吃，忙得不亦乐乎。没想到炉门开得太大，一会儿炉盖子就烧得通红，白果都烤焦了。还好这次没有被我妈发现。后来胆子大了，下午放学回家，不是烤蚕豆，就是烤花生，一天也不歇（停）。终于有一天出娄子（出事）了，那天同学教我怎么熬糖稀画糖人，我回家就开始忙起来，木里叨咕地把半罐子白砂糖倒到奶锅里，放在炉子上熬，熬成糖稀后，又学街上卖糖老头的样子，用饭勺子舀糖稀在玻璃上（人家是大理石板，我家没有）画糖人，画了好多，但一个也画不成，尽是糖粑粑。等我妈来家一看，开水没烧不说，半罐子糖也糟掉（浪费）了，还烧过了（火力不旺了）一只煤墼。那昝子（那时候），白糖、煤墼都是凭计划供应的，家里头也没得多的。我妈劈头盖脸地把我臭骂一通："搞什么名堂啊！你这是作糟（浪费）唉！"然后把奶锅和糖稀全部没收。我又气又怕，一溜烟跑到楼下躲了起来。

（载于《金陵晚报》2021 年 1 月 11 日）

春节前，我帮炒货店剥花生米和蚕豆

记得小时候，我家门口有一家叫老万金的小店，平时我打酱油、打料酒、买火柴、买大籽盐都到这块。店里头还兼卖炒货，一到过年过节，特别是春节前夕，店家就会请我们街坊邻居帮忙剥花生和蚕豆，这家的油炸蚕豆瓣和五香花生米特别好吃。

每次店家一发通知，我和几个小伙伴就争先恐后地去排队，领取需要加工的花生和蚕豆。店家把花生和蚕豆一份一份过秤登记后，才让我们拿回家去加工，还规定了收货时间。各家剥花生米、剥蚕豆瓣，主要以我们一帮娃儿为主。我们下午放学做完作业，马即就把小杌子、方凳子和花生、蚕豆一起搬到院子里头摆好，然后就劲头十足地剥起来，有时候大人也会抽空走过来指导和帮忙。虽然我们一家一户各剥各的，但是我们还是喜欢聚在一块儿剥。剥花生米比较简单，只要把花生外壳揉碎剥掉就可以了，但是红衣子（外皮）不能剥掉，也不能损伤，不然五香花生米就做不起来了。剥蚕豆瓣的程序稍微复杂一点，先要把干豆子放在清水里头泡，泡软了才能剥，剥的时候也有讲究，不能让豆瓣受伤，不然油炸出来的豆瓣就容易破碎，没得看相。我们一帮娃儿，剥着剥着就剥出了花样。也不知道是哪个发明的，把蚕豆的大头部分，用铅笔刀刻下一部分绿皮来，这时蚕豆的小头部分酷似一个绿色的钢盔，两边预留的绿皮就像钢盔的带子，蚕豆仁上的白芽，活像人的鼻子，再下面就像腮帮子了，这样，一个活灵活现的戴钢盔的人头像就完成了。如果再讲究一得儿，用黑笔在“鼻子”上方两侧，各点一只眼睛，再美化一下嘴巴，更加逼真滑稽。我们就叫它“戴钢盔的小鬼子”。有一回，我跟几个娃儿只顾贪玩做“小鬼子”，结果直到天黑，也没剥几颗蚕豆瓣。我妈下班来家一看说：“乖乖不得了了，今天晚上要交货，你玩得没得数了。”说完赶忙喊来我老爸，这时小伙伴也跑来帮忙，大家七手八脚一起上阵，连晚饭都顾不上吃，才完成了任务。

（载于《金陵晚报》2021 年 2 月 3 日）

儿时放风筝，棉线风筝常断线

老南京很注重春分前后放风筝的习俗。一到这个季节，南京人经常是老老少少一大家子，选一个碧空万里、和风习习的日子，一同到公园或者是校园的足球场去放风筝，为的是放掉冬天寒冷的晦气，呼吸春天温馨的气息。“放晦气”的说法古时候就有，有的人会在风筝上写上自己的名字，然后放到空中，故意剪断牵线让风筝飞走，以为这样做就可以放走“晦气”，交上好运。

放风筝要跑，要抬头，跑可以锻炼腿脚，抬头对颈椎有好处，所以放风筝既是一种娱乐活动，也是一项有益的健身运动。儿时那昝子，舍不得买风筝，风筝都是自己做的，先用细篾条做成米字形架子，然后把旧报纸按照大小裁好，用糨糊把报纸糊在架子上，再糊上两条尾巴，一只风筝就做成了，最后在风筝上拴上棉线，就可以出去放飞了。老早，棉线要凭线票才能购买，我总是瞒着家里的上人（父母），偷拿家里的棉线出去放风筝。有几次，我抖抖呵呵（很害怕）地偷拿了家里两卷棉线去放风筝，结果断线风筝飞跑了，两卷棉线也打了水漂，小伙伴笑我是个篓子（水平差），我也怪自己踩屎（倒霉）。我想作兴（也许）是棉线不牢（不结实）的缘故。

一天，我看见姥姥在纳鞋底，一看那个纳鞋底的线又粗又结实，我想用这种线放风筝应该不会断了吧。于是我又偷拿了家里两坨纳鞋底的线去放风筝，结果风筝还是脱手跑掉了，还带走了两坨纳鞋底的线，真是没得哈气（没办法）。我妈知道后，劈头盖脸骂了我一顿：“讨债鬼啊，家里没得线票了，马即你连鞋子都没得穿了！”当时真把我吓（音“骇”）死了。

（载于《金陵晚报》2021 年 4 月 12 日）

谷雨到，布谷声声催耕插秧种水稻

谷雨是春天最后一个季节，老南京城里人讲究吃香椿头、赏牡丹、喝“谷雨茶”。在农村完全不一样，一到这个时候，布谷鸟不请自到，它们栖息在田头、枝头不停地叫唤“播谷播谷、播谷播谷”，好像在提醒人们，不要误了农时。老早，我生活在农村，一听到布谷鸟叫就晓得（知道）要播种、育苗、插秧种水稻了。农谚说：“谷雨到，布谷叫，农家插秧种水稻。”

这时候，社员们开始忙碌起来。首先把大棚里面育种的秧苗，一棵棵拔出来扎成把子，挑到田埂上，再一把一把抛到大田里面，然后由手脚麻利的社员来插秧。插秧又叫莳秧，就是把秧苗移插到农田里面。这事看起来很简单，但也是有技巧的，有的人插得又快又均匀，横成排，竖成行，且秧苗又不带（不能）“打水漂”才是真本事。那咎子我还小，看到大人插秧觉得好玩，也光着脚下田像模像样地插起秧来，插了半天，秧苗歪歪扭扭完全不对箍子（不对路）不说，不一刻儿好多秧苗都浮上了水面，“打水漂”了。我家老子看到后说：“小炮子子死走（滚走），不要作糟了（糟蹋了），秧都浮在水面上不得活（不会活）哎！”后来我才知道，我把秧都插在我脚踩的坑凼子里面了，所以才会浮上来。总结经验后我又下田插秧，虽然插得仍不整齐，但是“打水漂”的现象没有了。大人夸我说：“这娃儿来斯，一学就会。”

我长大后到外地读书，每到插秧季节，我都会到学校附近的生产队去帮忙插秧，社员们都说：“这小伙子有两把刷子，插秧又快又整齐。”听到赞扬，我心里面乐滋滋地，要提有多开心了。现在，农村普遍使用插秧机，既抢农时还节约了生产成本，提高了效率。

（载于《金陵晚报》2021 年 5 月 6 日）

听到喜鹊叫，想起我儿时养的蚕宝宝

俗话说：喜鹊喳喳叫，好运来报到。民间都把喜鹊看作益鸟，可是对于养蚕人来说，恐怕不是那回事。小时候我养蚕，就遇到过蚕宝宝被喜鹊偷吃的糗事，真让人哭笑不得。

记得那昝子我才将将上小学二年级，一天同学给我小半张纸头的蚕卵，我把它带回家放到盒子里头，没得几天小蚕就像蚂蚁一样爬出来了，我把它们一条一条地拈到桑叶高头，静静地观察它们从上到下一圈一圈地吃桑叶。到了这个时候，就不能搭浆（马虎）了，每天都要喂蚕宝宝新鲜桑叶，一天都不能塌（缺）。那一阵子，桑叶紧缺，急得我直跳脚。我妈说："婆婆家不是有一棵桑树吗，你到那块去看看。"我想是啊，怎么就忘丢掉了呢。我跑过去一看，乖乖隆地咚，那么大一棵树，下面一点的桑叶都被人用竹竿儿刷光了，幸好婆婆家有梯子，大舅更好，叫我每天放学后去拿桑叶，他来帮我摘好。就这样，几十条蚕宝宝一天天长大，很快就要"上山"了。大舅又弄来一把稻草给我，说是给蚕宝宝"搭山"用的。我兴抖抖地回到家，正准备给蚕宝宝"搭山"，只见一只喜鹊从我书桌上养蚕的盒子里飞走了，我赶紧跑过去一看，发现好几条蚕宝宝已经被喜鹊吃掉了。就在我愣神之际，突然那只喜鹊又飞回来了，一得儿都不怕人，直接跳到我桌上，又开始吼巴巴地，狂啄我的蚕宝宝。我一边挥手大声呵斥赶它走，一边赶快把窗户紧紧关上。回头数了数我的蚕宝宝，少了六七条，我真是伤心透顶。我妈下班来家，问我干么事哭。我说不知道哪块飞来的坏喜鹊，偷吃了我的蚕宝宝。我妈说："多大事啊，覅烦了，明天叫你大舅来装个纱窗，看那只可恶的喜鹊还怎么来偷吃。”后来大舅说，喜鹊是高智商的鸟类，不怕人，他在家切肉丝喜鹊都敢来抢。

（载于《金陵晚报》2021 年 5 月 15 日）

菜地偷拔韭菜的蠢事一直记到今

入春后鲜韭菜上市，翠绿翠绿的，看了让人喜欢。这鲜韭菜也曾让我大丢脸。

老早插队时，经常为没得菜吃犯愁。村里也分了一块菜地给我们，但是没得人会种，所以一直闲在那块。有一天上午干活时，碰巧路过一个农家的菜园子，看到里头种的菜歹哩，黄瓜、冬瓜、胡萝卜、韭菜、茄子长得好得一塌糊涂。于是，我们几个知青就动了歪点子，想到这家菜地里头"借"一得儿蔬菜吃吃。当天晚上，天黑漆麻乌了，我们偷偷跑到这家的菜地里头"借"菜，摘的摘，拔的拔，拽的拽，大家都很卖力，我也不甘示弱，拔了一篮子韭菜，又扛起一只冬瓜就往回跑，当时我穿的是背心，冬瓜刺戳得我生疼，但那一刻啥也顾不上了。回到屋里一看，我们的"战利品"真不少，足够吃好几天的了。

谁知第二天一大早，就听到村里的李大婶高声大嗓门的声音，她是远近有名的"大喇叭"。我扒着门缝往外瞧，只见李大婶朝着我们的房子大声骂道："该死的小炮子子唉，要吃韭菜你拿刀割唉，怎么就连你老祖宗的根都拔掉了？"估计李大婶知道，这种事一定是我们知青干的，其他人不会干，所以才对着我们骂。我心想，坏了，哪家的菜都能"借"，就是不能"借"她家的，这下挨骂了吧。再说我也够雷堆，连韭菜是要割了再长的道理都不懂，真是活丑（丢脸）。我们几个知青被李大婶骂得一个也不敢吱声，一整天都没敢出门。

真是坏事行千里，我偷拔农家韭菜的丑事，很快就在全大队知青当中作为一大笑料传播开来，一直被人笑话了好几年。事到如今，虽然已经过去了几十年，每当看到韭菜我都会有一种深深的愧疚感，耳边仿佛又听到了“大喇叭”的声音。

（载于《金陵晚报》2021 年 5 月 29 日）

老早，有双懒汉鞋谈对象都加分

入春后，天气暖和了，大家把棉凳子、保暖鞋洗洗收起来改穿单的了。一天，我偶尔从鞋柜子里翻出一双曾经穿过、早已老掉牙的单鞋，20 世纪 70 年代它来自北京，曾经红极一时、风靡全国，掰手指头算算，大概有 40 年了。这种鞋的学名叫“懒汉鞋”，咖啡色塑料底，黑灯芯绒面子，方头方脑的，还有两道黑边。懒汉鞋，顾名思义就是懒人穿的鞋，是一种鞋口有松紧带，穿、脱都很方便的一脚蹬布鞋，特别耐脏，脚汗少的人从新鞋一直穿到不能穿都不用洗。那昝子，南京的小杆子能有一双正宗的北京懒汉鞋，简直就是一种身份的象征，说话的声音都比别人高八度。

老早，经济不发达，当地的商品只有在当地才能买到。看到邻居小伙伴穿双懒汉鞋，傲得像个地保（很得意），我嘴上虽然说稀奇巴啦猴子搬家，但心里头还是非常地羡慕，心心念念地也想要一双懒汉鞋。我妈知道后，为了满足我的心愿，到处托人，好不容易托人带回来一双。当我终于穿上懒汉鞋的时候，兴得一头核子，不巧那天是礼拜天，没得机会到同学面前摆味儿（故意卖弄），于是穿着新鞋在马路上乱转，一直转到天黑才来家。第二天将将到学校一刻工夫，天上就丢点子（下雨）了，真是撞见大头鬼唠，害得我下课也不敢出教室，生怕鞋子被雨水沰湿了。一直到放学雨都没停，没得办法，我只好净脚巴（赤脚）拎着鞋子一路奔回家。这昝子想起来真好笑，不过那个年头的懒汉鞋，不比一双名贵皮鞋推班（差劲），据说穿它去谈对象都加分。懒汉鞋不仅是曾经的一种时尚，更承载着一个时代的记忆。

（载于《金陵晚报》2021 年 6 月 4 日）

插队时，用新榨的菜籽油泡饭吃

每年五月，油菜花期过后，油菜就开始结籽了。前不久去郊游，看到油菜荚已经由淡青色变成了淡黄色。俗话说："菜荚枇杷黄，收割正当忙。"油菜籽收割的季节马即要开始了。

回想那呇子在农村插队的日子，大家吃油就指望这一季的菜籽油，所以这刻，不仅是我们知青盼望，生产队的社员也吼巴巴地等着新油上市，只不过我们的心情更急迫。我们知青雷堆（笨），既不晓得储存菜油，也没得省吃俭用的习惯，常常是"今朝有酒今朝醉，明日无炊找小队"。上年（去年）生产队分给我们的菜油，早八辈子就吃光了，到了青黄不接的时候，只好硬扛。好在曙光就在前头，新菜籽油就要上市了。

记得那天，我们按照生产队的分配计划，从油坊挑回来满满两大桶菜籽油的时候，心情不要提有多激动了。那一阵阵菜籽油特有的浓香扑鼻而来，馋得人口水直咽。社员们在新油上市的时候，最多在炒菜时多放一勺子油，我们知青烦不了，把干饭（米饭）煮好盛到碗里头，掠一大勺子黄澄澄的油直接浇在上面，吃起来就像老母鸡汤泡饭一样透鲜，比馆子店里的鲍汁捞饭还强一百倍。一开始，我们几乎每天吃油泡饭，一顿吃两大碗干饭都不要一口菜，偶尔我们也会用刀背碾碎一点大籽盐（大盐），撒在碗里头调调味。一直到我们油泡饭吃腻味了才住手。

后来回城，生活条件越来越好，再也不用为吃饭没菜、炒菜没油而犯愁。这呇子，眼看新菜籽油就要上市了，真想回到原来的生产队，用新榨的菜籽油泡饭，再去享受一次那永远忘不掉的味道。

（载于《金陵晚报》2021 年 6 月 8 日）

五月节，想起把咸鸭蛋煮开花的事

马即要过五月节（端午节）了，俗话说：“五月五，过端午。”一到这个节日，我第一个想到的就是咸鸭蛋，其实五月节吃的东西歹哩，什么粽子、绿豆糕，还有烤鸭、苋菜、龙虾、黄鳝、黄瓜、雄黄酒等。但是我歹怪（就是）喜欢咸鸭蛋，不单单是因为喜欢吃，更重要的是我喜欢在鸭蛋壳高头（上面）画画。

那昝子，大家生活都不富裕，一般人家平时很少吃咸鸭蛋。所以，我家吃咸鸭蛋就算开荤，而且吃起来比较细巧，不像有的人家，用菜刀把咸鸭蛋一切两半，或者四半，鸭蛋黄油淌得一砧板儿。我家是先将鸭蛋轻轻磕开（敲开）一个小口子，然后用筷子将蛋白蛋黄一点一点掏出来吃。一次，我家人偶尔看到我在鸭蛋壳上画的画，觉得很好玩，一致夸我能干。得到上人的夸奖，我兴得一头核子，然后就上瘾了，画了好多脸谱和各式各样的人像，摆到我的书柜上。记得有一年五月节头几天，我看见我妈拎了一网兜子咸鸭蛋来家，开心得一塌。第二天一放学，趁我妈还没下班回家，就自作主张把咸鸭蛋拿出来，一数有二十个，心想这下有得画了，于是把咸鸭蛋一个一个洗干净，然后夯不郎当都丢到钢精锅里头煮。咸鸭蛋还没煮好我妈就来家了，她揭开锅盖一看说：“不得了了，小讨债鬼唉，火太大了，不晓得关小一得儿啊？”我跑过去一看，鸭蛋壳全都煮炸了，蛋白都冒出来了，这种破蛋壳怎么在上面画画哩？顿时我眼泪就下来了。我除了心疼那一锅煮坏的鸭蛋壳，最担心的就是，我妈以后不买咸鸭蛋来家吃了。第二天我放学回家，看到我写作业的桌上有一小篓子咸鸭蛋，我用手一摸还是热乎乎的，我心里头也是热乎乎的。我妈真好！

（载于《金陵晚报》2021 年 6 月 13 日）

小时候，把杨梅汁滋到女生衬衫上

每年五月节（端午节）前后，正是杨梅上市的时候，在南京的大街小巷，随处可见乌紫鲜嫩的“果中玛瑙”——杨梅。杨梅营养丰富，能生津解暑，特别受到女士的青睐。

我虽然是个男子汉，但从小就喜欢吃杨梅，特别喜欢那种酸酸甜甜的口味，同学们都笑话我像二瘪子（像女生一样），我是烦不了，你说你的，我吃我的。记得我上小学那昝子（那时候），学校门口有好多摆小摊子的，主要卖桂皮、甘草、咸金橘和时令水果等等，只要花一两分钱就能买一块桂皮，或者一根甘草、一袋咸金橘当零嘴吃，一毛钱就能买一大把杨梅。一天下午上学，我买了一把杨梅，一边吃一边往教室走，还没吃几颗上课铃就响了，我赶忙把杨梅全部塞到嘴里头就往教室跑，刚进门就撞到一个女生身上，嘴里扑哧一下，杨梅汁就滋到（喷到）她衣服高头了，骇得（吓得）我魂都掉了。这一幕正好被班主任看到了，她拦住我说：“跑什么跑？你看看，上课还吃零食，搞得人家一身紫色，这很难洗掉哎。”这时那位女生还不知道发生了什么，回过头来盯着我，一副尴尬的样子。我想争辩，但是嘴里含着杨梅说不出话来，班主任也不让我说话，一直把我推到座位上，我连核子吞下好几颗杨梅才喘过气来。然后，班主任当着全班人的面，把我狠狠批评一通，还让我下课后向那位女生赔礼道歉。当时我觉得真是活丑（倒霉），好不容易吃回杨梅还惹祸，窝囊死了。

这昝子，想吃杨梅可以直接买罐装杨梅汁喝，只需用一根管子插在罐子里面吸就行，虽然不及新鲜杨梅的味道，但是这种吃法最文明，再也不必担心果汁会滋到人家身上去了。

（载于《金陵晚报》2021 年 7 月 19 日）

大暑之际，怀念我妈烧的冬瓜老鸭汤

俗话说："小暑大暑，上蒸下煮。"对南京人来说，对付节气不要太有才了，一只小小的鸭子就能搞定。大暑之际，南京流行的不是吃盐水鸭、烤鸭，而是最普通的冬瓜煲老鸭汤。由于大暑季节气候炎热而又多雨，暑热夹攻，经常会使人脾胃受困，食欲不振。因此需要用饮食来调剂，补充营养增强体能，而冬瓜老鸭汤就最具有滋补和祛暑功能。南京人喜欢吃鸭子是出了名的。在南京人的食谱里，老鸭汤一年四季都是不过时的一道大菜：冬季喝山药枸杞煲老鸭汤，具有凉补和解除冬燥的作用；春季喝酸萝卜煲老鸭汤，养肝护胃不上火；秋季喝百合煲老鸭汤，去燥滋阴。在南京，老鸭汤在餐桌上是全年候的上等佳品。

老早，家里面下厨烹饪的事，都是我妈一个人承包。她做事既讲究又刷刮，其他人做事她都不放心，一定要亲力亲为，还不喜欢人在一旁韶。那昝子，她听说樱桃鸭是著名的瘦肉型鸭，她煲老鸭汤就认准樱桃鸭，还要精心挑选中等个头的。买冬瓜要选外形匀称、不能有斑点，差一点都不行。买佐料就更不用说了，不一定买最贵的，但要买最好的，而且不准任何人唠叨。当然，我们也落得自在，什么都不要烦神，带张嘴就行了。我妈煲的老鸭汤在街坊邻里都有名气，她常常会盛几碗汤端给邻居品尝，而且总是载誉归来。这昝子我妈不在了，盛夏煲老鸭汤的任务就落在我老婆肩上。记得我妈生前，在烹饪、煲汤方面也教过她几手，不知是我妈有所保留，还是我爱人悟性不高，她煲的老鸭汤，味道不对箍子（不对路子），跟我妈比差远了。前几天，老婆翻着日历说，入伏了要准备煲老鸭汤了，我上街买来樱桃鸭和配菜、佐料，她也蛮认真地烧了，老鸭汤煲好了，我怎么喝都觉得不正宗，不如我妈煲的老鸭汤好喝。后来，我终于想通了，思念的味道永远不可复制。

（载于《金陵晚报》2021 年 7 月 29 日）

难忘我妈夏天做的陈氏凉面

民谚说："冬至馄饨夏至面。"这是旧时的民间习俗，南京人当然也不例外。其实夏至吃面，正好是新麦上市，所以还有一个尝新的意思。我妈是个老南京，她也常对我们说："夏至到，温度高，吃凉面，睡好觉。"凉面又称"过水面"，盛行于夏天，天气越热，吃起来越带劲。

记得我小学毕业那年夏天，一连几天我都没有胃口，浑身无力，不想吃饭。我妈估计我得了疰夏病，说这种病不需要上医院瞧医生，用饮食调理一下就行了，说完就上街去买做凉面的食材。来家后，她先凉一锅开水，然后把面条煮熟，放到冷开水中过一下，盛一碗出来，再把准备好的佐料——里面有香油、秋油（酱油）、精盐、香菜（芫荽）、蒜末、榨菜丝，以及炒熟的肉丝、豆芽、菠菜、鸡蛋等等，往碗里头一倒，拌匀了端到我面前。我本来没得胃口，但是闻到香喷喷的味道，不由地就吃起来。第一口就觉得味道绝对（好极了），食欲大增，很快一碗凉面就吃完了，又添了大半碗也吃完了。我妈看我能吃了，开心一塌，不住地说："能吃就好！能吃就好！"没得几天，我的"病"居然就好了。

后来我到外地工作，我一般都把探亲假放到夏天来休，说是来看望我妈，其实是专门来家吃我妈做的凉面，那昝子已经有冰箱了，我妈会用冰镇的凉开水拌面给我们吃，佐料也增加了虾皮、紫菜、腌制的雪菜、生果仁等，那味道简直无与伦比，我妈自称"陈氏凉面"。我们越是说好吃，我妈做得越来劲。

后来，我调回南京工作，而我妈却不在了。夏天想吃凉面只有自己做，但是不管我和爱人如何精心制作，查菜谱请教人，做出来的凉面都不如我妈做的凉面味道好。

（载于《金陵晚报》2021 年 8 月 9 日）

听叫油子的叫声，想起不简单的老妈

南京这边称蝈蝈为“叫油子”。叫油子大都生长在豆子、山芋、花生、玉米地里头，按照颜色分有绿色和黑色两种，一般 6 月开叫，到 9 月底或 10 月初停叫。过去卖叫油子的人，都是把捉来的叫油子用竹篾条子做的笼子装起来，然后挑着担子来城里头，穿街走巷地叫卖，后来改为骑脚踏车来卖。这咎子都是骑电动车来卖，车子后头驼一大摞子叫油子，那个叫声此起彼伏，热闹得一塌，小娃儿见了都会被它吸引过去。

小时候我也养过叫油子，但是我叫它“大蚂蚱”，不过它比灰头土脸的蚂蚱长得漂亮。它不挑食，给得儿（一点）毛豆米子、南瓜花就能打发，天气越热，叫得越欢。一天下午我下学（放学）来家，看见门把手上挂着一个小笼子，一只叫油子在里面拼命叫。我妈说，是代我买的，我开心地一蹦多高。我一边做作业，一边听叫油子“唱歌”。第二天傍晚，邻居家的一个娃儿来我家，说他家也买了一个叫油子，好像不会叫，听人说带一个会叫的去引诱一下就会叫了。于是我把我家的叫油子给他带回家了，没得一刻儿功夫，他把叫油子还回来了。

第二天早上，我上学时没听到叫油子叫，我也没在意。中午来家吃饭，还是没听到叫油子的叫声。我很奇怪，瞧见我妈诡异地一笑。下晚来家，又听到叫油子的叫声了。一会儿，邻居家的小孩拎着叫油子来了，说这是昨天我家的那只叫油子，他家那只不会叫的不要了。这时候我妈才说，昨天她就发现还来的叫油子笼子不一样，怀疑是拿错了，所以没吭声。今天上午她才去跟邻家大人核实，后首又去街上给我重买了一只叫油子来家。

长大后我才明白，我妈的做法既维护了邻家孩子的尊严，又给了他及时改正错误的机会，还把我哄得好好的，真的了不起。

（载于《金陵晚报》2021 年 8 月 22 日）

蜻蜓捉到蚊帐里头逮蚊子不靠谱

小时候我住在乡下，水塘多，一到夏天蚊子歹呢，特别有一种花脚蚊子，它叮得人奇痒无比。每到这个时候，人蚊大战就此揭开序幕。那咎子，蚊帐是家家户户必备的防蚊神器。所以，一入夏我家人总是提前给我挂蚊帐，一般都是在我小床的四个角上，绑四根竹竿儿，然后把蚊帐顶上的四个角拴在竹竿儿上就行了。即便这样，有时候蚊子还会钻到蚊帐里头咬人。

有一天，我看见一大群蜻蜓在头顶上飞来飞去，我妈告诉我说："蜻蜓飞得低，出门带蓑衣。"让我赶紧回家，不要在外头淋到雨。还说蜻蜓是益虫，最喜欢吃蚊子、苍蝇。我想如果逮几只蜻蜓回家放到我的蚊帐里头，蚊子偷袭我时，就让蜻蜓收拾它，我不就能高枕无忧了嘛！于是我回家找了个大玻璃瓶子，脱下小褂子（上衣），对准飞过来的蜻蜓刷过去，一刻儿功夫，我就捉到了好几只蜻蜓。我兴冲冲地把蜻蜓带回家，一只一只拿出来放到蚊帐里头。

晚上睡觉前，我又故意放几只蚊子进蚊帐，寻思着看看蜻蜓是怎么吃蚊子的。

没想到，晚上我倒头就睡，把看蜻蜓吃蚊子的事情早就忘到八姨妈家去了。第二天早晨醒来，发现几只蜻蜓虽然还活着，但已经是气息奄奄快要不行了；而几只蚊子却挺着血红的大肚子，很威武地停在蚊帐的一角。再看看自己膀子上面，几个红颗颗（红疙瘩）痒得钻心，真是气不打一处来。不知道是蚊子太狡猾，还是蜻蜓被捉后很生气，宁愿挨饿也不去逮蚊子。后来才知道，其实蜻蜓很脆弱，被捉后放在蚊帐里头，让它在蚊帐里头逮蚊子吃，根本不靠谱。

（载于《金陵晚报》2021 年 8 月 26 日）

立秋那天，我家啃秋用地瓜代替

立秋节气，南京人这一天有吃西瓜啃秋的习俗，从明朝就开始了。那昝子（那时候）啃秋吃西瓜，据说可以治“癞痢疮”，如今早就不是那么回事了。古人认为，立秋之日吃西瓜，可以清除暑气，防止秋燥和痢疾，还有迎接秋天到来之意，久而久之形成习俗流传下来。

小时候，每到立秋的日子，我妈下班后总是会买一个大西瓜和几个小西瓜来家。晚饭后一家人坐在一起，一边乘凉一边吃西瓜。大西瓜归父母和外婆他们三个人吃，小西瓜分给我们兄弟姊妹一人一个，让我们自己吃。每到这个时候我最来劲，想着法子来吃西瓜，先用刀把西瓜把子那头切掉一片，然后用挑子（调羹）在里面挖瓤子吃，一直到挖不到了，再把上头一圈西瓜切掉，继续往下挖，经常搞得桌上地上全是西瓜水。有一次，我妈终于发火了，说：“没得命了！这哪块（哪里）是吃西瓜啊，你这是作糟（糟蹋）唉！”虽然我的这种吃法没少挨骂，但我还是乐此不疲。

有一年立秋，晚饭后一家人坐在那里等我妈分西瓜，谁知阴差阳错，我妈本来说好让我爸买西瓜的，结果他老人家把这么重要的事情搞忘了，我妈赶忙上街去买西瓜，那年歹怪（不巧）活见大头鬼（不可思议），我妈在街上转了一大圈也没买到西瓜。到这个时候，一家人面面相觑，呆呆地坐在那块（那里）。还是我妈反应快，只见她从厨房的麻袋里面翻出十几个地瓜（山芋）来，跟我们说：“这不也是‘瓜’吗，将就着‘啃’啵！”她一边说一边把地瓜洗干净，又把皮刨掉切成片用盘子装好，端过来招呼大家吃，我算是长见识了，原来啃秋也可以啃地瓜的。我家的这半麻袋地瓜，是前几天我大舅刚从乡下送来的，这时候正好派上用场了。

（载于《金陵晚报》2021 年 9 月 17 日）

那年八月节，我们边吃米饼边赏月

20世纪70年代中期，我在农村插队。那年八月节（即中秋节），我们几个插子决定在乡下过节，当时农村生活比较艰苦，大家凑了半天才凑到几块钱，到街上买了一条鱼、几斤肥肉，又买了一些蔬菜，剩下钱就不多了，大家决定买酒，至于月饼嘛，做几个米粑粑也能代替。

回到家，大家就分头忙碌起来，切肉、洗菜、煮饭……忙得不亦乐乎。不一会儿，煤油炉上的米饭煮好了，有个老插子主动来做米饼，只见他把一坨米饭放到茶缸盖子里头，然后用手使劲压，压实了倒出来，再把突出的部位压平，一个米饼就做好了。他一边做米饼，一边招呼切肉的赶紧用肥肉炼油，然后把做好的米饼下油锅炸，一直炸到焦黄才出锅。晚饭准备好了，有人建议把饭桌搬到屋东头的土台上去，可以一边喝酒，一边赏月，我们七手八脚把饭桌安置好，菜肴端上桌，两荤两素加一个水煮冬瓜，将将好四菜一汤，那个年代，毫不夸张地说这可以算作盛宴了。

开饭前，我又到社员家借了几个酒盅子来，给大家斟酒。这时，月亮慢慢升起，月亮的影子不时地在我们酒杯里头晃来晃去。难得开一次洋荤（吃大餐），大家敬酒吃肉热哄着呢。月亮偏西时，桌上只剩下几块米饼了，这时有人突然拿出来一小罐白砂糖来，大家异常惊喜，因为那昝子买糖要票。说实话，米饼肯定不如月饼好吃，但是蘸糖吃好像也不推板（差劲）到哪块去。于是有人即兴编了一段顺口溜："米饼月饼一样圆，蘸糖米饼比蜜甜。谁说赏月需月饼，米饼也能拜婵娟。"大家都夸他来斯。我也乘兴来了一段："插友相聚过中秋，鱼肉酒食别无求。赏月何须吃月饼，米饼一样解乡愁。"

八月节又快到了，插友们，我们阿能再聚一次啊？

（载于《金陵晚报》2021 年 9 月 19 日）

摔折了胳膊，独享外婆烧的猪肝汤

小时候我很调皮，一到寒暑假更是像放鸭子一样，到处找人玩，什么斗鸡子、打弹子、拍洋画、竖蜻蜓、跳拱、摔跤、官兵捉强盗等，想怎么玩就怎么玩，整天野在外头跟个泥猴子似的。

有一年暑假，我跟小伙伴玩跳拱，就是一个人弯腰做“拱”，大家依次用双手按住他的背，从上面跳过去。当“拱”的人，先是抱头蹲着，让大家从背上跳过去；然后逐步升高，抱头半蹲着让人从背上跳过去；最后是抱头站直，让人从头上跳过去。不管在哪一级，跳不过去的人就当“拱”，让人家跳。我一直很得意，因为我跳拱的水平比较高，从来没得（没有）当过“拱”。俗话说：“打死会拳的，淹死会水的。”有一次我终于跳砸了，当“拱”升到最高时，我一不小心从“拱”的头上翻身掉了下来，把胳膊肘子跌骨折了。好在我比较耐驼（能耐疼），自己用左手托着右肘子就回家了，外婆一看心疼得不得了，赶快带我到医院去瞧（看病），最后医生给我上了一条纱布绷带，把右肘子吊在脖子上。

从此，我除了不要做暑假作业外，还能享受优厚的美食待遇。外婆隔三岔五一大早就到菜场，专门为我买两毛钱猪肝和一把菠菜，烧猪肝菠菜汤给我补身子，而且总是慈祥地坐在一旁看着我吃。那昝子，生活比较艰苦，有这个就算上等补品了。一开始我吃得很自在，外婆端来我就吃。后来发现，只要我一开吃，好像弟妹们就眼巴巴地看着。有一次，我终于吃不下去了，于是我就主动分给他们吃，但是他们坚决不要。小妹还说：“大哥，你早一点把骨头养好，就能带我出去逮知了玩了。”后来还是外婆有办法，她每次烧猪肝菠菜汤都盛三碗儿，弟妹们人人有份，只不过我碗里头的猪肝比他们多。

（载于《金陵晚报》2021 年 10 月 20 日）

外婆做的桂花酒酿元宵有种秋天的味道

每年白露节一到，按照老南京人的习俗，除了吃应时水果、品白露茶以外，喝白露米酒也是不二的选择。所谓白露米酒，就是在酿制酒酿的基础上，过滤掉米粒并且经过一次蒸馏而形成的米酒，有补气驱寒的作用。老早，我家小娃儿多，只做酒酿不做米酒，酒酿做好后要么白嘴吃，要么用来炖鸡蛋，更多的是加小元宵和赤豆、桂花，做成赤豆酒酿元宵和桂花酒酿元宵，这是很多南京人秋天养生的标配美食。

我外婆做酒酿绝对是一把好手，她凭经验就能准确把握糯米和酒曲的比例，在酒酿发酵的温度和时间上也掌控得当，如果把握不好，酒酿继续发酵，米就不能吃了，酒精度也高，外婆做的酒酿总是甜而不老，恰到好处。街坊邻居常来向她请教，有的直接请她代做酒酿。那昝子，外婆酒酿做得好，自家院子里又有桂花树，桂花现摘现蜜制，所以我家吃桂花酒酿元宵特别方便。小时候，我喜欢吃甜食，除了糖果糕饼之外，最爱吃的就是外婆做的酒酿和桂花酒酿元宵，百吃不厌。

有一年白露前后，外婆做了一大一小两钵子酒酿，我放学来家，木里实古地用挑子（调羹）在小钵子里面直接揓（舀）着吃，第二天又吃了不少。等到外婆发现时只剩半钵子酒酿了，她用常州方言狠狠地把我数落了一通，我不敢吭声。外婆说："下次不能这样，要吃酒酿跟我讲。"原来那小钵子的酒酿是外婆代邻居家做的，结果被我偷吃了一半，最后外婆把大钵子酒酿给了人家。

这昝子，又到了秋高气爽的时候，虽然外婆不在了，但是她做的酒酿特别是桂花酒酿元宵，那种甜美、那种新鲜有一种秋天的味道，令人永远难忘。

（载于《金陵晚报》2021 年 10 月 25 日）

秋高气爽，我和老伴带老爸自驾游

秋天来了秋游喽！我妈已经去世，好在老爸还在，我把对我妈的孝心也一并放到老爸身上。

前不久，我瞅准一个好天气，和老伴带着老爸自驾到农家乐去赏秋。考虑到他已是耄耋之年，行走不便，我们提早备好了茶水、轮椅。来到城郊的邱家大院，我扶老爸下车，让他坐在轮椅上，我推着轮椅，就像小时候我坐在童车里，他推着我一样。小路两旁的植被色彩斑斓，依旧富有活力，满地的落叶被轮椅碾压得簌簌作响。白墙黑瓦的民宅，掩映在树丛之间，金黄的菊花、火红的枫叶、白色的芦花，好像在刻意渲染着深秋的气息。不远处有一簇小红菊特别显眼，中间一个金黄色的圆球，四周舒展着粉色条状的花瓣，在秋天的海洋里，就像一股隆起的彩色浪花，十分讨人喜欢。这里的游客虽然熙熙攘攘，但都井然有序地漫步在乡间小路上，寻访自己心仪的景致。老爸十分宜当(舒服)地坐在轮椅上一声不吭，静静地看着这一切，嘴里还喃喃着什么，我猜摸他又在吟诗作赋，正在精心地打着腹稿。

很快就到了中午，我们找了一家稍宽敞的饭店用餐。俗话说，“白露过后寒露至，赏菊吃蟹正当时”，所以赏菊品蟹是这个季节的绝配。我们点了几道农家菜，又专门点了几只固城湖的大闸蟹。老爸从来不喝酒，于是我们一边以茶代酒，一边享受美味佳肴。我精心剥了一个蟹黄，外加几只蟹腿肉递给老爸，他自己埋头吃着，并不搭理我，就像我小时候他喂我吃饭一样。

终于到了该返回的时间，老爸却意犹未尽，还想多待一会儿。于是我又开车带老爸在邱家大院转了几个来回，这时他才勉强同意回家。在回家的路上，我想，每个人都会变老，这是大自然的规律；每个人都应该存有孝心，这是道德伦理的传统。所以，我们每个人都应该正儿八经地做个孝子，把孝顺进行到底。

（载于《金陵晚报》2021 年 10 月 27 日）

第一次买长寿菜，闹出笑话来

南京人的节气感很强，对吃时令蔬菜很讲究，一点儿不搭僵（将就）。比如：春天要吃荠菜、马兰头、香椿头；夏天要吃长寿菜（番薯叶）、蕹菜（空心菜）；秋天吃黄花菜、茭白；冬天吃白菜、矮脚黄（青菜）。尽管现在有高科技，反季节菜一年四季都有，但老南京的习俗没变。

我工作流动性大，上下班不定时，老早家务事基本不沾边。退休后一直想为老伴减轻点负担。一天外出来家，途经一家菜场，想买点菜带回家。我转了半天，最后看上了长寿菜，名字好听，菜叶子翠绿，摊主说："这是新上市的小品种蔬菜，五块钱一斤。"虽然价格不便宜，但既然是时令蔬菜，买回家也不会错，我花六块钱买了三小扎子，兴致勃勃地拎回家。老伴一看就说："你怎么把山芋叶子买来家了？"我定睛一看还真是，老早的山芋藤子什么时候改名叫长寿菜了？

小时候，我家常吃山芋藤子，我妈一根一根地把山芋藤上的皮撕掉，再择成一段一段的，然后和辣椒一道炒着吃。这种吃法虽然很费工夫，但是爽口下饭。如今把山芋叶子和叶把（叶柄）子一道炒着吃还是头一遭。我上网查询得知，所谓长寿菜，学名叫菜用甘薯，俗称白薯叶、番薯叶、地瓜叶，和普通甘薯不同，菜用甘薯只长苗，不结甘薯，因为营养集中在茎叶上，富含维生素以及矿物质钾、钙等物质，能够有效补充人体所需的营养，还有抗癌功效。

之后，我一连几天都买长寿菜。终于有一天老伴不耐烦了："你以为真能长寿啊？难般（难得）尝回鲜就算了，还当真哩！"我想也是，老伴炒的长寿菜，哪里比得上我妈的山芋藤子炒辣椒好吃呢？

（载于《金陵晚报》2021 年 11 月 2 日）

秋天，我娘带我改两用衫穿

南京的天气就是这么怪怪的，昨天还热得直冒汗，歹怪晚上刮了一夜风，第二天就冷得一塌，我到衣柜里头找了一件两用衫套上。两用衫又叫春秋衫，其实就是一种适合春秋两季穿的厚一得儿的长褂子。回想我上小学的时候，我妈带我改过几回两用衫。

那一年秋天天气陡然降温，我放学来家就冻得猴猴滴。那时家里没有衣柜，暂时不穿的衣服都是装在箱子里头，我妈翻箱倒柜地帮我找衣服，找了老半天才找出一件旧的两用衫，我穿上一试，袖子明显短了一截，身腰也嫌紧，我妈说："你长得太快了，这咎子就是到裁缝店去做，到街高头买也来不及啊！先脱下来，我帮你改。"还是我妈有办法，她把衣服扣子全部剪下来，重新往衣服边上钉，又找来两只护袖，套在袖子上，用别针别上，这样腰身、袖子就加宽加长了，我一试果然宽松多了，虽然不好看但暖和。我妈说："先将就穿几天，过几天带你去买新的。"

过了几天，我放学来家，我妈拿出一件簇新的两用衫让我试穿，我穿上一看，太大唠，袖子都长过指麻头（手指头）了。我妈说："穿穿就正好了。"我不肯。她只得又让我脱下来，说："我再改。"她如法炮制，把新衣服的纽扣全部剪下来，重新往里面钉钉，又把长袖子掖起来，用护袖套上，再用别针别好，我再试穿，没得原来那么肥大喽。

如今，生活条件好了，小娃儿（小孩子）的衣服再也无须改大改小了，只要不合适家长马即就去买新的。我家孙子换季时不肯穿旧衣服，哭闹着要穿新的。我是不客气，好好教训了他一通，把我小时候的故事讲给他听，小孙子看我那么严肃，吓得不敢吱声。我想他应该是听进去了。

（载于《金陵晚报》2021 年 11 月 23 日）

毛栗子烧鸡是我家秋天的招牌菜

俗话说："秋季补得好，一冬病不找。"对于比较讲究的老南京人来说，一到立秋节气就开始贴秋膘了。在南京，领军秋天的美食，首当其冲的就是鸭子，什么烤鸭、酱鸭、盐水鸭、啤酒鸭、老鸭汤，吃法不要太多唠，否则也对不起"鸭都"这个称号。此外，南京人的食谱上还有板栗烧鸡、清蒸大闸蟹、千张结烧肉、排骨莲藕汤、桂花米酒汤圆等，当然还需要时令水果来搭配，而我家的首选则是板栗烧鸡。一方面，鸡肉肉质细嫩，滋味鲜美；另一方面，栗子不仅含有大量淀粉，而且含有蛋白质和各种维生素，有健肾补脾的功效。

小时候我就喜欢吃毛栗子，可不是南京娃儿挨打的那种"毛栗子"。那昝子毛栗子还是个稀罕物，糖炒栗子都是用沙炒的，吃的时候还经常能吃到碜牙的沙子，就是这样我家人还嫌贵很少买，有时候买几块栗羊羹来家，让我们娃儿（小孩）尝尝里面仅有的一得儿栗子味儿。所以，我常常在小学门口的摊子上，花几分钱买一把用酒盅子装的、水焐的野栗子解馋。野栗子长得跟人工培育的毛栗子差不多，但颜色要深一点儿，个头很小，跟蚕豆粒差不多大，而且瘪子多，根本无法剥壳，只能连皮带壳子塞进嘴里嚼嚼味儿。

一次我姨妈带来好多生毛栗子，我一看到就来劲了，因为家里没有炒栗子的沙子，只能煮着吃，我捧起一大把栗子就要往锅里面放。我妈说："乖乖，不要一副吼巴巴的样子，先要用刀在栗子上面划一个十字，煮熟了才好剥。"于是我又耐住性子，跟着大人在栗子上，用铅笔刀一个个划十字后再下锅煮。就听我妈跟姨妈说："要是用鸡和栗子一起煨，那才好吃呢！”姨妈说：“那是！”那天晚上我记不清吃了多少栗子，但却牢牢地记住了我妈的那句话。

后来家里面生活条件改善了，每到毛栗子上市的季节，根本不用我提醒，我妈隔三岔五地就会到菜场，买鸡买毛栗子来家，精心烹饪她最拿手的毛栗子烧鸡。很快这道菜就成了我家餐桌上的招牌菜，也是全家人的最爱。

（载于《金陵晚报》2021 年 11 月 23 日）

冬至大如年，全家吃汤圆

冬至是二十四节气中一个重要的节气，好多人家都会祭祖烧纸钱，然后全家聚在一起大吃一顿，这才有冬至大如年的说法。冬至对我们普通人来说，只知道这一天白昼最短，黑夜最长。老南京过冬至有几样食品必不可少：一是煨鸡汤，二是炖豆腐，三是饺子或者汤圆。南京民间也有“冬至不吃汤圆，难过三九严寒”的说法。

我家是常州来的南京人，很多习俗是常州和南京的交融。冬至南京人吃的汤圆，在我家称汤团。我小时候过冬至，外婆一大早就到菜场买一大块猪油来家，去迟了还买不到。来家后把猪油切成小油丁子，用糖蜜制起来，家里头糯米粉、芝麻、花生倒是常备的，一切准备停当，外婆坐下来包汤团。等到上班、上学的都来家后，外婆开始下汤团。外婆做的汤团比店家卖的汤圆大一号，主要有两种馅：一种是黑芝麻加糖蜜制的小块猪油；一种是花生去皮用刀背碾碎，再加糖蜜制的小块猪油。我喜欢吃花生馅的，一口咬下去，肥嫩的猪油就出来了，满口油香。那时我才八九岁，已经是一个不折不扣的吃货，一顿吃七八个汤团都打不住。后来爸妈不想吃甜的了，外婆就改包菜肉馅的汤团。馅子里头菜少肉多，等于包一个肉圆子，我年少不更事，吃起来特别吼，一口气吃下八九个肉汤团，还把汤脚子都喝光了。后首，一连几天我都感到腹部胀痛，我妈带我到医院一瞧，诊断得了伤食症，医生开了一得儿酵母片给我吃，从那以后，我再也不敢瞎吃了。

马即又到冬至节气了，老伴儿也不讲究，跑到糕团店买来家十来个芝麻馅汤圆，又烧了一碗大葱炖豆腐，对我说：“要管住自己的嘴。”

看着如此简单的家宴，不由得想起外婆做的汤团来，那才叫过节呢！

（载于《金陵晚报》2021 年 12 月 19 日）

萝卜鲞炒青蒜叶子，我家的老味道

南京人喜欢吃鸭子，也爱吃萝卜，不然怎么会得到“南京大萝卜”的美称呢。其实这个美称本意是说南京人敦实、憨厚。萝卜性凉，味辛甘。南京人有“秋冬萝卜赛人参”的说法，烹饪好的萝卜吃起来美味，营养也是“两个哑巴睡一头——没得话说”。一到冬天，萝卜就是我家饭桌上的常客。什么萝卜烩肉、萝卜煲汤、萝卜煨羊排、萝卜烧麻鸭等，每天萝卜都是当家菜，就连萝卜缨子也不放过，凉拌萝卜缨子也是不错的下酒菜。我妈还会做拿手的鸡汁萝卜，口味一点都不比馆子店推板。

老早，家里头生活条件不好，买肉还要凭票，所以萝卜和肉打滚就不要想了，萝卜鲞（萝卜干）倒是常吃。秋冬时节，我妈经常派我到酱菜店买大萝卜鲞来家，当作早上吃泡饭（用开水煮泡的米饭）、晚上吃稀饭的小菜，既经济实惠还下饭。但是买来的萝卜鲞特别咸，直接吃太齁（太咸），一般都要先用清水洗一下，除掉一得儿盐分，再把它切成小丁子，吃的时候淋上一点儿麻油，或者用青蒜叶子一炒，喷喷香。偶尔我妈会用萝卜鲞炒腊肉，味道更是好得一塌，这在当时就算一道大菜了。南京有句老话说：“萝卜鲞，嘣嘣脆，常吃能活一百岁。”

这咎子，那么大的萝卜鲞已不多见，我妈也不在世了。为了品尝老味道，每年小雪节气前老伴除了腌腌菜，还会腌一些萝卜鲞。腌萝卜鲞比腌腌菜方便得多，萝卜洗净连皮切成长条，放到竹筛子或者簸箩里晾晒，用清水过一遍沥干水，用盐拌花椒，一层萝卜一层椒盐地腌到坛子里头，封好坛口，十天半月后就可以起坛，用绳子把萝卜鲞穿起来“收卤子”（晾晒），晾干卤水后，再在萝卜鲞上加些五香调味粉拌匀，装进坛子随时取吃。虽然都是以生吃为主，但老伴也常会把萝卜鲞切成小丁子，或炒青蒜叶子或炒腊肉，让我重温一下难忘的老味道。

（载于《金陵晚报》2022 年 1 月 1 日）

外婆煮的腊八粥与邻居共享

南京民谚说："小娃小娃不要馋，过了腊八就是年。"南京人对过腊八节非常讲究，一点儿都不比过年推板。腊八这一天最重要的就是吃腊八粥，而"腊八粥"据说是明太祖朱元璋挖老鼠洞挖出来的。朱元璋小时候家里穷，有一天他饿得发慌，忽然发现一个老鼠洞，扒开一看，里面有大米、豆子，还有红枣等。他把这些东西统统混在一起煮了吃，感觉非常好吃。后来他当了皇帝，就叫御厨按照他指定的食材煮了一锅粥，这一天正好是腊月初八，所以就叫腊八粥。每逢腊八节，南京家家户户都会煮腊八粥，里面的食材歹哩，多的有二十多种，少的也有十几种。腊八粥煮好后，先祭祖先，然后全家聚在一起享受腊八粥的美味，同时馈赠街坊邻里。那昝子的腊八粥，对我们娃儿的诱惑力不要太大哦，海吃（大吃）一顿跟过年一样快活。

记得小时候，腊八节前一天晚上外婆就召集我们几个孙辈，帮着淘米，剥桂圆、栗子、核桃、花生米，泡枣子、葡萄干、赤豆、黄豆、绿豆等，老少忙得不亦乐乎，因为这些都是腊八粥中必不可少的食材。第二天，外婆用一口大钢精锅煮腊八粥，煮到开锅满楼飘香，闻到那个味道，没得人不淌口水的。腊八粥煮好后外婆总是用大蓝边碗盛上几碗，稍微凉一刻，就叫我端给隔壁张家一碗、李家一碗、王家一碗。我搞不懂，干么事要给邻居送腊八粥啊？外婆说："你没看到他们经常帮我搬煤墼、扛大米上楼啊！不能忘了谢人家哎。"但是一锅粥几大碗一送，剩下的就不多了，我常常跟外婆抱怨腊八粥没吃饱，外婆总是说过几天再煮，她的过几天就是一年。倒不是外婆食言，而是因为过了腊八就是年，家里的饮食菜肴越来越丰富，哪块（哪里）还能想到腊八粥呢！

如今，又到了腊八节，外婆已经不在了，老邻居也没得送的了。但是外婆知恩图报与邻居共享的为人，依然让我敬佩。

（载于《金陵晚报》2022 年 1 月 10 日）

想起老早我妈给我打的毛线帽

帽子是护头的，是“至高无上”的，有人说：帽子再旧也是戴在头上的，鞋子再新也是踩在脚下的。南京的冬天非常湿冷，老早南京人冬天除了穿棉袄、棉裤，还要戴棉帽子。

20世纪70年代，我还是个娃儿时，冬天上学戴的不是棉帽，而是我妈给我打的毛线帽，后来看到班上有几个同学，戴的都是绿色的“三块瓦”棉帽，比起毛线帽来不要太有派头哦，有人叫它雷锋帽，我羡慕得不得了，于是不肯再戴毛线帽，宁愿挨冻也不戴。我妈看我不肯戴毛线帽，怕我冻到哪块，就把我老爸淘汰下来有帽檐的“两块瓦”棉帽给我戴，我也不肯戴。后来，我妈托我大舅找了一顶铁路工人的棉帽，虽然也是“三块瓦”，但是颜色不对头，是蓝色的，而且那个“瓦片”明显比军用棉帽小不少，我还是不肯戴。我妈说：“你不戴帽子，脸上、耳朵上都会害冻疮（生冻疮），到时候吃了苦头就来不及了。”我没得办法，只好继续戴我妈打的毛线帽。

后来我下乡插队，这顶毛线帽又陪了我好几个冬天。我回城参加工作后，有一年，有个当兵的同学送我一顶正宗的“三块瓦”棉帽，也不知道他从哪块晓得了我喜欢这种帽子。我兴抖抖（兴奋）地戴到同事面前去骚包（显摆），同事说：“你真会搞笑，这种帽子过时了，现在的羽绒服都自带帽子了。”是啊，时代进步了，曾经十分时髦的“三块瓦”棉帽，一不小心就变成“文物”了，还有我妈给我打的毛线帽。如今这两顶帽子，都收藏在我家的樟木箱里头，舍不得丢。

（载于《金陵晚报》2022年2月25日）

荆条叶子洗发，60 开外的女同学少有白发

这几天天气好，我们几个 60 岁开外的发小聚会，在茶社一边掼蛋，一边刮白儿，韶的尽是小时候的陈年旧事。有人发现一女同学的头发又黑又密，少有白发，就问她是咋保养的。她说自己从不染发，几十年来都用树叶子洗头，大家听了都很惊讶。

她家兄弟姊妹多，卫生条件比较差，有一年不知怎么搞的就得了头癣，奇痒无比，还长了脓包，经常淌黄水。后来她妈就用荆条叶子的汁给她洗头，头癣很快就好了。她妈摘了好多荆条叶子，放在阴凉处，待其干燥后密封保存。用的时候，用布把干叶子包好放到水里煮，再兑上冷水洗头，既能去除污垢，又能生发护发。后来，她就按照她妈的做法，一年四季都用荆条叶子洗头，一直坚持到现在。

几个发小马即来劲了，唠叨起荆条来。小时候，我家自留地四周就种了一圈荆条，当作篱笆墙防止鸡、鸭、鹅到自留地里头来吃菜。那昝子，常见外婆抓一把荆条叶子揉捻出汁水来，给小妹洗头。我觉得很好玩，凑上去也想让外婆也给我洗头。外婆说："死走，公鸡头儿清水洗洗就行了。"那时为了省钱，小男孩都剃光头。没想到，荆条叶子竟然有如此神奇的功效。后来我上网查询，发现可以洗头的树叶子不要太多了，侧柏叶、木槿叶（荆条叶）、桑树叶等，都可以用来洗头护发。当然，用荆条叶子洗头，看起来容易，但要坚持 50 年如一日，就没那么简单了。如今，高级洗发护发用品多了去了，依然不能有效控制中老年人的白发，何况几片树叶子呢？也许我的女同学是一个特例。但是用荆条叶子洗头的往事，对我们这个年龄段的人来说，仍然有丰富的回忆空间和亲身体会。

（载于《金陵晚报》2022 年 3 月 9 日）

我妈家院子里的香椿头与邻居共享

南京人喜欢吃香椿头，一点儿都不夸张，今年香椿头才将上市，菜场就卖到八九十块钱一斤，如此昂贵，但吃货大有人在。俗话说：“春吃香椿芽，健脾又补阳。”大诗人、美食家苏东坡对香椿头也有赞誉：“椿木实而叶香可啖。”

老早，市场上很少有香椿头卖，一般人家都舍不得买。那昝子，每年二三月份，我妈家院子里头的香椿树就发芽了，很快就能长到20厘米左右，这就是头茬香椿头，也是香椿最嫩最香最好吃的时候。每到这个时候，我妈就会叫我去帮她摘香椿头。我站在杌凳子（方凳）上摘香椿头，够不到的地方用煤炉钩子钩。邻居们会站在我家栅栏围墙外头呱白（闲聊），说：“头茬香椿头最香最好吃！”“这香椿芽子长得多好啊！”听到这话，我妈总是把香椿头一把一把地从栅栏里头递出去送给他们，邻居们笑纳而去。有一对老夫妻我印象最深，他们总是一声不响，静静地站在那块看我摘香椿头，后来我才知道他们是聋哑人，每次我妈用绳子把香椿头扎好给他们拎走，他们会竖起大拇指弯曲两下表示谢谢。我摘下来的香椿头，我妈留一部分炒鸡蛋或者拌豆腐吃，剩余的全部用盐腌起来，一直能吃到夏天。有一年我又去帮我妈摘香椿头，香椿头都摘完了也没见到那对聋哑老夫妻过来。我妈说：“待会儿你带点儿香椿头去看看！”我说：“不来算活拉倒，干么斯（干什么）专门送过去？”我妈说：“我家香椿头一直都带邻居吃的，不要冇了（没有了）他们一家唉！”于是，我送了一把香椿头过去，老夫妻看到我去，直打手势。

一晃好多年过去了，又到了香椿头上市的季节，但是我妈家拆迁了，老邻居也分居各处，唯一难忘的就是与邻居共享的春天味道。

（载于《金陵晚报》2022 年 3 月 11 日）

小时候，看大舅罱河泥做肥料

开春了，燕子回来了，农民开始忙春耕。老早，在计划经济年代，生产资料匮乏，生产队大田里头常常缺肥料。队长要求社员在田埂上铲草皮、下河罱河泥，这是生产队种庄稼主要的肥料来源。

每年冬春两季，社员除了到田埂上铲草皮沤田外，还要经常要到河浜里去罱河泥。冬天的河泥浇灌给麦苗御寒，春天的河泥为育稻秧、种水稻做准备。20 世纪 70 年代初，我生活在城郊农村，记得当地有一首歌谣："燕子衔泥筑窠巢，社员罱泥作肥料。船船河泥运上岸，撒到田里壮秧苗。"当时生产队罱河泥的都是男人，一般两个人一条木船，手握长长的罱杆，罱夹是用粗麻绳织成的网，形状就像一对合起来的大撮簸（簸箕），网口的底边镶竹片或者铁片，便于插入淤泥。罱泥时先把罱杆插到河底的淤泥中，用罱夹根据感觉夹住河泥，然后用力提到船舱上，一部分水就顺着网眼淌掉了，再松开罱泥夹，把半湿的河泥泻进船舱。罱满一船河泥，就运送到河浜里的河埂边上，再用长柄粪勺子，一勺子一勺子地把河泥舀到一个大坑里，过几天再撒到田里。那辰子，我虽然很小，但很厌（调皮），一看到大舅他们扛着罱泥工具往河边走，就死活跟在后头，高低（坚决）不肯回家，大舅没得办法，只好让我坐在船尾稍宽的地方，看他们罱河泥。有时候看到船舱里河泥当中有小鱼小虾在跳，大舅就叫我用他准备好的小网兜捞起来，放在船尾的小铅桶里头，这是我最愿意干的事情。有时候大舅他们还能罱到河蚌，运气好的时候乌鱼、甲鱼也能罱到。大舅他们一天要罱好几船河泥，每次收工他都会把小铅桶里的鱼虾、角鱼全部给我，让我带回家给外婆。

如今，罱河泥这一农活早已退出了历史舞台，把河泥当作肥料的时代也过去了。

（载于《金陵晚报》2022 年 4 月 10 日）

春天，洋槐花炒鸡蛋也是一道美味

前几天在菜场边上，看到有个人背着一蛇皮口袋洋槐花在叫卖，说他刚从自家树上摘下来的，非常新鲜，五块钱一小塑料袋子。这引来不少人围观，有的问怎么个吃法，有的问吃了有什么好处，我也上前凑热闹。

老早，一到春天，南京本地蔬菜就会出现“春缺”期，菜价上涨，外婆就舍不得买菜了。但我家外婆有办法，她会带我到城郊接合部的村边地头，挖荠菜、苦菜、马齿苋等野菜来家将就一下，歹怪我还就喜欢吃。有一回，外婆没得带挖野菜的剪刀、铲刀，而是拿根竹竿儿就带我出门了。我们来到乡下，在一条小路边找到洋槐树，虽然只有稀稀拉拉的十来棵，但树上面密密麻麻结的全是白色的槐花。外婆说：“就是这种洋槐花能吃！润肺止咳、清肝泻热，还能解酒。”她一边说，一边用竹竿开始刷（打）槐花，我在树下捡一串串白色的花朵，一刻儿功夫我就捡了半篮子。原来，槐花在花瓣开放之前可以吃，如果花瓣开了，里面有花粉就不好吃了。很快我就捡了一篮子槐花，外婆用围裙把篮子盖好，我们满载而归。槐花看着漂亮，吃着也香。槐花的吃法很多，可以凉拌，也可做饺子馅，还能煎饼吃。我最喜欢吃槐花炒鸡蛋，吃起来有一种很特别的花香味道，令人难忘。

其实吃槐花并不是现代人的专利，唐代诗人杜甫，不仅吃槐花，也吃槐树叶，他在《槐叶冷淘》诗中说：“青青高槐叶，采掇付中厨。”槐花经过蜜蜂采蜜，还能酿制出槐花蜜，又称“白蜜”，吃起来有一种清淡的槐花香味，是中国四大名蜜之一。

这昝子，我家外婆也不在了。虽然城里头有洋槐树也开花，但那是公家做绿化用的，只供大家观赏，不能随意采摘。还好有人卖槐花，又可以一饱口福了。

（载于《金陵晚报》2022 年 5 月 12 日）

我拿女娃儿扎辫子的玻璃丝编鸭蛋网

南京人称端午节叫五月节，五月节吃粽子，挂咸鸭蛋，是一种祈求平安的传统习俗。讲究一点儿的人家，还要吃“五红”，辟邪祛暑不疰夏。20世纪70年代初，我家小娃儿多，生活条件一般般，虽然“五红”不一定吃得全，但是粽子、咸鸭蛋总是少不了的。

那昝子，外婆都会在节前编几个小网兜子，然后在每个网兜里面放一个煮熟的咸鸭蛋，过节那天再给我们娃儿一个一个挂在颈脖子上，我们个个傲得像地保（自以为是），在邻居娃儿面前显摆，毕竟在那个年代不是每个娃儿都有鸭蛋挂的。头几年，外婆用纳鞋底线编鸭蛋网，后来外婆开始用彩色丝线编鸭蛋网，而且越编越讲究，网兜子底下还留有长长的穗子，把鸭蛋挂在胸前，走起路来，鸭蛋一晃，穗子一摆，十分诱人。再后来，我也学会了编鸭蛋网，过节时放咸鸭蛋，鸭蛋吃完了就放几个乒乓球进去，挂在床头也好玩。有一年端午节，我发现有个邻居家的娃儿，早早地就挂着咸鸭蛋在我面前转悠，我仔细一瞧，那鸭蛋网是用彩色玻璃丝编的，好看得一塌。回到家我突然发现脸盆架上挂着一把五颜六色的玻璃丝——那昝子玻璃丝可是个时髦货，我马即（马上）就拿来编鸭蛋网。一个鸭蛋网还没编成，就被外婆发现了，她训斥道：“小炮仔仔哎！这是你妈买给女娃儿扎辫子的，你不要作糟（浪费）哦！”骂归骂，那一年我编的玻璃丝鸭蛋网还是归我所有，我把鸭蛋放在玻璃丝网袋中，挂了好几天才开吃。

这昝子过五月节，也看不到娃儿胸前挂咸鸭蛋了。

（载于《金陵晚报》2022年5月29日）

三伏天，我妈通宵给我们扇扇子捉臭虫

前阵子气温蹿到 40℃，我出差来家，满头大汗，衣服潮透，老伴赶忙跑过来接过我手中的包，说我家这一片临时停电，供电部门正在抢修。唉……老伴不知从哪块翻出来一把老掉牙的折叠扇，我无奈地摇着扇子，想起小时候夏天酷热的情景。

20 世纪 60 年代，很多人家都没得电风扇，更没得空调，那咎子，南京人过夏天，芭蕉扇是必备之物，还有蒲扇、鹅毛扇、折叠扇等。我家人手一把芭蕉扇，大一号的大人用，小一号的归我们娃儿专用，我妈用圆珠笔在每把扇子的把子上写上我们的名字。吃过晚饭洗完澡，爸妈就不让我们出门了，生怕我们又厌（调皮）一身汗来家。我们就在家里的地板上铺上草席，各自找一块地盘，坐在那块扇扇子乘凉，扇累了倒头就睡，经常睡到半夜里头被热醒或是被臭虫咬醒。那个年头，臭虫特别多，虽然家人每天都用开水烫草席，但是臭虫就是灭不尽。我妈看到我们醒了，过来帮我们扇扇子，捉臭虫。把席子卷起来在地上猛跺几下子，把臭虫跺下来踩死。后来就有了一种芳香型的杀虫剂，大家纷纷买来喷杀臭虫，臭虫几乎一夜之间就灭绝了。害虫是灭掉了，但炎热灭不掉，扇子用了好长一段时间。

如今，一晃几十年过去了，臭虫早已成为历史，芭蕉扇也进了博物馆。

对付夏天的炎热，家家户户都用上了空调。但是，人们的享受一旦成了习惯，稍微出点情况就难以忍受。这不，一旦遇到停电，日子立马（立刻）就好像回到了从前，浑身燥热难耐。还好，没得一刻就来电了，只听老伴说："来电了！"我猛然从梦中惊醒，原来那阵凉风是空调吹出来的。

（载于《金陵晚报》2022 年 8 月 27 日）

我妈做的苦瓜有种苦尽甘来的味道

南京的夏天十分湿热，为了祛除这种湿热，南京人除了吃盐水鸭外，还爱吃苦瓜、洋柿子（西红柿）、包菜和冬瓜。苦瓜也有人叫它凉瓜，长相不受看，还有人嫌它太苦，其实苦瓜很不一般，明代药学家李时珍很推崇它。有人说：苦瓜苦，能降暑；夏吃苦，胜进补。苦瓜的吃法很多，稍微用开水焯一下，清炒、凉拌都可以。如果还嫌苦，可以先冰镇，再加一得儿冰糖水调味。夏天在我家饭桌上苦瓜是出现频率最高，也是最受家人青睐的一个菜肴。

记得小时候，我妈把苦瓜买来家，有时候炒腊肉，有时候炖排骨，偶尔还会做苦瓜塞肉给我们吃。我们娃儿都嫌它苦不拉叽的（很苦），不爱吃。即便是苦瓜塞肉，我也会把肉和苦瓜分离，然后把肉馅搛（夹）出来吃掉，把苦瓜留在碗里，我妈就是吃苦瓜空壳的专业户。后来我妈蒙（骗）我们说，吃苦瓜能长高，不害痱子不起包。后头一句可能有道理，前一句“能长高”肯定跟苦瓜不擦（无关），尽管这样我们还是不大肯吃。后来我长大了，家里头还是苦瓜不断，慢慢地我竟然也吃习惯了，感觉苦瓜没得老早（以前）苦了，苦尾子后面还能品出一丝甜味来，不管是清炒还是凉拌我都来者不拒，而且非常喜欢吃，甚至上了瘾，几天不见苦瓜上桌，我就会问我妈：“怎么没得苦瓜啊？”

如今有了大棚，菜场里苦瓜好像一年四季都能看到，老伴隔三岔五地买来家，照着我妈以往的做法来做。老伴做得最多的就是清炒、凉拌，这种做法很简便、来得快，没得一刻儿工夫就能端上桌。但吃我妈做的苦瓜那种苦尽甘来的味道再也无法复制。

（载于《金陵晚报》2022 年 9 月 20 日）

新苞芦上市，想起童年的馋相

玉米，又叫玉蜀黍，南京人管它叫苞芦。这刻正是吃新鲜苞芦的时候，因为才将（刚刚）上市，价格稍微木（贵）一得儿，但是口感和营养没得话说。有人称它是蔬菜中的“黄金”，一得儿都不夸张。

记得20世纪70年代末，一到苞芦成熟的季节，大舅就会从乡下送好多苞芦来我家，看到那么多金黄色的苞芦棒子，我开心得一塌。这时候，外婆就会把苞芦外面的青叶子一片片剥掉，只留最里面的一层白衣子，再拽掉苞芦头上的须须子，然后下锅煳（煮）。一开锅苞芦的香甜味就扑鼻而来，我们家娃儿多，外婆每次分配时，都是不欺不蔑（公平对待），娃儿一人一根，但背地里头总是悄悄多给我一根，我啃苞芦也快，三下五除二一根就下肚了。后来看到邻居家娃儿苞芦吃完了，还吃苞芦芯子，我也跟他们学，把吃完的苞芦梗子用刀竖到劈开，拿把小调羹掠苞芦芯子吃，味道跟煮苞芦的水差不多，有微微的甜味。那时候不懂，其实嫩苞芦芯也是好东西，生津解渴、健脾开胃、清热利尿。有时候，外婆会教我们把苞芦米子剥下来，要么煮稀饭吃，要么摊椒盐玉米烙，有时候还做玉米排骨汤，难得地外婆还会把苞芦米子用冰糖水浸泡入味后，捞出来下锅炒给我们当零嘴吃，在那个年代这个就算是奢侈品啦。

科技的发展让苞芦的品种多了，除了传统的苞芦外，还有水果苞芦、蔬菜苞芦，可以生吃，口感鲜糯、脆甜；糯苞芦，又叫黏苞芦，淀粉含量高，黏性强，口味也不推板（差劲）；彩色苞芦，实际上是各种颜色的苞芦杂交而成，传闻营养成分比传统玉米高。每年新苞芦一上市，我都会第一时间买来家尝鲜，苞芦的样貌口味都没得太大改变，我还能找回童年吃苞芦的感受吗？

（载于《金陵晚报》2022 年 9 月 27 日）

秋天，乡下的灯笼柿子比蜜甜

又到了柿子上市季节，爱吃水果的我总会在第一时间掏钱尝个鲜。鲜柿子既有止血润便、清燥祛火的功效，又可以补虚、解酒、止咳，还能充饥，所以，享有“果中圣品”的美称。

小时候，我和外婆住在乡下老家，我家屋后就是生产队的果树林，果树的品种很多。记得其中有一片长得不高的柿子林，结出的灯笼柿子又好看又好吃，我对它情有独钟。那咎子，每年秋天，生产队都会派一个老爷爷看管柿子林。但是，一旦柿子大量采摘上市以后，就没得人看了。树上总会留下一些“漏网”的柿子，我早就看在眼里，记在心上。柿子树不高，很容易攀爬，我们几个娃儿一放学就爬到树上摘柿子，然后就坐在树丫上吃，吃够了再回家。有一回，我们几个娃儿在树上正吃得带劲，不知道谁喊了一声：“有人来抓了！”吓得我和身边的两个娃儿急忙从树上跳下来就跑，把裤子钩了一个洞。只见那个喊“有人来抓了”的娃儿躲在一边大笑，原来他是在恶作剧耍我们。

有一回，我们正在树上吃柿子，看林子的老爷爷来了，等到我们发现他时，他已经站在树下，手上还拿着一根长竹竿子。我们吓得要命，都想从树上跳下来逃跑。老爷爷赶紧拦住说：“不能跳，不能跳！我不是来逮你们的，是来告诉你们，树枝很脆，怕你们摔下来！”然后，他把我们一个一个从树上抱下来，又说：“这些柿子都是摘剩下的，我也不管，你们不吃鸟也会来吃。你们要吃最好用竹竿打下来再吃，爬树危险。”说完，他又用竹竿打下几个柿子给我们，我们心里面都非常感激老爷爷。

这旮子，柿子品种越来越多，什么牛心柿子、火晶柿子、磨盘柿子……这些柿子大多数我都吃过，但感觉口味都不如老家的灯笼柿子。

（载于《金陵晚报》2022年9月29日）

老菱上市了，想起小时候摘野老菱的往事

这刻儿老菱上市了，南京市场上常见的老菱是两角菱和四角菱，按照南京人的习俗，嫩老菱多半是生吃，当然也可以搭配藕片、荸荠片、鸡头米，做一个爽口的荷塘小炒。如果老菱老了，一般都是煮熟吃，香糯甘甜就跟毛栗子差不多，难怪有人称它是“水中板栗”。

我从小喜欢吃老菱。一次，外婆和一帮大妈大婶各自划着采菱盆在河塘里面采摘老菱，我就蹲在河塘边上看。老菱都长在叶子下面，不翻过来根本看不到，我担心外婆她们摘不干净，就找了根小竹竿，把老菱棵子拨到面前来，翻过来看看还有没得老菱了。有个大妈以为我想吃老菱，把采菱盆划到我面前来，抓一大把老菱给我，正好被外婆看到，她不同意我拿，说这些老菱都是生产队的，要集中过秤后拿到街上去卖。我很无奈，忽然想起来村外有几个野塘，到那块去摘老菱肯定没得事。

第二天下午放学，我带几个同学跑到村外的野塘里去摘野老菱，我们一边摘一边吃，开心得一塌。那块的老菱大多是四角的，稍不当心就会把嘴戳破。一天，有个同学提议把老菱煮熟了再吃，大家觉得煮老菱也很好玩，因此都赞成。那昝子，我们上学都是用铝制饭盒自带午饭，于是找来几块废砖头码了个灶台，又找来好多枯枝干叶，我到供销社的小店买了盒洋火（火柴），饭盒里盛满水放进老菱架在灶台上煮，一连煮了几饭盒，都被我们狼吞虎咽吃光了，大家吃得都很开心。等到快回家时我才发现，饭盒外边被烧得黑漆麻乌的。第二天早晨，外婆给我带饭时发现了，我只好如实交代。外婆说，你想干么事（干什么）

啊，玩洋火、煮老菱都很危险，不准再干了。我满口答应。后来扛不住馋瘾还是偷偷跑去摘了几次野老菱，但再也没用饭盒子煮过老菱了。

（载于《金陵晚报》2022年10月14日）

寒露，芝麻拌白砂糖才是老南京味道

前几天到朋友家串门，看到他正在院子里头忙活，两张机凳子上面架着一个老古董的大竹匾，里头铺着一层芝麻。他说这是他家舅老爷刚从乡下送来，专门给他寒露季节养生进补的。俗话说“寒露到，防秋燥”，芝麻具有滋养肝肾、明目黑发、润燥通便的作用，所以老南京都有“寒露吃芝麻”的习俗，朋友打算把芝麻晒干炒熟了，包芝麻汤团、做芝麻饼吃。

当年，我在农村插队。第一年秋天，生产队种的芝麻获得大丰收。那个年代，芝麻是稀罕物，等到芝麻收割、脱粒、晒干后，队长、会计就开始按人头分配。社员家人口多的就分得多，他们通常会留一部分下来，其余都拿到大队的油坊去榨油，那个油在我们那块叫麻油，炒菜、拌菜香得不得了。我也分到几斤芝麻，开心得一塌，马即跑到大队部要了几张旧报纸，把芝麻里三层外三层包了个严严实实装在网兜里头。那年寒露后探亲，我把芝麻拎回家，我妈见了直夸我能干，晓得顾家了。她接过我手里的芝麻倒在大竹匾里面，一点一点地捡掉里面的小泥巴块子和芝麻秸秆、芝麻壳，再用淘米箩淘洗，然后滤干晾晒后下锅炒。炒熟的芝麻，我妈用小石臼舂碎，装进一个大玻璃瓶子里头收好。我妈知道我从小就喜欢吃芝麻拌白砂糖——我觉得那才是最正宗的老南京味道——再说我正是长身体的时候，她在舂芝麻之前特意留了一小碗，又掠了几勺子白砂糖放里头让我端走。我家兄弟姊妹多，我妈悄悄给我开小灶，我不好意思吃独食，总会用小调羹给弟妹们一人分一得儿，带他们一道吃。当然，他们有时也会把好吃的省下来带我吃，这恐怕就是手足情吧。

（载于《金陵晚报》2022 年 10 月 22 日）

想起老早，煤炉底下烘山芋

秋风吹，气温降，前儿个出门，见巷档口儿（巷口）有一老人在卖烤山芋。

20世纪70年代，山芋上市时，我家亲戚都会送来一大麻袋山芋。那昝子我上初一，正蹿个子，饭量比较大，中学生的计划一个月32斤米，根本不够吃，我妈每天煮山芋饭给我吃，到了礼拜天还会烧汤山芋给我吃下昼儿（下午的点心）。那昝子，南京大多数人家都使用蜂窝煤炉，烧的是凭票购买的蜂窝煤墼，煮饭、烧菜全靠它，白天使用时要把炉门打开火力才旺，我家人多，烧煮的时间长，一天要换两到三个煤墼。晚上不烧东西时就把炉门关上，保持煤炉不乌（熄火）就行。我听同学说，关炉门前放几个小山芋在里头，第二天早上就烘熟了。于是我如法炮制，晚上先把炉子底下的煤灰扒干净，拿了两个大山芋杵里面，关上炉门，在炉子上墩（搁）一吊子（水壶）冷水，一夜过来水也焐热了，隔天早上正好拿来洗脸。第二天一早，我打开炉门从里头把山芋拿出来一看，发现山芋里头没有熟透，原来我贪心，杵的山芋太大。后来，我就选小一号的，第二天拿出来果然都熟了，味道跟外头卖的烤山芋俄搁不多（差不多）。我屡试不爽，后来又别出心裁，先后烘过毛栗子、带壳花生、洋山芋（土豆）、苞芦（玉米）、白果等，效果都呱呱叫。

如今，蜂窝煤炉早已淘汰，但想吃烤山芋不要太方便咯，到巷档口儿买现成的，也可以买来山芋在家自己烤——放入烤箱，十几分钟烤山芋就搞定了。但是，用现代化手段烤出来的山芋，那味道远不如煤炉底下烘出来的味道香甜。

（载于《金陵晚报》2022年11月21日）

我喜欢用大盐炒带壳的白果

前阵子路过鸡鸣寺，看到银杏树开始落叶，叶子金黄，一旁还有掉落的银杏果，老南京管它叫白果。白果原先是绿色的，成熟了就变成黄色，会自己从树上掉下来。果核是白色的，只有果核中的核仁才可以吃。李时珍的《本草纲目》里记载：“（白果）熟食，温肺益气，定喘嗽，缩小便，止白浊。生食，降痰，消毒杀虫。”可见白果是个好东西，生、熟都能吃，都有食疗价值。我对白果情有独钟，小时候到外婆家，常用竹竿儿打白果吃。

那昝子，娃儿们没啥玩具，除了滚铁环、刷陀螺、拍洋画、打弹子就没得可玩的了。最关键的是很少有零嘴吃，想买一点儿老鼠屎（咸金橘）、桂皮、甘草解解馋，就得向家里大人要钱，多半不给。一天，我到外婆家去玩，外婆告诉我掉地上的是银杏果球，把外面的瓤子剥掉里面的白果可以炒着吃。我一听欣喜若狂，马即捡了不少，又请大舅用竹竿儿到树上去打，一根竹竿儿够不到，大舅又绑了一根竹竿儿上去，着实打下不少白果球，我足足捡了一小篮子。外婆把白果一颗颗从瓤子里头剥出来洗干净，炒了一捧给我吃。同时跟我说，白果不能多吃，多吃了会胀肚子。她把剩下的白果，包起来给我带回家。回到家，我妈把白果夯不郎当（通通）倒到脸盆里头，说：“把白壳子剥掉才能烧菜、煨汤。”

我最喜欢我妈用大盐炒的带壳的白果。先把大盐炒热，然后放白果，一刻儿工夫白果就噼里啪啦炸开了。炒熟了的白果味道是微苦带甜还有得儿咸。我把大盐炒好的白果放口袋里头当零嘴慢慢吃，跟小伙伴们玩“炒圆豆、炒方豆，炒到白果翻跟头”的游戏，开心了就“赏”

他们吃果。

（载于《金陵晚报》2022 年 11 月 25 日）

立冬节气，南京人爱吃烤鸭裹大葱

日子过得快，立冬节气已过。现在南京人立冬时兴吃烤鸭裹大葱，抵寒又御风。讲究一点儿的人家，还会蒸几只大闸蟹来增加立冬家宴的气氛。

记得老早，一到这个节气，外婆就会到菜场买一只光鸭和萝卜来家，当然少不了几根大葱。她先把鸭子洗干净剁成小块，再把萝卜去皮切成大块，用一只大砂锅来煨。等到开饭时，外婆把大砂锅端上桌，又把生大葱切一碟子，放在桌上让我们搭着吃。我嫌大葱味道冲，最多搛一两小截吃吃。那时候我家鸭子煨萝卜一般都分两顿吃：第一顿外婆让我们多吃萝卜，尽量少吃鸭肉，特别是鸭骨头不准啃，因为要留到下顿添加萝卜继续煨，要不然就只剩清汤了；第二顿才允许敞开来吃。所以那昝子，鸭子煨萝卜是我吃过的极好吃、极过瘾、极难忘的美味之一。后来生活条件好了，原先简单的鸭子煨萝卜有了新烧法，里头搭配的食材增加了山药、莲藕、竹笋、西洋参和菌类等，口味提升不少。

今年，我第一次斗胆不听老伴的话。我去烤鸭店斩了半只鸭子，又去菜场买了几根新鲜的大葱来家，我说先试吃一回看看怎么样，到立冬日子再正式吃。老伴说你真会找借口。她一边说一边把大葱洗干净，切成小段子，又用平底锅摊了十几张小煎饼，拿出早已准备好的甜面酱放到碟子里头，淋一点儿香油（麻油），再搁一点儿味精和细盐，把它们拌匀。等老伴那头忙完，我这边把烤鸭去骨的工作也完成了。就这样，我们用小煎饼包上烤鸭肉，用生大葱蘸着调料美滋滋地吃了起来。要说，这种吃法还真有点儿仪式感，一刻儿工夫，半只烤鸭就被我们两人“报销”

了，连主食都省了，但小时候吃鸭子煨萝卜的那种味道和感觉却再难寻觅了。

（载于《金陵晚报》2022 年 11 月 30 日）

冬至鸡汤炖豆芽，吉祥如意进万家

早几天老伴就提醒我说，冬至快到了，早得儿做准备噢。老话说："冬至大如年，瞎钱（乱花的钱）用了千千万，买块豆腐烫烫心。"对老南京来说，冬至吃大葱烧豆腐是头等大事，也是一种老习俗，因为"豆腐"有个"都富"的吉利谐音，同时还要吃"汤团"，寓意团团圆圆。所以绝对不能搭浆（搪塞应付）。老伴说，这昝子南京人讲究歹（多着）哩。除了"都富""团圆"外，又新增加了一个"吉祥如意"，"吉祥如意"我还是第一次听说，该不会是鸡汤炖黄豆芽啵——黄豆芽长得像如意，鸡汤的谐音接近"吉祥"。第二天一早，我就兴抖抖地直奔菜场而去。

一路上，我想起了老早我家过冬至的情景。20 世纪 80 年代，好多东西都是凭票供应的，包括豆腐、豆腐果、豆干等豆制品，都要凭票购买。光有票还不行，还要早早起来到菜场排队，迟了就买不到。有一年冬至，外婆一大早就到菜场排队买豆腐，哪个晓得排到她时豆腐卖光了。外婆好说歹说，摊主没得办法，只好把代人家留的豆腐卖给了外婆，她这才没得空手而归。来家后，外婆做了两道菜——一道是大葱烧豆腐，一道是黄豆芽炖豆腐果，主食是芝麻馅的汤团。虽然这些都是纯素的家常菜，但是口味却不一般，全家人都交口称赞。特别是黄豆芽炖豆腐果，汤汁鲜香，味道可口，我一口气就吃了两大碗儿，都快撑死了。90 年代后，市面上大部分日用品，特别是副食品都取消了凭票供应，到了时令节气的日子，再也不愁买不到应季食品了。

我把几样食材买来家，没得一刻儿工夫，老伴做的几个菜就端上了桌，她舀了一碗鸡汤炖黄豆芽的"吉祥如意"汤给我，豆芽还是那个豆芽，豆腐果换成了鸡肉，但我却吃不出原来的味道了。

（载于《金陵晚报》2022 年 12 月 21 日）

小时候贪吃腊八粥，吃到食伤

到了腊八这个日子，南京家家户户都要煮一大锅腊八粥，搁在粥里面的品种一般都有黑米、红米、绿豆、红豆、黄豆、芸豆、核桃仁、莲子、花生、红枣、桂圆等，多的可达30多种。腊八粥，又称“福寿粥”“福德粥”“七宝五味粥”“大家饭”等。意思是说腊八粥不但好吃，吃了以后还可以增福增寿。南京城内寺庙较多，很多寺庙在腊八这天都会免费施粥，也有很多人到寺庙去排队领粥，因此，老南京又称腊八粥为“佛粥”。“佛粥”还有一个“福粥”的美好谐音。可见吃腊八粥对南京人来说有多重要。而南京人过年，大多从腊八节就开始了——从这天起，家家饭桌上年味儿越来越浓，大街小巷年的氛围也越来越浓。

想起小时候过腊八节。那昝子，我才十一二岁，是家里头有名的吃货，还没进腊月，就开始盼望腊八节，过天把（一两天）就要问外婆一次：“什么时候过节啊？”外婆总是说：“快了！快了！”终于等到吃腊八粥了，当我端起热气腾腾的腊八粥，那种幸福感嫑太强烈哦，一刻儿工夫，两大蓝边碗腊八粥就下肚了。我最喜欢吃里头的花生米、红枣、桂圆、核桃仁，还到锅里挖了不少到碗里来，就这样我还不满足，又另外添了半碗才罢休，这回真撑死了。第二天我什么都不想吃，还恶心想吐，外婆说我是“食伤”（食过量而郁积不化）了，赶紧给我吃酵母片，又过了两天我才算缓过来。从那以后，我吃东西再也不敢那么甩（不理智）吃了。

这昝子想起来都好笑，小时候我吃东西也太吼（贪婪）了。细细想来并不奇怪，那个年头油水少，人的饭量大，往往是只要有吃的，吃一顿是一顿，而且是能吃多少吃多少，不“吃伤”才怪。如今，还有什么美味能让人吃到食伤呢？

（载于《金陵晚报》2022 年 12 月 10 日）

外婆炖羊头汤，教我做人的道理

白萝卜炖羊肉汤是很多老南京的驱寒神器。老南京对羊肉汤的酷爱，早已是天花板级别的了，即便是“三伏天”也喝羊肉汤，这已成为一种习俗，称为“喝伏羊”，而且还流行“伏羊一碗汤，不用开药方”的说法。到了寒冷的冬天更是如此，年轻人在上下班路上，或者外出办事，为了驱寒，顺路找家清真馆子，喝上一碗羊肉汤，浑身发热，寒气顿消。前几天，老伴煨了一锅羊肉汤端上桌，帮我盛了一碗，那味道真是鲜香无比，就跟我小时候外婆炖的羊头汤差不多。

那笤子，我才将（刚）上小学二年级，家里经济条件不好，外婆是家里的事务长兼总厨，到了冬天，她总是一大早就到菜场排队买羊头，只有羊头不要肉票，而且价钱也便宜得多，配上白萝卜去腥，炖出来的汤，浓稠奶白，不腥不膻。一天晚上，我去水池打水洗脸，突然发现水池里有个白色的东西，吓得我大喊一声，手里的搪瓷脸盆也扔了，随着司门汀（水泥）地上哐当一声“巨响”，全家人都吓得不轻。外婆赶忙跑过来，看到后说：“这是炖汤的羊头。”我只知道羊汤好喝，还从来没跟羊头照过面。外婆每次把羊头买来家，先用镊子去毛，再用清水浸泡，用毛刷刷干净表皮，然后整个儿放进砂锅里头炖煮。炖好后，把羊头上的肉剔下来，连肉带汤盛出来，再盖上锅盖。我深深领悟到了外婆的一番用心：怕影响我食欲，以后不肯喝羊头汤了。

事实上，日常生活也一样，但凡容易让人感到尴尬的事，都可以善意地去回避，这才是睿智的表现。这是外婆教会我的道理。

（载于《金陵晚报》2023 年 2 月 24 日）

三伏天，你阿想吃炒南瓜藤子啊

农谚说："夏至有雨，三伏似秋。"意思是如果夏至下雨，到了三伏天就像秋天一样凉快。歹怪（没想到）今年夏至没得下雨，看来三伏天肯定热得一塌。按照往年的惯例，老伴这时候应该准备"三豆汤"来防暑降温了。因为一旦入伏，气温升高，很容易让人有一种疲劳和乏力的感觉。所谓"三豆汤"，就是用绿豆、赤小豆和黑豆熬制而成，既能清热解暑，又能健脾祛湿。此外，还有"入伏吃三豆，苦夏不消瘦"的说法。今年老伴一反常态，说"三豆汤"虽好，总不如吃时鲜蔬菜有味道。所以，她今儿个（今天）凉拌黄瓜，明儿个（明天）凉拌苦瓜，后儿个（后天）凉拌马齿苋，饭桌上的主打菜都是清凉素食，荤菜很少进门。前几天，老伴拎了一小扎青藤子来家，我不认识那是什么菜，她说是南瓜藤子，我说南瓜藤子也能吃啊？

记得我小时候在乡下，外婆把南瓜藤子割下来，用铡刀铡碎，然后煮熟了再拌一得儿糠喂猪。再说藤子上有这么多茸毛小刺怎么吃啊？老伴说，你那是老皇历啦，这昝子南瓜藤子要太吃香咯，买的人歹哩，这是三伏天最时髦的菜，不光是含有丰富的胡萝卜素、粗纤维素等营养成分，还能消暑补水，能减肥。她一边说，一边解开南瓜藤子。我心想，老伴多半是冲着"减肥"两个字去买的。只见她把南瓜藤上面带茸毛的皮子一条一条地撕下来，避免影响口感。忙了二年半（老半天）才算忙完，然后洗了好几浇（好几遍），再切成一小截一小截，下锅焯水、滤干，最后加一得儿辣椒下锅清炒，一盘菜就成功了。我尝了尝，没得（没有）想到，清炒南瓜藤子居然这么好吃，不晓得是老伴烹饪手艺见长，还是清炒南瓜藤子天生就是这个味儿，特别下饭，那一顿我居然干了两大碗饭。老伴说，你爱吃我下次再做。

（载于《金陵晚报》2023 年 6 月 29 日）

第三篇　散文诗歌

台城话旧

（一）散文

细雨中的拉萨印象

向往已久的西藏之行，转眼之间变为现实。2002年初秋时分，我们代表团一行13人踏上了西行之路。时值西藏的雨季，小雨蒙蒙，格外地清凉气爽。在从贡嘎机场去拉萨的路上，负责接待我们的朋友向我们介绍了西藏的情况。

西藏自治区于1965年9月9日建立，简称藏。全区面积120万平方千米，约占全国总面积的八分之一，人口260万。古为羌、戎地，唐、宋为吐蕃地。清代分为卫（前藏）、藏（后藏）、喀木（康）、阿里四部，总称西藏。平均海拔4000米，有“世界屋脊”和地球“第三极”之称。世界第一高峰——珠穆朗玛峰海拔8848.86米，在藏南境中、尼边界上。西藏资源丰富，牧区广阔，有牦牛、藏羚羊等兽类。主要市镇有拉萨、日喀则、江孜、昌都、林芝、亚东、阿里等。拉萨是西藏自治区的首府，政治、经济、文化中心，人口约40万。

从贡嘎机场到拉萨市区约90千米，我们的车队行进了近两小时，到达拉萨和平饭店。该饭店位于拉萨的江苏路，距布达拉宫步行只需10分钟，距大昭寺3分钟。拉萨海拔3700米，绝大多数游客有高原缺氧反应，主要特征是头痛、胸闷、气短、失眠、嘴唇发紫、腿软无力。入藏之前，我专门在网上查阅了有关资料，遂带了毛衣、夹克衫等，但高原反应无法避免。遵先行者之嘱：行走、登楼尽量模仿电影里的慢镜头，动作缓慢而矜持。尽管如此，我还是不时地要吸氧气，以维持大脑的正常思维。好在第二天一早参观布达拉宫时，身体已基本适应。同行中还有反应比我更强烈的，只能躺在床上，吸着氧气，忍受煎熬。这里虽然山高云低氧少，但这里的人民勤劳、豪放、热情高。我深切地感到，来西藏不易，神奇而美丽的西藏却又让你不能不来。

布达拉宫就建在布达拉山上，是全世界最高的宫殿，它以极高的历史、艺术价值而闻名于世，为全国重点文物保护单位。第一次登上巍峨壮观的布达拉宫，那种心情、那种自豪感难以言表。看到那紫红色的宫墙和那浓烈藏香缭绕的云天，我真的有一种进入仙境的感觉。蓝天白云，就是西藏最真实、最生动、最确切的写照。湛蓝湛蓝的天像一块浸过水的蓝布，润润欲滴；洁白洁白的云像挂在我胸前的哈达，在晨风中飘逸。相传7世纪吐蕃松赞干布始建此宫，后世屡有修筑。至清顺治二年(1645)，五世达赖大加扩建后，始具现在的规模。内有宫殿、正厅、灵庙、佛殿、经堂、平台和庭院等。布达拉宫有13层，高达178米，东西长400余米。由红宫、白宫两部分组成。5座宫顶，覆盖镏金瓦。外观气势雄伟，整体建筑体现了汉藏文化的融合，也是藏族建筑的艺术精华。宫内有大量雕塑、壁画，以及明清两代的教书、印鉴、礼品、匾等文物。宫中每一级台阶、每一寸土地、每一件文物都印记着属于它的那一段历史。如果说布达拉宫是凝固的音乐，那么我们前来观光的人，每一个都是跳动的音符，共同谱写一首高亢、嘹亮的西藏晨曲。

藏民信佛，那是真的。但信仰到“五体投地”的程度，还是第一次见到。他们面对佛像甚至佛像所在的方向，十分虔诚地、一遍一遍地五体投地。你行走在拉萨大街上，随时都能看见藏民手里拿着转经，一边走一边转，嘴里还喃喃地念着经文。在寺庙旁的转经处更是人头攒动，人潮不退，转经不止。

藏民很美，那绝对不假。无论男女老少，都有一张虔诚、善良、充满希望的脸，身着彩虹般绚丽的藏袍。如果你发现了藏民额脸上密密的皱纹，那你抬头看看，像不像雪域高原层叠的峰峦？如果你发现了藏民手掌上厚厚的老茧，那你低头想想，似不似雅鲁藏布江边坚硬的石子？

你再看看那一张张黑紫色、充满刚毅的面盘，这是最靠近太阳的特征，也是人类与大自然的有机合一。

来到拉萨博物馆，馆内的观展设施比我想象的要先进许多，甚至比内地的有些博物馆还要现代化，人们参观时无需解说员解说，每人发一个“手机”，走到你感兴趣的橱窗前，按照橱窗里的序号揿动“手机”上的号码，就能从耳机里听到解说词，既方便，又不影响别人。

罗布林卡坐落在拉萨西郊，是18世纪七世达赖时所建，为达赖喇嘛避暑的夏宫。“罗布”藏语为“宝贝”，“罗布林卡”意即“宝贝园林”。宫内藏有301幅精美绝伦的壁画和许多珍贵文物，已被列为世界历史文化遗产。罗布林卡最热闹的时候是雪顿节，藏民们搭建帐篷，野餐饮酒看藏戏欢度节日。

八廓街小商品市场在拉萨市中心，该街差不多正好绕大昭寺一圈，既是转经道，又是商贩云集的贸易区。游客、商贾、行人摩肩接踵，川流不息，十分繁华热闹。游八廓街应随朝拜的藏人依顺时针方向行走。市场上商品琳琅满目，有牛头羊角藏红花、冬虫夏草红景天，雪灵芝绿松石、天眼石，尼泊尔铜器，还有藏香、印度香和藏刀、藏包、藏披肩、藏袍等药材和工艺品。许多藏药材和制作工艺品的石头都产在5000米以上的高山上，因此十分名贵，价格也不菲。我只购买了一些藏香和红景天，前者点燃后可以享受芬芳；后者泡茶喝可以抗缺氧、抗疲劳、抗辐射。

（载于《南京日报》2002年12月23日，发表时有删节）

访日札记

到单位工作十几年了，眼看形形色色的人员一一出国，带回来大包小包的洋货和一肚子的新鲜玩意儿，更有那副趾高气扬的神态，叫你着实抬不起头来。心里盘算着，自己大小也是个中层干部，咋地就没有这个福分？唉，稿子写多了，只会写不会做。只好学着别人的腔调——一等出国西欧北美，二等出国一衣带水，三等出国高淳溧水，四等出国街头巷尾，聊以自慰。急归急，机会还是会有的。1999 年 8 月 16 日我终于成行，虽然在境外只有 7 天，但总算开了一次洋荤。为方便饭后茶余者的审阅和简便我的写作，我想还是采用最原始的流水账形式，来记述我访日的一些感受。

8 月 16 日　雨

今天，是我有生以来第一次出国，心里不知是什么滋味，很难用语言表达。只记得昨天下午从南京出发，乘汽车沿沪宁高速公路来到上海，晚上住上海远东不夜城大酒店。第二天一大早，便起了床，洗漱完毕，吃了早饭，便呆呆地愣在一边等时间。然后，稀里糊涂跟着几个人到了上海虹桥机场，又稀里糊涂登上了飞机，一直到飞机降落在日本福冈国际机场，我才意识到，我出国了。掐指一算，从上海到福冈只飞了一小时二十分钟，飞行距离大约 950 千米，同南京飞到北京的时间、距离差不多。虽然越洋跨海，多少让人感觉不过瘾。在飞机上我问日本空姐，是否要倒时差。“下飞机后，把手表拨快一小时即可。”那位空姐说完抿嘴一笑。我揣摩着那笑容里是否藏着“傻帽”两个字。是啊，北京东八区，东京东九区，时间只差一个时区，这个常识怎么竟忘了？好在周围的人并未注意我在说什么。下了飞机，出国的感觉并不强烈，因为日本人无论是肤色、相貌、身材都和我们差不多，就连那方块字也多数熟悉，只是不会读、听不懂罢了。同行有人用很“poor”的英语跟日本人搭腔的，我在一旁暗自窃笑，他们又不是高鼻子、蓝眼睛，你那样连比带画的“chinglish”（中式英语），人家听得懂吗？只见那日本人冲他一笑，说了句什么，然后毕恭毕敬一连鞠了好几个躬，才起身离去。随行翻译说，这是日本人的礼节。我问道：“一般日本人相互告辞时要鞠几次躬？”“通常三四次，有时还多些。”我说一会儿见了日本人也得这样，那不累得慌。出了机场，早有几位日本朋友在等候我们。一对是夫妇，一位是鸟月先生，他们迎上前来同我们一一握手，以示欢迎，然后请我们上了汽车。日本的公路并不很宽，但是秩序井然，车速很快，通行能力很强，几乎看不到自行车，行人也决不会在红灯时横穿马路。不一会儿，我们来到了长崎市。本想逛一逛三鸟百货商店，却不料碰上正常停业，便乘地铁去了附近的大神百货商店。在大神百货我花 3150 日元买了一支资生堂的口红，当然是送给爱人的。同行也有人准备慷慨解囊买了孝敬家人，不巧这个品牌的已经没有了，我暗自庆幸。稍后，我们乘车来到了仅有 10 万多人口的谏早市，下榻在“二 de 丸庄大酒店”。说是大酒店，实际上是一个只有十来个房间的私人小旅社，房间里都是榻榻米，平时做餐厅，有住客时便临时改作客房。随行的翻译说，这就是正宗的日本风情。好在酒店虽小，但设施比较齐全，四五层楼也有电梯，上下十分方便。吃饭在另一间榻榻米上，服务生和老板大约就是这家酒店的女主人。记得到的头一天晚上，翻译到朋友家吃饭，留下我们几个“日语盲”在酒店。当那酒店女主人来招呼我们吃饭时，我们一句话也听不懂，一阵尴尬之后方知就里。在我的印象中，她叫我们吃饭应该说“米细密西”才对，可就是听不到这个音，最后她做了个吃饭的手势，我们才明白，跟她来到餐厅。第一次坐在榻榻米上吃饭，既新鲜又痛苦。新鲜自不用说，那痛苦也是真的。最疼的是两只脚的踝骨，你想盘腿而坐，两个脚踝骨硌在地板上个中滋味实在不好受，一顿饭下来，疼得伤心。席间，吃生鱼片时我们想再要一些芥末，可怎么比画都没用，大家正无奈，我突然想起有人跟我说过，很多日本人认识汉字，于是我找来纸和笔写好后递过去，果然应验。

这家酒店的洗手间里，有一个设计很巧妙，抽水马桶的水箱盖是个槽型，下面有个漏水孔，上面有一个水龙头，如厕后洗手水正好流进水箱，这样既省事又节水，真是一举两得。早先我曾在报刊上看过，日本有一富豪在自家厕所的水箱里放半块红砖节水的故事，今日目睹果然如此。在日本，大多数厕所里都分“洋式”和“和式”两种如厕形式，前者为坐式，后者为蹲式，还有专为残疾者设计的如厕形式。

晚饭后洗完澡，坐在榻榻米上看电视。电视机很小，是 14 英寸的，我有些纳闷，日本这么发达，酒店里的电视却小得可怜。翻译说，日本人比较实在，很多大一些的酒店和私人家里的电视机都不大，够看就行。我想，节省和实用大概是日本人的传统美德，就像他们请你吃饭，总是正好，甚至略少，决不浪费。

8 月 17 日　晴

早上 8 点钟左右，鸟月先生派车接我们去参观长崎市中央果蔬批发市场。接待我们的是该市场的次长尾上武久先生和系长本田先生，本田先生向我们详细介绍了市场建设和管理方面的情况。日本的果蔬批发市场类似我们的蔬菜批发市场，由政府投资兴建。所不同的是日本的果蔬批发市场属政府序列，管理人员都是公务员。这类市场在日本有 100 多个。长崎的这个市场始建于 1975 年，占地面积 73235 平方米，建筑面积 36535 平方米，市场内有冷库、办公楼和部分营业加工门店、停车场、绿地等，总供应人口 62 万多人（2 市 18 町），接近长崎县总人口 150 万的一半（长崎市约 43 万人）。该市场 1998 年度成交金额为 210 亿日元，成交量 9500 万千克。在这里我们还了解到，日本政府对菜农的扶持政策主要是通过菜农协会来实施的，菜农的蔬菜也通过农协组织上市。

参观完长崎果蔬批发市场，顺道去了哥拉巴公园（Glover Garden）。哥拉巴公园，坐落在长崎港边的山坡上，对面是旧三菱重工长崎造船所。长崎港于 1895 年（安正 6 年）开港，是日本最早对外开放的港口。园内原是日本达官和外国商贾居住的豪宅，还有一所高等商业学校。现存遗迹保存完好，园内景色宜人，游人如织。翻译告诉我们，日本的公园和参观景点，大都设有电动扶梯，有室内的，有露天的，非常方便。如，“原爆中心”除有供一般游人使用的电梯外，还有专供残疾者使用的电梯。哥拉巴公园的自动扶梯是露天的，只管上山，不管下山。当我们立在自动扶梯上徐徐登山时，脚下周边的美景尽收眼底，使人目不暇接，心旷神怡。从这些细小的地方，足可见日本经济发达、社会文明的一斑。在日本，我们所到之处见到的每一个建筑、设施包括田地、道路、桥梁、河道等，都设计和装饰得那么精巧别致，每一寸土地都精打细算，充分利用，让你实实在在感觉到日本人的认真和精明。

晚上，谏早市吉次邦夫市长在当地一家比较有名的饭店——森田屋设宴招待我们一行。宴会实行“AA 制”，这种形式我在国内只是听说过，真正参与还是第一次。当然，吉次邦夫市长和我们例外，其他参加宴会的 20 多位日本朋友，都按标准交了宴会费用。宴会按照日本的习惯，先由市长致词、客人致谢、合影留念，然后分宾主依次坐定，开始进餐。席间，觥筹交错，谈笑声、碰杯声此起彼伏。让我佩服的是，日本朋友中竟有不少人能说中国话，且不少人多次到过中国，能说出很多中国的城市和旅游景点。这次坐在榻榻米上吃饭，我吸取了第一次的教训，用垫子垫在脚踝骨下面，免得硌得慌。可坐了一会儿，还是不习惯，垫子太高，人坐着直往后仰，只好不时调整坐姿以求舒适。日本人的饮酒习惯大概与中国不大相同，一是他们只给对方斟酒，而不给自己斟酒，即便自己杯中无酒，见你杯中无酒立即为你斟上，这时，你也应该为他斟酒，然后互敬之；二是日本人敬酒喜欢坐到你身边来敬——也许是都坐在榻榻米上的缘故。酒尽饭毕，双方互赠礼品。日本人送礼，特别注重外包装的美观，里三层、外三层，包得严严实实，即便是一支很普通的圆珠笔，也会包装得十分贵重的样子。

回到二de丸庄大酒店，已是晚上10点多钟，洗漱完就与家里通了电话，告知到日本第二天的见闻和感受，一夜无事。

8月18日　晴

上午，我们乘坐10∶18的新干线列车，途经福山、广岛等7个城市，历时3小时又15分钟（平均时速250千米），行程700余千米，来到日本第二大城市大阪。记得很多年前，就听说日本发明了一种高速火车，最高时速可达500千米，从东京到大阪只需1个多小时。现在日本的新干线有三种类型，一种是特快的，一种是中速的，一种是普通速度的，票价也不同，速度越快价格越高。我们这次乘坐的新干线火车是中速的。我的感受是，火车好像有一半时间是在山洞或是海底隧道中穿行，有时觉得耳压很大，像乘飞机的感觉。下午4点钟左右，我们住进了菊荣饭店。该饭店都是单人包间，房间虽小，但设计非常合理巧妙，也很舒适。晚上，大阪青果株式会社高井社长和阪上先生为我们接风。饭后，我们观看了大阪的夜景和一家超级市场。大阪的街道很整洁，但凡在十字路口的人行道边，都设有分类的垃圾桶，有专门扔塑料罐的、易拉罐的、烟头的、其他废纸杂物的，一般有三四个，这样做便于垃圾的分类回收和处理、利用。日本超市里的商品比较丰富，食品都很新鲜，但价格比较贵。我观察到，日本人购物都是急匆匆的，都是有备而来，来了就买，买了就走，没有闲逛的，这就是日本人的生活节奏，大概日本人的智慧就隐含在这快节奏之中吧。大阪的夜景很美，我的感受则更美。

8月19日　晴

到日本已经是第四天了。上午，我们来到大阪中央果蔬批发市场考察。大阪中央果蔬批发市场，在日本仅次于东京中央果蔬批发市场，是日本第二大市场。该市场建于1937年，占地面积17万平方米。1998年度交易额3兆日元，交易量19.5亿千克。市场工作人员有3万多，供应总人口800多万人。该市场的建筑非常宏大宽敞，全部是钢筋混凝土结构，看上去十分坚固。建筑内，大型运输车和电动平板车可以自由出入，绝不会有拥挤的感觉。大阪青果株式会社社长高井先生和蔬菜部长高桥先生向我们介绍，该市场约有20%的品种是进口的。主要品种有洋葱、南瓜、青花菜、白葱、香菇、蒜头、松茸、牛蒡等。有来自美国的、韩国的、中国的和东欧等国的。目前，日本的蔬菜自给率大约在85%。

下午，我们游览了京都二条城景点。被列为世界文化遗产的二条城，原是日本一位将军的府邸，建于1609年（庆长8年），占地面积27.5万平方米，建筑面积7300平方米。全木结构，气势非常恢宏。内设白书院、黑书院、苏铁间、大厶间等将军起居、会客、议政的厅堂。城内还有番所、二丸御殿、二丸庭园、内濠、本丸、清流园等景点。

傍晚，我们约请阪上先生具体洽谈了南京蔬菜出口到日本的有关事宜，谈判非常顺利，当即就由我起草了一份协议，由蔬菜公司代表许兴先生同阪上先生在协议上签了字（此协议为当年南京蔬菜出口实现零的突破奠定了基础）。有关日本蔬菜批发市场的情况和对我市蔬菜出口的建议，可参见我起草的《赴日本考察蔬菜出口的调查报告》，其中有较详细的说明，此不赘述。

8月20日　阴雨

一早，我们乘坐新干线到达名古屋，游览了著名的街心公园。在南京同名古屋缔结友好城市的纪念碑前合影留念。晚上，我们乘坐“特急”新干线（日本的“特急”，实际上就是我们“特快”的意思）来到了东京，下榻于Day Nice Hotel。与大阪一样，每人住一个单间，这里的住宿条件比大阪要好得多。21点左右，我们来到了闻名世界的不夜城——银座。银座确实“不夜”，是个了不起的不夜城。真正是“银装素裹灯闪烁，夜间更比白日明”，其亮化和繁华程度在国内恐怕没有哪个城市能与之相比。日本总给我这样一种感觉，那简直是一个用钢筋混凝土浇筑的、遍布电气化设施的、十分忙碌繁华的城域，即便在农村也是如此，没有多少乡村气息，都都市化了。在我看来，这个国家至少有三分之一在山洞里，三分之一在地下，剩下的三分之一在地面上。而地面上的东西，绝大部分都是属于“尤物类”：河道、马路、机场、地铁、车站、商店以及人流、车流样样管理得井井有条。残疾人专用过街天桥、无人售票公共汽车每个座位上的“示铃装置”、供坐轮椅者上下车的升降装置以及新干线列车每个车厢都有“冷”“弱冷”或“常温”的显示装置等等，无不体现出这个国家的发达程度和文明程度。我们经过的城市都很整洁干净，人们无论行走、乘车或是用餐都比较规范，穿着也普遍得体大方，奇装异服者极少。

8月21日　晴

早饭后我们乘地铁来到皇居公园——千叶园参观。皇居公园，顾名思义就是天皇居住地的公园。我猜想皇宫就在附近，由于我对日本皇宫的情况知之甚少，加上语言不通，又未向翻译讨教，故而讲不出所以然来，见笑。我对公园并不感兴趣，所有的公园都是大同小异，匆匆照了几张照片就出来到电器街转悠。在一家商店里我买了一些小纪念品准备带回去送人。日本的小商品市场有很多百元（日元）商品，很便宜，但是你稍稍不慎，就会上当。我买了许多铅笔、钥匙包、领带、剃须刀和化妆品，回国送人时才发现有不少是“Made in China”，或是新加坡、韩国生产的；有的虽然是日本生产的，但国内也能买到，且比在日本购买还便宜。直到以后很长一段时间我还耿耿于怀，不过我也挺阿Q的，毕竟是我从日本买回来的呀，我常常这样为自己辩解。购物后回旅店休息，此不赘述。

周六晚上的新宿热闹非凡。街道上人头攒动，摩肩接踵，真是比银座人更多，而且更加“不夜”。被霓虹灯和泛光灯笼罩的新宿，接纳着各种肤色的人群，夹杂着各种不同的语言，购物的、赶路的、闲逛的，无不显示出这里生活的浪漫和丰富多彩。公路上红色的车流绵延不断地急速驶过，听不到汽笛声，街道上人流熙熙攘攘，只有轻轻的摩娑声和窃窃私语。这就是新宿，这就是新宿的夜晚，整洁温馨、繁华有序，让人流连忘返。

8月22日　晴

日本的行程即将结束了，明天就要回国。上午谈完公事后，我们一行来到位于东京的迪士尼乐园游玩。正值园里举办游乐节，铜鼓乐队伴着吉祥物小丑浩浩荡荡绕园一周，引来不少游人驻足观看。园内有8大类上百个游艺项目，如果每一项都玩到恐怕一两天时间都不够。我们专挑国内没有的项目和比较有趣但又无需排队的项目玩，直到个个筋疲力尽方才罢手，然后一同打道回府。

8月23日　晴

早饭后，各自打点行装整装待发。从我们住的地方到成田机场，乘出租车要一个多小时。日本的出租车有较大的轿车，可做5人，连司机共6人。我们5个人的团队乘出租车最划得来，前排3人，后排3人，行李放在后备箱，坐得也很宽敞。在日本期间，我们曾多次乘坐这样的出租车。司机大多数是四十多岁的中年男子，待人彬彬有礼，服务热情周到。

成田机场很大，候机厅也十分宽敞。我觉得奇怪的是，候机厅中间用沙发围成一个区域，在这个区域内可以吸烟，其他地方却不能吸烟，尽管空间是共通的。这就大大方便了我这样的“老烟民”。在日本同国内一样，很多地方都是禁止吸烟的，如，商场里面不准吸烟，但商场门边就设有吸烟点；飞机上前排和中间不准吸烟，但在最后两排之后则可以吸烟；在地铁车站，有的站台不准吸烟，有的站台可以吸烟，而且都有明确的标志，连“新干线”列车上也明确标示着哪节车厢可以吸烟。当然，这些“优惠政策”我一次也没放弃过，都享受到了。后来我猜测，凡有不准吸烟标志的附近就一定有可以吸烟的地方，实践证明果然如此。日本主要街道的十字路口人行道一侧，都有专供吸烟和放烟蒂的铸铁器物。该器物约 80 厘米高，里面是空的，有点像国内快慢车道隔离栏的铸铁墩，正面有不少比卷烟稍粗的小孔，烟蒂就直接丢进小孔，十分安全、卫生。我看到很多日本人站在十字路口吸完烟，扔掉烟蒂才过马路，也有人随身携带“烟灰缸”，他们不吸游烟。

下午，东京时间 13 时 20 分，我们乘坐的 MU524 航班顺利起飞了，两小时后平安降落在上海虹桥机场。至此，日本的行程就全部结束了，只留下了一些难忘和遗憾。所谓难忘是因为第一次出国感受比较深，像刘姥姥进了大观园一样，完全是一种新鲜感觉，印象深刻。所谓遗憾，是因为时间太短,行程仓促,很多东西没有看到,所以,对日本还了解甚少,认识肤浅。我想如果有下一次，我一定会更加全面地、细致地写出我的感受。

（1999 年 9 月初稿于老村寒舍）

美国见闻

我对到美国看一看向往已久，不仅仅是因为它是一个发达国家，在许多国人心目中，这个国家有点像世界警察，甚至有些张狂和蛮横，令人有些不可捉摸，更重要的是我姑妈和两个妹妹都曾经留学美国，至今两个妹妹还居住在美国。一定要去美国看看，看看美国的风土人情、美国的发达程度；看看两个妹妹的生活怎样：这已成为 1999 年 8 月我从日本回国后的又一个迫切愿望。

2000 年 12 月，我终于如愿以偿，获得了去美国考察的机会。考察的主要内容是：考察美国塔式起重机公司和新泽西混凝土协会，与加拿大企业和建筑业协会进行合作与投资方面的洽谈，推出南京招商引资项目寻求两国的多元化合作领域（后因故美国的几个城市和加拿大未去）。我们这个考察团一行五人，团长兼翻译是某局总工程师。规定在境外时间 14 天。12 月 12 日下午，我们集中乘车去上海，晚上住上海江天宾馆。13 日下午 2:50，我们乘坐的日航 JL794 航班从浦东国际机场起飞前往美国。我们行程的第一站是夏威夷，这是太平洋中的一个岛。夏威夷意为避风港，或火山喷发地，又称檀香山，当地土著人则称 Honolulu（火奴鲁鲁）。飞行两个多小时后，我们在日本大阪机场降落转乘美联航班机，又经过 6 个多小时的飞行，飞机平安抵达夏威夷机场。此时，为夏威夷当地时间 12 月 13 日上午 6 点多钟，也就是说，我们经过了两个 12 月 13 日。趁着夏威夷春天明媚的阳光和醉人的海风，我们抓紧时间领略和享受着夏威夷的海水、沙滩、阳光和温馨，游览了大风口、火山口、大榕树、恐龙湾、富人区、州政厅等较有特色的风景，一直到中午时分才到 Waikiki Resort Hotel 登记入住。据导游说，夏威夷共有 132 个岛屿，但只有两个岛屿上住人。全市有 100 多万人口，日本人居多，其次是菲律宾人，再次是韩国人，中国人只有 10 多万。不久前，一代名人张学良将军在这里刚刚度过了 100 岁生日。夏威夷很美，山明海蓝，别墅多，富人多，物价也较其他城市贵些。这里四季如春，气候宜人。街道干净整洁，行人文明，满街跑着加长凯迪拉克豪华汽车，却大部分都是出租车。我想，夏威夷应该是最适合人类居住的地方。乍到美国感觉要比日本新鲜得多，建筑高大，道路宽阔，街道繁华，人种也多，白的、黑的、黄的，什么肤色的都有。第二天，导游小徐（广东人，10 多岁就随家人移居香港，10 多年前来到美国，毕业于檀香山的一所大学）开车领我们去珍珠港参观。美国人把 1941 年 12 月 7 日日本人偷袭珍珠港看作国耻。当年，美国太平洋舰队被击沉军舰 21 艘，2400 余官兵遇难。其中，亚利桑那号主舰 15 分钟内被击沉，舰上 1177 名官兵阵亡，幸存者无几。战后，美国人于 1962 年在亚利桑那号主舰沉没海域的上方，修建了一座海上纪念馆，兼作 1177 名官兵的墓园。站在纪念馆中间的长廊上可以清楚地看到依旧沉没在海中的军舰残骸。意在让所有前来参观的人们，牢牢记住那场战争所带来的灾难，时时向人们警示：要和平，不要战争。

就在写这篇文章时，我恰巧看到一篇刊登在 2001 年 6 月 7 日《扬子晚报》上的报道，美国新近于 5 月 25 日——美国士兵阵亡纪念日，上映了一部号称“史诗巨片”的影片《珍珠港》，这部片子是导演迈克尔·贝（Michael Bay）的第四部作品。在四天阵亡纪念日假期过后，《珍珠港》的票房总收入高达 7510 万美元，仅次于 1997 年的《失落的世界》（9010 万美元），可见珍珠港事件在美国人心中的位置。我小时候就听大人说过，日本人轰炸了美国的珍珠港，所以，美国人就把原子弹扔到了日本的广岛、长崎，这叫“一报还一报”。其实个中原因并不那么简单，这个问题还是留给专家们去研究吧。

为便于与妹妹们的联系，一到夏威夷，我就买了一张面值 20 美金的电话磁卡，可使用起来极不方便。究其原因：一是我的英语很“poor”，识别不了哪部电话可直拨长途，哪部不能；二是电话号码数字很长，拨打起来很不方便。看来要在美国生活，首先要学会打电话，否则，寸步难行。

下午 2 时许，我们到机场乘飞机往洛杉矶，不巧飞机晚点近 3 小时，抵达洛杉矶时已是 15 日凌晨零点多了，当地导游小朱（上海人）接我们至 Holiday Inn 住下。这是个不大的酒店，但国旗、州旗乃至店旗都挂得齐齐全全，一丝不苟。加州很怪，法律规定，凡有屋顶的地方都不准吸烟，这可苦坏了我这一等烟民。好在法律同时规定，可在指定的室内吸烟。我们住的酒店就有允许吸烟的卧室，但是我没有预定到，只好在室外顶着加州冬夜凛冽的寒风，吸足烟后再回卧室休息。在这里，饭店、商场都不准吸烟，但院子里、汽车上、飞机上除外。第二天上午，导游带我们去了迪士尼乐园。我觉得，美国的迪士尼同日本的差不多，只不过这里是世界各地迪士尼的鼻祖，多一个铜像而已，其实世界上所有迪士尼都是一个标识。

洛杉矶，隶属加利福尼亚州，是美国西南岸大城市和海港，西部工商业第一大市。果品罐头、石油加工、化学、机械等工业发达。西北郊的好莱坞，是著名的电影制片制造中心。这里给我的第一印象就是：疯狂的车辆，沸腾的城市。12 车道 6 来 6 去的高速公路上，彻夜不停地狂奔着各种车辆，听不到喇叭声，只有“唰唰”的风驰电掣声。晚上，从前面看去，白光闪烁，没有边际；从后面看去，红流滚滚，永不停息，给人一种充满活力、生机勃勃的感觉。难怪我听说过，美国是一个建在汽车轮子上的国家，车轮正载着整个美国在高速公路上向前飞奔。站在高速公路的高处，可以俯瞰到该市的夜全景，真是城市之大，灯火无边。

16 日上午，我们乘车来到圣地亚哥市。该市与墨西哥接壤，与美国相比，墨西哥明显差一些。我们在墨西哥待了不到3小时，就返回了美国。下午，我们到圣地亚哥市的一个小岛观光。导游指着不远处告诉我们，那里停泊着两艘航空母舰，远远看去，果然有两个庞然大物，静静地停泊在那里。这里最有名的是白沙滩，皑皑白沙，像芝加哥的雪，像华盛顿的雪，也像“沁园春”里的雪。大海正用那磅礴而深蓝色的波涛簇拥着一堆堆白沙，在阳光下，形成一个十分鲜明的蓝白反差。这使我想起了小时候经常穿的白衬衫蓝裤子……游人大都赤脚上阵，在沙滩上尽情玩耍，把洁白的沙滩尽情踩个够，开心至极。而我不然，看着那白沙滩上无数大大小小的脚窝，心中竟生出一丝惆怅来。导游告诉我们，明天将带我们去世界最大的环球影城——好莱坞（Hollywood）参观。从洛城到好莱坞乘汽车只需40多分钟路程。好莱坞远远看去是一座光秃秃的山，山体上写着巨大的好莱坞的英文。我有点想不通，这光秃秃的山上怎么会造就出那么多的世界顶级电影明星！来到好莱坞方知就里。我们乘坐影城的游车参观了人造摄影景点和摄影棚。真是不看不知道，影城真奇妙。我看到了飞机是怎么被击落的、桥梁是怎么被炸毁的、火车是怎么出轨的、洪水是怎么肆虐的、暴雨是怎么形成的，以及恐龙、怪兽是什么样，等等。凡是银幕上看不到的，这里都能看到。据说，该影城占地162万平方米，绝大多数摄影设施和道具都是世界一流的，不出明星才怪。在好莱坞，我买了一条白金项链和一些护肤用的玫瑰油，回国后才知道，玫瑰油很受欢迎，尤其是冬天。

在我们的行程中有一站是游览大峡谷，沿途要经过巴斯托百家名牌直销店和拉弗林市。巴斯托，实际上是高速公路旁的一个休息站，但同时也是一个购物、吃饭的地方，比国内高速公路旁的休息站大得多。这里有几百种名牌产品，琳琅满目，足以让你一饱眼福。同行中有解囊购买小商品的，多数人只看不买，反正各尽所能，各得其所，其乐融融。晚上7:30左右，我们来到了拉弗林。这里实际上是拉斯维加斯赌城的连锁店。晚饭后小试身手，不想一败涂地，不到十分钟已经输掉 40 美金，考虑到回家的盘缠，只好金盆洗手，把紧口袋，回房间睡觉。有道是：赌前信誓旦旦，要赢；赌时心中寒寒，怕输；赌后囊中空空，无奈。第二天上午，我们来到了美国大峡谷。大峡谷是远古地壳运动所自然形成的特殊地貌。峡谷全长 300 余千米，平均深度 0.9 千米，平均宽度 1.6 千米。导游告诉我们，大峡谷地区前几天刚刚下过一场大雪，考虑到游人的安全，因此，关闭了几个景点。站在高处往下看，雪后的大峡谷景色十分迷人，也十分壮观。如果你有兴趣，还可以乘坐直升机到峡谷底部去游览。据说，我国西藏也有一个大峡谷，如果考证成立，它将取代美国大峡谷第一的位置。

拉斯维加斯市（Las Vegas）隶属于内华达州，是坐落在美国西部沙漠之中的一颗璀璨的明珠，更是世界上著名的赌城。该市有 20 万 ~30 万人口，但占地面积却相当大。街上行人很少，只有往来的车辆穿梭不息。从洛杉矶到拉斯维加斯约 643.7 千米，4 个多小时车程。据导游介绍，拉市已有 95 年历史，赌史也有 80 多年。全市赌场（酒店）约有 100 多家，最豪华的酒店耗资 3.7 亿美元，1996 年建成开业。二楼有仿造的威尼斯水城，有仿真的蓝天、白云，等等。时值美国圣诞节前夕，赌城到处喜气洋洋，居民楼前、酒店和旅馆门前以及商店门前，到处装扮着圣诞树和圣诞老人。市区的主要景点有火山爆发、音乐喷泉、自由女神和埃菲尔铁塔等。到了夜晚，整个城市灯光明亮如同白昼。与日本不同，美国既注重地下建筑，更注重地面上的建筑，而且大部分建筑都气势恢宏、十分壮观。

在拉斯维加斯我们住 Stratosphere Tower，楼上住人，楼下是赌场。想到在拉弗林的“惨败”，不由得想扳本再去赌一场。于是，又从口袋里掏出四张 10 美元的票子赌将起来。开始还好，投进几个 25 美分的硬币“哗啦啦”掉下满满一罐子硬币，足有几十美元。可后来就不行了，进的多出的少，偶尔掉下几枚，也只是凤毛麟角，最后干脆只进不出。我又回房间拿出60美元来继续扳本，但是忙乎了一夜，终于将绿油油的100美元全部填进了老虎机贪婪的嘴里。我本不赌博，但有人说，到了拉斯维加斯不赌一把，等于没来。是啊，我也想碰碰运气，万一……那个……不就发了吗。结果恰恰相反，是我为拉斯维加斯的“老虎”喂了一顿100美金的大餐。试想，古往今来，有几人是靠赌钱成为百万富翁的呢？好一个“赌”字，就是有“贝者”，即有钱的人。呜呼！拉斯维加斯是有钱人的天堂，决非我辈潇洒的地方。

第二天，我带着几分遗憾和几分不舍，离开了拉斯维加斯，乘上了飞往芝加哥的飞机。3小时后，飞机降落在芝加哥机场。导游介绍说，芝加哥拥有世界上最大的机场和最高的大楼，因当时天色已黑，希望明天得以一见。晚上住Days Inn，一夜无事。早饭后，我们先去市区参观。据说，芝加哥有建筑博物馆之称，意思是这里拥有世界各地各种不同风格的建筑，有欧洲的、南美洲的、亚洲的，独具特色。不知哪位名人曾经说过，建筑是凝固的音乐，芝加哥正以满城独特的音乐吸引着来自世界各地的游客。城市边上有一个很大很大的湖，叫密歇根—休伦湖（Lake Michigan-Huron），是世界上表面积最大的淡水湖。它的表面积相当于一个江苏省那么大。时值冬季，且刚刚下过大雪，静静的湖面上结着厚厚的一层冰，偶尔有一两只水鸟飞过，更增添一丝凄凉。不知夏天会是什么样子，应该是烟波浩渺，飞鸟成群，一派生机，如果我没猜错的话。下午2点多钟，我们又乘上了去华盛顿的班机。从昨天傍晚7点多钟来此到今天离开，总共在芝加哥待了不到20小时，加上天气很冷，也没什么可看的，但那大湖和优美的建筑给我留下了深刻的印象。

从芝加哥到华盛顿，飞机只飞了不到3小时。不久前，华盛顿也下了大雪。雪尚未融尽，但跑道上的积雪和高速公路上的积雪都已经清除干净，交通顺畅。华盛顿作为美国的首都，建设当然是一流的。据介绍，华盛顿有300多万人口，在市内居住的有60万~70万人，且70%是黑人，另有300多万人住城外。住城里的大部分是看管物业和清扫垃圾的，住城外的大都是有钱人和白领阶层。

22日上午，导游带我们去参观白宫、国会大厦和总统纪念堂、纪念塔。当时，白宫是克林顿总统的家，也曾经是老布什的家。而小布什和戈尔正在竞选总统，正出演“驴象之争”的折子戏，拼命争夺这个“家”。我以为，美国第一家庭与其他家庭最大的不同就是，这个家几年就要换一个主人，最多不会超过8年。但就是这样一个家，不知为多少人所仰慕、崇拜，又有多少人为之搏杀、拼抢，以求一“住”。每天到这里参观的游客很多，往往要排1~2个小时的队才能入内。那天我们的运气特别好，只排了几十分钟就进入了白宫。其实里面也没什么值钱的东西，远不如“赌城”酒店豪华、气派。国会大厦是美国最著名的建筑之一，雄伟壮观，气势恢宏。大厦内陈列着从50个州征集来的100尊人物塑像。每个州选送两个在当地最有威望、最有影响、最有贡献的知名人士。其中有总统、律师、士兵等。塑像的材质多种多样，有铜质的、铸铁的、泥塑的，大小也不尽相同。

接着，我们参观了华盛顿纪念塔、杰弗逊和林肯纪念堂。华盛顿、杰弗逊和林肯是最受美国人民爱戴、崇拜和敬仰的三位最杰出的总统。华盛顿纪念塔十分高大巍峨、气势磅礴，杰弗逊和林肯纪念堂也十分雄伟庄严。乔治·华盛顿（George Washington,1732—1799）是美利坚联邦共和国的奠基人，第一任总统，他创建了美国，制定了每届总统任期不得超过8年的制度，同时他也是带头遵守这项制度的人。据说，华盛顿任期满8年后，考虑到他的功绩，国会同意他连任总统，但是华盛顿不同意，坚决从总统位置上退下来，居住在郊外，一年后去世。杰弗逊(Thomas Jefferson,1743—1826)是美国政体——总统、国会和大法院三足鼎立的政体——的创建者。在任8年，他参与起草了著名的《独立宣言》。

林肯（Abraham Lincoln，1809—1865）是共和党人，主张维护联邦统一，逐步废除奴隶制度。他为平息内战作出了重要贡献，但在内战结束时，被南方奴隶主指使的暴徒刺杀。

午饭后，我们去参观史密森尼博物院。院内宣传词说：当你参观史密森尼博物院 16 所博物馆中的任何一所或者国立动物园的时候，你就进入了世界上最大的博物馆体系。史密森尼博物院受托为美国人民保管着 1 亿 4 千多万件艺术品和标本。史密森尼博物院同时也是一个研究中心，致力于公共教育、国民服务以及艺术、科学和历史各方面的研究。史密森尼博物院是 1846 年用英国科学家詹姆士·史密森（James Smithson）赠给美国的款项创建的，其目的是“增进和传播知识”。

从华盛顿到纽约要经过费城。费城是美国的历史名城，著名的《独立宣言》就是在这个城市签署的。费城有两件国宝：一个是自由钟，一个是红房子。另外，费城从 1700 年到 1800 年之间还曾经是美国的首都，1800 年首都迁至华盛顿。经过一整天的旅程，傍晚 6 时许，我们顺利抵达美国最大的城市——纽约。纽约究竟有多大我说不清楚，我只知道该市有三个很大的机场，平均不到一分钟就有一架飞机起降。晚饭后，分别与在美国定居的两个妹妹肖东、小瑛两家取得了联系。小妹小瑛一家住在明尼苏达州，距纽约很远。大妹肖东一家住在波士顿，而波士顿距纽约开车只要 3 个多小时。所以，约好肖东一家明天到纽约来看望我，真是高兴至极。明天是 12 月 24 日，正好是圣诞节的平安夜，能与家人相聚真是个极大的缘分。说来也巧，记得大妹在西安读大学时，有一次我出差去西安，专门到陕西师范大学去看望过她；后来她分配到汉中教书，碰巧我出差去过她那里。这次远隔重洋，想不到又能见上一面，真是不能再巧了。

晚上，从美国中文电视新闻中了解到，美国经济正面临不利，今年圣诞节前的购物热潮逊于去年，美国人民十分担忧。我想这个问题只能由美国新上任的总统来解决。

在美国，无论大城市、小城市体量都很大，尽管人口不多，但分布很广。从飞机上或是高速公路的高处往下看，到处可见到停车场的方阵，令人叹为观止。市区高楼不多，楼房大多数是 2 ~ 3 层，只有市中心才有一些高层建筑。

今天是平安夜。上午，我们参观自由女神像。自由女神像坐落在曼哈顿的一个小岛上，要乘船才能到达。这尊青铜塑像是法国在 100 多年前赠送给美国的。塑像连底座高约 92 米，底座、塑像各高 46 米，这是美国的标志性建筑。也许只有美国才会用别国的赠物作为自己国家的标志，这就是美国——一个移民国家的重要特性。只要是好的东西、只要能为我所用，就拿来作为自己的宝贝，这恐怕就是美国之所以发达的真正原因。船在行驶，自由女神像在渐渐远离，不知何时能再见 。

国贸大楼是一组姊妹楼，两座楼一样高，都是 420 米左右，电梯很大，一次可乘坐 30 人，一分钟即可到达 107 层的高度，再乘三层扶梯可到达楼顶的露天平台，即 110 层楼顶。站在楼顶，可以俯瞰全城的景色。

下午 4 时许，妹夫驾车来到纽约中国留学生服务中心。我终于见到了肖东一家（妹夫、外甥女、外甥）。旋即，我们来到纽约的中国城（Chinatown）观光、购物，在一家首饰店我花 400 美元购买了一枚南非钻戒，也不知是真是假，总是代表一个心意吧。肖东一家十分热情，晚上请我在一家中国饭店吃晚饭。那一天真是三“喜”临门：一是兄妹在纽约相见；二是平安夜与家人团聚；三是布什当选美国新总统。席间，大家一起合影留念。看到他们一家在美国生活得很好，心中十分欣慰。得知大妹一家将于明年夏天回国看望父母大人，着实为他们高兴。饭毕，我们一行来到我住的饭店，畅叙别后之情，夜 11 时许，肖东一家离去。有诗为证：兄妹一别十年整，大洋彼岸又相逢。纽约街头留笑语，叫声大舅美国人。这里有一点需要说明，以免引出国际争端。我的大妹夫、小妹夫都是地道的中国大陆人，两个妹妹分别在美国各生了一个儿子，取得了美国国籍，因此，我常常开玩笑说：“有两个美国人要称呼我舅舅。”小妹一家虽未见到，有些遗憾，但是电话里已经说了许多，好在现代交通发达，从美国飞到中国也只需10多个小时，今后还有机会。

25日（圣诞节），我们到华尔街、时代广场观光的那天，是纽约入冬以来最冷的一天，华氏不到20度，风也很大，大街上行人不多，许多商店关着门，同中国的节日形成明显的反差。午饭后，我们直奔肯尼迪国际机场，搭乘2点多钟的班机飞旧金山。经过5个多小时的飞行，飞机降落在旧金山机场。此时，旧金山时间为下午5点多钟，掐指一算方知，纽约和旧金山的时差为3个多小时，即早3个多小时。一下飞机，导游首先带我们去吃晚饭，因为那天是美国的“年初一”，许多店家不开门，找了好几家，好不容易找到一家中国饭店，里面吃饭的人很多，大多数是中国人，还有不少人在排队等着用餐。从表面上看，美国人过年不如中国热闹，实际情况如何，不得而知。

旧金山（音译圣弗兰西斯科 San Francisco），别称“三藩市”，是美国太平洋岸仅次于洛杉矶的第二大城市，西部的金融中心，最大海港和重要海军基地，也是美国对东亚贸易的重要港口。这里，华侨和美籍华人较其他城市多。工业发达，主要有食品加工、冶金、造船、飞机制造、电工器材加工、石油加工、服装加工、印刷出版等。还是夏季避暑胜地。在圣弗兰西斯科湾西岸、湾口（金门）南岸的岩丘半岛上，有大桥（最著名的是金门大桥）分别联接对岸的卫星城和郊区。据导游介绍，旧金山的主要旅游景点有：市政厅（联合国宪章签署地）——花街，又称九曲花园（陡峭的山坡上呈S型的车道，车道两边种满花草。乘车自上而下或自下而上，十分惊险，其趣味无穷）；渔人码头（看海里成群的海狮，爬上人为制作的木板上晒太阳，其神态各异，令人叫绝）；圣马力大教堂（系著名建筑设计师贝聿铭设计，设计风格独特，建筑气势恢宏）；

金门大桥（1937 年建造，最大跨度 1000 多米，为当时世界之最）；双峰山（位于金银岛上，海拔 300 多米，是旧金山最高点，可俯瞰金银岛全景）；艺术宫（建于 1903 年旧金山大地震 10 年后，1914 年建，1916 年建成，当年的万国博览会在此召开）；海湾大桥（大桥分两段，中间连接金银岛。南京长江二桥，与之相似，中间连接八卦州）。

旧金山是我们访美的最后一站，虽然在这里我们只住了两个晚上，但感慨颇深。美国是一个移民国家，又是一个很开放的国家，什么稀奇古怪的事都会发生。据说旧金山是同性恋者的天堂，这里同性恋者很多，在市中心的一条大街的两侧，就公开挂满了同性恋的六色旗帜，还有许多私人住宅也从窗口挂出同性恋的旗帜，表明他是一个同性恋者。导游告诫我们，晚上千万不要到同性恋活动的街上去，是男性不要与男性搭话，是女性不要与女性搭话，否则会闹出尴尬事来。

美国有赌城，有酒吧，有同性恋，有脱衣舞表演，还有……但是，所有这些都有法律的规范，都在指定的区域或范围中进行，违者将受到法律制裁。比如，拉斯维加斯可以开赌场，纽约就不允许；旧金山可以挂同性恋旗帜，夏威夷就看不到；加州的法律规定室内不准吸烟，内华达州就没有此项法律。美国的发达是否与各州的高度自治以及严格的法律有着密切的关系，我想答案应该是确定的。国有国法，家有家规，千篇一律、千人一面，把家规当国法或把国法视为家规，都是不切实际的教条主义，到头来，政治上不能民主，经济上也很难发展。这也是我赴美的一个最重要的感受。

离开美国前，我分别与两个妹妹电话辞别，并告诉她们，我来美国 10 多天感觉很好，受益匪浅，开阔了眼界，增长了知识。回国后我会将我的感受写下来，最低要求是作为一个备忘录保存起来，或许将来回顾这段历史时有用。

再见，我的同胞姐妹！我走了，我回国了，有机会我会再来。12 月

27日上午11时许，我坐在飞往日本的波音747双层客机上，默默地不断重复着这几句话。经过10个多小时穿越太平洋的飞行，12月28日下午3时许，我们的班机降落在日本东京成田机场。短暂停留几天后，于2000年12月31日上午10时许，从东京成田空港乘坐日航班机，飞越日本海，经过2个多小时的飞行抵达上海浦东国际机场。至此，历时18天的出国考察活动宣告结束，我又回到了现实之中。

（2001年7月初稿于南京台城）

西欧散记

自 2000 年 12 月 31 日，我从美国考察回来后，就一直希望有机会去欧洲看看，去揭开欧洲在我心目中的神秘面纱。这一等就是五年多的时光，1900 多个日日夜夜。好在运气不负善良人，2006 年 3 月 15 日至 25 日，我终于幸运地获得了为期 10 天的西欧之行。从北京机场出发，经过 10 多个小时的飞行到达德国第三大城市慕尼黑，然后换乘汽车一路南下，先后经慕尼黑—奥芬堡（德国）—巴黎—里昂—尼斯—戛纳（法国）—梵蒂冈（梵蒂冈城国）—摩纳哥—蒙特卡洛（摩纳哥公国）—米兰—威尼斯—佛罗伦萨—比萨—罗马（意大利），共 5 个国家 14 个城市，整个行程约 2 万千米，其中汽车行程 3700 余千米。所行、所闻、所见、所想、所悟，用键盘轻轻敲击下来，无非是一些你可能知道，但尚未感受过；或许你曾经感受过，但未曾用文字记录下来的东西，虽然肤浅但真实。

甫降欧洲大地，欧洲给我的印象没有想象中的那么好，比起美国、日本来说似乎稍逊一筹，神秘感、新鲜感都有所下降，尤其是在现代化构架方面显得小气一些，尽管欧洲远比美国、日本古老文明得多。

慕尼黑与北京有 7 个小时的时差，所以 15 日下午 2 点从北京乘飞机向西飞行，10 个多小时后到达慕尼黑是当地时间下午 5 点左右，北京时间 16 日凌晨零点左右。雪后的慕尼黑在灿烂的阳光下，显得十分清新、宁静、美丽。导游直接将我们接到慕尼黑大啤酒屋，一来是向我们推介德国啤酒，二来是为了让我们倒时差。慕尼黑素有“啤酒城”之称，城中布满了大大小小的啤酒屋，他们喝啤酒像我们喝茶一样。啤酒屋里摆放着几十张可围坐十多人的粗木长桌和粗木长条凳，桌凳几乎没有作任何装饰，侍应和乐队都穿古装，有些男士戴着拿破仑式帽子，搭着披肩；女士则着红背心、白围裙。华灯初上，店内已座无虚席。我们要了一些啤酒和烤猪手、烧鸡、土豆等食品，用刀叉笨拙地吃起来。几位古装打扮的男女乐手，带上铜号，分别站到高高的窗台或长桌上，互相呼应地吹奏着为我们助兴。擅长啤酒的我，毫不费劲地喝完一大扎黑啤，吃掉一个大猪手，然后心满意足地住进酒店，享受异国酒店美妙的夜晚。

德意志联邦共和国位于欧洲中部，北临北海和波罗的海。面积35.7万平方千米，约相当于三个江苏省，人口8200多万，是欧洲人口最多和人口最稠密的国家，每平方千米230人。1990年10月3日两德统一，首都柏林，人口350万。德国是世界上最重要的工业和贸易大国之一，人均国民生产总值2.97万美元，位于世界前列。德国人的收入远远高于法国、意大利和英国，而消费水平则低于这些国家。

慕尼黑是巴伐利亚州的首府，也是德国第三大城市，人口126万。每年9月底至10月初，一连两星期在特蕾西亚草坪广场（Theresienwiese）举行著名的Oktoberfest啤酒节。

第二天，我们冒雪参观了慕尼黑新市政厅（Neues Rathaus）。这是一座新歌德式风格的建筑物，钟楼上有活动音乐木偶表演，跟真人一样大小，每天定时表演，以吸引游人。圣母教堂（Frauenkirche）是一座歌德式的教堂，共有两座高99米及100米类似半个洋葱的塔楼组成，是慕尼黑市中心的标志，因时间关系，我们没有登上塔楼俯瞰慕尼黑的市容，算是留下一个小小的遗憾。

然后，我们驱车从慕尼黑出发，前往400千米以外的奥特瑙市（Ortenaukreis）考察垃圾处理项目。导游邱先生是湖北人，来德国已有20个年头，对德国乃至欧洲有一定程度的了解。他说前几天德国普降暴雪，是近几年不多见的，所以沿途的雪景十分迷人。途径斯图加特市，这里的芭蕾舞团和州立歌剧院均在国际上享有盛誉，还有为数众多的各类博物馆，如奔驰汽车博物馆、保时捷汽车博物馆和老榨机葡萄酒酿制博物馆，等等。途中，我们还游览了林芬皇家园林，园林内的水域大部分尚未解冻；在部分已经解冻的水域中，有许多野生水禽在无忧无虑地嬉戏，我认识的有鸳鸯、鹅、鸭、鹤等，一个个挺着丰腴的身体向游人乞食，其状有些搞笑，而一旁就有政府立的禁令牌，大意是“请勿向野生动物投食”。

来到奥特瑙行政区，专员先生、副专员女士分别会见了我们，行政区城建部主任赛思凡（音译）先生和市政垃圾再生处理站总经理罗马亭（音译）先生向我们详细介绍了垃圾再生处理的主要方法和各个环节，然后领我们参观了投资 4400 万欧元建设、即将竣工的垃圾再生处理系统。晚上与副专员一行共进晚餐，住距法国边境约 60 千米的奥芬堡（Offenburg）市的酒店，此不赘述。

在不经意中我发现：德国气候较冷，人高脸窄而冷峻，像德国的屋顶高而陡峭；往南走到了法国、意大利，气候温暖一些，屋顶也平缓许多，人脸也相对宽些。邱导告诉我们，德语比较硬，通常被喻为敌人的语言；法语较柔和，被喻为情人的语言；意大利语属中性，是朋友的语言。经济状况是从德国往法国、意大利，越往南走越差一些，社会秩序也乱一些，这在后来的行程中得到了充分的验证。

从德、法、意三国来看，高速公路都不宽，一般都是单向双车道，三车道的很少，也许我们没有经过。大车一般限速 80~100 千米 / 小时，一般都明显地标注在车子的背后；小车 110~130 千米 / 小时，遇雨再相应减 10~20 千米 / 小时，摩托车也可以上高速公路。这些国家的小车大多是两厢、手动档、不带天窗的，有的还是单厢的，如斯马特、菲亚特（音译）等。所谓大车一般为 5 座以上，有严格的行驶规定，例如，每天限制最长行驶时间、每连续行驶两小时必须休息一次等，还在车上安置了行车记录卡，警察可以从行驶记录卡上阅读出行车速度、行车时间等信息，违者将受到严厉处罚。你在高速公路两边时常可见一棵一棵“蘑菇形”的大松树，更像一把把大伞，一排排地撑在那里，煞是好看。由于高速公路网相对密集，加上地铁、电气火车、有轨电车形成的立体交通网，所以市内市外路堵现象并不严重。在城市里由于道路窄、车辆多，道路两侧都停满了车，人人都是停车高手，再小的空档车手们都能挤进去，车与车之间几乎都是“零距离”，车出不来时，便将前面的车往前顶一顶，将后面的车往后拱一拱。宾馆里的电梯间也小得可怜，一般只能容纳 3~4 人，即便四星级酒店也一样，而且很老。

17 日上午，我们应邀参观了奥特瑙行政区办公楼和专员、副专员办公室，房间不大，陈设普通紧凑得体。奥芬堡市是奥特瑙行政区 50 多个市中较大的市，有 5.6 万人，年产值 70 亿欧元，财政收入 27 亿欧元，其中 60% 的支出用于社会保险，行政支出仅占 6%，其余学校 7%、公共安全 5%、基础设施 7%、建筑交通 4%、健康疗养 2%。尽管这组数字我不知道是否记全和准确，但我依然不舍得删去。因为，德国人的严谨和执着在欧洲乃至全世界是出了名的，看他们介绍情况时的那种认真劲和一丝不苟的样子，就足以让我折服。如果过马路，哪怕一辆汽车都没有，坚持等到绿灯才过马路的人，一定是德国人。法国和意大利人则要随便、任性一些，他们可以随意叫停行驶的汽车让自己先过马路，而且还养了一群乞丐和一帮窃贼，甚至还有信口雌黄的政客。下午，我们驱车离开德国的奥芬堡市向法国行进。

真是：宝车奔向慕尼黑，雪白酒香迎贵宾。市政厅前谈政事，林芬宫外观闲鹕。

半小时后，我们跨过莱茵河进入法国。又经过近七个小时的奔波来到巴黎，在塞纳河边的中国城吃了晚饭，一行人乘兴夜游巴黎城，汽车在塞纳河上穿来穿去。流经巴黎的塞纳河将整个巴黎市区一分为二。河的南面被称为左岸，河的北面为右岸。尽管左岸的历史远比右岸悠久，但它却未曾得到过大的发展。右岸已形成了巴黎的贸易、金融和消费中心。我们欣赏完巴黎的夜景后，在香榭丽舍大道西段，“新凯旋门”的一家四星级酒店下榻。这里是巴黎的新区，新建的高层建筑比较多，现代化气息也比较浓。

如果说此时慕尼黑还在宁静和严谨中紧裹着雪白的冬装，那么，巴黎已经用喧闹和浪漫拥抱春天了。

法兰西共和国，位于欧洲大陆的西部，南临地中海，西濒大西洋，与德国、摩纳哥、意大利等 8 个国家接壤，与英国隔海相望。面积为 55.1 万平方千米，人口 5800 多万，是西欧面积最大、人口密度最低的国家，平均每平方千米只有 90 多人。

法国有悠久的历史和灿烂的文化，有蔚蓝的地中海、阳光下的沙滩、教堂城堡、卢瓦尔河和松脆的长棍面包，是世界第一大旅游国，享有“浪漫之都”的美誉，有 20 多处风景名胜被联合国列为世界文化和自然的遗产，例如以卢浮宫和圣母院为中心的巴黎塞纳河、凡尔赛宫、枫丹白露、斯特拉斯堡等。

巴黎（Paris）是法国的首都，也是世界十大名城之一。巴黎建都已有 1400 多年的历史，而城市自身的历史已有 2000 多年。巴黎，有小巴黎、大巴黎之分。小巴黎面积 105 平方千米，人口 200 多万；大巴黎面积达 12000 平方千米，人口约 1000 万，几乎占全国人口的五分之一。这里有埃菲尔铁塔、凯旋门、巴黎圣母院、凡尔赛宫、卢浮宫、斯特拉斯堡，还有协和广场、香榭丽舍大道等，巴黎真是一座无与伦比的城市。我们漫游这座城市，留下的最深刻的印象是，它既保留着许多闻名世界的历史遗迹，又有许多宏伟壮丽的现代化建筑。

18 日一早，我们开始游览巴黎。在协和广场我刚刚下车，就遭到一位疑似窃贼的“袭击”，尽管我毫发未损，可兜中 200 欧元和一叠人民币却悉数化为乌有。其实我很愿意为这座国际化大都市作点贡献，哪怕再多一些，却没想到有人出手如此之快，根本不需要同我打招呼，我差一点为国际化感到沮丧，为大都市的瑕疵感到悲哀。

塞纳河上有三个小岛：西岱岛、长岛和圣路易岛。西岱岛上的“巴黎圣母院”一带，是巴黎的市中心，也是全城最古老、最活跃、最繁华、最热闹的地区。如果说巴黎圣母院因维克多·雨果而成为巴黎的骄傲，那么，雄伟屹立的埃菲尔铁塔就是法国的标志。

埃菲尔铁塔是法国政府为庆祝资产阶级大革命一百周年、举办世界博览会，历时 21 个月，耗资约 780 万法郎建造起来的永久性纪念塔。铁塔高 320 米，由 1 万多个精密部件和 250 万个铆钉连接而成。

乘电梯登上铁塔可俯瞰巴黎全景。老城中唯一的高楼“黑寡妇”像一位修女，羞羞答答地鹤立鸡群；长岛上的自由女神像清晰可见，据说法国送给美国的自由女神像就是仿造此像而铸造的，只不过放大了许多倍而已；塞纳河像两条银色的飘带，在阳光下熠熠闪现着悠久古老的光芒，那般神奇和豁达你不登临是绝对领略不到的。

卢浮宫始建于 13 世纪，是当时法国王室的城堡。1793 年 8 月 10 日，卢浮宫艺术馆正式对外开放，成为一个博物馆。如今博物馆收藏的艺术品数量已达 40 万件，有古代埃及、希腊、埃特鲁里亚、罗马的艺术品，有东方各国的艺术品，有中世纪到现代的雕塑作品，还有很多王室珍玩以及绘画精品。

巴黎凯旋门是欧洲 100 多座凯旋门中最大的一座，位于戴高乐广场中央，是拿破仑为纪念他在奥斯特利茨战役中大败奥俄联军的功绩，于 1806 年 2 月下令兴建的。凯旋门高约 50 米，四面各有一门，门上有许多精美的雕刻。登上凯旋门，可以俯视凯旋门下由环形大街向四面八方伸展出的十二条放射状的林荫大道。这些大道就像一颗明星放射出的灿烂光芒，因而，凯旋门又称“星门”。

我们在巴黎只停留一天，那么多景点无法一一顾及，只能选择几个重要的名胜古迹，走马观花地一瞥而过，至于其中丰富的内涵、深厚的文化底蕴、历史的积淀则无法感悟了，换句话说，只能享个眼福。

在巴黎，我们还有一个重要景点没有去，那就是到红磨坊看康康舞表演。原因很简单，那里不“健康”。其实，去泰国看人妖、洗泰浴，去苏联看马戏、赏芭蕾，去德国喝啤酒、开宝马，去美国看白宫、进赌城，去法国看艳舞、喝香槟应该是再正常不过的事情了，可惜我们给自己设置了一道坎，只能“望坎止步”。

所谓康康舞，是一种轻快粗犷、一般由年轻女子表演的舞蹈。康康舞的典型动作就是伴着狂热的音乐节奏，舞女们把大腿高高抬起，脚尖指向天花板上的吊灯。因此，女演员的身高、年龄、相貌都有比较高的要求，同时必须经过芭蕾舞训练，每周工作 6 天，每天演出两场。主要表演地点在红磨坊。就这样，康康舞跳了一百多年，表演厅变成了著名景点。

正是：走马观花看圣宫，星门铁塔不相同。皇家藏品犹珍贵，塞纳河流伴晓风。

第二天一早，我们驱车向南赶往里昂。从巴黎到里昂约有 400 余千米的车程。下午 4∶30 左右我们顺利到达里昂，可惜那天是礼拜天，街上的商店都不开门，路上几乎见不到行人，十分冷清。

里昂是一座历史悠久的城市，人口约 126 万，仅次于巴黎。1998 年被联合国教科文组织列为世界人文遗产城市。市中心有一个巨型的白莱果广场（Place Bellecour），曾被称为皇家广场，一座高大的路易十四的威武骑马雕像是广场上最主要的标志。1870 年，卢米埃尔兄弟就是在这里发明了新艺术——电影。因此，里昂是电影的发祥地。

20 日清晨，我们离开里昂赶往法国名城——戛纳。经过近 5 个小时的奔波，中午时分来到影城戛纳。戛纳市位于法国东南部，濒临地中海。它凭借其温和的气候和秀丽的风景以及迷人的海滩，使之与临近的尼斯和蒙特卡洛并称为南欧三大游览、度假胜地。戛纳电影宫就坐落在地中海旁，世界上三大电影节之一的戛纳电影节就在这里举办。戛纳与美国好莱坞不同，这里地面上拓摹下来的是获奖电影人的手印，而好莱坞则是脚印。

我们一行从北向南一路走来，越走越接近春天，到了戛纳，春天已经完全敞开了怀抱，将我们毫不犹豫地揽在怀里，让我们感觉地中海的蔚蓝和温馨。

下午 3 点左右，我们来到了具有 700 多年历史的摩纳哥公国（The Principality of Monaco）。摩纳哥位于欧洲西南部，三面被法国国土包围，南临地中海。东西长约 3 千米，南北最窄处仅 200 米，面积为 1.95 平方千米，人口 3.4 万。摩纳哥境内多山，最高的山海拔 573 米。这个国家依山傍海，实际上是法国的国中之国。1995 年 1 月 16 日，摩纳哥与我国正式建立外交关系。

摩纳哥堪称"袖珍立体式的花园国家"，整个国家几乎都是立体的，他们一方面填海造地，增加陆地面积；一方面掏空山体，依山建城，路几乎都是悬在山体以外，停车场则基本建在山洞里，地上地下、山表山里、海面海底，全部充分利用，对国土的利用率我猜可能是百分之几百，若非亲眼所见，你绝对不会相信。摩纳哥绿化很美，四季鲜花盛开，芳草碧绿，大树参天，青藤缠绕。圣彼得广场上的那棵大树，高 27 米，树龄已有 110 年，摩纳哥是一个名副其实的"四季花国"。我想这个国家如果向空中发展几百米，再向地下深入几百米，立体化水平还将大幅度提高。

导游告诉我们，摩纳哥很富有，你看林林总总的高楼别墅，海湾里停满了豪华游艇，有的大游艇上还停放着私家小飞机，处处洋溢着浓郁的海滨风情和现代化气息。这里的部分街道，在每年传统的 F1 赛车比赛时就是赛道，行走在这些街道上，可以想象世界级赛车手，驾着赛车在这盘旋上下的山道上风驰电掣的情景。

淡黄色的摩纳哥王宫，就建在海边的一座山上，气势威严宏大。来到王宫前我们碰巧看到了摩纳哥皇家卫队的换岗仪式。站在王宫前的平台上俯瞰，地中海碧波万顷，蔚蓝如黛；大公国青翠层叠，令人陶醉。

正是：袖珍公国尽华奢，立体城池美如霞。山黛海蓝楼叠翠，游人惊叹赞奇葩。

稍后，我们来到尼斯（Nice）。尼斯是法国第五大城市，第二大旅游胜地，人口40万。与戛纳毗邻，都是法国著名的海滨城市，它三面环山，一面临海，有7500米长的蓝色海岸线，风光绮丽，令人心旷神怡。

尼斯每年都有许多盛大的节日，如赛花节、帽子节、五月节等，而尼斯狂欢节又是最具吸引力一个。尼斯的狂欢节比夏日海滨更热闹，每年的二三月份，举行近三周的狂欢活动，包括花车游行、放烟火、化装舞会等系列活动，可惜我们等不到明年二三月份那个机会了，明天我们就将离开尼斯。

晚饭后，我们来到海边散步，远眺繁星点点，灯光闪烁；近看浪花拍岸，沙石涌动。我们一边欣赏海边风情，一边赞美城市夜景。导游说，如果七八月份来，这里将是另一种景色，在海滨浴场你可以看到来自世界各地、享受日光浴的人们，特别是女士们。因为，欧洲冬天时间长，日照时间较短，到了夏天她们便抓紧时间来这里晒太阳，希望把自己的皮肤晒成古铜色。这和我们国内女士的观念完全相反。届时，沙滩上各种身材、各种肤色的女士应有尽有，游客们可一饱眼福，而我们此行没有这个福分，既没有赶上狂欢节，也看不到“海滩写真”。

21日早上从尼斯出发，大约半小时后便进入意大利境内，中午时分到达米兰。意大利共和国（The Republic of Italy）位于欧洲南部，面积30.1万平方千米，人口约5800万。北与法国、瑞士、奥地利和斯洛文尼亚接壤，东、西、南三面临地中海。首都罗马，人口约 260 万。

米兰是意大利仅次于首都罗马的第二大城市，是一座有着悠久历史的文化名城，也是意大利的经济中心，汽车业、服装业都比较发达。

华丽壮观的米兰大教堂位于市中心，建于 1368 年（明代朱元璋在南京称帝的那年），是意大利哥特式建筑中最大的教堂。教堂以白色大理石建造，教堂顶上有 135 座小尖塔林立其间，外观十分壮丽。我们冒雨匆匆看完大教堂，立即驱车前往威尼斯。因为一路大雨，到达威尼斯时已是晚上 7 点，只好第二天再去参观水城。

威尼斯城建在亚德里亚海上的 100 多个岛上，有 400 座桥梁相互连通。威尼斯怎么会建在海上呢？据说，公元 5 世纪，当地人为躲避亚洲游牧民族的入侵，沿海居民逃往海边的小岛和沼泽地，逐步建立了威尼斯城。现在威尼斯市约有 30 万人，其中岛上 6 万人。威尼斯岛上河道纵横，多水街水巷。我们乘船来到市区，对威尼斯的第一个印象是从水上看到的，蓝色的天，蓝色的海，一座宫殿式的城市漂浮在海上。上岛后，我们游览了圣马可广场和叹息桥等景点。

圣马可大教堂是威尼斯人信仰和生活的中心，它曾是中世纪欧洲最大的教堂，是威尼斯建筑艺术的经典之作。

叹息桥两端连接着总督府和威尼斯监狱，是古代由法院向监狱押送死囚的必经之路。叹息桥呈房屋状，属早期巴洛克式风格，桥本身封闭得严严实实，只有向着河道一侧有两扇小窗，也是死刑囚犯唯一可看到蓝天、碧海的地方。传说有一名死囚走过叹息桥时，通过小窗看到自己以前的女友在拥抱新的情人，不禁深深叹息，潸然泪下。叹息桥因此得名。我想这样的桥要是在国内多建几座，对当今的贪官们恐怕也会起到一定的警示作用。

与威尼斯有关的，我听说过马可·波罗的故事，他就出生在威尼斯的一个富商家庭。1271 年他 17 岁时随父亲科罗与叔叔马费欧航海旅行到中国，受到蒙古大汗忽必烈的接见，后来成为忽必烈派往邻国的大使，经过 21 年大使生涯后于 1292 年才回到威尼斯。马可·波罗带回去的钻石珠宝和异国的奇异经历，以及东方古国的文明让威尼斯人大开眼界，也使得东方文化在威尼斯留下了深刻的烙印。

据说，莎士比亚的名剧《威尼斯商人》和《罗密欧与朱丽叶》两个故事的原型都在意大利。一个就是以威尼斯为背景，讲述了威尼斯商人安东尼奥为朋友萨拉里诺的婚事向贪婪的犹太人夏洛克借钱，条件是如果到期不还就以割 1 磅肉为代价。结果，安东尼奥的商船遇海难，还不上借款而被夏洛克紧逼。此时萨拉里诺的新婚妻子鲍西娅化装成律师，宣布按照合约夏洛克可以割肉，但不能让对方流一滴血，最后夏洛克败诉的故事。另一个是以意大利雏罗纳古城为背景，讲述了蒙太古家族继承人罗密欧与仇人凯普莱脱家的掌上明珠朱丽叶的爱情故事，最后两个主人公殉情自杀的悲剧。

比起德国、法国来，意大利人穿着相对讲究一些，街头男士西装革履、打领带的比较多，我想他们如果戴上墨镜和黑色礼帽，也许会像电影里拍摄的西西里亚岛上的黑手党。女士穿高跟鞋、戴墨镜的也较多，服装款式也比较新潮。这些国家的年轻女士，甚至女学生吸烟的比较普遍，在地铁出口、商店门前、公交站台经常能看到一些漂亮姑娘在吞云吐雾。这似乎也是西欧的一道风景。

22 日下午，我们来到了佛罗伦萨（意大利语 Firenze，曾译翡冷翠），这座意大利历史名城，是文艺复兴的发源地，曾经创造出人类历史最为璀璨的文明。但丁、波提切利、“文艺复兴三杰”都曾在这里留下不朽大作，城内有西尼约里亚宫、翡翠画廊、大教堂、钟楼、洗礼堂、“旧桥”、乌菲尔博物馆、比蒂宫等景点，因时间关系，我们只去了西尼奥列广场、钟楼和“旧桥”等几个景点。

圣玛丽亚百花大教堂是文艺复兴时期第一座伟大建筑，1295 年由阿尔诺沃·迪卡姆比奥在原先的佛罗蒂诺大教堂的基址上兴建，历时200年，至1496年才最后完工。佛罗伦萨是意大利文艺复兴时期诗歌和绘画的摇篮，伟大诗人但丁就出生在这里。我一边看，一边想，仿佛回到了文艺复兴时代。

离开大教堂，一路往南，来到西尼奥利广场，这里有一座建于十三世纪的碉堡式旧宫（现为市政厅）。旧宫上的塔楼高94米，它是这里最著名的建筑之一。现在整个广场成了一座露天雕塑博物馆，各种雕塑和铜像作品栩栩如生，形象传神，如人们所熟悉的米开朗琪罗的《大卫像》复制品等。

佛罗伦萨古桥，称旧桥或是老桥，建于1345年。桥上的商店原来是铁匠、屠夫和皮革商经营的，后来改为经营珠宝和金银首饰，提高了这座桥上店铺的经营档次。如今的“旧桥”也称“情人桥”，其实与情人没有丝毫关系。

之后，我们来到比萨看斜塔。比萨城——伽利略的故乡，位于佛罗伦萨西北，由于伽利略著名的自由落体试验，所以人们都知道这个地方。而比萨的名气，更大程度上是受惠于斜塔。该塔竣工于1350年，但是工程早于1174年就开始了。当年，建到第三层时，人们就发现，由于地基、建筑结构等原因，塔身出现了倾斜，最后还是完成了“斜塔”工程。目前比萨塔倾斜程度约为4米，意大利政府于1990年开始在保持原形的前提下，对斜塔进行了加固。

23日，我们驱车前往罗马，途中我们先到梵蒂冈城国（The Vatican City State）参观。下午2:30左右，我们刚到梵蒂冈，就看见空中闪着雷电，刚刚下车蚕豆大小的冰雹就向我们扑来，算是给我们送来的见面礼吧。梵蒂冈面积0.44平方千米，人口0.1万，首都梵蒂冈城。梵蒂冈是世界上最小的国家，位于意大利首都罗马城西北角的梵蒂冈高地上，如果说摩纳哥是法国的国中之国，那么，梵蒂冈城国就是罗马的城中之国。它的领土包括圣彼得广场、圣彼得大教堂、梵蒂冈宫和梵蒂冈博物馆等。国土大致呈三角形，除位于城东南的圣彼得广场外，国界以梵蒂冈古城墙为标志。

圣彼得大教堂是世界上最大、最豪华、最壮观的教堂。教堂的屋顶有一座高耸的十字架，十字架的顶尖离地有 137 米。教堂里可以容纳 5 万人。教堂前面的圣彼得广场是罗马最大的广场，据说可容纳 50 万人，呈椭圆形，两侧有半圆形大理石柱廊环抱，是罗马教廷用来从事大型宗教活动的地方。广场前面有一条灰石铺成的国界线。护卫圣彼得教堂和梵蒂冈宫的是 100 多名瑞士籍士兵，据说瑞士人最忠诚，且有充当雇佣军的悠久历史。

正是：教主神临梵蒂冈，信徒吟咏美声长。豪华厅里垂标志，彼得名场访客忙。

走出圣彼得广场也就回到了罗马。罗马位于意大利中部的台伯河畔，占地面积1507平方千米，人口约378万，它是世界著名的历史、文化古城，也是意大利的首都和最大的城市。罗马有近 3000 年的历史，建于公元前 753 年。现在的罗马城是 1861 年意大利统一后建成的。

罗马名胜古迹众多，据我所知，整个罗马有 700 多个教堂、1000 多个喷泉。著名的景点有世界八大古建筑之一的斗兽场、古罗马废墟、少女喷泉、万神庙、天使古堡和威尼斯广场等。

古罗马竞技场（罗马斗兽场），原名弗莱文圆形剧场，建于公元 72—82 年间，是古罗马文明的象征，可以容纳至少五万名观众。传统说法是，建造这座建筑使用了四万名俘虏，是蒂托皇帝在摧毁耶路撒冷后带回罗马的十万名俘虏中的一部分。现在，举世闻名的罗马斗兽场虽然是一片断垣残壁，不过它的门票收入还是相当可观的。

竞技场门外是君士坦丁凯旋门，公元 315 年，为庆祝君士坦丁大帝登基十周年而建。过凯旋门拾级而上，就是记录罗马辉煌历史的古市场，继续向前则是元老院、祖国祭坛(祖国统一纪念碑)。祖国祭坛建于1911年，已有近90年的历史；祭坛上有两盏长明火，由两名士兵日夜守护；登上祭坛可观罗马全景。

少女喷泉又称许愿泉，据说美国影片《罗马假日》就取景于此。在这里只要你背对喷泉投一个硬币，许下的心愿就一定能实现，我也作了尝试，不知是否真的能够实现。

罗马是我此行的最后一站，我没有办法也没有能力将西欧这几个国家的文明和发展态势与美国、日本相比较，但我能看出这些国家与我国的明显差距。如果是讲遗存、说古迹，美国和西欧人永远不是我们的对手；若是谈历史、论文明，巴黎、罗马人也绝对不会谦虚。同时我也发现，在慕尼黑、巴黎、罗马街头都有“涂鸦”和“牛皮癣”现象，罗马更多一些。看来这个“顽疾”世界各地都有，并不是我国的特产。罗马的汽车喇叭声也远比前面几个城市“悦耳”，街头的摩托车也很多，但汽车喇叭声的噪音在慕尼黑和巴黎几乎听不到。但是，不管怎样，西欧是古老的、文明的，同时又是现代化的。应该说，二战后的60多年里，欧洲的基础设施建设已经基本恢复完成，罗马也一样，但古罗马城依然保持着原来的风貌。我无法知道，如果将罗马城推倒重来会是个什么样子，有一则英语典故说：“罗马不是一天建成的。”我不清楚我国是否也有类似罗马一样的古城，在经过十年浩劫和如今大规模“刨根拆迁”之后，还能保留多少原来的东西呢？如果“千城百市”都像“克隆”出来的一般，那么，你的历史再古老、再悠久，还有什么历史积淀、文化底蕴能够拿出来值得骄傲一番呢？我要呼吁：保护传统文化，要从根子开始。写到这里，我返程的日子已进入倒计时，只能就此搁笔啦。

正是：罗马城垣历史长，教堂斜塔展辉煌。喷泉少女今犹在，不见当年斗兽场。

24日晚上罗马时间8：01，飞机从罗马国际机场起飞，经过近10

个小时的飞行于北京时间 25 日下午 5 时许，我们一行平安抵达北京首都机场。

（2006 年 3 月 31 日初稿于老村寒舍）

孝为人之本

纵观中国五千年历史文化，唯一个“孝”字了得。我每次重温“孝感天下”“亲尝汤药”“卖身葬父”“行佣供母”等经典篇章，都有新的感悟，甚至心中哽咽，潸然泪下。

父亲老了，似乎有些老态龙钟。自从母亲去世后，这种状况愈益明显地表露出来。他整天不言不语，不是埋头写日记、练毛笔字，就是凝神墙上我母亲的照片，精神状态不佳。我们在忧心忡忡之余，将当初对父母的孝心全部集聚到父亲一人身上，对他的日常起居倍加细致关照。父亲向来很自觉，什么事都不求人，也不嗜烟酒，只是在我们一再劝说下喝点绿茶。一日三餐，做什么吃什么，从不挑剔。一次，我们发现他晚上常常和衣入睡。问他为什么，他也不说。后来经过仔细观察，才发现他手脚活动迟缓，脱穿衣服都显得很吃力。于是我们主动帮他，并常对他手脚进行按摩，不久情况就有好转。又一次，我们发现他走路有点趔趄，但却尽量装出稳健的样子，不想增加我们的负担。问他脚怎么了，他说没关系，只是脚指头有点疼，过几天就会好。我们坚持送医，很快查出病症并治疗。后来，我们给他定了规矩，除急病及时就医以外，坚持每年安排他住医院两次健康调理。去年我们根据父亲的身体状况，在医生的建议下给他安装了心脏起搏器。

为了照料父亲的生活，我们给他请了住家保姆，换上了自动冲洗的坐便器。现在，父亲说话中气足了，还能独自上下五楼，甚至到超市购物。我还时常开车带父亲到城郊游览。我们认为对父亲所尽的孝道，实际上也是对已故母亲的慰藉，更是子女由衷的回报。

今年父亲九十岁了，我们准备给他举办既隆重又热闹的寿诞庆典，一来向亲友展示耄耋老人的风采，祝福他健康长寿；二来通过实际行动，让“百行孝为先”的古训和传统美德发扬光大。

（载于《南京日报》2014年7月25日）

（二）古体诗词

七律·河西新城（外四首）

极目江滩孤鹜飞，星寥云淡断虹垂。
一支神笔描春色，万栋豪庭遂梦思。
昌盛繁华犹月满，雄心壮志与天齐。
六朝风雅看今日，大美河西世赞奇。

（载于《南京新咏》，2019年4月出版，本书有改动）

沁园春·河西

风沐青鸦，雨落红英，水涌碧潮。赞河西大美，地标矗立，朝阳送暖，莺雀声娇。梅溢芬芳，桃含花蕾，万物葱茏人自豪。江边柳，劲牵东风舞，无限情操。　沙洲如画如描，令骚客名家挥笔毫。愿春秋冬夏，年年精彩，湖光山色，处处丰饶。户户洋楼，村村富庶，逐笑颜开鸿志高。繁星下，看霓虹闪烁，一派妖娆。

（载于《南京新咏》，2019年4月出版）

水龙吟·初登赏心亭

古都秋爽云高，胜地六朝连天际。登临眺远，楼低路密，繁华次第。十里秦淮，逐波追梦，畅怀言志。已千年逝去，栏杆犹在，谁能懂，辛轩意。　感佩古人才智，妒苏仙、斜风吹细。放翁半醉，幼元无酒，孝祥追记。幸遇今朝，小亭重立，俊颜殊异。赞神州巨变，民安国泰，领航当世。

定风波·绿博园

江畔风光翡翠园，水中倒影碧连天。飘带游浮龙凤态，豪迈，美名犹赞霸王鞭。　　栈道亭台观美景。心静，人生短暂莫悠闲。花海丛中寻绝色，难得，读书万卷有奇缘。

七绝·南京眼

两轮闪烁若双瞳，欲与伦敦比不同。
一目了然终缺憾，金陵首创建奇功。

（载于《南京新咏》，2019 年 4 月出版）

诗联上的赤山湖（组诗八首）

赤山湖之春

绿芽悄绽晨风韵，红蕾羞含晓月辉。
才见赤湖描色去，已闻碧水掬香归。

赤山湖之夏

丝光隐现鱼钩短，湖色交融藕节长。
莫道赤山能避暑，只缘碧水好冲凉。

赤山湖之秋

天蓝苇白凌空月，水绿枫红踏卧花。
又是一年团聚日，绛岩湿地认新家。

赤山湖之冬

谁言官帽由人戴，须把宫袍配套裁。
飞雪芦花寒岁去，东风杨柳暖春来。

断桥夕照

断桥本在西湖上，谁让移来白水滩。
一叶乌篷霞映远，几多神话引人观。

丹湖花田

生来爱美无拘束，屡访丹湖未避嫌。
何故流连难自返，只因色艳且香甜。

翠竹林

远观竹海婆娑影，近赏枝枝挺拔姿。
碧水温馨迎客早，丹山委婉送宾迟。

赤山湖

湖光山色吟佳对，鱼潜鸥翔绘美图。
欲替断桥圆旧梦，但闻夕照展新途。
竹林无意修幽径，芦苇有心编草铺。
一缕炊烟邀贵客，万家灯火尽欢愉。

（以上载于《诗联上的赤山湖》杂志 2019 年 4 月）

卜算子·葡镇暨萄庄

——咏天王镇丁庄葡萄节

葡镇暨萄庄，盛会连佳节。翠串红珠敬请来，总是无人缺。　宾客喜相逢，共庆连观月。随手拈来细品尝，美味堪称绝。

（载于《旅游文化》杂志 2020 年）

仙林采风（组诗四首）

按：庚子年（鼠年）九月廿八（2020年11月13日星期五），余随南京诗词学会朱小石副会长等前往南大、南师大仙林校区，以及仙鹤（国际）、仙林新村、南大和园三社区采风，有感而发，兹录于后。

水龙吟·学堂移扩仙林

学堂移扩仙林，百年师范添新貌。钟山侧影，栖霞斜照，峰峦环抱。教改当先，科研随化，甚多回报。二十年过去，群英辈出，为强国，争荣耀。　回想昔时乍到，尽荒丘、尚无通道。披棚陋舍，寒冬炎夏，毒虫侵扰。壮志弥坚，初心不改，誓拼无恼。赞园区巨变，容颜显目，匠工精造。

沁园春·桃李名园

桃李芳园，学子谦恭，教授德高。昔灵山余脉，丘峦威耸，九乡河上，水泛洪涛。湿地泥尘，荆花繁茂，野陌荒芜草木萧。谁开发，兀自遭零落，竟被闲抛。　今朝新址妖娆，振大业、师生皆自豪。看敬文鼎沸，天台静卧，立方似火，杜厦如潮。科技当先，英才辈出，举世扬名有节操。天星榜，又待添尊号，闪烁云霄。

浣溪沙·社区养老中心

谁道高龄最可怜，社区养老喜开颜。助餐保健紧相连。　一处烦忧刚缓解，四方闲适已超前。上门服务写新篇。

浣溪沙·和园社区

都说和园最可亲，社工都是自家人。嘘寒问暖不离分。　才送张爷回故里，又迎李奶进家门。基层组织是功臣。

［载于《栖霞山》2020年（冬）季卷总第四十四期］

沁园春·一帜锤镰

一帜锤镰，百载华诞，光彩正浓。唤工农民众，推翻专制，同心戮力，鏖战顽凶。创建红军，灭除白匪，抗战驱倭竟大功。扫残孽，成立新中国，定鼎苍穹。　　神州从此葱茏，看多少、辉煌宇宙中。赞六朝胜地，秦淮凝碧，钟山拥翠，气贯长虹。王谢堂前，乌衣巷口，旧貌新姿已不同。真豪迈，任迎风招展，永世飘红。

（载于《漫道飞花》，2021年出版）

江城子·致抗疫天使

口罩难遮娇美颜，睫毛弯，留海环。芳姿飒爽，星月忘归山。酷暑严寒连轴转，白大褂，寓平安。

（该词获南京市卫健委2022年诗词大赛优秀奖）

暗香·金陵大美

金陵大美，盖六朝锦脉，南唐词萃。又越盛明，短暂天王建都会。民国中山首任，除帝制、神州欣慰。解放令、竞渡长江，一举庆宏伟。　　钦佩。热血沸。赞虎踞凤游，享誉无愧。蒋山妩媚，玄武芳洲鸟鸣脆。风雅秦淮十里，桃叶渡、千年之最。尽仰慕、佳丽地，永争上位。

（载于《南京诗词》2022年6月第2期，2022年11月10日获“喜迎党的二十大·极美南京之新时代乐章”全国诗词大赛优秀奖）

暗香·岠山远眺

岠山远眺。有几多神秘，睢城临照。自古文风，总在山村寨中绕。故巷旧街尚雅，终难忘、葛仙耆老。犹叹息、吕布当年，被掳命难保。　　诗教。见奇效。爽朗吟咏声，韵佳词妙。比拼探讨，彰显乡村美风貌。万众同心奋笔，抒壮志、不分童耄。又说到、豪迈处，碧空长啸。

（载于《江海诗刊》2023年总第126期）

七律·龙年感怀（外一首）

兔归月宇唤蛟龙，春莅天宫调瑞风。
踏浪凌波环大海，腾云驾雾驭长空。
诗吟辞旧青衫绿，曲唱迎新旌旆红。
伟业千秋中国梦，豪情万丈五洲同。

暗香·建康大美

建康大美，盖六朝脂粉，南唐词萃。至越盛明，短暂天王设都会。民国中山首任，除帝制、神州欣慰。解放令、竞渡长江，旗展庆宏伟。　　无愧。甚感佩。看虎跃凤游，赞誉犹沸。紫峰叠翠，扬子飞虹使人醉。灯影秦淮素雅，登画舫、遥寻余味。莫懈怠、齐奋力，勇争显位。

（以上两首载于《江苏经济报》2024年2月27日）

七律·鸡鸣寺赏樱花

一条细道引游人，两侧樱枝展翠痕。
日照白花犹瑞雪，风吹粉朵更销魂。
摩肩接踵观春色，姹紫嫣红赏美仑。
钟阜盎然逢盛世，古都焕发耀乾坤。

（载于《中华文化》2024年4月号）

江城子·恢宏金陵勇前行

雄师一举渡江宁，旧巢倾，改门庭。玄武波光，钟阜雾开晴。十里秦淮波浪涌，同欢庆，共相迎。　　金陵巨变使人惊，看恢宏，享殊荣。砥砺创新，豪迈越峥嵘。山水城林多俊杰，争夺冠，勇前行。

（载于《江苏经济报》2024年4月23日）

浪淘沙令·国庆七十五周年感怀

昔日恨贫穷，四季寒冬，神州大地盼春风。斗地战天齐奋进，其乐无穷。　　今世尽从容，国富民丰，群情鼎沸话兴隆。卓越辉煌皆入梦，谁与争锋！

（三）新诗

江南村（外一首）

爆竹蹦过了院墙的束缚，
牛鞭甩脱了冰霜的凝固。
地穴里蛙虫告别了冰冷的梦，
树头上青鸦在晨曦中孵出。
责任田里翠绿的禾苗，
滴着欢乐的泪珠……
醒了！我的江南村，
醒了！我的故乡土。

村东的紫竹在笑，
笑得那样甜蜜、纯朴，
每一节都灌满了王浆蜂乳；
村西的河水在笑，
笑得那样深邃、成熟，
每一滴都映照着明瓦新屋；
村中的人们在笑，
笑得那样热烈、粗犷，
笑那远去的冬天……
笑那短暂的冰雪……
绿了！我的江南村，
暖了！我的故乡土。

荧光屏前的歌声，
驱走了昨日的寂寞，
打谷场头的粮垛，
再不会感到孤独，
在那劳动致富的口号后面
涌出多少万元户……
变了！我的江南村，
富了！我的故乡土。

你醒了，再不需油灯蜡烛，
你绿了，掸去一身灰色的尘土，
你变了，穿着合体的新衫新裤，
你富了，怀里抱上了“宝葫芦”。
可你又忍不住哭了，
不知是甜，是苦？
啊！这不是你的梦，
也不是我想象的“春赋”，
这是金色的春天，
送来你应有的富庶……
唤一声呵！我的江南村，
掬一捧呵！我的故乡土……

新芽

你终于冒出来了，
从那冻裂的枝干上，
从那枯萎的草丛中；

抖落了一身冰霜。
有谁能知晓：
你积聚了整整
整整一个冬天的力量！

你终于冒出来了，
在这片辽阔的土地上，
在迎着春天的胸膛，
筑起一道绿色的长廊，
散发出醉人的芬芳。
有谁能想到：
你也有过整整
整整一个冬天的彷徨。

你终于冒出来了，
把你的色泽
融进春天，融进希望。
我相信，明年——
你，不！你们，
还会冒出来，
带着一串翡翠的光！
我站在那冬天的尽头，
深情地，深情地将你们盼望……

（载于《雨花》1984年第六期）

一句话形容春天

西北风与东南风配制的章光“101”，一夜之间就治愈了冬天的秃头。各路丹青高手，一齐跑到三月的画册上亮相。

（载于《南京日报》1992年5月26日）

迎接天命之年的曙光

——写在“奔五”之际

清晨
请帮我放飞五十羽白鸽
去追赶半个世纪的理想
夜晚
请帮我点燃五十盏红烛
去迎接天命之年的朝阳
再用五十朵艳丽的玫瑰
五十份美好的祝福
和五十年加固的信仰
还有你们亲朋好友为我增添的无限光彩
共同组成一个令人聊发少年狂的生辰纲
我将没齿不忘永远珍藏

五十年前的今天
我呱呱来到世上
父母精心呵护
导师辛勤培养
广阔天地劈山开石
磨炼了我的意志更加坚强

亦工亦农宣传思想
城乡处处凯歌激昂
大江南北绘制地图
祖国建设再创辉煌

如今
我的童贞
我的志向
我的青春
我的沧桑
全都镌刻在我布满皱纹的额头
明显苍老的面颊
和斑白微秃的头上
我的爱
我的恨
我的欢喜
我的悲伤
统统被那五十个寒冬酷暑
摧残蹂躏咀嚼吞噬个精光
被一万八千多个日日夜夜
层层覆盖深深埋藏
唯有我的生命依然
在延续中展开腾飞的翅膀
过去的就让他过去吧
我相信
我们一定还有希望

母亲告诉我
我已经用完了五十年的生命
无论我如何节约
吝啬度过每一个时光
可岁月的化妆师却如此无情
三下五除二就改变了我
原本年轻潇洒的模样
甚至无须征求我的意见
从此
我几乎成了诸多化妆品的赞助商

父亲告诉我
我已经画完了人生的大半个圆
无论你怎样回避
那一半终究会合成一个句号
任何力量也不可阻挡
珍惜吧
快珍惜那已经很有限的生命
生活吧
抓紧时间让生活再出彩
再增色
再发光
至此
我已经不再年轻不再少壮
终于
要与廉颇为伍与老叟同行

幸运的是
我将有更多的机会到街头公园闲逛
聊天
下棋
晒太阳
呜呼这是大自然的规律
不必叹嗟不必悲怅
虽然
我不曾取得什么业绩
校庆会也不敢报名前往
但是
我却感到
我很满足
也很充实
从不彷徨
因为在我心里
始终蕴藏着拼搏人生的力量

老老实实做人
认认真真做事
这是我一生崇拜的榜样
我十分清楚
我不过是大海里的一滴水珠
永远不会变成一朵浪
我只是太空里的一粒尘埃
永远不会发出一丝光亮

过去我悄悄地来了
以后悄悄地我离开
不留下任何遗憾
也不带走任何沮丧
人总会慢慢变老
这是大自然制定的法律规章
我从拂晓前的襁褓中走来
用几声啼哭迎接初升的曙光
我向江南的田野里走去
带着黑土地酿造的人生特曲和芬芳
我顺着江河冲向大海
去搏击旅途上最后的风浪
我精心描画着剩下的那一半圆
让生命去接轨
填充一个立体的太阳

2003年3月初稿，4月改于台城小楼，

2004年1月1日雪后又改（载于“南京诗词学会”网站）

花甲之年的追溯和向往

——写在花甲之际

按：子曰：“三十而立，四十而不惑，五十而知天命，六十而耳顺。”所谓“耳顺”，就是说人到了六十岁，就没有听不顺耳的话了，即便有逆耳之言，甚至诽谤之词，也是听之任之，由他们编造。或者讲一句南京话“多大事”，就结了。因为功名利禄对这样的老朽已不起作用了。

各位同仁　各位同龄　各位同学
记得十年前我写过一首励志长诗

《迎接天命之年的曙光》大家曾记否
一年一度铁定的生日又如期而至
既不会因为你的功成名就而提前
也不会因为你的低迷颓废而迟滞
一个坚定的影子带着冷酷的微笑
在你的额头上刻下第十二个正字

就这样我们进入了老年人的行列
就这样我们花甲了耳顺了六十了
首先我们要感谢我们伟大的母亲
诞育了我们的生命和健全的四肢
让我们能在艰难困苦的红尘之中
跌打滚爬奋力拼搏和不懈地坚持
在继承前辈事业的同时延续生命
终于在努力中实现了自身的价值

我们一帮人大都出生在五十年代
六十年代遭遇自然灾害从小缺钙
七十年代插队落户偷冬瓜拔韭菜
撵鸡打狗幸亏村里的小芳跑得快
不然也被他们捉住往草堆里面拽
从此知青把贫下中农的脾气搞坏
八十年代回城搞对象个个都缺爱
到处不顺心成牌缺花跳舞没人带

转眼到了九十年代都已四十开外

有的人固守阵地有的人经商下海
有的人有房有车还有丰厚的钱财
有的人运气欠佳提前下车就拜拜
如今大家都有了爷奶公婆的称谓
追溯往事还有什么不能丢弃抛开
我们从襁褓中来带着稚嫩的微笑
我们走向新的起点不被青春淘汰

虽然我们曾经有过年轻热血澎湃
有过浪漫有过辉煌有过成功光彩
但是我们也曾经饱受挫折和失败
让遗憾见鬼去我们可以卷土再来
有道是落叶也潇洒枯萎意味再生
有道是流星也闪烁陨石依然存在
物质不灭的定律给我们一种气概
直到今天我们依然有太多的期待

各位同仁　各位同龄　各位同学
人的一生三万六千天是一个极限
但愿你我能够用精神去勇敢超越
把生命的句号画得很远很远很圆
十年前我写过的诗如今已成历史
今天我写诗为了追溯向往和祝愿
昨天的梦想和期待已经永远凝固
明天的憧憬和愿望催你跃马扬鞭

各位同仁　各位同龄　各位同学
让我们继续心连心手挽手肩并肩
相互共勉珍惜每一天过好每一天
因为太阳每天都是那么灿烂鲜艳
各位同仁　各位同龄　各位同学
你是否还有那样长久坚定的信念
让二十个正字在你额头绽放笑颜
这就是我和我们彼此的相互赠言

请大家举杯，祝大家愉快！
干杯！

2014年3月22日于老村寒舍

古稀时光

——谨与同窗和同龄之人分享

子曰:“七十而从心所欲,不逾矩。”七十岁能随心所欲而不越出规矩。

当胡须长出白色的光芒
当辫丝上染满了冰霜
眼角浮出鱼尾的纹路
面庞失去了青春的模样
当岁月的利刃在额头
刻下第十四个正字图章
我们赢得了古稀的称号
迎来了古稀的时光

但是我相信

我们还年轻还健康
还有一副火热的心肠
愿为祖国建设发挥余热
哪怕奉献一丝微弱的光
抛开曾经的荣誉
抛开曾经的辉煌
一切从头开始
树立崭新的希望

七十岁又能怎样
不过是岁月的延长
七十岁不能怎样
我们照样拥青春的能量
谁说老态龙钟近黄昏
有志者从来不买账
我们依旧充满活力
我们依旧充满阳光

因为
在我们的正前方
还有六个正字等待开发
它将激励我们一路远航
它将鼓舞我们一路朝阳
这就是我——我们
一帮古稀之人的念想
再来一个三十而立又何妨

对我们来说绝不是奢望

我坚信
夕阳中也有诗和远方
我坚信
暮年中也有意志如钢
曾经的同学挚友
曾经的街坊同窗
让我们携手共进永不彷徨
迎接期颐之年的曙光

我们共同沐浴　共同分享

第四篇　商经随笔

台城话旧

消费也要讲究科学

随着生产力发展，人民收入增加，消费水平逐步提高，并开始向更为广泛的消费领域扩展。商品生产和流通部门应当积极发展新商品，引导和鼓励消费。在此基础上，还要引导广大消费者树立科学消费观念，既反对“消费限度”的束缚，又避免不顾实际的盲目消费。也就是说，要讲究科学消费。

一、重视消费品的实用性

消费不科学，首先表现在不注意消费品的实用性。例如：有人买了台 18 寸彩电，因为房间小，观看距离不够，只好坐在门外欣赏。且不去研究他是否心甘情愿，这种脱离实际的消费方式，正是消费的不科学表现。目前，我国城市一般居民住的房间面积在 10~14 平方米。在观看电视时，人与机必须保持一定的距离。电视机屏幕愈大，观看时所需要的距离就愈长。如果不考虑住房条件，以为电视机屏幕愈大愈好，反而会得到与主观愿望相反的结果。另外，一个三口之家购置了一台 180 升的双门电冰箱，也属此例，据粗略计算，180 升的冰箱，可满足五口人以上的家庭使用。而新鲜食物存放过久又会带来食物消费的不科学。况且，我国多数人习惯于“现吃现买”。三口之家有台 100~125 升的冰箱也就够用了。我们购买消费品要讲究科学，要根据消费品使用的规律，选择适用的商品。

二、不要讲排场、比阔气

不讲究科学消费的另一种形式是，一味地求大、求多、求名、求洋而不顾及社会环境、生活习惯、民族特点，甚至不问是否需要、有无经济能力。

消费品，顾名思义，是消费需要的商品，所以前提是：是不是需要。不需要而购买，这种消费就不是科学消费。如有些人买消费品就是为了讲排场、比阔气，录音机一定要双卡的，洗衣机一定要双缸的，电冰箱一定要双门的，而不问是否能物尽其用。当然，并不是说不能买“双卡”“双门”“双缸”的，而是不必一味追求，非此不可。假如超出了购买能力，人购亦购，借钱进行高消费，就失去了消费的意义了。其目的是价值而不是使用价值，这样就必然会导致消费的闲置，甚至债台高筑。因此，我们要树立正确的消费观，把消费需要建立在理智的基础上，即客观的、切合实际的基础上，而不是感情用事，比阔气、讲排场。这也是科学消费的基本要求。

三、掌握使用消费品的技术

正确使用消费品，也是科学消费的一个重要方面。要延长消费品的经济寿命，提高消费品的利用率和使用效果，真正做到物尽其用，物为我用，这就必须掌握消费品的使用技术，包括经常的维护和保养工作。大部分需要一定实用技术的消费品都附有使用说明书。但是，要掌握使用各种消费品的技术，除依据使用说明书外更主要的还在于日常使用中对消费品的“关心”。这种关心大致包括以下几个方面：第一，对消费品所处环境的关心。如电器用品要防水、防潮，电冰箱要求通风、避免阳光照射，衣物要放在干燥和没有蚊虫的地方等。第二，对消费品本身的关心。如电扇不使用时要拆卸、擦净、上油并妥善保管。录音机磁头隔一段时间要擦拭。其他季节性消费品在不用时也都应合理放置，防止霉腐、锈蚀。第三，还要多请教内行和有经验的人，掌握一些排除故障和维修的一般技术。就拿自行车来说吧，如果消费者能对其进行一般性的拆装，那么，他就有可能进行科学消费，延长物品的使用寿命。善于使用，一件商品能抵两件用；反之，两件不抵一件用。随着科学技术的发展，愈来愈多的消费品在使用技术上有了更高的要求。因此，需要消费者不断了解并掌握使用这些消费品的新技术，更新知识结构，扩展知识面，以便于更好地选择和正确使用消费品，从而使消费者个人得到更多的实惠。

鉴于科学消费的需要，生产部门和商业部门有责任在消费品的选择、购买、使用上为消费者提供条件和咨询服务，正确引导消费者进行科学消费。生产部门要多生产适合于现代家庭特点的消费品，尽可能满足消费者不同层次的需要。要充分考虑消费者的居住条件、环境。商业部门应认真研究分析消费者的消费心理，帮助消费者树立科学的消费观念，改变消费者有钱不会花、有钱盲目花、没钱借着花的消费习惯，积极为消费者提供各种咨询服务，切实有效地帮助消费者解决消费过程中遇到的一系列问题，向消费者及时提供市场信息，对那些盲目生产的企业进行适当控制。

（载于《江苏商论》1985 年第 8 期）

从一幅漫画想到的

《光明日报》1986年9月23日刊登了一幅题为《啤酒旅行》的漫画。画面上，一列车将北京产的啤酒运往外地，一列车将外地啤酒运进北京。揣摩作者的意思：同是啤酒，运来运去；商品旅行，多此一举。这幅漫画，引起我的一番思考。

按照漫画作者的观点，外地啤酒不应运进北京，因为北京自己生产啤酒，北京人应当喝北京啤酒；同样，外地人也不必运进北京生产的啤酒，应当喝当地生产的啤酒。如果交换着喝，就会造成“啤酒旅行”。果真这样，啤酒不能旅行，那么北京人要喝南京啤酒，不就得长途旅行赶到南京吗？同样，南京人要喝青岛啤酒又得上青岛去。这样一来，恐怕又会出现“啤酒爱好者旅行”的漫画了。恕我直言，《啤酒旅行》的漫画，使人感到作者是在提倡“地产地销，自给自足”，这种观点同发展商品经济的要求是不相吻合的。

或许有人说，不然，这幅漫画批评的是“大路货”（或非名牌商品）的不正常流通，名牌商品不在此列。“大路货”应当首先在本地市场满足需要，然后才能销往外地“调剂余缺”，这种说法也是似是而非的。

我们知道，社会主义商品经济的特点是：生产产品不是为了自己消费，而是为了在市场上交换，满足消费者的需要。而为使广大消费者有充分选择自己喜爱的商品的余地，市场就不应受到部门的、地区的限制，交换应当是广泛的、全方位的。名牌商品的“大路货”也不能强调“地产地销”，“大路货”在不同地区之间进行交换，同样是正确的，不足为怪。因为，首先，同一种商品通常不是由一个厂家生产的，其中某厂家生产的商品究竟销售多少才算满足本地需要，是无法掌握的。一方面满足消费是个过程，不可能在某一个时间实现；另一方面本地的人未必都乐意消费当地生产的商品。这样，在什么时候，又由谁来确定这种商品已在本地市场满足、可以向外地“调剂余缺”了呢？其次，名牌与非名牌之间没有绝对的界限。今天是名牌，明天就不一定仍是名牌；今天不是名牌，明天可以成为名牌。何况没有生来就是名牌的商品，名牌商品恰恰是在开拓市场的竞争中闯出来的；如果只限在本地市场上销售，又怎么能全国知名？就啤酒这类消费品而言，其供求受到气候、时间、地点以及人们的口味、消费习惯等多种因素的影响，一些消费者喜欢的名牌商品，另一些消费者并不一定喜欢；不是非某名牌啤酒不喝的也大有人在。倘若禁止“啤酒旅行”，怎么能满足不同地方消费者的多种需要呢？所以，即使是“大路货”啤酒，它的目标市场也可以不是本地而在外地。第三，生产单位自行推销，销售单位自主进货，是经济体制改革、扩大企业自主权的一个重要成果。如果硬把这种关系割断，对经济体制改革会带来什么影响，不是显而易见的吗？

我想，如果把上述漫画稍稍修改一下：运往外地的是北京啤酒，运往北京的也是北京啤酒，这样的“啤酒旅行”才是要不得的。

（载于《江苏商论》1986 年 7、8 期合刊）

自给性生产是为买而卖吗?

《农村经济研究》1987 年第 5 期，有一篇文章说：“自给性生产与商品性生产的本质区别是：前者是为了买而卖，后者是为了卖而买。”这一论断，笔者不敢苟同。

一、自给性生产是没有商品交换的生产

自给性生产是指生产者为了满足自己的需要而进行的生产，其目的不是交换。在自然经济也就是通常所说的自给自足的经济条件下，由于生产力水平低下，几乎没有社会分工，劳动产品没有剩余，也就没有交换的需要和可能。即使到了封建社会，自然经济仍占主导地位，社会分工仍不发达，生产规模十分狭小，一家一户就是一个生产单位。他们“不但生产自己需要的农产品，而且生产自己需要的大部分手工产品”（《毛泽东选集》第 586—587 页），也就是说，生产者的生产和消费的全过程，基本上在本单位内部完成，生产者既没有什么可卖的，也没什么可买的。当然这并不排斥生产者偶然把剩余品拿出去交换——卖掉，再用卖得的钱去买回自己需要的东西。但是不能由此认为这就是自给性生产的本质。因为这种交换活动只是生产者的次要行为，而且这种行为已经属于商品生产性质，对于同一个生产者来说，自给性生产往往是与商品性生产同时进行的。

二、小商品生产是为买而卖

与自给性生产不同，商品生产是为了交换而进行的生产。商品生产产生的条件是：社会分工和生产资料私有制同时并存。在这样的条件下，生产者生产的产品各不相同，每个生产者只生产一种或者几种产品，他们为了维持自己的生活和使生产能够继续进行，彼此之间都需要或部分地需要别人生产的产品。小商品生产者出卖自己生产的商品只是为了能够购买自己需要的商品，即为买而卖。例如，以简单的社会分工为基础的个体手工业，便是典型的小商品生产。他们生产的一部分甚至大部分产品都是为了拿到市场上去卖，同时买回某些自己需要而不能生产的生产资料和生活资料。这里的“卖”与“买”已不是一种偶然的事情，而有着明确的目的性。列宁指出：“商品是这样一种物品：一方面，它能满足人们的某种需要；另一方面，它能用来交换别种物品。”（《列宁全集》第21卷第41页）由于小商品生产者不仅自己占有生产资料并亲自参加生产，产品归自己所有，而且交换范围很小，商品率很低，所以这只是一种不发达的商品生产。

三、资本主义商品生产是为卖而买

资本主义商品生产是在小商品生产者两极分化的基础上产生的。在资本主义制度下，商品经济发展到了这样一种程度，一切商品经济的特点是：资本家占有生产资料，劳动者丧失了生产资料，并将自己的劳动力出卖给资本家，并在其支配下从事生产劳动，产品归资本家所有。资本家用货币从市场上购买到一种特殊商品——劳动力以及其他生产资料，让劳动力在劳动过程中为他创造剩余价值，这部分剩余价值通过出售商品而实现，这就是资本家生产商品的目的，简单地说就是为卖而买。归结起来说，小商品生产的流通形式是“商品—货币—商品（不同的商品）”，其目的是取得使用价值，是“为买而卖”；资本主义商品生产的流通形式为“货币—商品（包括劳动力）—货币（更多的货币）”，其目的是取得剩余价值，是“为卖而买”。前者是自己参加劳动，后者是剥削劳动者。

因此，“为买而卖”和“为卖而买”不是区别自给性生产的本质标志，也不能把小商品生产与发达的商品生产笼统地囊括为商品性生产，简单地用“为买而卖”来判定。

（载于《江苏商论》1988年第2期）

随着商品经济的发展，计划调节的作用将会减弱

计划机制和市场机制是经济运行机制中的两种不同的作用形式。过去较长一个时期中，我国经济单纯地依靠计划机制，实行以指令性计划为主的管理方式，不承认市场机制的作用。应当说，这个时期计划机制的作用是很强的，而市场机制的作用则很弱，甚至没有。结果，严重地束缚了生产力和社会主义商品经济的发展。经济体制改革以来，逐步缩小了指令性计划的范围，并开始肯定和发挥市场机制的作用，但市场机制的作用还远未得到充分发挥。一方面是由于计划机制仍占主导地位，市场机制受到限制，只在一定范围内发生作用；另一方面商品经济不发达，市场发育不够成熟，市场体系不尽完善，客观上限制了市场调节的作用范围。中国共产党“十三大”的报告中指出，新的经济运行机制从总体上来说是“国家调节市场，市场引导企业”，这就把市场调节提到了重要的地位，市场调节必将得到加强。在这种情况下，计划调节的作用和市场调节的作用都将加强呢，还是计划调节的作用将逐步减弱呢?我认为，随着商品经济的发展，计划调节的作用将会减弱。这是因为：

一、计划调节要受到企业市场行为能力的制约

在高度集中统一的计划经济体制中，企业的市场行为能力难以形成。企业的一切生产经营活动都由上边安排，计划自上而下，无所不包，生产资料统一分配，产品由国家包销，企业只管生产，不问市场需求。企业作为行政机关的附属物，没有自主性和灵活性，更谈不上市场行为能力。这个时期，计划调节起着决定性的作用。随着产品经济向商品经济的转变和企业开始摆脱附属地位，企业逐步具备了自己的市场行为能力，

开始关心市场，并根据市场信息来安排自己的生产和经营，企业与市场的关系越来越密切。市场行为能力实质上是指企业具有健全的内部经营机制，能够自主经营、自负盈亏，在市场上进行竞争的能力。企业具备并且增强了市场行为能力，必然要求减小接受计划机制作用的程度。从这个意义上说，计划调节首先要受到企业自主性的制约。随着商品经济的发展，企业市场行为能力不断增强，与产品经济相适应的计划调节就会失去原有的权威性。如果说市场调节同计划调节可以同时强化，那么就必须将市场分割成两块，一块由计划来调节，致力于提高社会化、公有化程度；一块由市场来调节，致力于提高商品经济的发展程度，这是做不到的。

二、计划调节要受到调节者自身职能转变的制约

计划调节的作用由微观向宏观、由直接向间接转变的过程，实际上正是计划调节范围逐步缩小、作用减弱的过程。在商品经济条件下，计划调节作为一种经济运行的调节手段，首先是一个宏观的概念，着重体现的是宏观的计划平衡。由于社会需求十分复杂而且经常处于变动之中，企业条件千差万别，企业之间的经济联系错综复杂，产品多种多样，任何周密细致的计划都无法包容并适应这种复杂的情况。这就决定了计划调节只能对整个商品市场乃至国民经济进行宏观控制和间接管理，同时，为企业进行自主决策和生产经营提供一个宽松、适宜的社会经济环境和市场环境。而市场调节恰恰是立足于微观并直接作用于微观经济活动的，是商品交换过程中所表现出来的客观规律的综合技能，它对所有商品生产者和经营者都有着导向和支配作用。市场调节的这种作用，正是以计划调节作用由无所不包到只管宏观，由直接到间接为条件的。计划调节作用不减弱，市场调节作用就不能发挥。因此，计划调节者职能的转变，必然使调节作用弱化。

三、计划调节要受到价值规律作用的制约

价值规律是商品生产和商品交换的基本规律。只要有商品生产和商品交换存在，价值规律就必然存在和发生作用。换言之，商品经济是价值规律存在和发生作用的客观经济条件。我们经济工作中的一个弊端是：一方面生产严重不足，一方面产品大量积压。其主要原因就是缺乏一个以价值规律为核心的调节手段——市场调节，过分依赖于计划调节。在生产者面前它代替消费者，在消费者面前它代替生产者，结果成了生产同消费之间的“隔墙”，使生产不能面向市场，消费者不能通过市场反应需求。市场调节是通过市场供求关系的变化作用来带动经济运行的。因此，它能够调节生产资料和劳动力在社会各生产部门之间的分配比例。当某种商品供不应求时，价格就会上涨，就会吸引更多的生产资料和劳动力流向这一部门。反之，当某种商品供过于求而价格下跌时，有一部分生产资料和劳动力就会从该部门转移出去。这种调节，使整个社会各部门之间的比例关系大体适当，使社会总需求和总供给保持相应的平衡。这些过去的实践证明，单靠计划调节是很难做到的。如果认为计划调节是在价值规律基础上发挥作用的，而价值规律的作用就表现为市场调节，那么当计划调节发生作用时，客观上就带有市场调节的色彩。必须指出，在社会经济发展的一定时期中，只能有一种处于主要地位的调节手段，其他的都是次要的、起辅助作用的。在社会主义初级阶段、商品经济还不发达的时期，价值规律的这种调节作用是巨大的，也是主要的。因此，在这种情况下，计划调节必然受制于价值规律，受制于市场调节。当然，并不排除在一定时期内，特别是在体制转轨过程中，国家对少数关系国计民生的重要生产经营单位，实行直接干预和控制，但必须改进控制方式，充分尊重价值规律。

（载于《江苏商论》1988 年第 5 期）

简析市场经济与计划经济之差异

党的十四大确立了我国经济体制改革的目标是建立社会主义市场经济体制。这表明，我国经济已转入了一个新的发展阶段。

首先，我国市场经济体制目标的提出，本身就是一种变革，是计划经济能量已基本释放完毕的情况下提出来的，是发达的商品经济必然的产物。因此，“它不是原有经济体制的细枝末节的修补，而是经济体制的根本变革”（摘自党的十四大报告）。其次，就市场经济的内涵来说，是通过市场而不是通过计划来配置社会资源的一种经济运行方式。第三，市场经济体制与计划经济体制之间存在着根本的差异，这种差异主要表现在以下几个方面：

一、资源的配置方式不同

在计划经济条件下，社会资源的配置主要是通过计划供应或行政手段来实现的，只有国家的控制权，没有企业的自主权。形成了投入多、产出少、效益低的低效运行局面。而在市场经济条件下，生产要素流动和资源优化配置的全过程，都是通过市场来实现的。

二、商品化生产和市场开放度不同

在计划经济条件下，往往一个城市、一个地区就是一个生产单位，以自给性生产为主，商品化程度很低，市场基本处于分割的、封闭的状态。而在市场经济条件下，则要求社会化大生产和与之相适应的全方位开放的、多元化的大市场、大流通。

三、企业在市场中所处的地位不同

在计划经济条件下，企业承担着大量政府职能，企业的行为往往表现为政府行为。企业的经营活动主要是围绕政府下达的计划而不是市场来进行，完成了计划任务就完成了一切。而在市场经济条件下企业是市场的主体，企业的活动必须以市场为中心，一切经济活动必须紧紧围绕市场运行，以不断满足消费者日益增长的物质文化需要。

不可否认，原有的经济体制在特定的历史阶段曾经起过重要的积极作用。但是随着条件的变化，已越来越不适应现代化建设的要求。因此，要搞活国民经济，实现社会扩大再生产的良性循环，加快社会主义经济建设进程，就必须从根本上对原有的经济观念有一个大突破，使之与市场经济相适应。否则，只能在原来的框框里打转转，难以走出一条新路来。

所以我们必须认真分析和搞清市场经济和计划经济的差异性，真正树立起市场经济的观念，把握其中的内在规律性，在经济活动中紧紧围绕市场这个中心，充分考虑市场需求，考虑价值实现，使生产者、经营者的活动都建立在满足消费者需要、讲究经济效益的基础上，积极走向国内、国际两个市场，参与全方位的竞争，从而逐步建立一个在国家宏观调控下，全面放开的、多元化的社会主义市场经济体制，促进国民经济朝着更快、更好的方向发展。

（载于《经济论坛》1993 年第 3 期）

加快市场建设，推动流通改革

一、1993 年，南京市成立了市场建设指导委员会，先后建立和完善了化工市场、建材市场、生产资料交易市场等大型骨干市场，小商品市场和农副产品市场也有了进一步发展。据不完全统计，目前全市共有各类市场 430 多个，其中去年新建成的 40 多个。年成交额在亿元以上的 8 个。一个集消费资料、生产资料、金融、科技、信息、人才等市场为一体、门类比较齐全、布局较为合理、具有一定规模的市场体系已经初步形成。这些设施好、功能全、有特色、专业化程度高，管理上水平、上档次，能适应市场经济发展需要的市场，以其特有的经济魅力，越来越受到人们的广泛重视，为加速大流通格局的形成、促进大贸易的发展奠定了坚实的基础。同时也给流通企业注入了新的生机和活力，并成为当前推进流通工作、深化流通改革的一个重要突破口。

二、纵观我市几年来市场建设的实践，市场建设投入越多、建设得越早、收效就越大，对流通工作所产生的巨大作用就越明显，主要表现在以下几个方面：

（一）基本形成的集贸市场网络，在流通环节起到了强有力的杠杆作用。全市现有集贸市场近 360 个。其中综合集贸市场 240 个，农副产品集贸市场 67 个，农副产品批发市场 17 个，日用工业品市场 39 个。去年共投入市场建设资金 6000 万元，全市集贸市场成交总额 43.4 亿元，比上年增长 58.9%。加快了农村市场的流通速度，促进了农村产业结构的调整和区域性种植业、养殖业及加工业的发展，使越来越多的农民走上致富道路。

（二）各类生产要素市场的建立和发展，对深化改革、繁荣经济、搞活企业，发挥了积极的作用。一是促进了产业结构的调整，优化了社会资源的合理配置，增强了市场机制对整个社会经济的调节作用。去年在产权市场交易中，有22家优势企业兼并了24家弱小企业，盘活资金近亿元，使被兼并企业的厂房、土地等资源发挥了应有的作用。二是加快了科学技术向经济领域转化，科技成果向现实生产力转化的步伐，促进了市场结构的调整。三是优化了人才结构，为企业转换经营体制、摆脱困境创造了良好的外部环境。四是拓宽了企业融资渠道，增强了企业发展的后劲。五是增强了企业富余人员和社会待业人员的就业门路，稳定了社会秩序。

（三）稳步发展的生产资料市场吸引了境外客商进场交易。去年市属生产资料市场已达12家，市场交易十分活跃，总成交额达56.7亿元，比上年增长133.3%。同时新建的木材市场、生产资料交易市场、装饰城等3个市场已进入区域市场的行列，吸引了香港、澳门、新加坡等10多个地区和国家的客商进场经营。

（四）期货市场已经起步，为同国际市场接轨奠定了基础。去年7家期货市场交易下单量24.4万张合约，成交8.6万手，交易总额50.2亿美元。

（五）促进了购销，增强了商品的相互辐射功能，提高了社会商品零售市场的份额。去年我市社会商品零售总额实现141.5亿元，比上年增长35%，其中消费品零售额135亿元。全市有11家商品零售额超亿元。

（六）多种经济成分并存、相互竞争，促进了新流通格局的形成。目前，在我市蔬菜副食品总销售量中，通过集贸市场供应的蔬菜、水产品、家禽占90%，蛋品占70%，这些城乡集贸市场实际上已成为供应蔬菜副食品的主渠道。

三、一个现代化中心城市从流通角度来看，带有倾向性标志的是：

具有能够满足各层次消费需要的商品市场；具有适应各类生产需要的要素市场；市场组织比较齐全、中介机构发达、体系比较完备。但是，我市市场建设总体而言，发展还很不够，差距和问题仍然存在，无论是在思想观念、总体思路上，还是在实际操作上，都还不能适应市场经济发展的需要。因此我们认为，今年我市加快市场建设的总体思路是：按照建立社会主义市场经济体制的要求，以建立完善、统一、开放、有序的市场体制为核心，加快市场建设步伐，大力发展生产要素市场；深化流通体制改革，推行流通现代化，为全市经济的发展创造更加有利的条件。为此，必须努力做好以下几方面工作：

（一）切实转变观念，充分认识市场建设对经济发展的基础性作用。一是要认识各种生产资料要素都是商品，这些要素的配置必须通过市场实现。要重视和培育各类市场，完善市场体系，把所有的经济资源和生产要素引入市场，在国家宏观调控下，充分发挥市场配置资源的作用。二是要进一步确立企业主体意识，在市场经济条件下，国家是国民经济的组织者，但不是经济运行的主体，经济行为的主体是企业。企业只有以主体身份参与市场经营活动才能不断地发展和壮大自己。三是要树立竞争观念。如今商品流通的主渠道发生了很大的变化，已成为多种经济成分的经营者相互竞争的主要目标。对此，国合商业企业必须面对现实，在经营思想、经营作风和经营方式上来一个根本的转变，利用自身优势，走向市场参加竞争，善于竞争，不断增强实力，以此来巩固主渠道地位并开创新的主渠道。

（二）把加快市场建设同南京产业结构调整和发展战略结合起来。今年我市产业结构调整中的制约因素很多，主要是资金、能源、交通、原材料等生产要素的缺口比较突出，基础设施建设的承载能力严重不足。所以，客观上就要求我们把市场建设，特别是生产要素市场的建设和发展摆到十分重要的位置上来，通过加快发展生产要素市场来缓解这些矛盾。目前，我市有各类要素市场 76 个，去年仅银行系统就拆借资金 180 亿元；市场调剂外汇 5.6 亿美元；证券交易近 40 亿元，其中股票交易额 30 亿元；交流人才 3.8 万人次。这对我市经济的发展发挥了积极作用。实践证明，这是一条既与我市产业结构调整密切联系，又与我市以国际化大都市作为城市发展战略目标有机结合的好路子。

（三）把加快市场建设同深化流通改革和建立现代企业制度结合起来。一是所有有条件的企业都要按照现代企业制度的要求，逐步改组成规范化的股份制企业。同时根据企业自身的特点和社会的需求变化，积极开办和建设市场，以此来促进企业经营机制的转换，加快新机制的建立。二是加快企业组织结构调整，组建一批企业集团，增强企业在市场竞争中的实力和应变能力。三是进一步加大小型国合流通企业的改革力度，要在“股、合、嫁、转、卖、租、包、兼”等多种改革基础上，积极深化和完善“国有民营、公有私营”的改革。四是加大商业批发体制改革的力度，可以采取“母体裂变”、组建新的单体公司、实行新的经营机制等形式，来开拓经营。对长期亏损、难以复苏的批发企业，可以采取金桥市场的模式，利用原有的场地、仓储和运输设施转办批发市场，通过转办获得新生。

（四）加快培育和建设市场，建立完善的市场网络体系。今年我市的市场建设主要是：提高初级市场，完善批发市场，发展生产资料市场。具体说就是，巩固和完善已建立的各类市场，加快商业设施改造、扩建工程，健全和完善市场法规体系，提高现有商业批发市场的组织程度和管理水平，增强市场信息功能、服务功能，进一步扩大化工、建材、木材等大型骨干批发市场的辐射功能，提高经营管理水平和经济效益。要继续采取优惠政策，扶持和发展粮食、棉花、猪肉、家禽、水产品等农副产品和日用工业品市场，并继续本着规模大、设施好、功能全以及服务上水平、上档次的原则加以建设完善。对列入全市重点建设的商业项目，要确保工程进度，既要抓好市场硬件建设，又要优化市场软环境，要建立健全市场交易规则，严格规章制度，实行公开、公正、公平的市场竞争环境和市场交易，使市场交易在法制化、规范化的轨道上健康发展。

（五）要积极争取计委、经委、财政、税务、银行等有关部门的支持，把流通设施建设和技术改造，列入经济发展计划。流通部门要进一步依靠自身努力来筹措资金，包括利用外资。要加大对生产要素市场硬件建设的投入，通过三个“一点”（财政拨一点、银行贷一点、部门出一点）筹措资金，加快市场建设进程。同时，要抓紧商办工业的技术改造，大力发展高技术的新型商办工业，以配合城镇建设，改造和兴建一批面向大众的商品销售、饮食服务网点，满足经济发展和人民群众不断增长的需要。

［载于《现代商业》（原《江苏商论》）1994 年第 6 期］

对日本蔬菜批发市场的考察

为了进一步加快我市蔬菜批发市场的建设，更好地推动我市蔬菜的出口创汇，近日我们对日本国的蔬菜市场进行了考察和调研。对日本进口蔬菜的品种、规格、价格、时间以及包装、保鲜、交易等情况有了一定的了解，特别对大阪中央批发市场的蔬菜进口的主要环节、拍卖程序和有关要求作了比较详细的考察。

一、考察的基本情况和收获

（一）日本蔬菜批发市场以政府投资建设、监督管理为主，专业化、集约化、规范化、市场化特征十分明显。日本全国约有107家蔬菜批发市场，大体分为两种类型：一种是由政府投资兴建并派员进行管理的中央批发市场。例如：长崎中央批发市场是长崎市政府投资41亿日元，于1975年建成。该市场占地面积73235平方米，其中建筑面积36535平方米。主要设施有：冷库1412平方米、办公房855平方米、门面房1640平方米、仓库1045平方米、停车场36710平方米、绿地3988平方米，总供应人口（2市18町）约63万人。1998年度交易额210亿日元，交易量9.5万吨。大阪中央批发市场是日本第二大蔬菜批发市场，政府投资，于1931年建成，占地17万平方米，去年交易额3兆日元，交易量195万吨，总供应人口约800万人。日本政府十分重视市场建设，同时也充分考虑了每个批发市场的辐射供应面。此外，从建设到管理都有一整套的制度和办法。市场对批发商的分工很明确，一级批发商负责蔬菜商品的组织、运输和拍卖；中介批发商负责蔬菜商品的再加工、再包装和对零售商的批发。另一种是民间集资兴建的地方蔬菜批发市场，由企业按照国家的有关规定自行经营和管理。所有由批发市场集散的蔬菜均为净菜，其外包装规格基本上都是统一的，这样有利于机械化堆放、搬运、贮藏和销售。

（二）日本蔬菜批发市场的交易形式以拍卖为主，充分体现了公平、公开、公正的竞争原则。日本的蔬菜交易是由一级批发商根据前一天的价格行情，对中介批发商进行叫价拍卖，中介批发商一旦举牌应诺即成交。拍卖师必须经过政府的严格考试，合格后才能被录用上岗；中介批发商也必须获得政府的批准资格才能进场交易。这种拍卖形式既有利于拉开质量差价，体现优质优价的原则，又能稳定市场价格，平衡供求关系，同时还能够使生产经营者及时了解市场供求信息，更有效地组织生产和经营活动。

（三）日本对蔬菜批发市场的政策扶持主要是通过调节税率来实现的。即当拍卖价格过低时，政府采取降低税率或政府补贴的措施来确保市场的正常经营；反之则提高税率，增加的税收上缴财政，再由政府补贴给经营者。对生产者的扶持则主要是通过保险公司和农协共济，在蔬菜受灾减产或产品过剩时，由农协对农户进行适当补贴。

（四）日本蔬菜进口逐年增加，科技和交通的现代化，大大扩大了蔬菜的销售半径。目前，日本蔬菜进口的总比例已增至20%，有的品种比例还要高一些。如：香菇占33%、蒜头占73%、笋子占33%、松茸占98%，而且大部分是从我国进口的，这些品种南京也能够组织生产。日本蔬菜进口的主要原因：一是农业劳动力外流，后继无人；二是受气候条件和价格因素的影响，有的品种不宜在本国生产；三是人们消费水平的提高，对新品种的需求增加；四是突发性的灾害，使某些品种短缺。考察团在日本市场见到的进口蔬菜就有来自中国、美国、韩国、新西兰、澳大利亚等国的。这表明南京蔬菜完全有条件出口日本。

二、下一步工作打算

按照市领导对考察团提出的要求，考察团在认真总结考察工作的基础上，提出如下工作意见。

（一）认真学习日本先进的生产技术和管理经验，拟由市科技局牵头，市农林局负责安排落实。

（二）认真安排好市蔬菜公司与东洋生活株式会社蔬菜出口合作事宜，作进一步考察和磋商活动。拟由市农林局负责安排落实，市科技局协助。

（三）迅速建立蔬菜出口工作领导班子和工作班子，专门负责出口蔬菜的组织、生产、加工工作。同时与日本东洋株式会社组建合作公司。具体合作形式可有两种：一种是通过合作公司引进日本的优良品种在南京种植、加工后返销日本；另一种是通过合作公司提供日本大阪中央批发市场的蔬菜需求信息，以及品种、质量和时间要求，将南京生产和组织的蔬菜品种直销日本大阪中央批发市场。拟由市农林局牵头组织洽谈和实施，市科技局协助。

（四）选择一块蔬菜出口的经营场地，主要用于出口蔬菜的收购、加工、包装、预冷、贮藏和运输。拟由市农林局提出具体方案。

（载于《南京经济》2002 年第五期）

第五篇　新闻通稿

台城话旧

让市民“菜篮子”更加丰富

市政府继续采取优惠政策扶持副食品生产

本报讯 本月9日，市政府三位副市长召集“菜篮子”工作会议，强调“八五”期间我市将继续采取优惠政策，扶持副食品生产。

去年，我市副食品基地提供的各类副食品总量是近几年来最高的一年。为进一步丰富居民的“菜篮子”，会议提出，各项扶持副食品生产和供应的有关政策要保持稳定，支持“菜篮子”工程建设的有关措施要继续执行。对基地调市商品仍给予必要的补贴：每头生猪给予价外补贴18至20元；每千克鸡蛋补贴0.60元；每只肉鸡补贴1.50元；市政府拨款10万元作为重点水产地生产流动资金贷款的贴息；市政府还专项安排一部分优惠价饲料扶持种畜、种禽和基地生产。此外，省、市政府为稳定副食品价格，对国营公司经营肉、蛋、菜仍给予必要的价格补贴。

会议对今后的“菜篮子”工程建设和副食品基地生产提出了三项要求：一要抓好基地配套和服务体系建设。包括抓好瘦肉型种猪、小白菜种籽等良种培育，扩大莱茵鹅、淡水白鲳鱼等优良品种的养殖规模，抓好乌骨鸡、肉鸽、火鸡等特种禽和鳗鱼、鳖等特种水产的开发饲养。二要抓好生产经营管理，提高经济效益。各基地要建立健全各项规章制度，提高生产经营管理水平。三要抓好流通，组织产销直接见面，产品直流上市，提高活鱼上市运输能力。市禽蛋公司要组织好10家蛋鸡场与10家菜场、10家农贸市场及副食品商店的直接挂钩，让鲜蛋直流供应市场。（诸葛　望晓）

（载于《南京日报》1991年3月15日）

我市鲜蛋经营今起全部开放

本报讯 笔者从市政府昨天召开的菜篮子工程10大蛋鸡场场长会议上获悉，在我市延续多年的鸡蛋合同收购产销旧体制已宣告结束，今后各蛋鸡场可直接与零售单位挂钩销售，价格随行就市。市政府作出决定的目的是进一步深化流通体制改革，促进鲜蛋生产的发展。（诸葛　望晓）

（载于《南京日报》1992年2月26日）

南京组建首家农副业集团公司

本报讯 南京蛋鸡联合经营服务公司昨天宣告成立。该公司以10家蛋鸡场为基础，吸收一些大专院校、科研单位，以及蛋鸡专业户参加。目前该公司为松散型联合经营服务集团公司。（望晓）

（载于《扬子晚报》1992年5月1日）

昨天是执行旧粮价的最后一天

6000名粮站职工坚守岗位至深夜

本报讯 昨天是执行旧粮价的最后一天。我市城区242家粮站近6000名职工，为保证我市居民都能买到3月份的口粮，坚守在各自的岗位上，直至深夜24时。

昨晚21时以后，市粮食局的领导看望了高楼门、百子亭、大庆路等10多个粮站的职工，记者随同前往。各个粮站的米、面均库存充足，粮站职工耐心地接待着每一位顾客。21点20分，在百子亭粮站，一位妇女正在购买一千克面粉，她接过粮站职工递上的面粉袋，笑容满面地提着走了。在大庆路粮站，一位刚从外地回来的驾驶员开来了辆10吨大卡车，进粮站买了25千克大米，上了车还连声表示感谢。

建宁路粮站的谢秀华站长是位年轻的女同志，一早上忙着卸面粉袋，不小心砸伤了腿。记者23点来到该粮站时，她仍在给顾客开票。她说，不管会不会再有顾客来，她们一定坚持到零点。

时钟指向了24时。在和平路粮站，高鹏举站长换上了新的粮价表。这时他才松了口气。（赵望晓等）

（载于《南京日报》1992年4月1日）

雷厉风行，打假治劣

市政府要求广大群众密切配合，积极举报揭发生产和经销假冒伪劣商品的违法行为

本报讯 市政府昨日召开新闻发布会宣布，从现在起至今年年底，在全市范围内开展严厉打击生产和经销假冒伪劣商品违法行为的活动。

这次在全市范围内开展的“打假治劣”活动的重点是：查处药品、一次性输液器、低压电器、电线电缆、汽车配件、农药、化肥、饮料、烟、酒等方面的假冒伪劣商品。打击无视国家有关法律、法规，生产和经销假冒伪劣商品及支持、包庇、纵容这种违法行为的单位和个人，包括：生产或经销假冒他人注册商标、产地、厂名或代号的商品；擅自生产或经销他人注册商标标识、包装；在商品及其包装、说明书、广告上使用虚假产地、生产日期以欺骗消费者；伪造或冒用优质产品、认证产品的许可证标志；生产或经销危及人身安全、健康的假冒伪劣商品；生产或经销伪劣农药、种子、化肥、饲料等农业生产资料和其他伪劣商品；用“回扣”“好处费”等手段经销假冒伪劣商品或收受“回扣”“好处费”采购假冒伪劣商品以及其他生产和销售假冒伪劣商品的违法行为。

这次活动将在市政府统一领导下，由市经委、标准计量、工商等部门具体组织实施。对有上述违法行为的单位和个人，将依法处以罚款、没收非法所得以及假冒伪劣商品等处罚，触犯刑律者还将追究刑事责任。市政府要求广大市民及各个部门密切配合，举报揭发上述违法行为，举报电话为：402836，713041。（赵望晓等）

（载于《南京日报》1992 年 8 月 8 日）

我市粮油市场平稳如常

副省长等冒雨察看表示满意

本报讯 粮油价格4月1日将全面放开的消息公布以后，南京粮油市场情况如何？副省长等人昨天冒雨察看后对市场平稳如常十分满意。他认为这既说明南京的粮食、物价部门工作做得扎实，同时也表明南京市民生活水平不断提高，对改革的承受力大为增强。

副省长在副市长及粮食、物价部门领导的陪同下，一连察看了几家粮站、粮油食品商店，均未发现往年粮油提价前排队抢购现象。在云南路粮站，一位来买米的老太握住副省长的手问：粮价4月份公开以后会不会涨到1.50元？副省长肯定地回答：不会。在一旁的副市长说：政府部门已确定，粮价放开以后，粮站所售粳米的价格在一段时间内将控制在每500克0.65元以下，低于目前的市场价。

据鼓楼区粮食局一位副局长介绍，该区粮站月计划供应量是5000吨，到目前为止才销售掉1500吨，市民丝毫没有恐慌心理。（赵望晓等）

（载于《南京日报》1993年3月26日）

全市三资企业进入收获期

本报讯 我市三资企业上半年经济效益比去年同期有较大幅度增长，实现总产值预计将占全市总产值的12%，已成为我市新的经济增长点，三资企业的反战开始进入收获期。

虽然受国家宏观控制的影响，今年全市新批三资企业比去年同期有所减少，但已经领取营业执照的三资企业中，有40%的企业投产开业且运行正常，产值与效益同步增长。现有三资企业最多的江宁县，已登记注册的279家三资企业中，投产开业率达56%，上半年实现产值占全县总产值的12%以上。为给三资企业创造良好的外部发展环境，各主管部门想方设法，调动各方积极为其排忧解难，促其健康发展。六合县委、县政府坚持每月一次例会，专题研究新批三资企业项目进展情况及投产开业后的生产经营情况。大厂区则坚持外向型经济“五个为主”的原则，使三资企业发展迅速，上半年实现利税占全区的三分之一左右。

据有关主管部门对发展趋势预测，若流动资金贷款、出口退税、企业投诉等问题能妥善解决，今年我市外商投资企业的各项经济指标将能全面完成。(赵望晓等)

（载于《南京市场报》1994年7月16日）

我市各方全力支援抗旱灾区
——送钱，送物，送去一片深情

本报讯 随着郊县旱情的日益严重，我市各部门纷纷筹钱、筹物支援抗灾第一线。市粮食局克服困难筹集资金20万元分送到五县；市物资、供销两部门共调拨柴油250吨、化肥3540吨送到五县。

8月4日上午，两位市领导会同南京军分区官兵带着4车饮用水，来到了六合县受灾较重的四合乡。副市长亲自抬水送到了五保户家里。与此同时，副市长带领粮食、物资、供销等部门领导来到了六合县樊集乡送救灾物资和防暑降温饮料，当看到这里的稻田干涸，塘桥村村民人畜饮水发生困难的情景时，副市长当即拍板由市政府拿出12万元打两口井，不仅解决了附近500人的饮水问题，而且保证了部分农田灌溉。

据悉，目前市政府已采取多种抗旱办法：一是适时引水补充抗旱水源。目前长江水位较高，但内河水位因抗旱下降较快，为降低抗旱成本，各郊县正抓紧有利时机，适时开闸引水，截至7月30日，全市已引水3.6亿立方米。二是开足马力翻水上山，全市正投入抗旱的电动机17.2万千瓦，柴油机16.9万马力，13条骨干抗旱翻水线全部开机翻水。三是积极抢做抗旱工程，全市各地区维修抗旱设备902台套，整修抗旱渠道25万立方米。四是加强科学管理和计划用水，在抗旱中，各地认真做到了“抢客水、抓活水、管死水”，采取高水高用、低水低用、高低结合、远近结合等有效措施，重点保证人畜饮水和农田灌溉，并实行计划用水。（赵望晓等）

（载于《南京市场报》）

市政府将整顿生猪定点屠宰场

本报讯 为加强我市生猪定点屠宰场管理，整顿猪肉批发市场，确保元旦、春节两大节日市场供应秩序，市政府日前召集有关部门进行专题研究，决定近期内对我市的生猪定点屠宰场进行一次整顿。

目前全市初步确认的郊区、县10个生猪定点屠宰场，在引进猪源、供应猪肉、防止污染和疫病传播等方面起到了积极作用。去年，10个定点生猪屠宰上市量达到28.5万头，占社会供应量的40%左右，已成为我市猪肉供应的重要渠道。因此管理好定点屠宰场，对于提高生猪贩运屠宰户的积极性，增加市场猪肉供应，具有十分重要的意义。为保证元旦、春节两大节日的市场供应，市政府决定要进一步完善生猪屠宰场的管理体制，坚持“定点屠宰、集中检疫、统一纳税、分散经营”的原则，严禁点外私宰。近期内由市工商局牵头，对生猪定点屠宰场进行一次整顿，重点打击欺行霸市、强买强卖的“霸头”。公安、物价、税务、工商等部门，将迅速建立一个工作班子，制定具体的行动方案，对全市猪肉批发市场进行全面清查、整顿。

又讯 市政府为扶持、鼓励生猪定点屠宰场的发展，保护经营者的积极性，丰富两大节日的猪肉市场，从今年12月至明年2月底，全市10个生猪定点屠宰场的所有税费将按目前征收的实际标准减半征收，并将所减收的税费落实到他们在节日期间多贩生猪。（赵望晓等）

（载于《南京市场报》1994年12月22日）

加强卫生检疫，杜绝病猪上市，南京让市民吃“放心肉”

本报讯 有关部门近期将对全市现有的13个生猪屠宰场进行一次严格的整顿，不符合条件的坚决取缔。这是昨天市政府专门会议上提出的强化生猪屠宰管理的措施之一。

市政府近期将出台地方性的生猪定点屠宰管理办法实施细则，组建市生猪屠宰工作领导小组，对生猪屠宰实行许可证制度。对检疫、检验不合格的生猪或猪肉进行无害化处理，严禁流入市场。如有流入市场造成危害的要一查到底，并由屠宰场、检疫、检验人员承担经济、法律责任。

市工商局要求肉联厂安排专门人员开展代宰业务，食品公司对全市食品系统卫检人员进行培训，持证上岗。市多经局要求检疫人员到点检疫，不得“宰后发票”，检疫人员不得在屠宰场内领取兼职工资、奖金。（赵望晓等）

（载于《金陵晚报》1996年1月20日）

南京今年将建成28个室内、顶棚农贸市场

本报讯 记者12日从有关部门获悉：南京市今年将在全市建设11个室内农贸市场和17个顶棚农贸市场。到目前为止，全市已完成4200平方米的栖霞和燕室内农贸市场，以及3000平方米的下关安怀村顶棚农贸市场。另有2个室内农贸市场正在装修，14个室内、顶棚农贸市场开工建设，8个顶棚农贸市场已进入开工准备阶段。

为了实现今年取消所有占道经营的马路市场这个目标，今年以来，南京市政府采取了以区为主、谁建设谁受益的政策，鼓励各地搞好农贸市场建设，市政府破例对5个区的10个室内农贸市场减免了7项费用计1054万元，同时落实贷款1500万元，贴息500万元，用于农贸市场建设。各区也纷纷拿出各自的优惠政策，秦淮区还把原来准备作为商品房出售的8000平方米面积改造为室内农贸市场。据了解，按目前的进展情况，到年底，全市年初下达的建设28个室内、顶棚农贸市场的任务将如期完成。（赵望晓等）

（载于《新华日报》1996年7月14日）

市政府为农民开出“定心丸”，秋粮收购继续执行保护价

本报讯 风调雨顺，今年秋粮丰收已成定局。从昨天召开的全市秋粮收购工作会议传出信息，市政府继续执行保护价政策，敞开收购农民定购任务以外的杂交籼稻和粳稻，有多少收多少，不停收、不拒收、不限收，不再实行内部计划指标控制办法。

据农林部门调查预测，我市秋粮总产14亿千克，与大丰收的去年总产持平。当前农业形势很好，但也存在隐患，市场粮价下跌，粮食部门调销不畅。为此，国务院、省政府近日发出通知，要求各地一定要统一认识，克服困难，不折不扣地严格执行收购政策。

昨天，市政府公布了秋粮收购的具体政策，并制定了一系列实施办法，为农民兄弟开出了一剂定心丸。今年全市稻谷定购总量2.85亿千克，需资金4.61亿元，议购总量暂按一亿千克匡算，需资金1.46亿元。省农发行营业部计划对我市秋粮收购资金总投放60720万元。

秋粮收购工作即将全面展开，副市长昨天要求各级各部门高度重视和努力搞好秋粮收购工作，要严格执行保护价政策，努力挖掘潜力，缓解仓容不足的矛盾，明确责任，确保收购资金及时到位，绝不向农民打白条。（赵望晓等）

（载于《南京日报》1997年10月15日）

附录　介绍赵望晓作品的有关报道

台城话旧

和赵望晓闲聊六朝皇帝

作者：赵锐（本文称记者）

【对话嘉宾】

赵望晓，南京市民。曾经下过乡、插过秧；画过地图、搞过测量；进过工厂、修过冰箱，现服务于台城工作室。自言：活着，而且健康地活着，是我也是所有人的愿望。如果再笔耕二亩三分地，收获一些精神食粮，更是其乐无穷。

说起南京，我们都知道它是“六朝古都”“十朝都会”，但是具体到南京与六朝的关系，绝大多数人却语焉不详了。赵望晓本来也是这样，在南京生活了大半辈子，和外地朋友聊起家乡历史，却说不出多少内容来。为此，赵望晓狠下了一番功夫。数载寒窗，赵望晓不仅对南京历史了如指掌，还捧出了30万字一本大书《闲聊南京六朝皇帝》（南京出版社出版）。这本书填补了南京历史研究的空白，也为普通百姓了解六朝打开了一扇窗口。赵望晓是如何闲聊六朝皇帝的？六朝有多少不为我们所知的故事？日前，本刊记者与赵望晓进行了对话。

记者：您研究六朝皇帝是出于什么前提？您的研究心得是什么呢？

赵望晓：我学的专业是工业企业管理，与历史基本不沾边，但是我对南京深厚的历史文化底蕴十分感兴趣，不仅仅因为我是南京市民，更重要的是我一直在努力想成为南京的读书人。

由于工作的缘故我常出差，工作之余大家不免会聊起自己居住的城市，以及城市里的古今往事，我常感到自己的“谈资”十分贫乏，知道得太少，太肤浅。于是我突发奇想，何不整理一些有关南京十个朝代的历史素材。即“六朝”加上“六朝”之后的南唐、明朝、太平天国和中华民国。五六年前开始创作的《闲聊南京历史上的王朝》80多万字，成稿之后去请教专家，专家建议写六朝就可以了，并对书稿进行了精心指点，同时鼓励我出书。

当然，我写“六朝”并不仅仅出于“谈资”的需要，还有一点就是，历史常常有惊人的相似之处。历史事件如此，历史人物也概莫能外。意大利著名文艺批评家、历史学家、哲学家克罗齐说过：“一切历史都是当代史。”

记者：中国的历史多是一部帝王史，有故事的皇帝代有其人，所以我们自古以来就不乏这样那样的“演义”“戏说”，远的如《封神榜》，近的如《明朝那些事儿》。为什么六朝皇帝流传在民间的故事不那么深入人心呢？您说几个有趣的皇帝故事给我们听听，哪个皇帝您最喜欢？

赵望晓：这个问题既有客观原因，也有人为因素。六朝给人留下的印象总是与短命、偏安、伤感等连在一起，这客观地反映了六朝的一个侧面，而六朝在继承传统文化、避难求存、北伐复兴等方面却往往被忽视掉了。其实，南京六朝与同时期的魏晋北朝一样，既有“短命王朝”，只存在几个月的，甚至更短；也有超过百年的王朝，不能一概而论。

六朝流传民间的故事不少，但以此为题材拍成电影或电视剧的不多，也许正是“短命王朝”一说的负面效应吧。我已经出版的《闲聊南京六朝皇帝》和即将出版的《闲聊魏晋北朝皇帝》《闲聊南唐三主》都是依照史实来讲述，不效仿现今流行的戏说、演义、穿越等形式，不编造历史事件和历史人物。否则，大家都“各抒己见”，那就不是真实的历史，而是历史故事的演义。

早两年有电视台的人问我，六朝有什么可写的？我说，六朝的几位开国皇帝和两位后主（孙皓、陈叔宝）都可以写。特别是梁武帝萧衍，有“和尚皇帝”之称。

梁武帝是中国历史上一位文武兼备、博学多通的皇帝。他的政治、军事才能，在南朝诸帝中堪称翘楚。他在学术研究和文学创作上的成就，也十分突出。史书称他：“六艺备闲，棋登逸品，阴阳纬候、卜筮占决，并悉称善。”他生于南京秣陵县同夏里三桥宅（一说今南京老虎头 44 号），在南京当了 48 年皇帝，最后饿死在台城，终年 86 岁。梁武帝是南朝的皇帝中在位时间最长、年岁最长的一位，也是秦始皇以来中国历史上当政时长仅次于康熙（61 年）、乾隆（60 年）、汉武帝（54 年），与 1071 年后明朝的万历皇帝朱翊钧并列第四（48 年），而寿命之长仅次于清朝的乾隆皇帝（89 岁）。

梁武帝提倡尊儒崇佛，有“菩萨皇帝”之称，并宣布佛教为国教。在国内大兴佛寺，广建佛塔。当时仅建康（今南京）一地就建有佛寺500余所，僧尼达10余万人。全国有寺院2846所，僧尼不计其数。他自己也曾3次到同泰寺当和尚。唐代诗人杜牧在《江南春》中写道：“千里莺啼绿映红，水村山郭酒旗风。南朝四百八十寺，多少楼台烟雨中。”就是南朝当时佛教兴盛的真实写照。

关于梁武帝饿死台城的版本很多。大致情况就是，梁大同十二年（546），爆发了“侯景之乱”。侯景率叛军在梁武帝侄儿萧正德的接应下渡过长江，又渡过了秦淮河，包围了台城。台城被围时，城中有男女十多万人，由于粮食缺少，饿殍遍野。侯景攻破台城时，城里只剩下二三千人。

当时，梁武帝被侯景软禁于台城净居殿，限制他的膳食供应。当年五月初二，梁武帝躺在净居殿，嘴里发苦，要喝蜂蜜却没人拿来，发出了两声“呵！呵！”的声音，便死去了，终年86岁。

东晋第九位皇帝孝武帝司马曜，醉酒戏妃被捂杀。公元396年九月的一天，孝武帝和后宫的嫔妃们一起宴饮，美女和乐队也都在一旁侍候。这年张贵人年近30岁，孝武帝故意调笑她说：“如果按照年龄来说，你也应该被废黜了，我的心意是喜欢更年轻的。”张贵人心中暗自气愤。到了晚上，孝武帝大醉，在清暑殿就寝。张贵人则拿酒赏赐所有的宦官，打发他们走开。然后，她让贴身的服侍婢女用被子蒙住孝武帝的脸，杀了孝武帝，又用重金贿赂左右侍从，声称是“睡梦中惊悸窒息突然死去”。孝武帝是历史上死得极窝囊的皇帝之一。

记者：关于历史的演义和戏说，您有什么见解？您认为一般读者通过通俗读本了解历史是一种比较好的方式吗？《闲聊南京六朝皇帝》是一本什么样的书？您希望读者了解什么？

赵望晓：历史有时候就像一个人的初恋一样，它也不愿意让人去戏说。你完全可以撇开历史，杜撰你想要说的东西，但没有必要同历史开玩笑。

我的《闲聊南京六朝皇帝》一书，严格按照正史记载的史实，以及时间顺序，逐个讲述了40余位皇帝一生的重要经历，以及朝代变更的主要事件。所谓闲聊就是闲谈，很轻松地说话，讲故事。《闲聊》一书主要为广大读者，尤其是南京的读者，提供一些谈资和南京历史的常识，通过“闲聊”，使大家进一步加深对南京历史的认识和了解，从而激发大家对南京的厚爱和积极参与新南京建设的热情。这就是我写此书的初衷。

记者：再回到南京与六朝的关系，您觉得我们有必要重新面对六朝文化吗？六朝给南京留下了怎样的遗产？我们该如何面对这样的遗产？

赵望晓：这个命题范围较大，超出了我的知识范畴。但是，我认为很有必要弘扬六朝文化。《重读南京》一书做出了最好的诠释。此外，因为六朝涌现出了许多杰出人才，不仅对六朝、对中国，乃至对全世界都做出了重要贡献。例如：东晋大书法家王羲之和他儿子王献之；孙吴画家曹不兴、东晋画家顾恺之；六朝诗人陶渊明、谢灵运、鲍照、谢朓、庾信；刘宋数学家、科学家祖冲之。同时，也留下了丰厚的物质文化遗产。例如：以天禄、麒麟为代表的南朝石刻、南朝云锦。

记者：听说您马上又要出版一部关于北朝皇帝的新书了，请给我们介绍一二。

赵望晓：五月份即将新出版两本书，一本是《闲聊魏晋北朝皇帝》，一本是《闲聊南唐三主》，其目的就是让读者系统地了解和重读这段历史，从中获得新的认识和启迪。更重要的是消除人们对某些历史的误解和一些由误解带来的负面影响。同时，将“闲聊”进行到底，实现自己早日成为南京读书人的夙愿。

北方“魏晋北朝”和南京“六朝”之间，存在许多相似点。若以与南京六朝大致同一时期的曹魏为代表，从建安二十五年、黄初元年（220）曹丕称帝建都洛阳起算，到581年北周静帝宇文阐禅位为止，约历361年，也有42位皇帝。与南京六朝相比较，无论朝代和皇帝都相差不多。但是如果算上北方西晋时期的“八王之乱”和西晋末期的“五胡乱华（16国）”所有立国的皇帝，那么北方的朝代则更多，皇帝更替也更加频繁。“魏晋北朝” 42位皇帝的命运也是很悲哀的，其中被杀的20位，病死的14位，被毒死的6位，骑马摔死的1位，被沉入黄河的1位。若将两本书对照起来读更有味道。

（载于《金陵瞭望》2011年第15期，篇幅所限，原插图省略）

赵望晓再聊“南唐三帝”

千百年来，只要提及李煜，人们心中便会浮现一位才华横溢的开山词宗形象。“在中国政治史上少了一个叫李煜的小国皇帝或许对历史没有什么影响，但是真的很难想象，要是少了一个叫李煜的词人，中国的文学史将会怎样。”南京作家赵望晓继去年创作了《闲聊南京六朝皇帝》后，再次将触角探及另一个定都南京的朝代——南唐，在大量收集和整理历史资料的基础上，他将南唐李昪、李璟、李煜祖孙三代有机地贯穿起来，通过《闲聊南唐三主》一书，用通俗的语言和平实的口吻，逐一讲述了三人的传奇人生和南唐兴衰。而李后主与大小周后的爱情故事也是这本书的一大看点。

据南京出版社编辑赵育春介绍，关于南唐的书籍在图书市场上更为稀缺，而且已有的版本也大多是描述后主李煜的，而把南唐三位君主的命运与皇权争斗、宫廷政变结合起来陈说的更为稀缺。因此，这本书能够让更多的人了解南唐的历史文化，也让关注南京历史的读者能对古都南京的认知得到新的提升。据悉，此次除了关注南唐三主外，赵望晓先生还推出了《闲聊魏晋北朝皇帝》，三本书籍构成了“闲聊”三部曲。

（载于《扬子晚报》2011 年 7 月 2 日）

在江南佳丽地，聊一聊六朝粉黛

现在，越来越多人提到“每一位成功男人背后都有一位伟大的女性”。然而当我们回望过去，人们的目光似乎总停留在叱咤风云的帝王将相身上：“生子当如孙仲谋”夸的是吴大帝孙权；“五马浮渡江，一马化为龙”指的是晋元帝司马睿；“斜阳草树，寻常巷陌，人道寄奴曾住”说的是宋武帝刘裕；“天命还归萧建康”称的是齐高帝萧道成；“萧皇遗世志”叹的是梁武帝萧衍；“陈武倜傥，雄杰过人”赞的是陈武帝陈霸先。殊不知，成功帝王的背后，有一个庞大的群体被大家忽视着，那就是皇家女人们。我们听了那么多王侯将相指点江山、一统天下的英勇事迹，后宫三千佳丽的故事又有谁知晓？

本周六（5月20日）19:00在金陵书苑（太平门街53号），“最南京”读书会请来了《闲聊六朝皇家女人》的作者赵望晓老师，他选取了10位来自不同朝代性格鲜明的皇后、妃子或公主，来与大家分享南京六朝间上演的一部部精彩后宫“甄嬛传”。

（载于南京出版社公众号2017年5月19日，有删节）

后　记

余自2010年至2017年，在南京出版社卢海鸣先生的指导下，先后出版《闲聊南京六朝皇帝》《闲聊魏晋北朝皇帝》《闲聊南唐三主》《闲聊大明三帝》《闲聊女皇武则天》和《闲聊六朝皇家女人》六本图书，150万余字。

2019年9月起，我向《金陵晚报》“老南京读城”和“气象老南京”投稿，至2023年6月，发表文章80余篇，加上我以往和之后发表的文章，汇成一个小集子，定名为《台城话旧——赵望晓短作品选》，它从一个侧面反映了我人生经历的点滴，也反映了当时社会的有关状况。

《台城话旧——赵望晓短作品选》，分别收录“老南京读城”“气象老南京”、散文、诗词、商经随笔、新闻通稿等，总计20万余字。最早发表的作品至今已有40余年，不少作品因年代久远已无从寻找，加上篇幅的原因，只能忍痛割爱。另外还有一些发表过的篆刻作品，以及部分硬笔书法作品，此次没有收录。

值此出版之际，我要感谢南京出版社卢海鸣社长对书稿的精心指点，感谢执行总编樊立文的审核；感谢黄发长的大力支持；感谢南京诗词学会会长刘任、常务副会长徐安庆、副会长殷伟东；感谢南京诗词学会名誉会长、《南京诗词》总编朱小石（《南京日报》原副总编），名誉副会长、南京诗词学会网站总编（南京市文联原副主席）孙尔台提出修改建议；感谢南京出版社总编办主任管伟伟的精心审校。同时，感谢杨玲、徐智明、金毓平、邹尚，以及所有关注我写作的亲友。鉴于本人水平有限，错误之处在所难免，敬请读者批评指正。

赵望晓

2024 年 6 月于老村寒舍